SITE ANALYSIS
DIAGRAMMING INFORMATION FOR ARCHITECTURAL DESIGN

Site Analysis: Diagramming
Information for Architectural Design
Copyright © 1983 by Edward T. White
All rights reserved
Printed in the United States of America

基地分析

用於建築設計的圖象資料

EDWARD T. WHITE
建築系教授・佛羅里達A&M大學

譯者：顏麗蓉・張俊賢

六合出版社印行

目錄

前 言

比起將案子的需求、課題和必要條件用簡圖表示，我輩設計者通常比較喜歡，也較擅長於畫平面圖、立面圖、剖面圖和透視圖。

我們有時似乎過度擔心因為不良的計劃問題而畫出不成熟的建築答案，以及不甘投資在那些有助於了解計劃需求、刺激回應，及有創意的設計概念的圖示技巧裡頭。

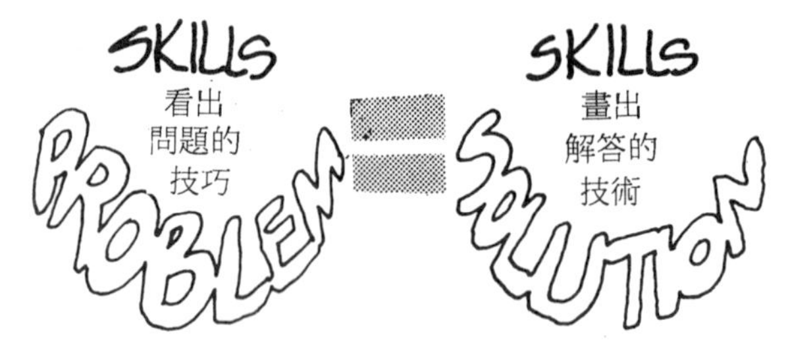

我們得均衡一下兩方面的技術：畫出設計解答和儘量使問題和需求以圖形或視覺化的形式呈現出來。

這本書是即將出版的建築設計圖示化系列叢書的第一本。此一系列的主題是在將資訊轉換成圖像以及更清楚地看見或了解資訊的這兩層意義上。將設計資訊視覺化，中心的命題是：我們畫出需求、必要條件和初步設計概念的能力就跟我們畫出建築物的最後設計結果一樣重要。並且事實上，圖示技巧深深地影響了我們的建築物的設計品質。

為什麼在計畫建築物時，將設計資訊視覺化是有用的？有以下幾個理由：

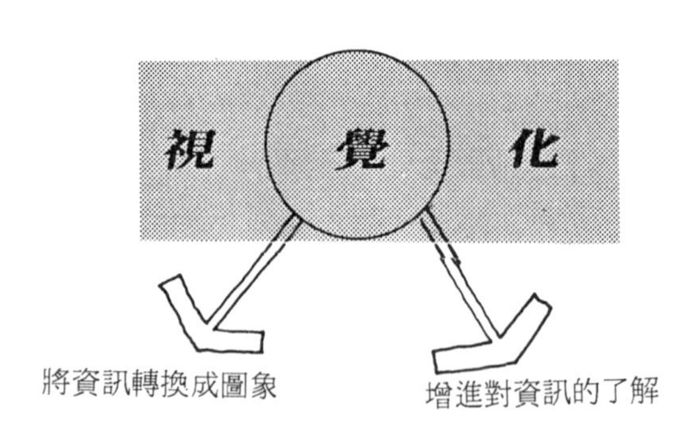

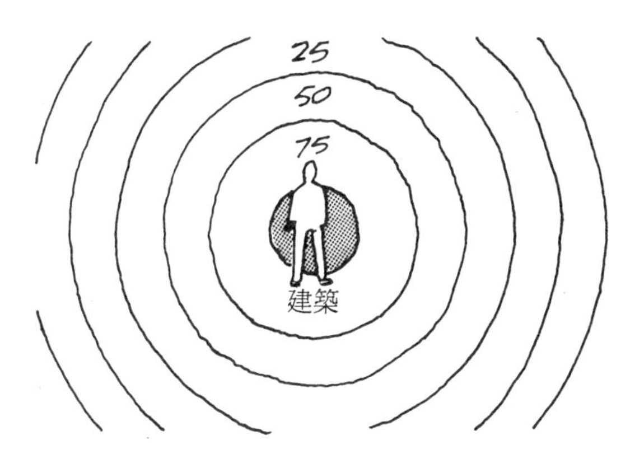

責任

身爲設計者，我們對於越來越多面向的建築物傳送過程和所設計建築物表現的成功負有責任。在此同時，成功建築的標準變得更明確，而建築物的評估程序變得更有系統且更精確。新的事實由每年增加我們專業的、法律的和道德上對計畫案的義務與責任的建築物研究團體所產生。

圖示化是一種能幫助我們在應付資訊超載，或對計劃案的設計條件全然追求的一種工具。

溝通

建築計劃案的業主變得越來越「多人化」（牽涉到評議會、委員會或社區），且進一步要求在設計決策上有更多的參與。複雜的業主通常意味著複雜的人際關係，達成一致及時效決策的衝突與困難。這些狀況需要強有力的組織，清晰的程序和有效的溝通技巧，以助於深思熟慮且資訊完全的決策。我們必須對所提出的設計建議有堅實的理由，這些建議是根植於業主的需要。我們必須在設計中更透明地呈現決策過程，如此業主才能知道我們現在身在何處，到過哪裡並且要往何處去。我們必須把對問題的分析和解答的產生，更妥善的記錄成文件。離開決策的軌跡對我們也很重要，那可以回溯並能解釋我們是如何去達成特定的設計提案。

圖示法在我們的建築計劃過程中是一種有效地提高溝通品質的工具。

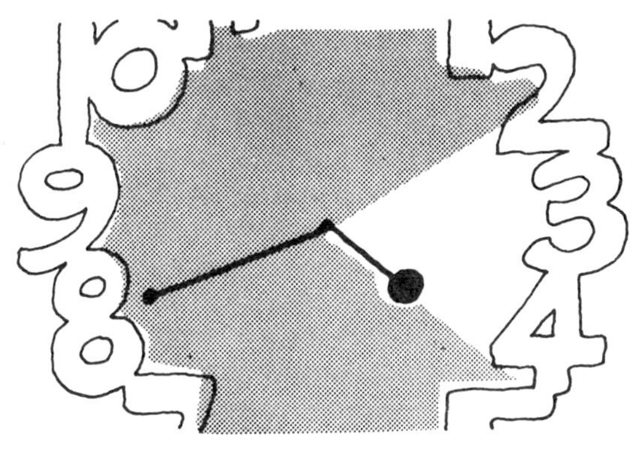

效率

我們經常要面對許多時間的壓力，去加快完成計劃案以符合業主的最後期限，並在（事務所）內部，預算及時間的限制下結束。很少的設計事務所能提供計劃案一個輕鬆，被動的態度——也就是說，一直等待到好的設計點子「亮出來」爲止。我們必須要有讓點子出現，確定地設計，和控制獲得點子的程序而不是受其控制的能力。我們應該具備能幫助我們在相當短時間裡產生設計解答的工具。這種對技術的需求，是超越了問題分析和概念化，而達到將設計解答綜合，測試和細緻化的地步。圖示法對於設計思考的開始，對於掌控計劃過程，以及讓我們脫離困境，都是一種優異的工具。

圖示法為我們用以生產設計解答的一種新的設計語言的方向。對該語言的精通是在設計專業中勝任的基礎。對設計圖像這個領域的注意已經聚焦在畫出房屋的最後設計的這項技術上。我們必須開始將設計的前置作業，和那能協助我們包圍問題，界定問題，打開並進入問題，並且為此問題探索一替代的建築回應的早期的設計圖像化技術。

圖示法是去接近問題，並投入其中，全神貫注於其中，用我們自己的術語重數一遍，並習慣地付出，以至於我們的一種方法能去對有潛力的解決方法做選擇及整合。

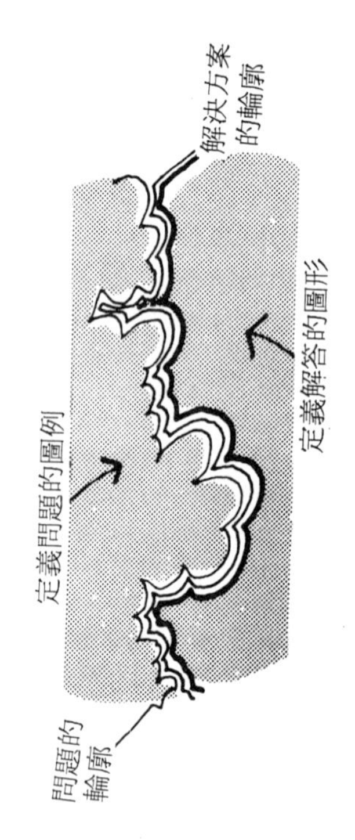

理想上，設計解答的輪廓應反映計劃要求和條件的輪廓。圖示法在構築問題輪廓上很有用，以至於他可以做為一種信號，指向去經營設計解答。

投注在圖示法上通常會引導我們去發現設計點子，反之，這些點子將很難產生。它能幫助我們建立自己的設計語彙，藉由一種可儲存和可回復（可記憶）的形式去表現解答的類型，以用在未來計劃案的使用上。圖示法在以語言術語方式表現的問題，和以實質或建築術語方式表現的解答之間，幫助我們建立溝通的橋樑。透過圖示法，我們減少了在由問題到解答過程中傳譯的損失的可能性。圖示法能促進關鍵問題課題的發現，並澄清摘要，詳述和測試（verbage）。它是一種將計劃案課題簡化和瓦解成可經營的數字，以及將那些課題轉形成對設計而言更富於意義且更可喚醒的形式的方法。示意圖（diagram）可作為有效的提醒物（標題性速記），提示在設計的過程中，那些用文字來解釋須要消耗很多紙張的複雜課題。示意圖的趣味價值有助於使計劃性的資訊較不冗長乏味與令人生畏，因而變得比較親切。

本書處理有關建築設計的圖示資訊的一個面向：那些新建築物所將興建的基地的分析。

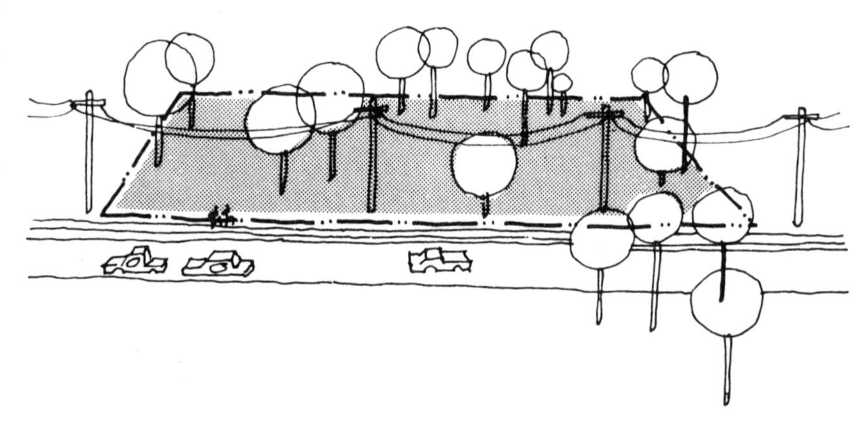

脈絡性的分析，也就是對計劃案特性的研究，是一個生動的序曲，用於創造關於最佳的基地利用決策、配合業主的室內和室外活動與空間的最佳基地安排，及尊重並利用基地資產的最有效方法。

定義：課題與設計意涵

概觀

脈絡分析是一種聚焦在基地之上和周圍的，對既存的、迫切的和潛在的狀態之前置設計作業(predesign)的研究活動。就某方面而言，它是在我們計劃案將要建築的那塊地皮上所有的限制（壓力 pressure)，力量和情況的統計清單，以及他們之間的交互作用關係。

脈絡分析在設計中的主要角色是提供我們關於基地先前的資訊，好開始我們的設計概念，使我們對建築物的早期想法能反映外在條件並整合出有意義的回應。

在一個脈絡分析中所提出的典型基地課題是基地區位，大小，形狀，等高線（輪廓），排水模式，使用分區與退縮，公共設施，基地景觀的明顯目標物（建築物，樹等），周邊交通，鄰里模式，由基地看出去或由外面看基地的景觀，以及氣候。身為設計師，我們需要知道這些課題的內容，以便設計出成功的建築物，這建築物不只是要能達成它內在的責任（機能），同時也要和外在環境有良好關係。既然我們的房子要結結實實地存在好幾年，那我們的脈絡分析就應該去處理潛在未來的條件，一如看重那些在現況基地上就能觀察到的條件一樣。關於此事的某些典型課題正在改變我們基地周圍的使用分區管制模式，轉換主要街道和次要街道的指定，在週邊鄰里改變文化模式（cultural patt-

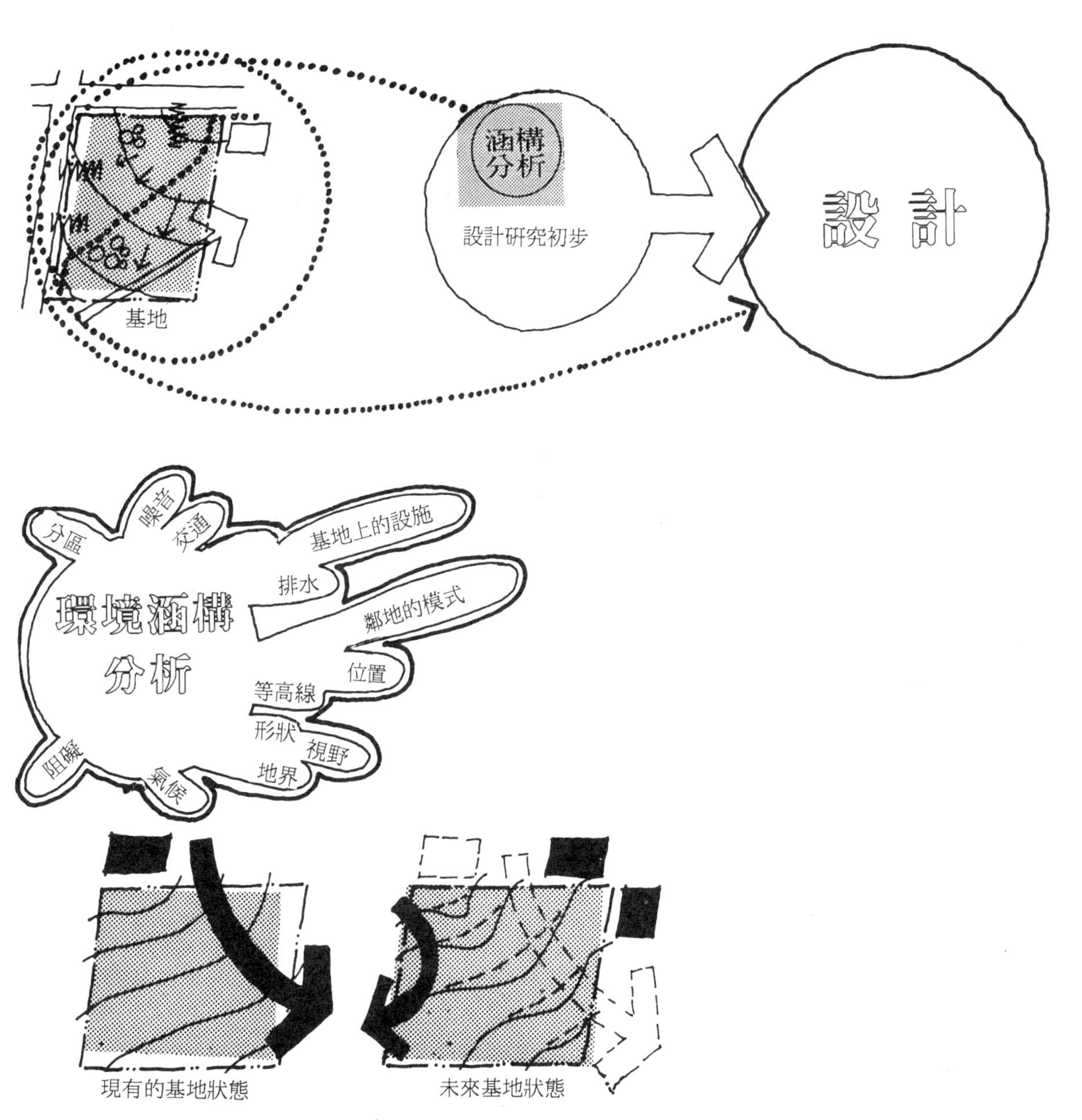

涵構分析

erns）和改變影響到我們基地的附近重要計劃案的營建。

正如當我們知道一個單字或片語的週邊字彙的涵構（context）時，才能對它作出最佳的理解，所以我們也應該去注意我們基地的週邊（脈絡）狀態。

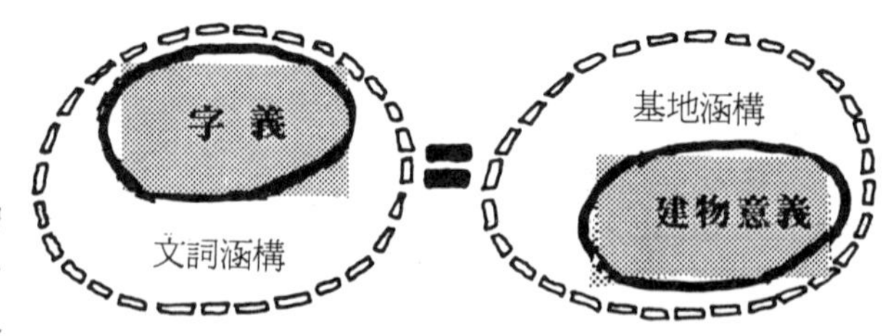

涵構（脈絡）（context）是在辭典中定義如「整體狀況，背景或關乎某些事件或事務的環境」。該字的衍生意義是指「交織編組在一起」。

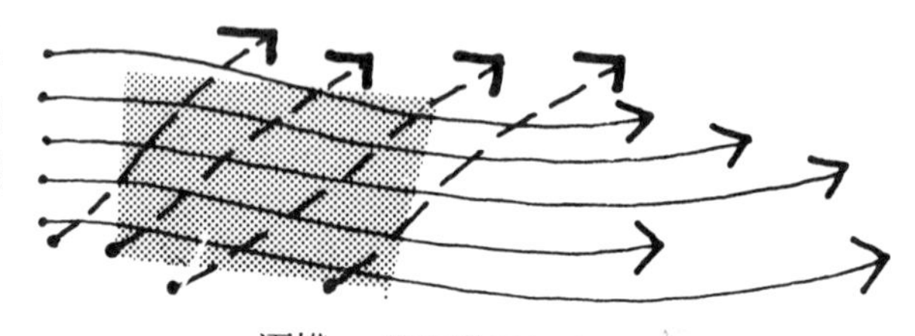

涵構："交織編組在一起"

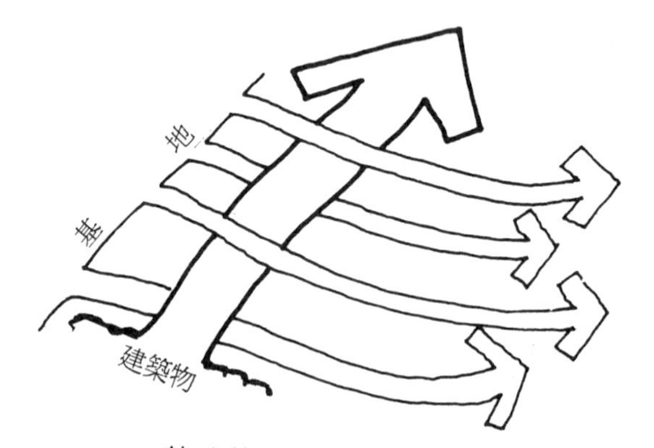

基地的次要變化

當設計者考慮到將我們的設計「編織」到現有基地的條件，壓力，難題和機會的布料上的需要時，這個字義的精神告訴我們一些事情。我們必須在基地（我們的建築物）的外來者和基地本身之間爭取某種妥適。「妥適」的觀念並不必然暗示著建築物從屬於基地。我們可以選擇和某些基地條件有相同感覺，那些自基地上發現而我們傾向去保存、強化、擴大和改善的基地條件。我們也可以去辨明某些我們想要審愼變動、淘汰、掩藏、僞裝或改造的基地條件。「編織」作爲一種概念，應用在基地上的建築物安排，總是包含了某些既有狀態（條件）的交替。重要的是我們藉著審愼而深思地作這些決策，而使得我們在基地上建築物的效果不會是偶發的。無論我們是去「配合」基地或是去「反襯」基地，以創造一個成功計劃案的觀點而言，我們的早期思考都具有關鍵性的角色。

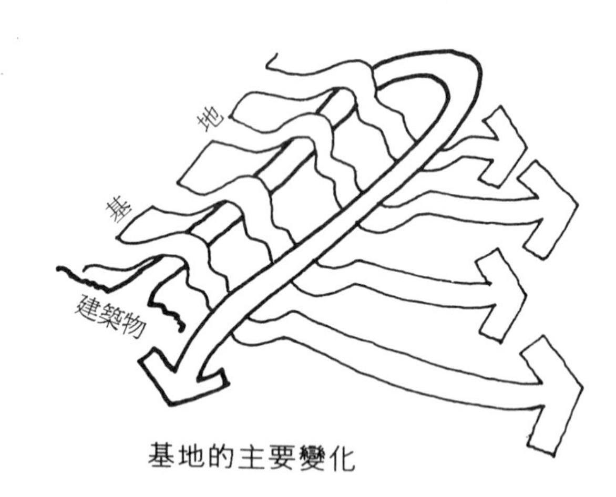

基地的主要變化

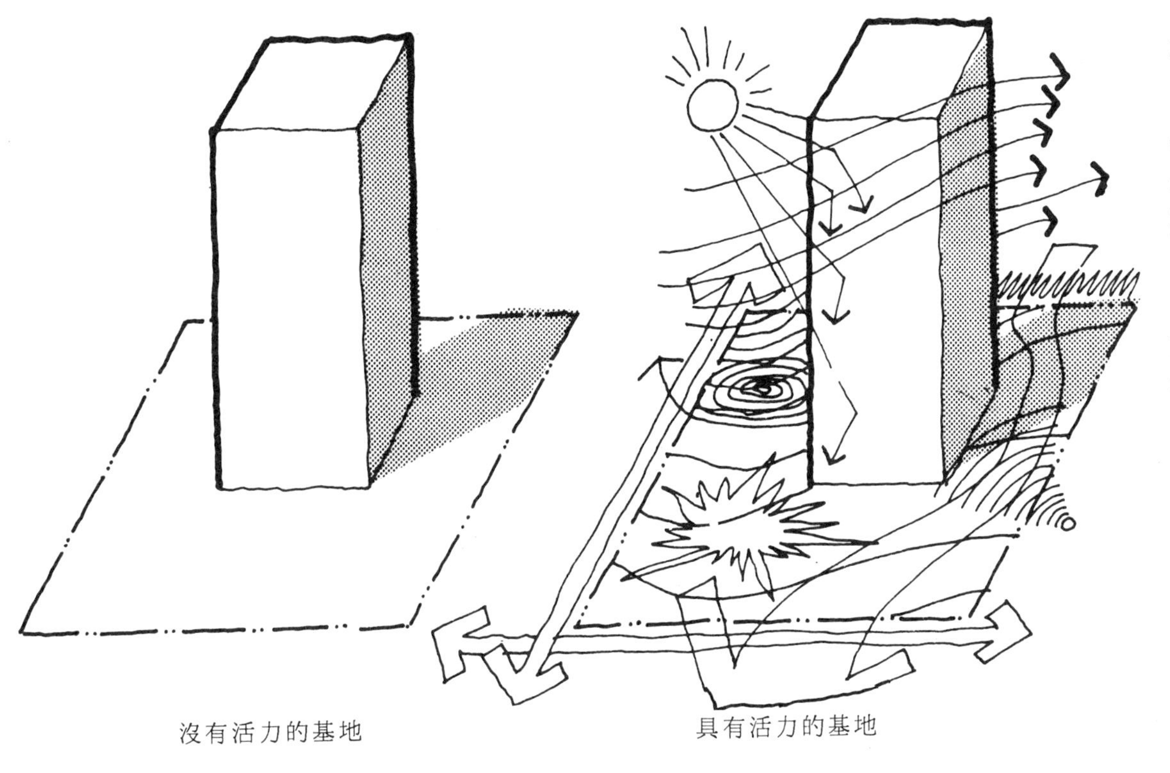

沒有活力的基地　　具有活力的基地

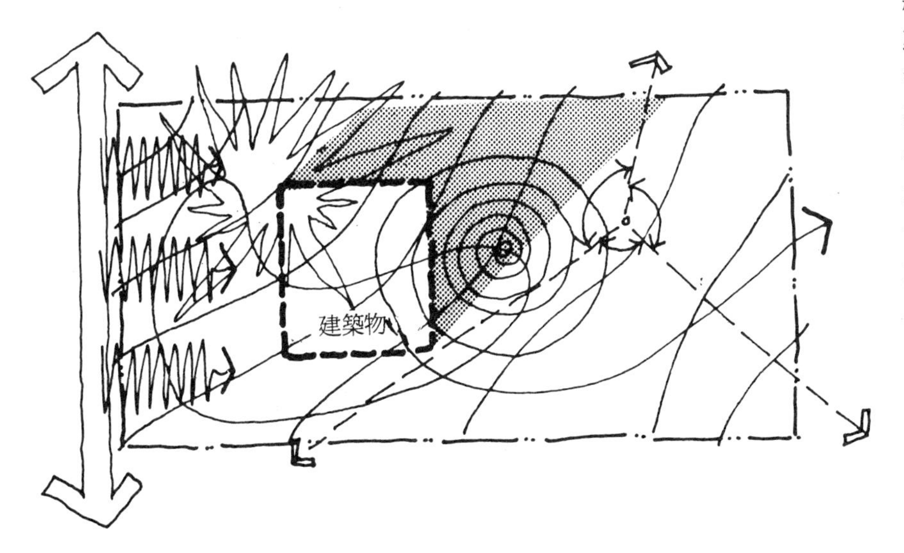

基地有如生動的網絡

身為一名設計者，我們會很容易將我們計劃案的基地視為一個無生命的、消極的狀態。我們可能認為它只不過是要將房子蓋在上面的一塊單純的地塊。

我們應該時時謹記：一塊基地絕不是一個沒有活力的無生物，相反地，它是一組非常有活力、不斷活動的網絡，並且以一種複雜的關係糾結在一起。

陽光的陰影以一種特殊的移動模式越過我們的基地，這塊基地將來或許能提供給附近兒童們做遊戲場，而在基地外圍，每天都有一段交通的強弱律動模式，地形的走勢正好能將水排洩到基地的邊緣，而不會影響鄰近的基地，基地的轉角處可能保留做為公車站牌，這些狀態能使一個基地具有活動力。這種用動態的角度來觀察一個基地的做法，使我們感受到把建築物定位在基地上的重要性，我們現在就要把建築物安置在這個有活力的動態組織中了，如果我們要在這個組織脈絡中很得體地整合一個設計，而不破壞它原有的形貌，其實是合理可行的。所以，我們必須藉著對整體環境的分析，詳細地了解這一自然環境的組織脈絡。

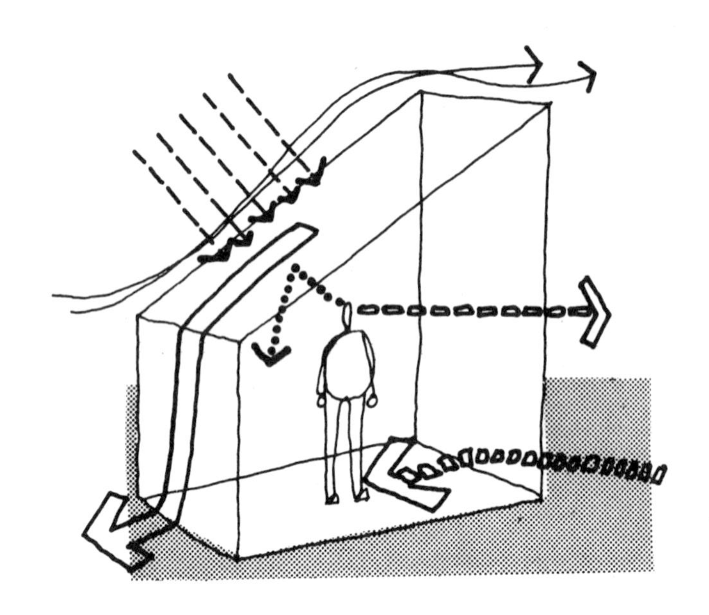

影響三角圖

要了解一個組織中複雜的因果以及它們如何地相互影響，影響三角圖是一個很方便的工具，它還可以幫助我們認清一個方案的相關課題。

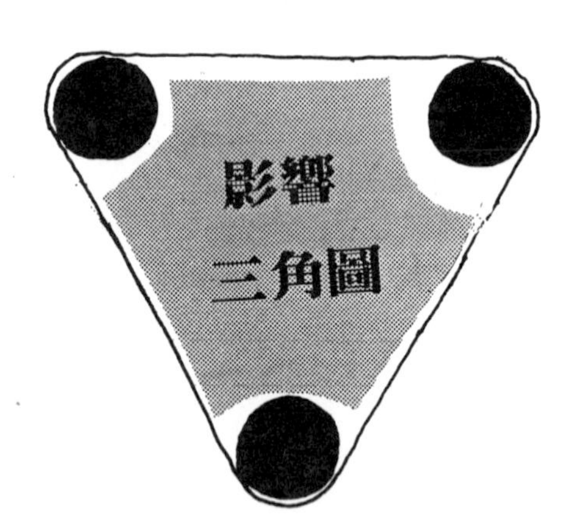

影響三角圖以假設的前題爲基礎，主要探討的是建築物的完整性及空間佔有性，它並非設計本身或設計師最終反應出來的建築物，而是一種預設及一整組我們認爲是實際的、具有可能性的影響或效果。

在影響三角圖上，共有三名“角色”：建築物、使用者及涵構，建築物包含了我們設計的戶外、室內實際呈現出來的實質物件，如：牆、板、天花、結構、構造、機械設備、家具、照明燈具、色彩、景觀植栽、舖面、步道、門窗

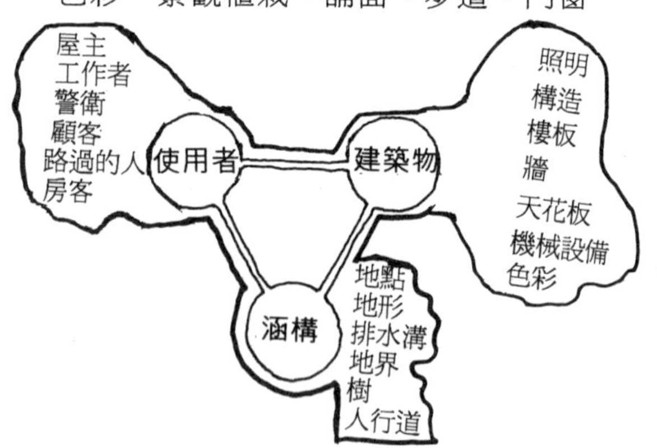

、各種硬體及附屬設施。使用者則包括所有擁有此幢建築物、在此幢建築物中工作的人、維修此建築物的人、業主、顧客、照顧此幢建築物的人，另外，住在附近的居民，或者是經過的路人也可以算是使用者。

涵構包含在建築物構築之前組成現有基地的各種狀態、情境、效力、壓力等條件。

如果我們把這三個角色擺在一個三角形的三個角上，然後在三者之間將三者與本身的關係強度用線條來表示，我們就可以畫出一個影響三角形的基本圖形。建築物中的元素不但彼此之間互相影響，還與使用者及建築涵構所包含的元素息息相關。由建築物與其本身的衝擊來看，空調系統將會影響建材及家具的改變，因為空調使得溫度和濕度與未設空調前大不相同；而家具的佈置會響響空間的佈局，當然就可能間接地改變了地板材料的選用；使用者對建築物的影響，會同時包含對環境感覺的態度，生產力、效力、價值觀、福利、換工作的情況、知識水準及其它人類行為的反應。建築物與環境涵構也是有關係的，這些改變包括風向模式、地形洩水坡度及排水溝、雨水滲透率、現有的落葉情形、陰影模式、窗戶陽光反射率、及建築物表面的音響反射情形。

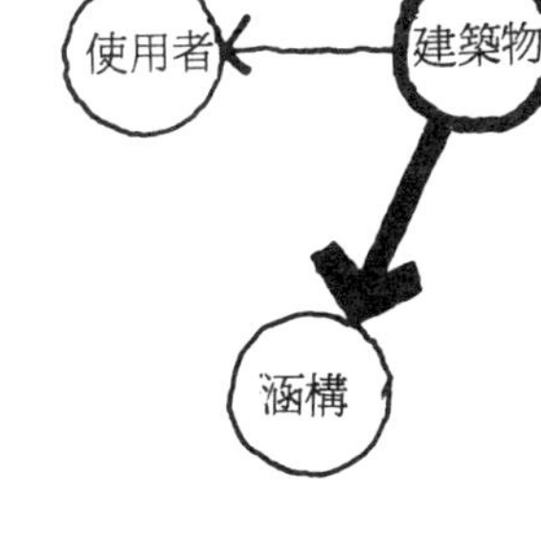

這裡所提到的各種影響或結果都是由於建築物本身、使用者及環境涵構之間各種相互的影響造成的，為了使這個模型完整表達，我們必須同樣地討論使用者與環境涵構之間的影響。然後我們就可以看出：這三個元素——建築物、使用者、環境涵構中的任何一個都受到其它兩者的影響，同時也影響著其它兩個；每一個元素都會改變其它兩者，同時也因其它兩者而變，這個架構為著建築物的生命力而持續不斷地在運行著。

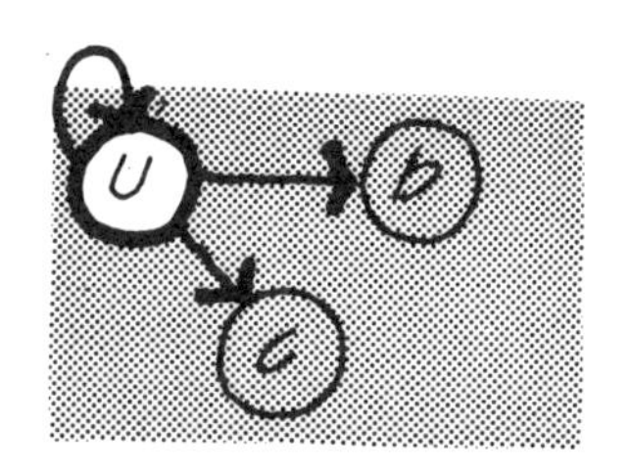

當我們用這個方式檢視我們的設計方案時，設計方案的將會十分明顯地經由這些關係線凸顯出來，而非僅僅停留在建築物、使用者、環境涵構等這些角色上。

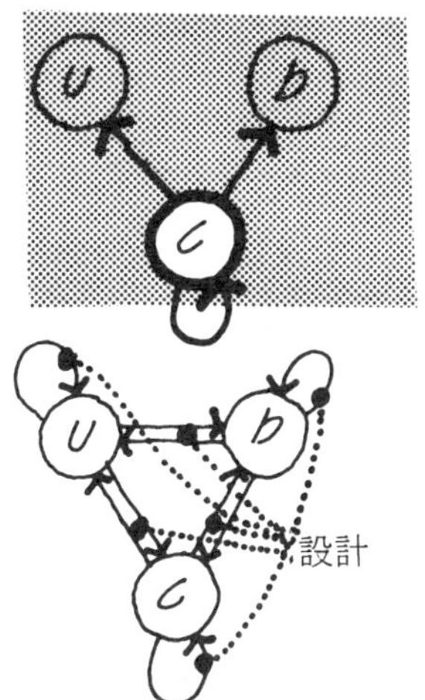

我們除了必須了解建築物、人、環境涵構的組合特質之外，還應該明白關於他們自己及彼此間的互動關係。

每一個建築案都或多或少地包含了對基地環境的某種程度的改變，因為在我們的建築物或其周圍的涵構中都不可避免地需要一些修正，我們絕不可能在一塊基地上配置了一幢建築物而能夠完全不改變基地現狀，我們必須決定哪些東西要保留，哪些要補強、增加、減少、修飾或排除。

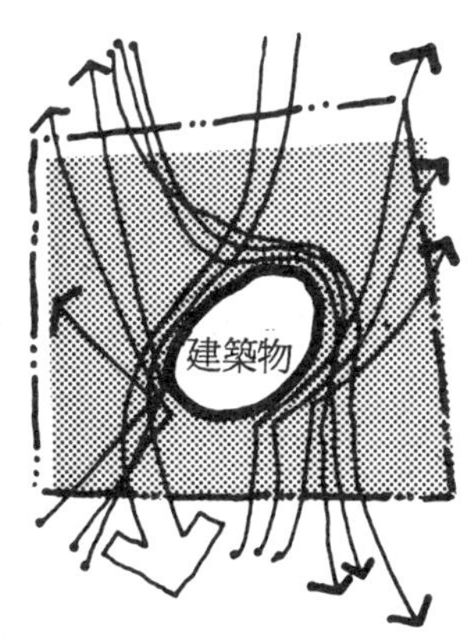

當我們將建築物植入基地上的時候，必然會造成基地現況的改變，我們最後的目標必須是：讓這個地方比原來更好。

貫徹到底

如同所有的設計之前期研究一樣，設計一個方案要能夠反應其環境涵構，徹底完整的基地分析研究則是絕對必要的，這些研究也就是關於定義、收集及整理與基地相關的資訊。如果無法覺察整個基地的涵構，必定無法反應其現況，我們不能因爲不當的或錯誤的資訊而使我們基地上的建築物與其涵構之間出現意料之外的錯誤。

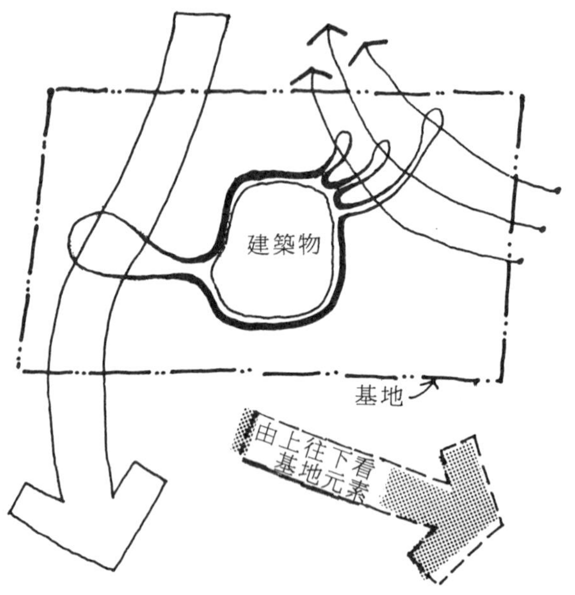

局部的涵構分析是十分不可靠的，如果我們擁有一些資料（即使是不完整的），我們可以從研究這些既有資料當中完成部分的工作，因此具備相當的資料則會使設計工作變得更有理可循，依據對基地的了解與處理，加上對設計構想的思考，我們就能著手進行設計工作，負擔起我們設計者的責任。

不完整的基地分析就相當於醫生依據對病人的非全面性的診斷而開處方。

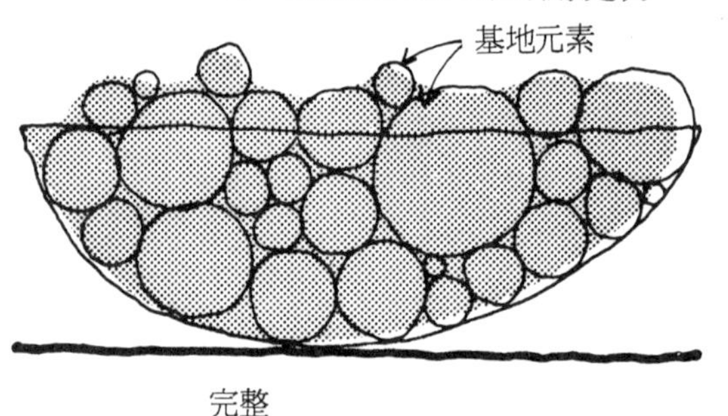

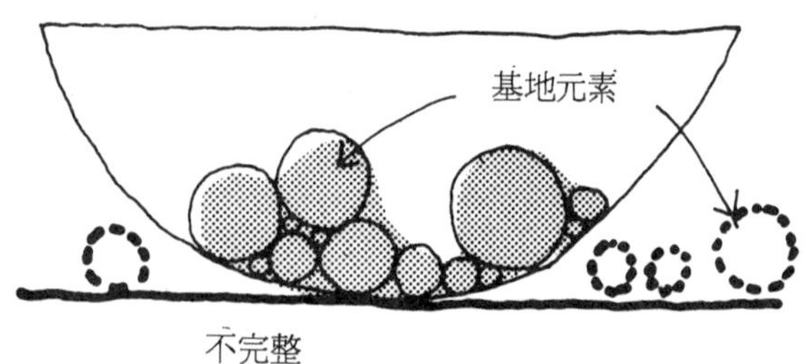

在基地涵構分析的過程中，總會有一些鎖鎖碎碎的感覺，因爲有一些重要的設計訊息可能就落在我們研究的終點之後一步之遠，我們對基地通常不會有太多的了解，時間和經費總是迫使我們的研究一定得在某一特定時刻“完成”，所以發揮我們的分析效率是非常重要的，因爲我們可能因此而能夠盡量在時程及經費的限制之內做好我們的工作。

就算暫且不論整個基地配置的相關專業問題，另外還有許多須要做環境涵

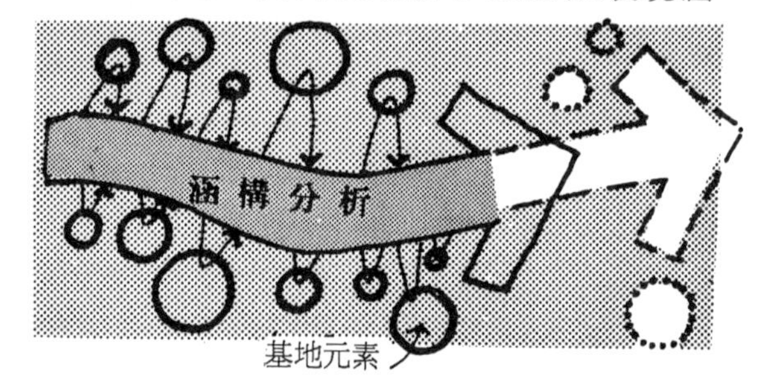

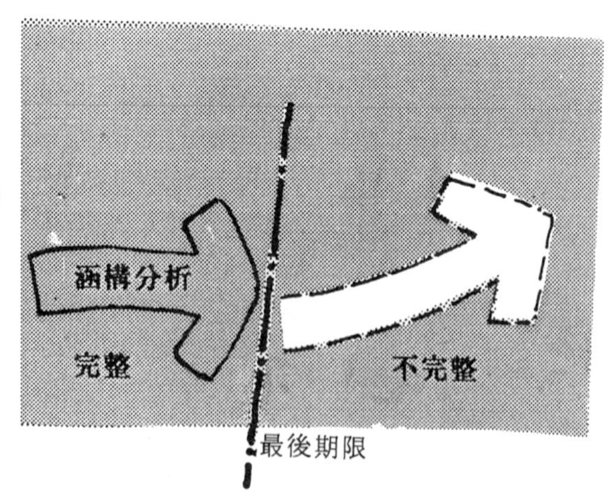

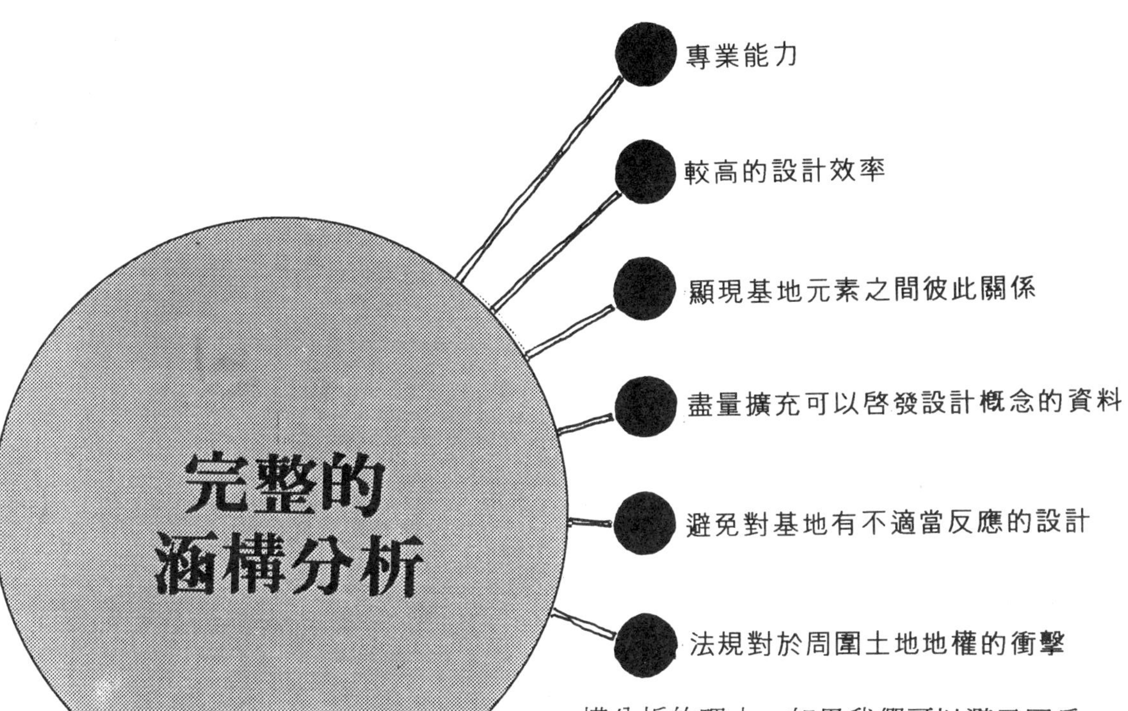

構分析的理由。如果我們可以避免因爲調査研究而阻礙了構想，那麼在設計上就會更有效率了，最好能夠在一開始思考方案的時候就能取得所有的相關資料，避免一再重複回頭檢查而影響效率，如果能夠一次取得相關資料，我們便能在思考設計構想的時候，同時考慮所有資料的相互關係，確保整個作業的完整性。

如果我們確實地掌握了這些資料，並且加以應用，則資料的綜合、比較和運用就會更豐富。在設計前期所做的基地資料研究應該視爲一個關鍵性的動作，而且累積的資料愈多愈好，因爲我們必須根據這些資料來思考設計語彙，然後運用這些語彙來反應設計構想，這構想也就是一組掌握各種不同的基地狀況和需求的方法，個別的基地特質會箝制特定可行的構想語彙，如果在基地分析的過程中，遺漏了某些資料，也可能會因此錯失了某些好的構想。

這樣的缺失會使我們最後的方案缺乏一個更有利、更完整的基地配置構想，同時也可能造成對基地特性或狀態的疏忽或不當的反應。

徹底而完全的環境涵構分析，以及基地設計也與法規相關連，我們必須特別留意在鄰近及週遭的所有物之上的基地衝擊的概念。粗陋的定案設計起因於不完整的基地資料蒐集，將會對於我們計劃的鄰近地區，在構築期間及計劃完成後的使用上造成負面的結果。

鄰近地區的排水方式在進入我們基地受阻礙的時候，可能會引發水患。更改排水模式的路線使得排水以不同的位置離開基地，可能對基地造成潛在性的破壞。

建築物的配置位置可能會阻礙鄰近結構物的視野，因我們的設施所帶來交通的聚集，可能會造成鄰近地區的交通擁擠及噪音集中（昇高）。在挖掘基地時可能會造成鄰房基礎的破壞。建築物所反射的陽光可能會導致鄰近建築物空調負荷的增加，以及駕車接近我們的基地因炫光而造成的交通事故。建築結構體所投射的陰影可能對鄰近的地景景觀造成損害或阻礙了太陽能的收集。所有這些位置及其他的地方的問題都是我們設計的潛在負面的結果。這些結果對於我們的業主及我們自身都有法律性的關聯存在。

假如我們要避開負面的影響而完成一個良好的個案，在基地使用概念化的期間做完整的基地分析及對於各個細節上的留意都是很重要的。

假如我們希望做一個完整而徹底的環境的涵構分析，有一些關於我們正在收集的資料的事情應該要記住，重要的是——不要以“遠距離”來作分析，而應該直接到基地之上，並且親身感受它。看看周遭視野、聆聽聲音、觀察活動，以步行或開車的方式到基地上來獲得介於邊界之間“時間——距離”因素的感覺，以及地形的輪廓如何變化。

判斷基地在舒適性上最有價值的東西，例如：樹等等。

關於時間的問題，必須將之應對於所有的基地訊息之上，我們一定有一些關於一定的狀況或壓力持續多久時間的構想，何時達到尖峰？何時開始及結束？在一年，一個月，一週或一天之內路徑是如何的改變。

假始我們可能計劃基地及周圍未來的情況，例如計劃分區的趨勢，街道的拓寬，未來交通計劃或將在基地周圍或鄰地之上設置一定的建築物類型等，也是有幫助的。

對於每一項所收集的事實狀況，我們都應反問自己：將來這些資料應如何做特別的分類。

因爲，當建築物完成之後，必定會佔用基地很長一段時間，所以，我們希望建築物能夠在生命週期之中有效的回應所有鄰近的情況。

我們的期望是探究目前所著手的問題之外的下一個環境涵構的層面。

環境涵構分析理論上是開放無限制

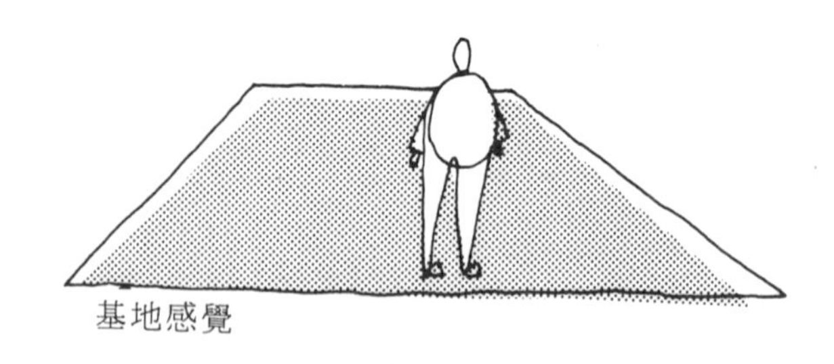

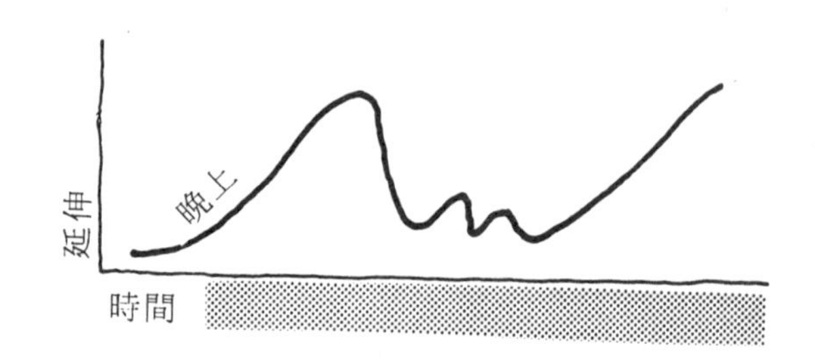

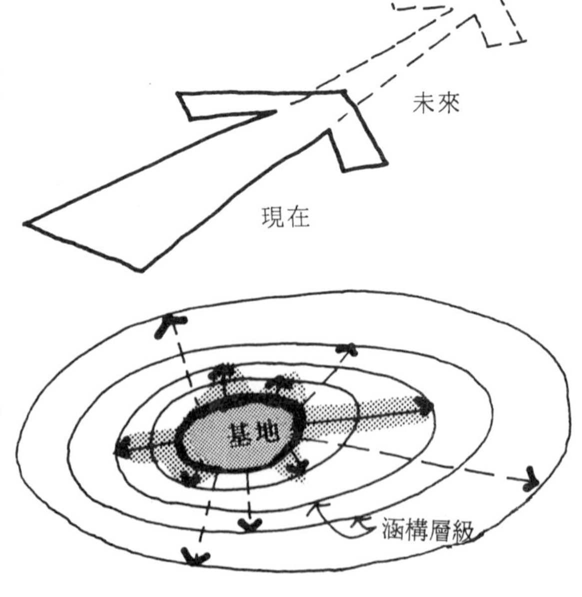

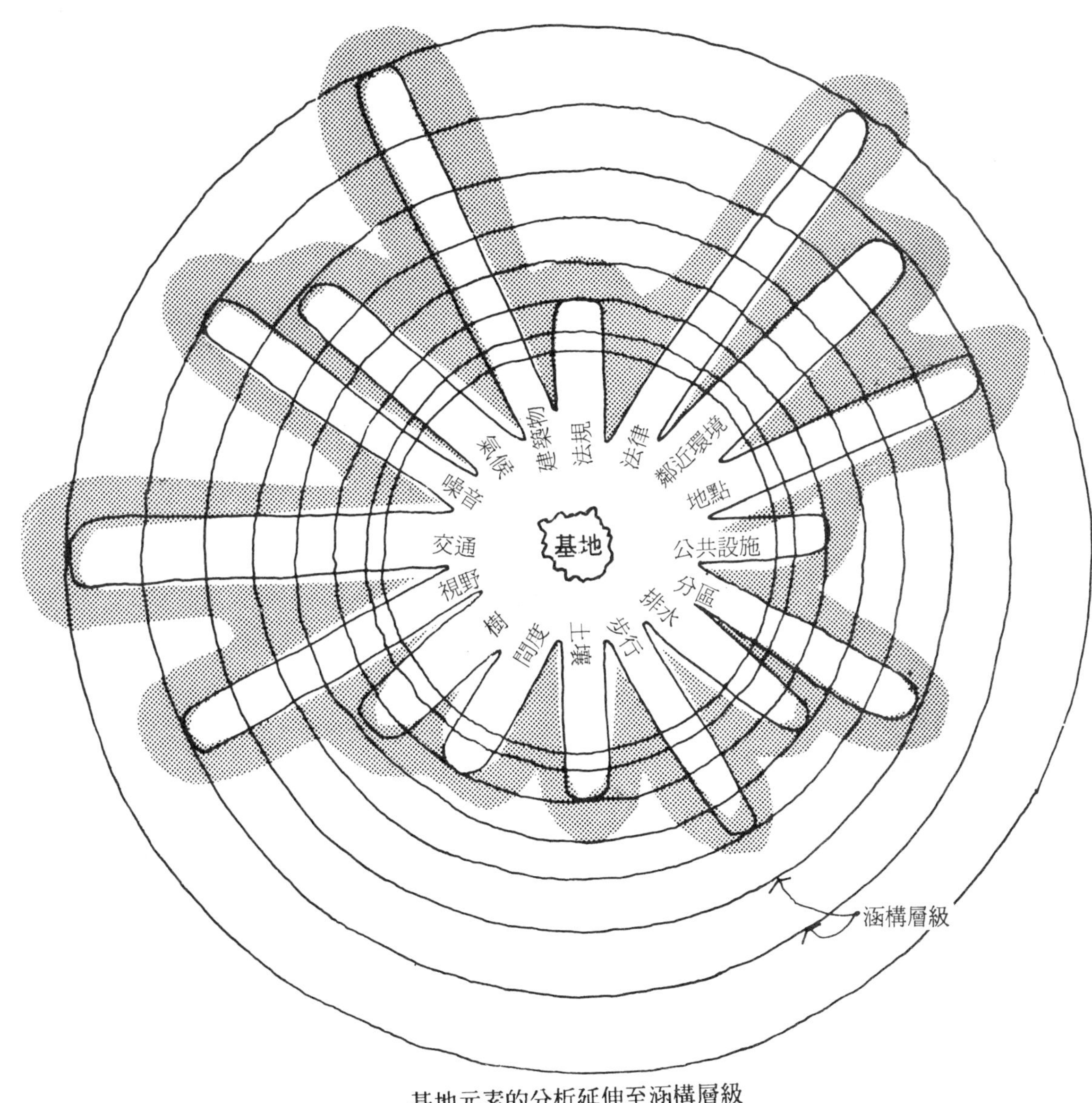

基地元素的分析延伸至涵構層級

的，因為它原本就沒有固定的終止點。我們可以不停的完整分析在與建築相關的問題之外的環境涵構中的涵構。另一方面，偶爾有一些誘因會在我們進行下一步之前來終止我們的分析。這裡所要考慮的最重要的一點是在於每一筆資訊分析適度的延伸。

分析的深度伴隨著我們對於每一項資訊類型的收集程度而定。

樣本包括了決定在基地之外多少的圖塊要合併在分析之內，是否要分析是什麼形成目前的交通模式，是否藉由我們所看到的來推論鄰里中的特定事物，以及是否進行挨家挨戶的訪談。這些判斷都包含了關於這訊息的重要及關聯性，是定義的資料或是設計決定的部份。

在環境涵構分析之中，我們不斷的做出關於我們必須研究特別的基地主題的深度及精確性的判斷。這些問題不是為草率的工作提供藉口而提出，而是為了了解“絕對完整”的環境涵構分析並不存在，而且在時間的限制之下，我們必須選擇多少關於我們目前著手基地研究的問題。目標是做出自身環境涵構到環境涵構間的完整分析研究，而眞實的情況總是少於所預估的情況。

環境涵構分析應紀錄下什麼是“硬性的”（無商議、轉還餘地的）以及什麼是“軟性的”資料。

軟性的資料是處理可以改變的基地情況或並非絕對必要在設計之中標示或回應的。

硬性的資料包含了類似基地邊界、法律規定、基地面積、公共設施的位置等事情。有一些事物可以如同硬性資料般的予以分類，而實際上它們卻是可改變的，例如：地形輪廓、計劃分區、退縮及樹木。“強勢”的分類這些訊息是有助益的，因爲當我們開始做設計的時候提供它提示了一個對於資料需求的感覺。通常我們在初步的基地定案時必須特別留意這些硬性的資料。

對於我們所收集的資訊及記錄，應具有先後的次序。

基地情況強度以及它們的影響是正面的或負面的，都是一些一般性的結論。當我們開始設計時，這些結論對於決定某些事物是否有價値或應該保存，增進或強化，或非常不利該予以刪除，避免或隔離的非常有幫助。

對於基地的研究，我們需要一個有系統、有組織且謹愼仔細的研究方法。有許多的理由說明必須以一個有系統的層級來管理我們的環境涵構分析。

1. 一個正式的研究方向比較不會遺漏重要的事實或細節。
2. 一個有系統的研究方式讓我們較容易妥善處理在複雜狀態下的基地資料。
3. 一個細緻的分析研究，可以產生一個對環境涵構的機會及較不會漏失問題的細緻設計成果。
4. 我們發現及記錄越多基地的較屬個人的環境涵構分析因素，就能夠在激發基地概念靈感時提供自己更多的線索。

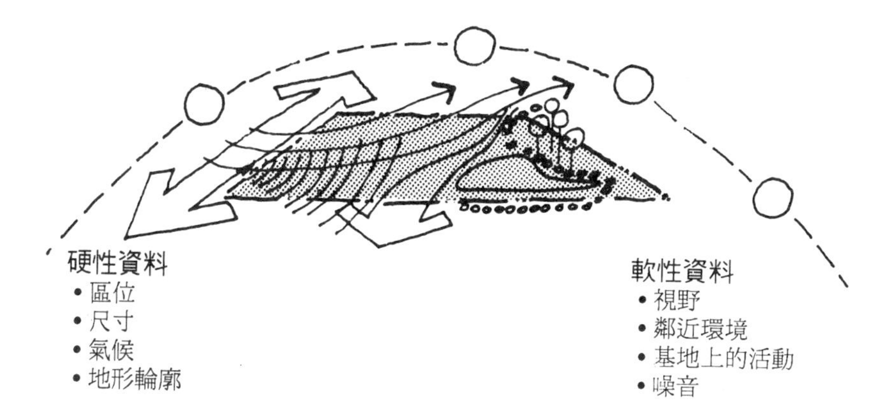

各種資訊

對於我們環境涵構分析所收集的資訊種類，基本上包含了現在及經過計劃的基地情況的清單。

在這個階段，我們不關心設計對於基地的回應，而將注意力集中於所有與基地相關的事物。基地的事實現況較能引起我們的興趣。基地的事實包括了硬性及軟性的資料。硬性的資料通常與基地上的自然因素相關，而不包含對於現況及事實判斷。典型的硬性資料像基地位置、尺寸、地形輪廓、基地地貌及氣候。軟性的資料可能包含我們在進行環境涵構分析時所做的一些價值的判斷。基本上，這些軟性資料處理的是有關於基地方面感官的及人類的觀點，而非量體的部份，且這些軟性資料須要的是對於現存特定基地本質正、負面的特性的看法。

典型的例子包括——基地上視野的良窳，以視野角度爲考量最佳進入基地的方向，現有的氣味及擴散的程度，基地上現有的活動及活動空間的價值，無業遊民的聚集地點，鄰里的廟會或慶典活動，以及噪音的形式及影響的範圍。這些“軟性資料”雖然最初包含了判斷，但一旦記錄下環境涵構分析之下之後，就傾向演變成了“硬性資料”。記住那些包含了對於以設計闡明的意見以及

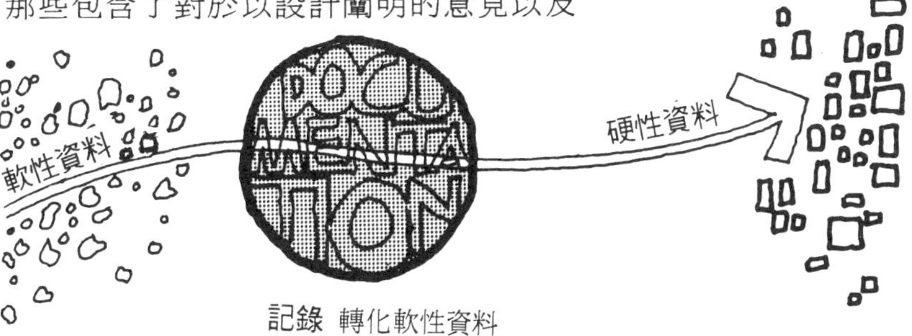

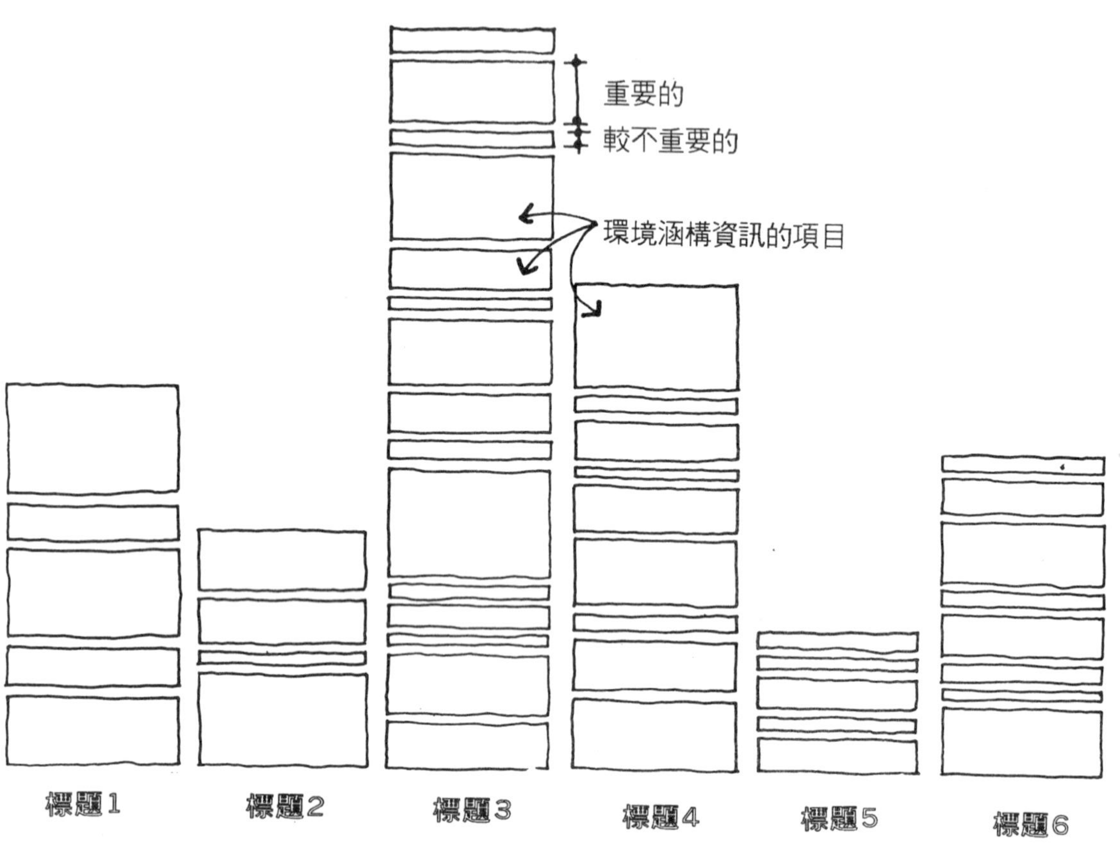

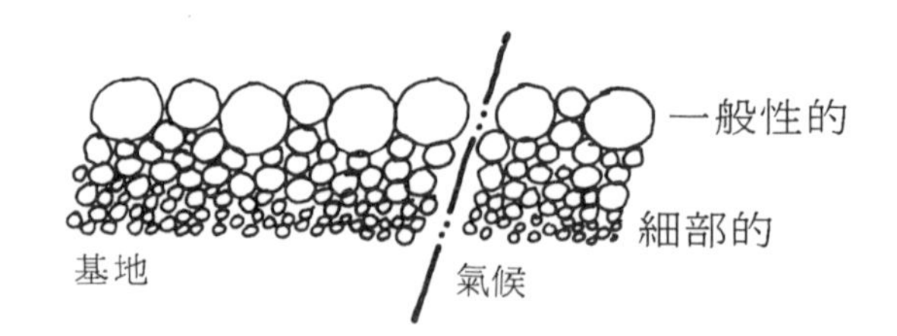

當以圖表作基地設計時最容易克服的問題是很重要的。

在試著組織我們所收集關於基地的資訊的時候，一些標題項目在處理資料分類似乎很有用處。我們不能預期每一標題的基地資料的數量及重要性都相等。當我們開始以設計回應到環境涵構分析上的時候，每一個不同的基地和每一標題之下所分配的不均等資訊以及不同的重點形式給予我們大量的溝通資訊。

以下所示的資料大綱較之從氣候資料細分出基地資料的情形以及從概括性的問題到更細部的問題的過程在順序之上並無特別的意義。

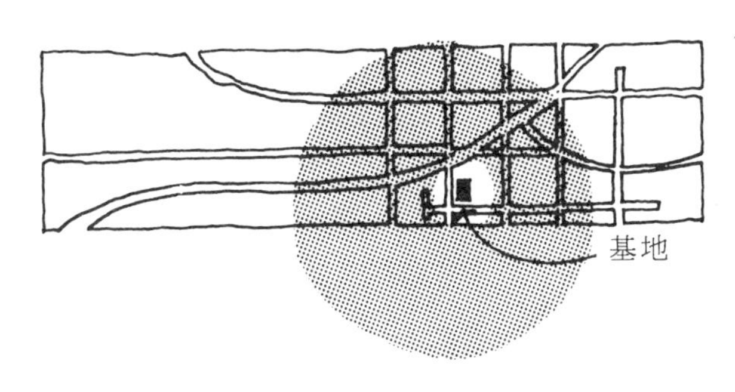

位置（區位）

包括了指出基地在州內及城市中的位置以及和城市整體的關聯性，都市地圖也可以指出基地與都市其他相關機能間的距離及旅程時間。

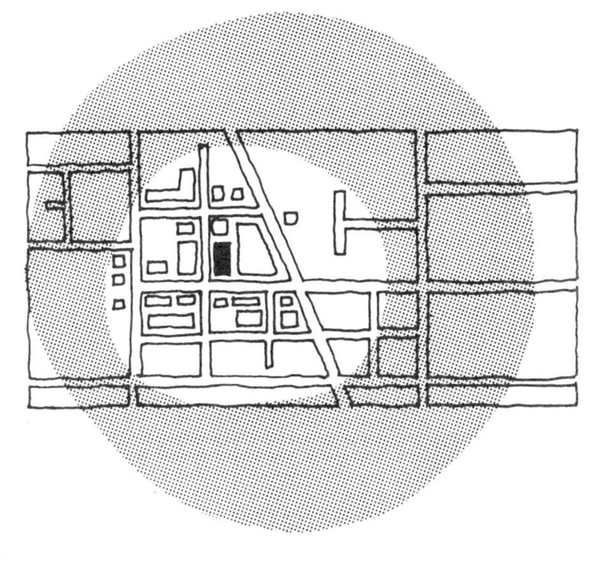

鄰里環境涵構

將基地邊界外三至四個街廓的鄰近環境予以呈現，這個範圍可以因包含了一個重要因子或案子尺度的關係而予以延伸（或放大）。地圖可以指出現有及計劃的使用，建物群所在位置，都市計劃分區，以及其他可能對我們計劃造成影響的情況。

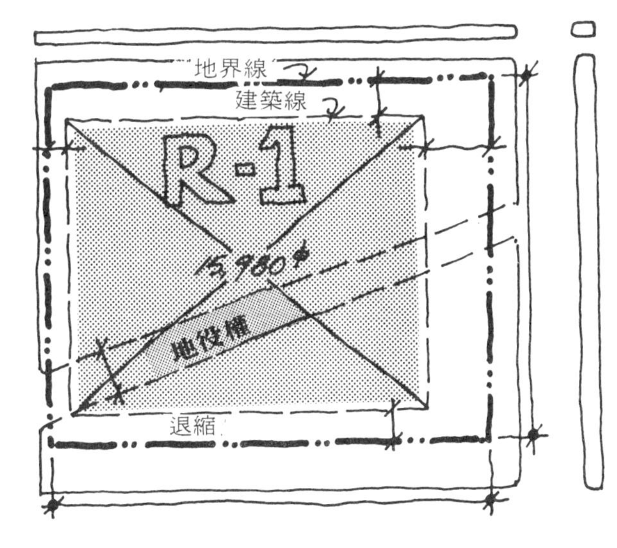

尺度及計劃分區

記錄所有關於基地尺度方面的資料，包括地界線所在區位、地役權的尺寸、目前都市計劃分區、分類（退縮、高度限制、各項停車計算公式、容許使用、等等………）以及可建面積（在扣除退縮限制、地役權土地之後，可供計劃案使用的土地）。分析也應記錄目前以及既成的計劃分區趨勢，都市運輸部門的拓寬路面計劃（更改路權）以及未來任何可能影響我們的計劃趨勢。

合法性

這部份的範疇對於財產、契約、限制、目前的所有權、政府的管轄權（隸屬於城市或鄉鎮）以及任何未來可能影響我們計劃的設計作了合法的描述（例如基地位置可能位於將來都市更新的地區內或在大學校區的邊界範圍之內）。

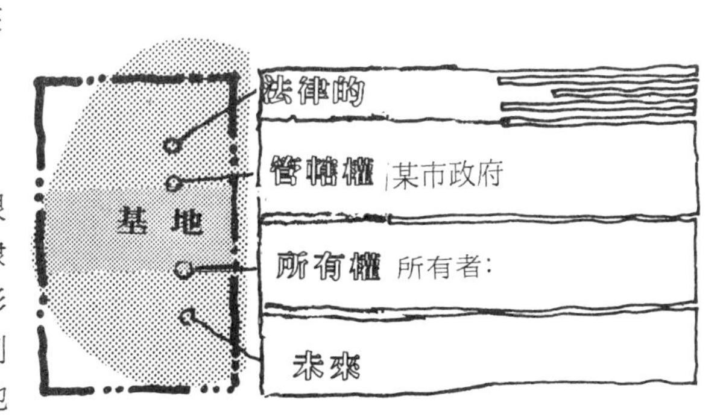

自然物理環境

包括地形、地勢、排水方式、地質型式、以及土壤承載力、樹、岩石、山脊（分水嶺）、田畝、山峰、山谷、湖泊及池塘等。

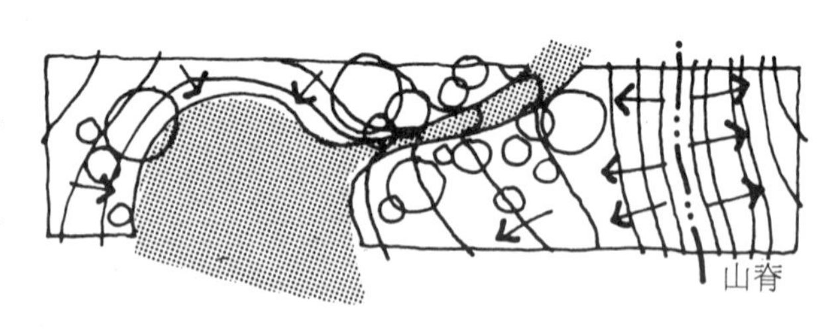

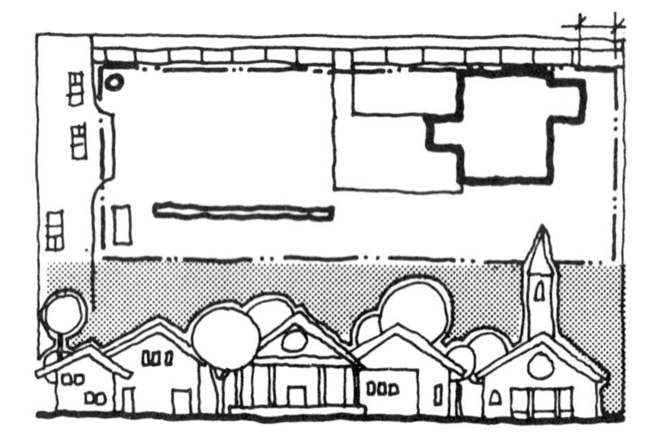

人造環境

記錄基地的相關情況，例如：建築物、牆面、車道、街道截角、消防栓、電線桿、以及鋪面的材質及型式。基地環境之外包括了週遭環境的發展特性，例如：尺度比例、屋頂型式、開窗型式、外牆退縮、材質、色彩、開放空間、視野、鋪面型式、地景物質及型式、牆面的多孔性及特有型式以及多種裝飾及細部。

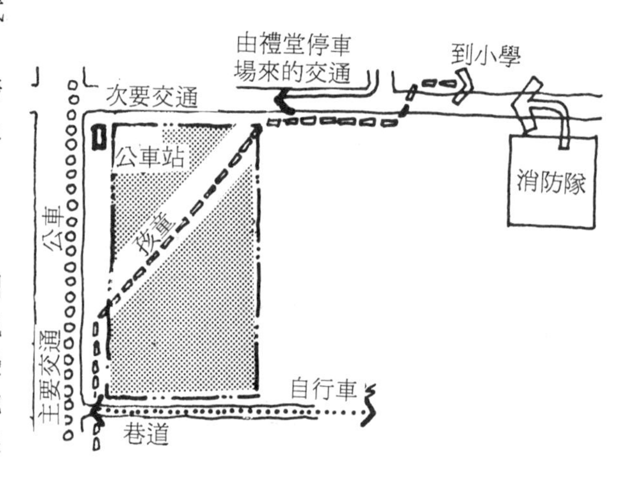

動線

將分佈於基地之上或圍繞基地周圍的交通工具及步行的移動模式予以呈現。這些資料包括了平常及尖峰時段周邊環境車流及步行的承載、公車站、基地周邊的通路、交通節點、服務卡車動線、及交通間歇性（遊行、救火車路線、附近禮堂的演奏會）。交通狀況的分析應包括在這些計劃的預測可能完成範圍之內。

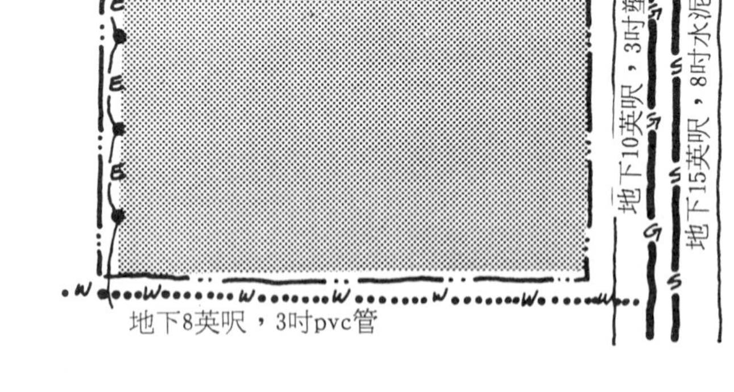

公共設施

處理所有設置於鄰近及基地旁的公共設施的形式及容量。典型的公共設施包括：電力、瓦斯燃料、下水道、自來水及電話事業。當公共設施離基地有一段距離時，這些尺度、尺寸也應考慮進去，這項分析記錄對於一些設置於地下的公共設施的管路材質與直徑及其深度的瞭解，將會很有幫助的。

感官的

記錄基地在視野、可聽性、觸覺以及嗅覺等各方面的資料。典型的關鍵議題是基地的視野角度以及來自基地周圍的噪音。記錄這些關鍵的感官型式，持續時間，強度以及品質（正面的或負面的）是有其價值的。如同稍早的討論之中，這通常包含著對於基地或其周遭的不同感官情況的相關需求做一些判斷。

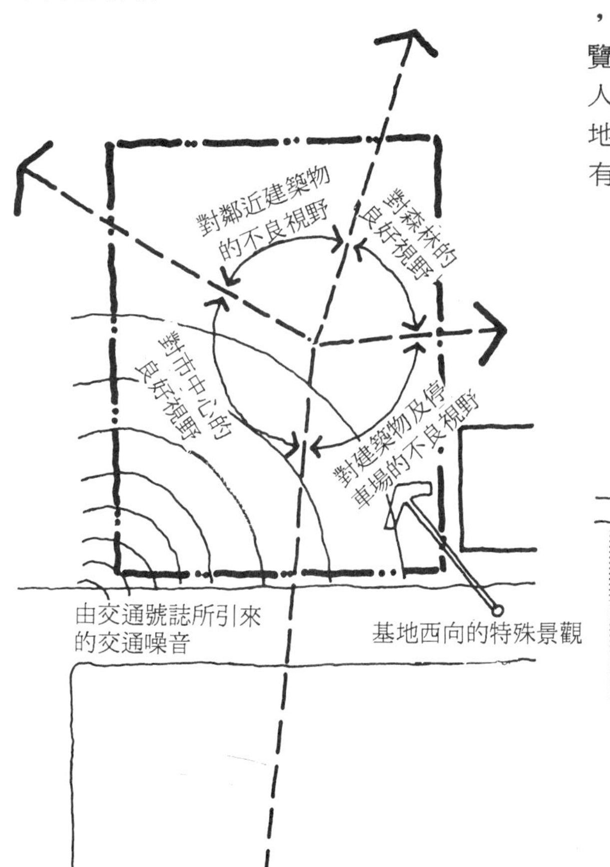

人類及文化

包括以文化的、心理的、行為的及社會學的層面來分析周遭鄰近的環境。這部份的範疇和我們稍早所列出的“鄰近環境涵構”有所不同，因為稍後所提出的範疇在於處理人類的活動，人類的親等關係，以及人類的性格模式、密度、工作職業、價值、收入以及家庭結構。基地附近任何排定的或非正式的活動，例如節慶活動、遊行、手工藝技能展覽也是重要的。雖然暴行及犯罪方式令人不悅，但對於設計者而言，在處理基地分區及建物設計的概念構思中，仍具有其價值。

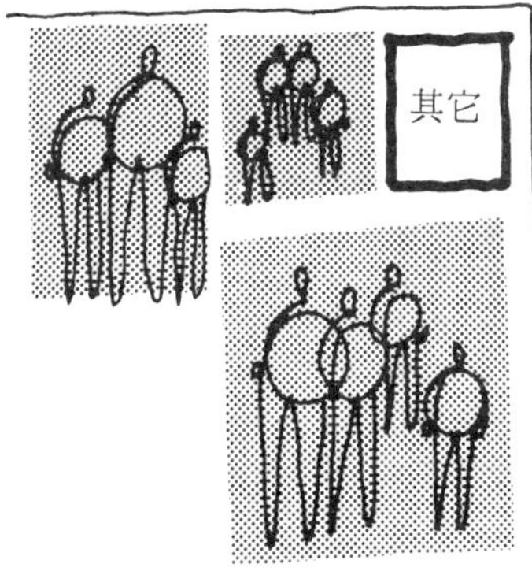

氣候

將一年中所有月份的氣候情況例如下雨、下雪、溼度及溫度的變化予以呈現。也包括了季節的風向，太陽軌跡，及陽光直射角在一年中的改變情況，以及潛在的自然天災，例如龍捲風（颶風）、以及地震。這樣的記載及分析不僅能夠對於瞭解一整年氣候情況的改變有所幫助，也能夠推知可能發生什麼危急狀況（每天最大的降雨、山谷中的風速）。

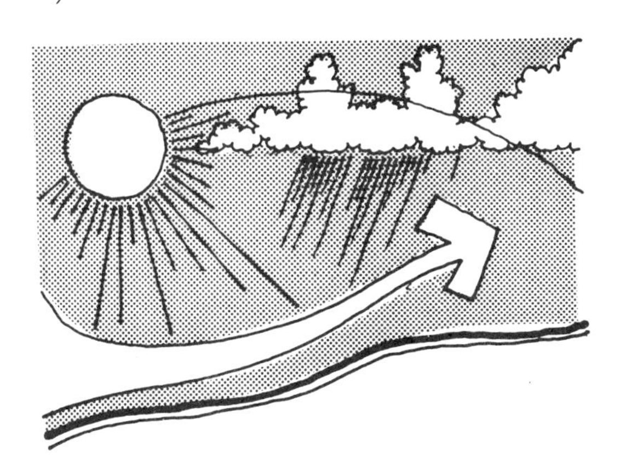

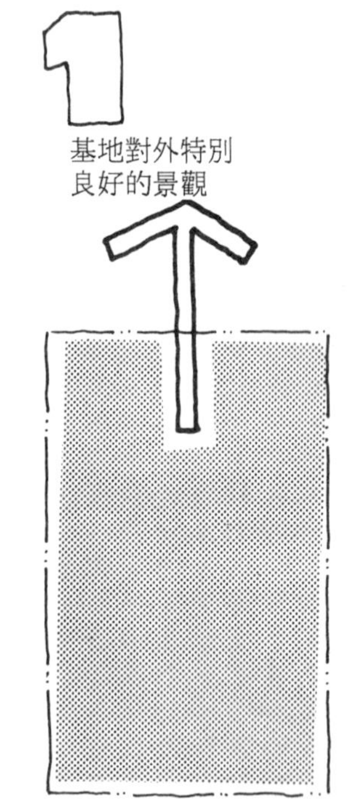

基地對外特別良好的景觀

規則空間朝向景觀

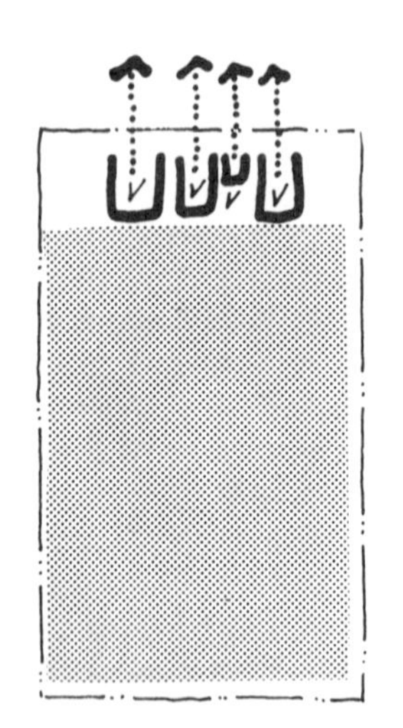

以動線串連朝向景觀的空間

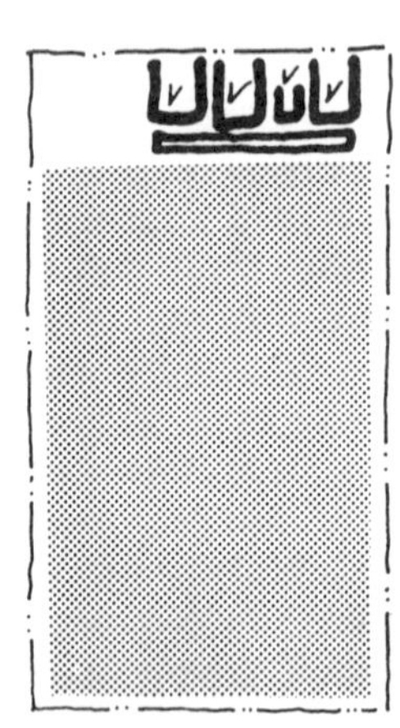

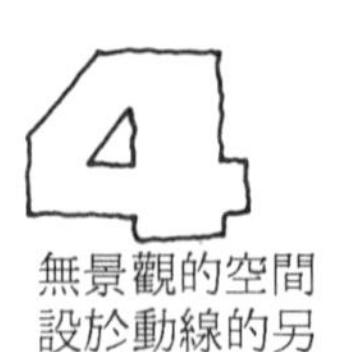

無景觀的空間設於動線的另一側

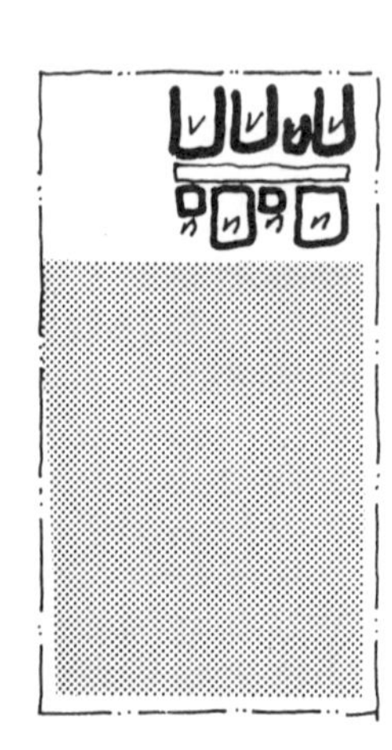

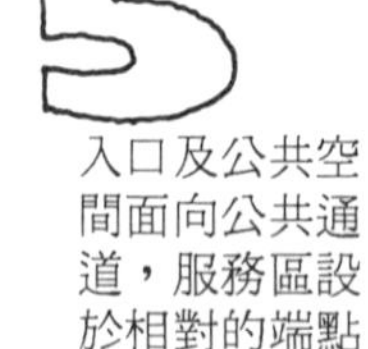

入口及公共空間面向公共通道，服務區設於相對的端點

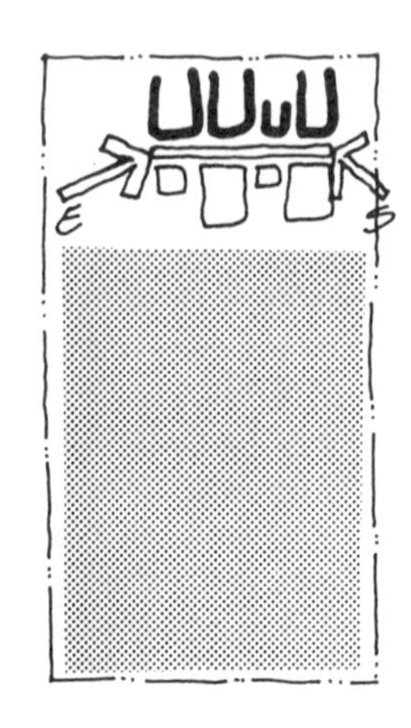

和主要街道相連的停車場及步道

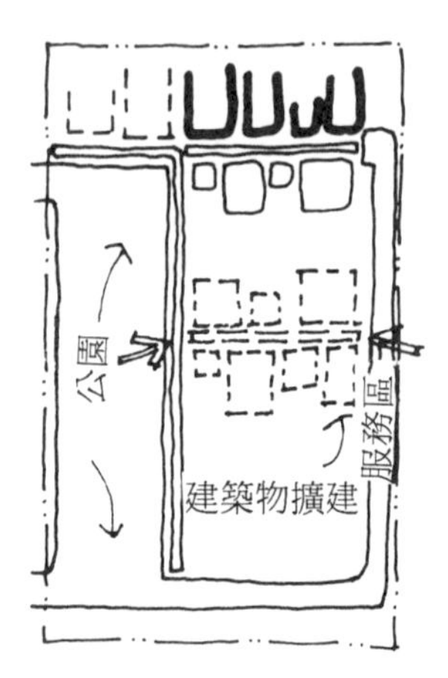

由對視野的回應啓發的基地分區概念

隱含的設計

環境涵構分析是對於環境涵構的設計作爲引言，它意味著，在我們開始對於基地作規劃分區之前，必需先對基地做分析及徹底瞭解。像功能、印象、或建築的外觀，是另一種切入問題的方式，藉此建立我們初步的概念，並且可以作爲設計者的設計脈絡下一步的決定。

雖然當我們在作環境涵構分析時，所收集的資料不可避免的會被我們心中建築物的外觀、印象所影響。但我們仍應試著將我們的概念與環境涵構的分析予以分開。環境涵構的分析應該是一個現存的及計劃狀況的清單，假設在基地之上沒有新的建築物，以至於當我們在設計這塊基地時，我們就不會因爲那裡的現況而混淆了我們希望將來在這塊基地之上做什麼以及放什麼東西（設計）了。

當我們在基地之上配置建築物空間及活動時，討論環境涵構分析對於設計的影響，以區別介於機能及脈絡上的不同是有其助益的。機能的論點傾向於設置建築物外部空間於向內彎折的道路，這可以從他們的住家類型，最初希望能夠彼此相望，來作爲將道路設置於其建築物空間背後的理論說明。另一方面，在環境涵構的部份，則是希望將空間移動到基地其他不同的位置，以反應建築群外部的情況。以機能而言，吸引力是存在於建築物之間相互的關係；以環境涵構而論，吸引力則是存在於建築物空間以及外部的基地情況之間。

通常，在一個設計問題之中，這兩個計劃（機能與環境涵構）的爭議，交錯推拉著建築空間以決定它們最終的位置。機能以及環境涵構在非常眞實的感覺之下“相互競爭”來決定建物的型式。

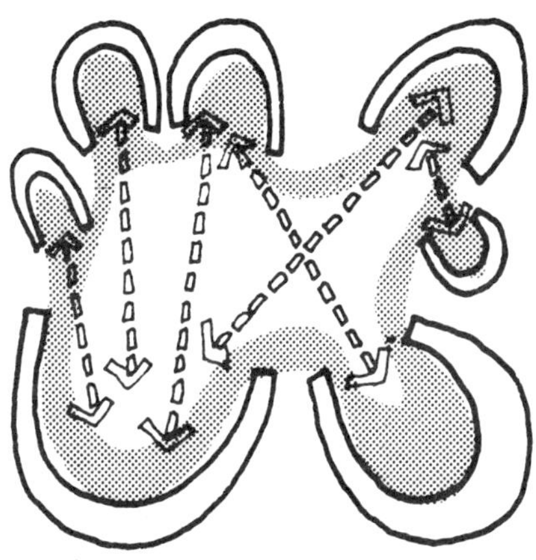
空間的配置源於內部機能的關聯性

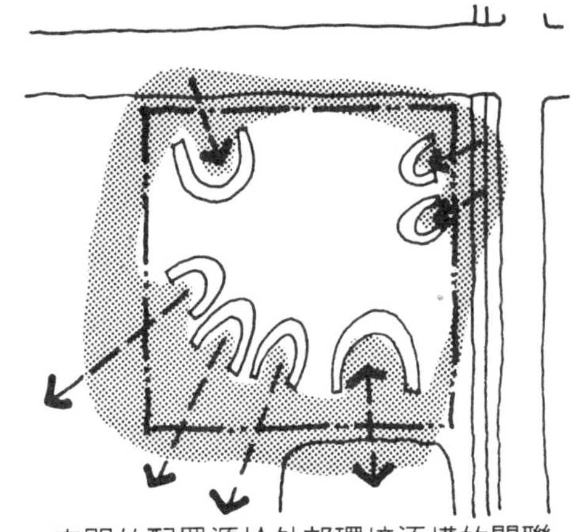
空間的配置源於外部環境涵構的關聯

以下提供一些可能會因爲和外部的連接而被放在方案中所產生的空間和活動的例子。

- 活動的需要或視野需求。
- 活動應與噪音區隔。
- 基地步行動線、模式應與活動緊密聯結。

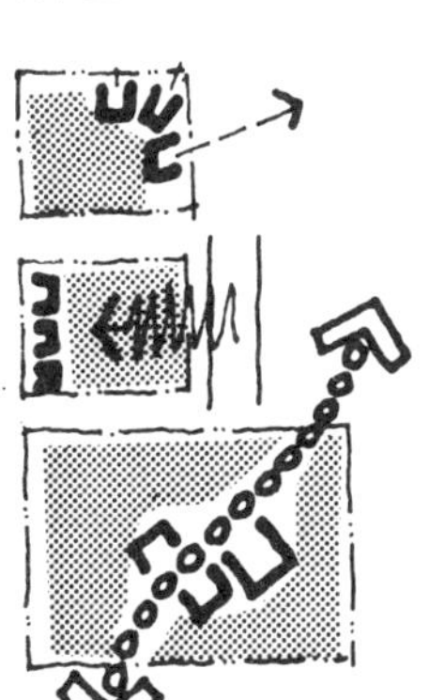

- 貨物分送、操作需求的道路以及交通工具之搭乘。
- 設置建築物入口於與道路直接相接之處。
- 將停車區與建築物外觀、視野相互區隔。
- 需求間接自然光的活動。
- 需求直接日照的活動。

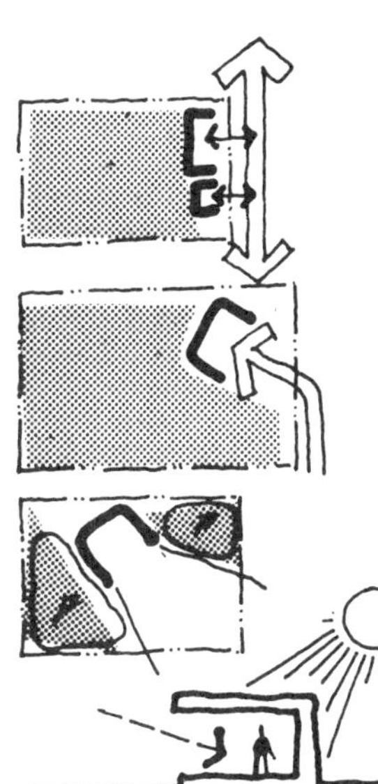

- 經營、操作需避開高活動區。
- 交通工具直接到達活動區。
- 以環境涵構的意象作形式的整合。
- 以現存的尺度、比例及幾何形式表達空間關係。

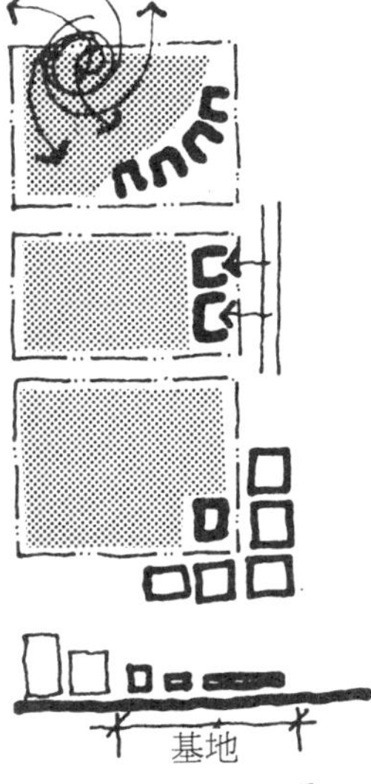

- 可由住戶自我控制外部環境的空間。

關於最初爲回應環境的壓力，而在基地上所作最適當的機能規劃空間配置的努力，可以包含在以下三種任一的處理方法之中。

1. 我們可以在機能被視爲一個較基地涵構更關鍵的付與形式的決定性因子的基地上放上泡泡圖計劃，而且空間可以在泡泡圖之內自由移動及改變，使機能定位及配置與特定的基地情況產生關聯。在泡泡圖內，空間之間彈性的聯結線，在於能夠保持著空間彼此之間不間斷的聯繫，以便當我們在探尋一個能與環境涵構有所對應位置的空間時，空間機能仍能相互聯結。

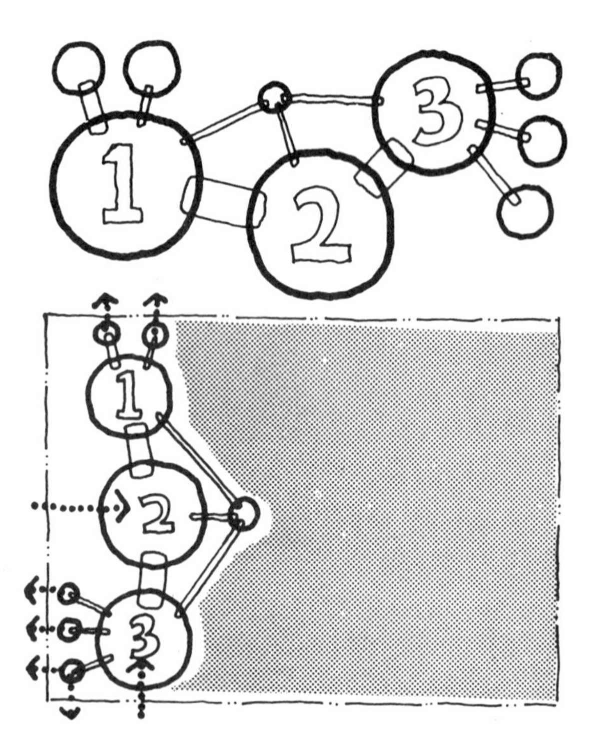

2. 在環境涵構被視爲較內部機能效率更重要時，我們可以將每一個機能及空間個別地放在基地最適合的區位上。當所有的空間定位之後（包括外部空間）我們就可以用一個動線系統來聯結這些個別的空間。

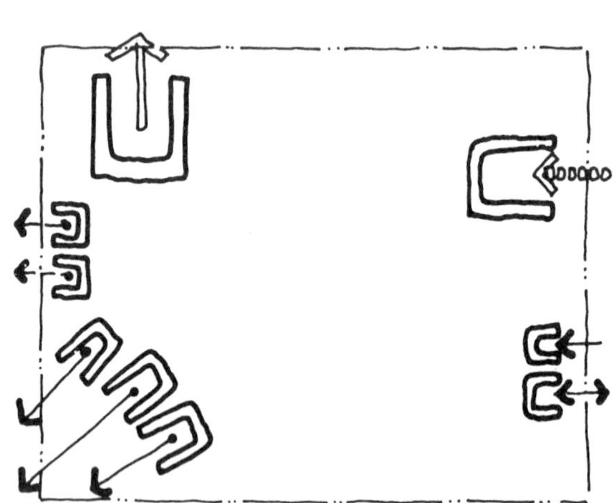

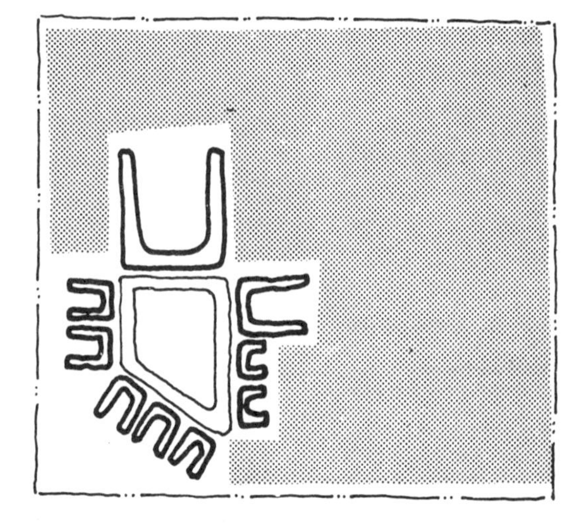

3. 第三個方式適合許多個基地組合的大型計劃，在決定空間配置之前，必須先將建築物或建築群當成一個整體來處理。這個處理方式的原則與意圖與前面所提到的兩個方式並無不同，只是我們處理基地的尺度較大而已。一旦我們將建物分區配置在基地上之後就可以依照前述的兩種方式之一來區劃，以反應其環境涵構對應的空間。

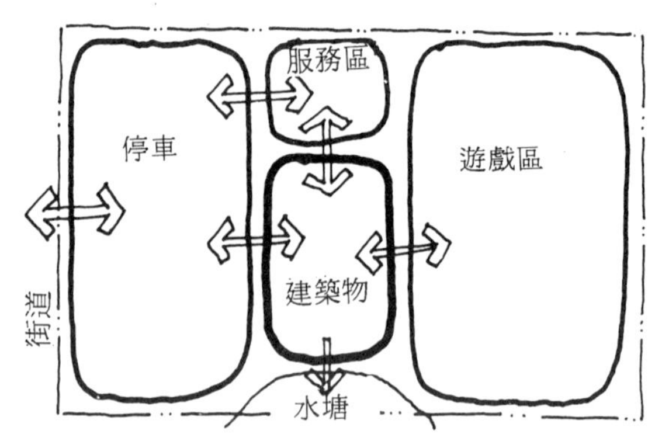

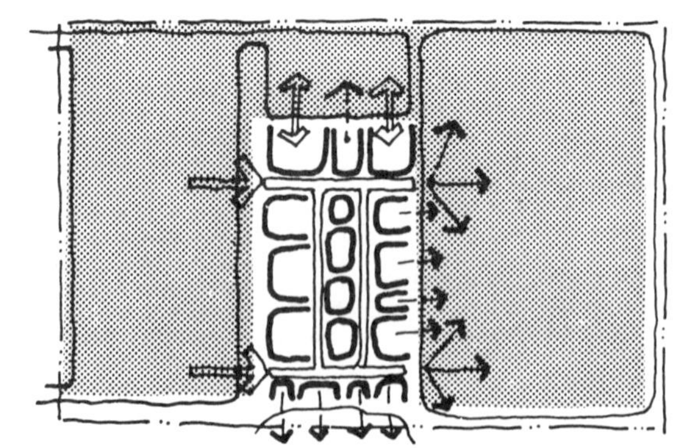

將建築物放置在特殊基地的理由可包含土壤承載的情況、縮減結構構築期間土木工事的外圍輪廓、為能享受視野及和風的山脊、建築物對於街道及街角皆能夠有良好的能見度、提供便利服務的巷弄、已經發生崩毀的基地斷崖（收集由營建產生的既存痕跡）或迴避一些應該被保存而特別有價值的東西以及特別不利的情況。（不良的視野或噪音）。

謹記在做基地設計、營建和空間配置時，同時包含平面及剖面的課題，是很重要的事。

各個樓地板面與地形輪廓的關係，各個空間的高度與視野的關係，從丘陵側步行而下的空間以及空間堆積與外形的關係，以及鄰近環境的尺度，這些潛在的原因，都是我們在研究基地分區的斷面的利器，就如同在分析處理平面一樣。一個記載著基地全部情況徹底的環境涵構分析，能夠讓我們具有信心。這個信心能夠幫助促發基地設計概念的靈感以及對於概念的啓發過程有所貢獻，在做過涵構分析及透過圖示產生基地課題後，我們促發了處理基地時的設計回應意象。

涵構分析

基地元素

處理基地元素的設計概念

環境涵構分析在喚起我們適用在基地問題及機會的設計語彙。對一個負責任的設計而言，環境分析作為概念化的激發角色是必要的。它幫助我們確定浮現在心中的設計意念之適切性，這些意念是由相關的計劃議題狀況和需求所引發，而不是被任意的放在案子裡。

環境涵構分析，本身不能創造出設計的靈感，我們常錯誤的相信只要分析足夠，就能夠得到解決的方法。但是，這是永遠不可能發生的事情。

跨越分析與綜合之間的鴻溝，必須是一個一體兩面的事情，我們必須分析環境涵構以引發設計的靈感，但是設計靈感或設計語彙也必須在環境涵構中來被引發。作為一個設計者，我們必須不斷地努力以延伸、拓展及深化我們的建築形式語彙以及概念。

使得當我們經由分析在"撥動開關"的時候，就會有一些靈感或語彙能草擬出來。

我們應該要知道許多利用好視野方法，許多阻隔外部噪音的方式以及從停車場到建築物的各種方式。這些概念上的解決形式是我們經由閱讀、旅行、經歷過的案子和參觀建築物累積而來的設計語彙所構成的。分析提供給我們的是環境情況而非設計靈感，告知我們一個宏觀的視野，而不是如何去做。我們必須由設計靈感的語彙來規劃出合適的概念。

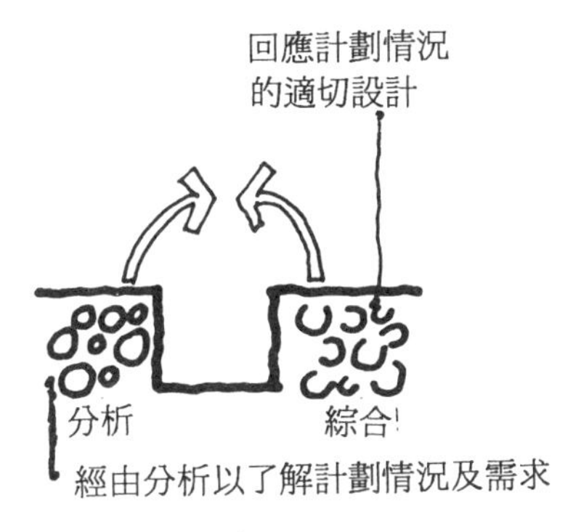

分析－綜合的聯結

將基地資訊
圖示化

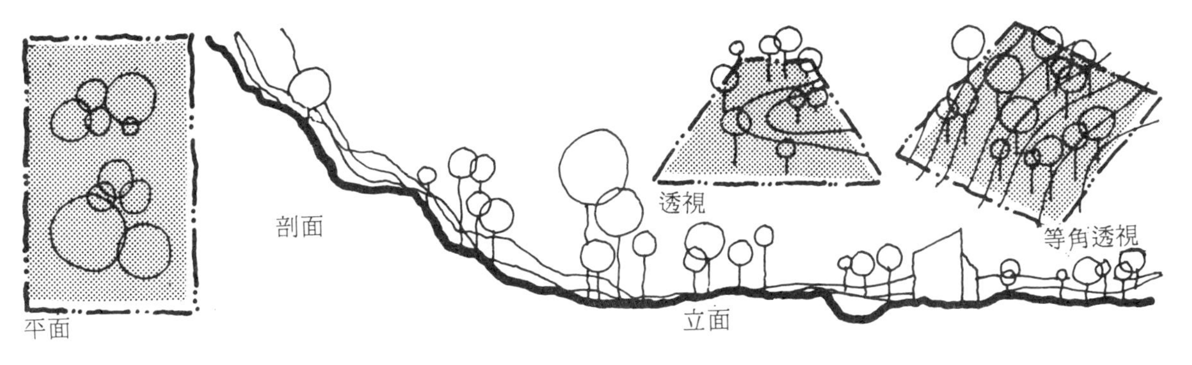

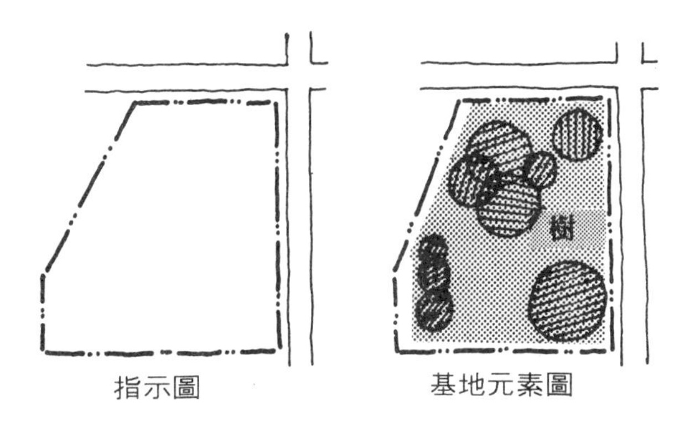

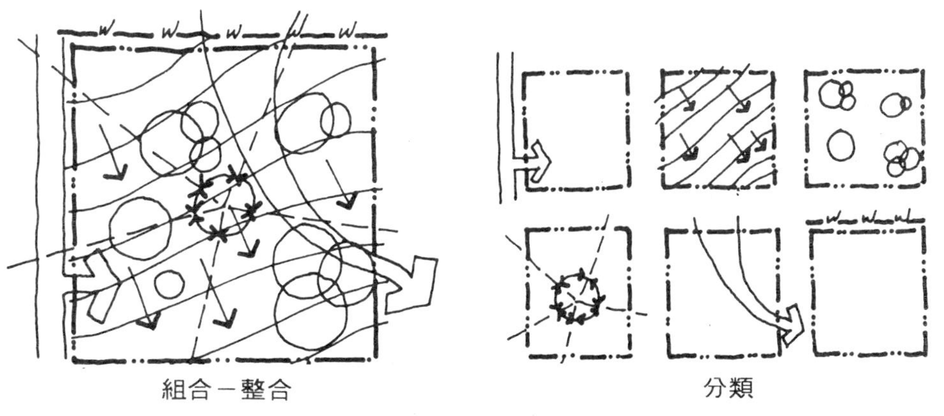

概觀

我們可以利用任何一種傳統的繪圖架構，以圖示的方式來記錄這些經由環境涵構分析而學習到的資訊、資料。我們可以很生動的、寫實的以平面、剖面、焦（消）點透視、等角透視，或是其他任何可以使用的方式來表達我們的訊息。我們所使用的繪圖方式應該對於正在記錄的資訊類型有所關聯。一些資料較適合以平面表達，一些較適合以剖面表示，一些適合以消點透視圖表達等等。通

常任何基地訊息的圖示有兩種要素。首先，我們先要有一份基地的指示圖，爲我們想記錄的特別基地訊息提供環境涵構。第二，我們必須圖示基地本身的現實情形。指示圖可能只是個外環以街道爲邊界的基地平面，或僅有地表水平線的整個基地外觀。我們用這些簡單的基地圖形，當作我們想傳達特殊基地關鍵因素的圖示架構。有兩種更不同的方式，我們可以透過這些指示圖，假設關於基地訊息的記錄：

第一、試著將許多不同的基地關鍵因子透過一個指示圖來表現，我們稱之爲組合或整合的方式。在這裡，不同形式的基地資料一個個被附加上去，以至於我們能夠很容易的看到各個資料彼此間的關係。在這個處理方式中，我們必須確定這張圖不可混亂，以及最重要的基地訊息，必須以最有力的圖示被表達出來。第二個處理方式，是將基地的每一項資料訊息予以分離，成爲一個“分

在基地的涵構
分析之中……

一些圖象可
予以組合……

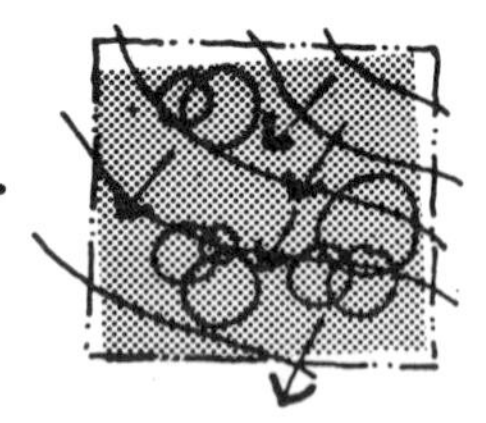

另一些可予以分類

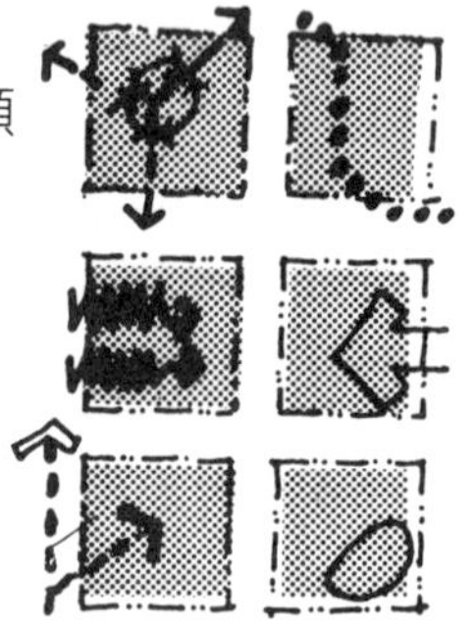

開式的指引圖”。這種方式著重在每一個關鍵論點分開表達，使得每一個關鍵能夠容易瞭解。個別的處理每項單一事實（因子），我們就較不可能忽視一些事情。單純的維持這兩種研討方法，其實並不重要，而能夠在同樣的涵構分析完善的使用這兩種方法，對於我們的狀況會是較適宜的。

我們可以透過指引圖來眞實的記錄我們基地訊息（資料）的圖示形式是多樣及多種的。這些狀況要採用什麼樣的形式，是沒有規則的，而且對他們而言，也沒有一種普遍且相同的語彙可言。

1 設計圖象形式

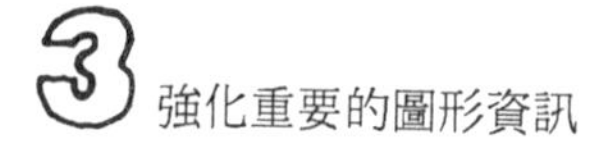

4 標示及註解

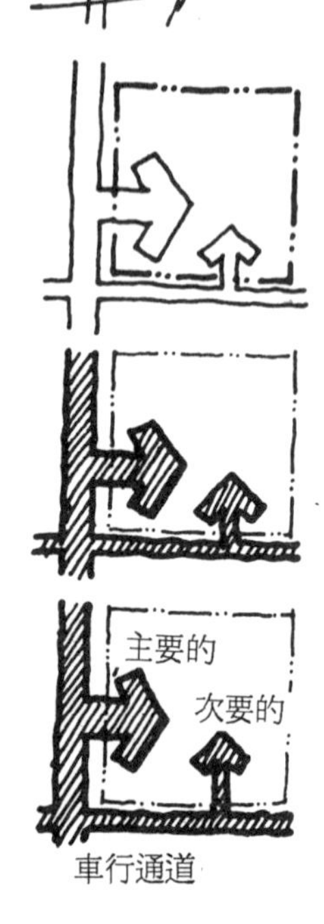

我們應開始發展我們自己的圖示語彙，以便它們可以成爲我們左右手和記錄基地狀況最有效率的繪圖法。

圖示任何基地的事實現況有四個必須的步驟。必須先設計最初的圖示形式，使這個形式精緻並簡化，透過圖形的體系來加強闡明及強調其意涵，最後必須介紹醒目及標記的地方。

● 地區

● 城市

● 鄰近環境

● 土地

環境涵構分析可以應用於任何尺度的位置以及與計劃內外部相關聯的關鍵議題。我們可以分析一個區域、一個城市、鄰近環境、一塊土地、現有空間內部，或是單一內部空間裡的空間。以下的討論將主要地處理單塊土地的分析。此外，也應注意在“其他環境涵構分析形式”之下的內部空間的環境涵構分析。

過程

議題設定

引導（或處理）環境涵構分析的第一步，是先確認那些我們想要分析，以及圖示文件的問題關鍵。如同先前討論過的，我們的目標應該是分析所有有關於基地相關聯的問題，因爲嚴謹對於計劃的成功是必須的。從那些有用的各類的基地問題之中選擇是有助益的，而我們的選擇至少受到兩個重要“置入問題”的影響。

1. **我們應該考慮計劃的本質、需求、需要以及關鍵的問題。**

計劃的本質是什麼？建築物存在的理由是什麼？它主要的目標及方針是什麼？建築物在強化基地及它周遭的環境上能夠扮演什麼角色？這些“關心（或事件）”幫助我們預期在計劃的設計階段期間將會需要哪些基地的資料。

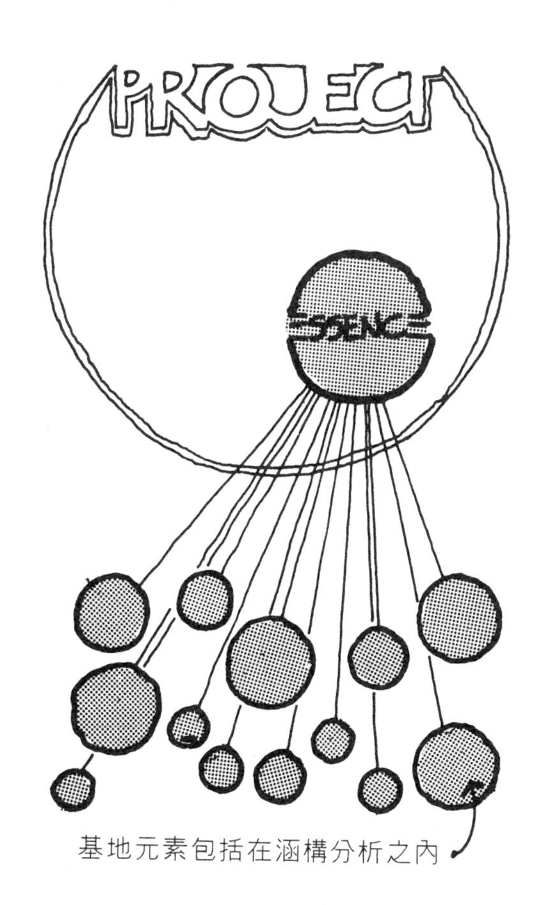

基地元素包括在涵構分析之內

2. 基地分析絕對不能以“遠距離”來完成。

經常應該以步行或開車的方式在基地的外圍及邊界直接觀察基地，看看基地的景色及令人心曠神怡的事物，聆聽周遭的聲音以及親身感受體驗周遭環境尺度，以及鄰里環境的意象。

這種從個人和感官的觀點和基地直接接觸，對於應該在環境涵構分析中被提出的基地資訊的線索，提供我們另一組選擇的方式。

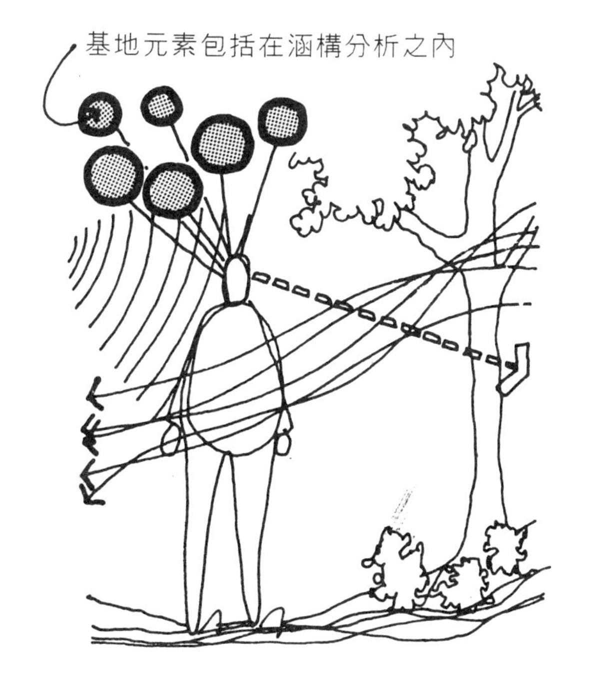

基地元素包括在涵構分析之內

基地元素檢視

涵構分析 #1

涵構分析 #2

涵構分析 #3

基地的現場勘察，讓我們能夠發展（引發）出什麼是關於這塊基地唯一的、有價值及重要的感覺。

先前應集中注意在哪些該分析的技巧方法，可以從一個潛在環境課題的檢查表（列表）中得到。逐項檢查方式幫助我們確信沒忘記（遺漏）任何重要的基地因素，以及支持我們能更有效的確定基地的情況（該關心的事）被包括在我們的分析之內。

在每一次我們遇到新的基地問題時，我們就應在原先的表單問題中，給予附加上去，如此，經過一段時間後，我們的表單範圍，就愈來愈廣泛了。以下是一些典型的、潛在的基地問題的表單：

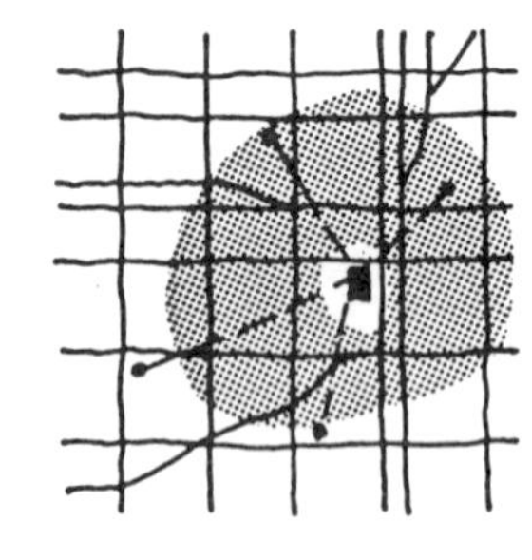

1. 位置：

a.城市位於州內的什麼位置，包括了與道路及其他城市的關聯性（關係）等。

b.基地鄰近環境在城市中的位置。

c.基地在鄰近環境中的位置。

d.介於基地及城市中其他有關聯機能的位置間的距離及旅程時間。

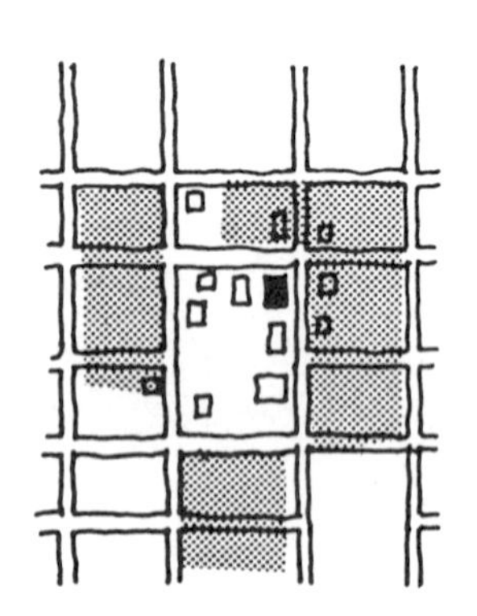

2. 鄰近環境涵構：

a.表示出（指出）現有鄰近環境的地圖、現有計劃分區。

b.鄰近區域中現有及計劃建築物的使用（用途）。

c.鄰近環境建築物的屋齡或現況。

d.鄰近環境外部空間現在及未來的使用。

e.鄰近環境任何強有力的交通工具的動線、主要及次要的街道，零碎的車輛服務路線、公車路線及停靠站。

g.空間虛實的關係。

h.街道照明的模式。

i.建築模式：例如——屋頂型式、開窗型式、材質、色彩、地磚、外表的多孔性與街道間的關係、車輛停放方式、建物高度、雕刻精神、氣勢等等。

j.鄰近可能配置特殊的限制地區的分類或我們設計“歷史性地域”工作的責任。

k.鄰近具有特殊價值或意義的建築物。

l.應該保存的“脆弱的場所或印象”。

m.一年中不同時光的陽光及陰影模式（光影模式）。

n.主要的地形地勢及排水方式。

3.尺度（尺寸）及區域劃分：

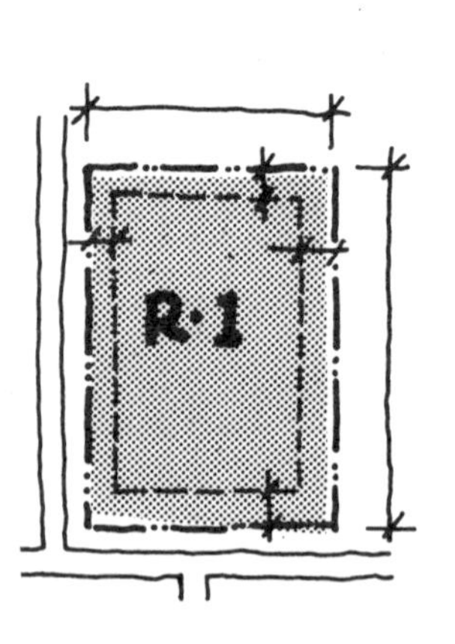

a.基地各個邊界的尺寸。

b.基地周圍公共街道的尺寸。

c.地上權的位置及尺寸。

d.基地現在的都市計劃分區及分類。

e.區域劃分的分類中，前、後及側院所需的退縮距離。

f.退縮後的可建“面積”（也應扣除部份地役權）。

g.區域計劃分類中對於建築物高度的限制。

h.以建築物使用基地的方式為基準，

決定停車所需的各分區公式。

i.所需的停車空間數量（假設我們已知道建築面積）。

j.介於現在區域計劃分類容許以及我們正規劃的基地機能間的任何衝突。

k.改變基地的區域計劃分區以調整及容納所有計劃完成的機能。

l.會改變基地尺寸特徵的任何計劃的變更，例如街道拓寬的或獲得另外附加的所有權（地權）。

4.法定權利（法律、合法性）：

a.所有權（所有地）的法律描述。

b.契約及限制（基地所在地區的使用許可高度限制、機械設備的審查資格、服務區、屋頂元素的限制、建築特徵、歷史性地區的設計需求、等等）。

c.所有權者的姓名（財產所有權）。

d.擁有財產、地產所有權、司法權的政府機關、機構的名稱。

e.以上各種類之中任何計劃的或潛在的改變。

5.自然物理環境：

a.地形的外貌、輪廓。

b.主要的地形外貌特徵，例如：高處點、低處點、山脊、山谷、斜坡及平坦地區。

c.基地的排水方式，包括地表的排水方向（與地形垂直），主要及次要的水路收集幹道脈絡，從鄰近的地上到基地之上以及從基地之上到鄰近土地的排水方式，以及任何鄰近地區與水相關聯的模式。例如：高架系統或暴風雨時的排水溝。

d.基地上現存的自然外貌、特徵以及他們的價值，以保存及增強的觀點對抗變更或撤移的觀點。這其中也包括了以變動外貌的不易及花費的永久性的考量。基地之上可能包括樹（樹種及尺寸）、覆地物、露出地表的岩石、洞穴或溝渠、小山、基地上的水文（水池、池塘、湖泊、河流）以及基地穩定或不穩定的地區（基地的已開發過的痕跡對未來開發的地區）等外貌特徵。

e.地表下不同層次（層級）的土壤類型及土壤的耐力，基地內土壤類型的分佈。

6.人造環境：

a.在基地上任何建築物的尺寸、形貌形狀、高度以及位置。若是這些建築物仍存在著，外部的特徵以及內部的配置也應記錄下來。
假使這些建築物是我們計劃中的一部份，我們也應對建物的每一項設備做詳細的分析。

b.牆、護壁、或圍籬的位置及類型。

c.外部遊戲場，庭院、內院、廣場、車道、步道或服務區的位置、尺寸以及特色（特徵）。

d.記錄下對於我們設計工作特別重要的場所的人造鋪面形式。

e.截角、電線桿、消防栓或公車候車亭的位置及尺寸。

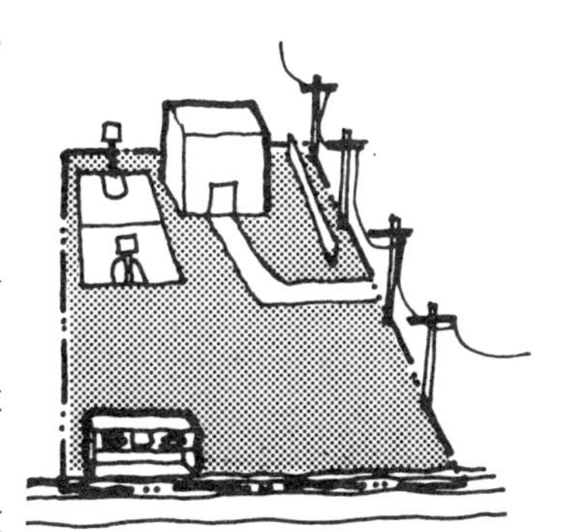

f.基地之外的人造環境，包括了以上所列的在基地之上的各個項目以及／或包含了我們基地周圍現有建築物特徵的細部分析。在設備的設計當中（歷史性地區，等等），建築特性將成爲一個特別重要的因素。在分析周遭建築環境特性所考慮的一些因素包括了尺度、比例、屋頂型式、門窗的型式、建築物的牆面退縮、材質、色彩、構造紋理、開放空間對建築空間、視覺軸線、地景材質以及模式、舖面的紋理及模式、多孔性（開闊的程度）以及牆面型式的阻隔性（進內部以出外部）；連絡（聯結）、細部及裝飾、外部的照明、戶外的家具設備、以及停放車輛的各種方法。

7.動線：

a.基地內的人行道、路徑及其他包括了使用者、目的、使用時段及使用數量的行人步行模式。

b.基地之外，曾經提及與基地上使用相同特性的步行移動的模式。

c.假設一種步行的模式被認爲有價值的，以及值得保存或強化的，我們的分析也應該包括如何改善（增進）現存的步行模式。

d.基地上及鄰近的車行移動模式，包括了交通類型、起點及目的地、時刻表、交通流量及尖峰承載，也應包括被中斷的交通，例如：遊行、節慶活動、音樂會、救火車路線、服務貨車車隊等等。

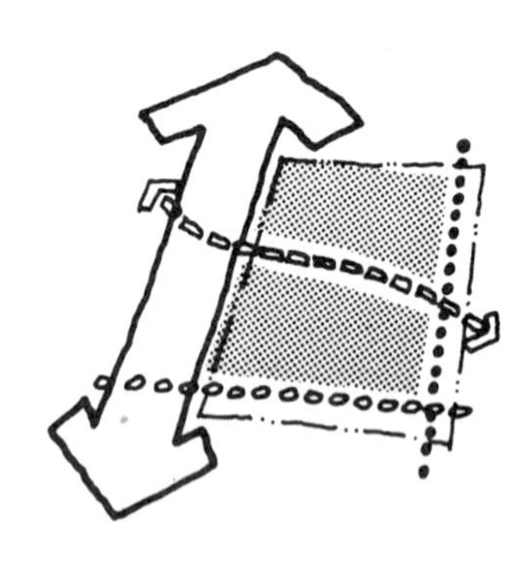

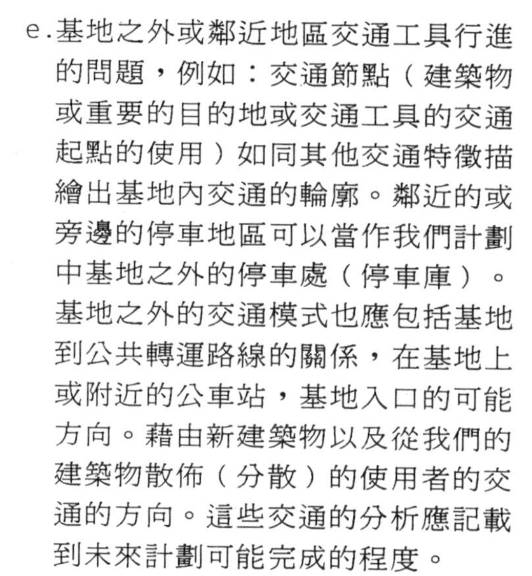

e.基地之外或鄰近地區交通工具行進的問題，例如：交通節點（建築物或重要的目的地或交通工具的交通起點的使用）如同其他交通特徵描繪出基地內交通的輪廓。鄰近的或旁邊的停車地區可以當作我們計劃中基地之外的停車處（停車庫）。基地之外的交通模式也應包括基地到公共轉運路線的關係，在基地上或附近的公車站，基地入口的可能方向。藉由新建築物以及從我們的建築物散佈（分散）的使用者的交通的方向。這些交通的分析應記載到未來計劃可能完成的程度。

f.對每一個將使用的新建築物或穿越基地的步行以及交通工具的交通類型的最可能的配置，或到我們基地最適宜的路徑。

g.步行橫越基地的時間、開車橫越基地，或經過在基地旁邊對我們設計重要的那些地方所花費的時間（學校課堂間走路所花費的時間）。記錄下在城市中開車往返所花費的時間可能也是有幫助的（從我們的基地到市中心鬧區、大學、購物中心等等）。

8.公共設施：

a.電力、瓦斯燃料、下水道、電信以及自來水事業的位置、容量以及傳輸的形式（水管的類型等等）。就電力而言，應包含每一項設施在地下的深度以及在道路面之上或之下。電線桿的位置。

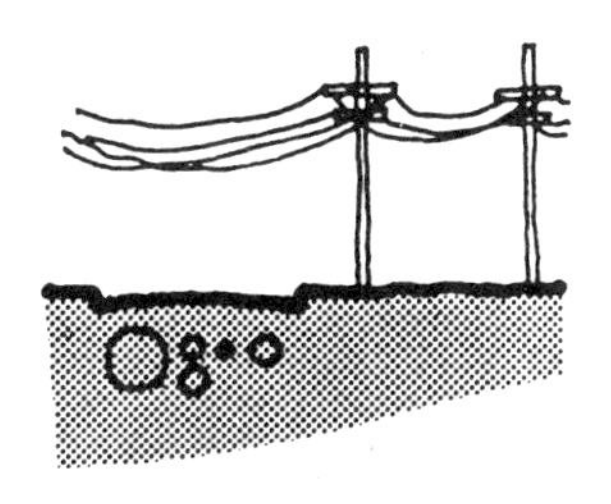

b.公共事業的（線路）管線中止在靠近基地邊界的什麼地方，應給予從基地到管線的距離。

c.在鄰近基地有多數的機會可聯接公共事業的地方，記錄下那些在基地之上可能提供最好連接公共設施的位置或邊緣。由於公共設施管線容量、排水溝渠與基地輪廓相關聯，因此將基地之上公共設施通過的需求最小化，並且予以集中。將公共設施放在基地的“背後”（視配置而定）或與基地的障礙以及棘手的地質情況一併處理。

9.感官（知覺）：

a.基地對外的視野，包括了在基地上的什麼位置視野不會被妨礙，是什麼樣的景色，是否景觀好或不好，這個角度的視野能發現些什麼，是否景色會隨著時間而改變，以及長期視野持續的可能性。

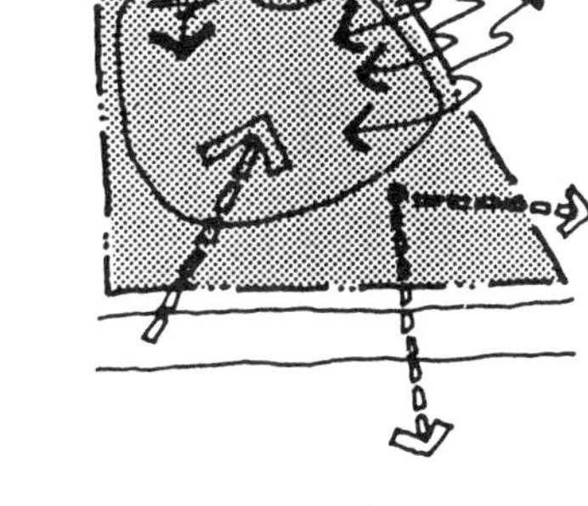

b.從基地邊界內觀察基地上引人注意的地點。包括了是什麼樣的景色，是否景觀好或不好，在基地上什麼地方景色最好及什麼地方視野被阻礙了，這個角度的視野能看到些什麼，以及是否視野中的景物會隨著時間而改變。

c.從基地邊界之外的區域來觀察基地，包括了街道、人行道、其他的建築物以及街景。包括了何時首次看到基地，是在什麼樣的角度看到，這塊地令人印象最深刻的景觀，這塊基地及地區可見到的最好的景色，從基地之外觀察可能成為目標的特別有趣的地點，以及經由基地之外長時期的發展而持續或被阻礙這些潛在的視覺景觀。

d.從所有地之外當我們的視線從基地之外穿越基地，我們的基地包含視野的景物及景觀存在於那些個不同的位置，是否景觀好或不好，這個角度的視野能看到些什麼，以及希望視線焦點是怎樣的景觀，和經過長時間之後視線仍能一樣開闊。

e.在基地之上或圍繞在基地周圍任何重要噪音的位置、產生器、時間明細表（一覽表）以及強度。這項分析應包括噪音長時期持續的可能性。

f.任何在基地之上或圍繞在基地周圍重要的氣味、煙霧或其他空氣中傳播的污染的位置，產生器，時間明細表，以及強度，這項分析應包括長時間的持續可能性。

10.人類及文化：

a.鄰近地區的文化的、心理的、行為的及社會學的層面的記錄。潛在的訊息包括了人口密度、年齡、家庭大小、民族特有的模式、職業、就業模式、收入、娛樂的偏好，以及非正式的活動或事件。例如：節慶活動、遊行或市集、博覽會。

b.不良的（負面的）鄰里環境的模式，例如破壞文化或藝術品的行為，

以及其他犯罪的活動。

c.鄰里對於我們基地之上計劃的設計及建造的態度。

d.鄰里對於鄰近環境內什麼是正面的、積極的、以及負面的、消極的事物的態度。

e.鄰里人口的永久關聯性。

f.用以上所提到的各項因素及觀點來看鄰里的傾向(趨向)。

11.氣候：

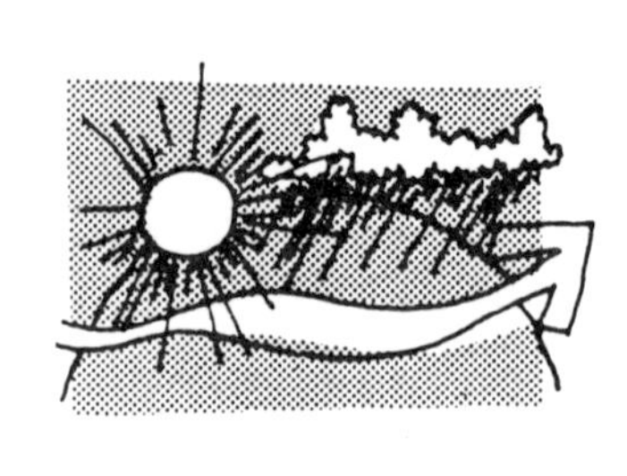

a.全年每個月份的溫度變化，包括最高溫及最低溫，以及全年的溫度極值，以及每個月份每天日夜溫差的平均值。

b.全年每個月份的溼度變化，包括了極大值、極小值及每個月的平均值，以及每個月最具代表性的一天。

c.以英吋爲單位記錄全年每個月份的降雨量變化，應包括任何一天預期的最大降雨量。

d.以英寸爲單位記錄全年每個降雪月份的降雪量變化，應包括任何一天預期的最大降雪量。

e.全年當月份季節盛行風的方向，包括風速每分鐘多少英呎及每小時多少英哩，以及預期白天及夜晚路徑方向的變化。也應包括預期風速的極大值。

f.在夏至及冬至日(高點及低點)太陽的軌跡，包括夏季及冬季一天中特別時間的高度及方位(日出及日落，早上九點，中午及下午三點的位置)。

g.各項能源的有關資料，例如日光照射在基地上的單位溫度或單位熱量。

h.潛在的天災，例如：地震、暴風雨、颶風、龍捲風，可能包括我們基地所在的地震帶分區，以及在這個地區內的天然災害的歷史記錄。

藉由我們特別的計劃，這些關鍵的其中一些就顯得較其他關鍵更加重要了，一些範疇的分析就可能完全的消失而代之以另一些新的需求。

避免過度關注分類系統中我們“漏看”的基地分析的意義及重要性，是重要的。基地事實的如何分類，並不如適當的掩蓋我們分析的一些地方來得重要。

任何檢查表都有個先天性的危機存在，利用檢查表逐項檢查使得我們從手邊的工作中得到心理上解放變得容易，以及有時候給予我們不眞實的安全感。我們感覺到只要我們簡單地“放些東西”在每一個標題之下，我們就可以輕易完成我們分析基地的責任。我們不能讓基地分析變成一個如資料櫃般的愚蠢的塡充行爲。我們的心理上仍應與過程相銜接、契合，思考我們找尋到的事實的含意，追根究底的分析主要及次要的關鍵、議題直到我們覺得滿意爲止。

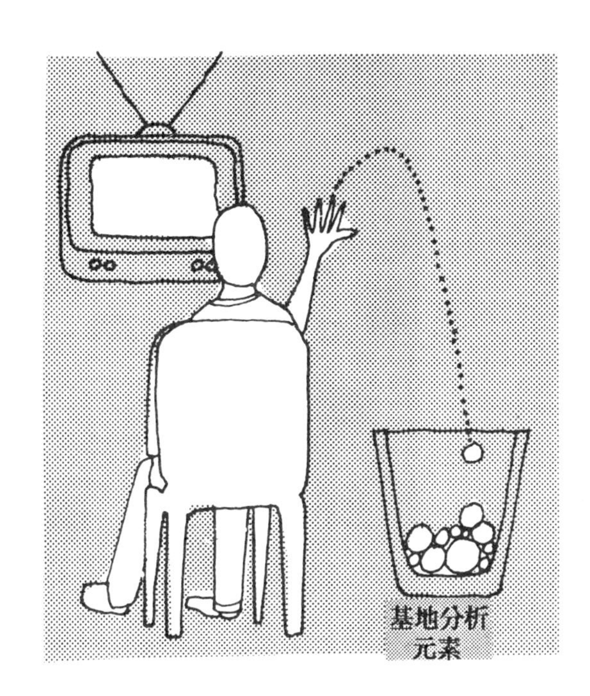

我們必須跟隨著第一次接觸到的人、事、物，直到我們確信那些是不恰當、不合適的或是他們確實含有有價值的訊息。絕對不能讓在逐項檢查中存在有意味著隔離的資料阻隔了我們對於基地情況之間結合的了解。

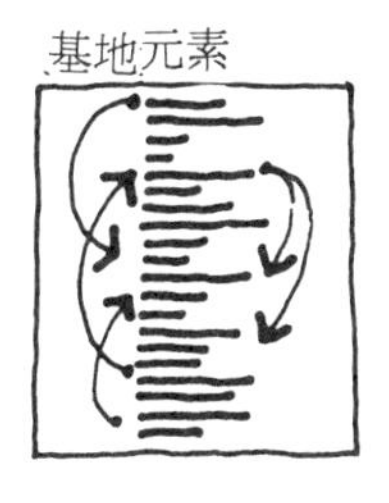

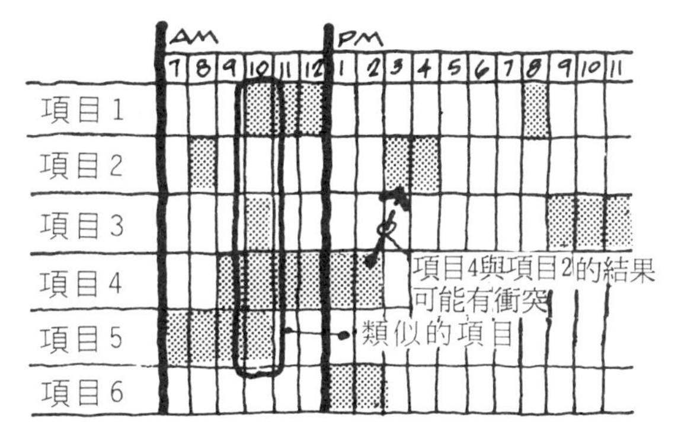

這樣的作法是有價值的，例如：將所有處理時間或時段表的關鍵議題，放在一個樣板的一天的時間架構之上，以及全年不同的時間來了解分析。這讓我們了解以多數因子的共同作用較單一的因子影響基地的消長來得有力量。也讓我們相當眞實的體驗到基地上多數混合因子的作用力。

蒐集資料

一旦需求的訊息經確立之後，我們必需描述資料的來源以及搜集、整理這些資料。在一些個案中，必須經由其他人來得到這些資訊。但當在另外一些個案之中，我們就可以自己直接收集這些資訊。

資訊的來源從城市到城市及以從基地到基地都會不同。謹記住，對一些資料的類型而言，單一的來源就足夠了。

而最初對於量與技術的資訊是眞實的。其他型式的資料，在性質型式原則上，可能需要確定目標的多數來源。

以下是潛在訊息來源的概述：

	資料	資料	資料	資料	資料	資料	資料	資料	資料	資料	資料	資料	資料	資料	資料	資料	資料	資料	資料	資料
來源 1			●					●				●							●	
來源 2	●						●							●						
來源 3				●					●		●						●			
來源 4		●		●						●					●	●				
來源 5					●	●							●					●		
來源 6		●						●											●	
來源 7					●												●			

1. 區位：

各州的地圖可以僅圖示出主要的高速公路及城市來簡化縮小。一個大小適中的城市地圖可以在部份的電話簿中找到，我們只需要將主要的街道或地標相聯結。從航空測量公司購買一份我們基地以及鄰近地區的航照圖，也是有幫助的。這些圖可以不同的比例來生產（製作），讓我們可以從照片之上來描繪鄰里的街道以及各項設施。我們可以從縣市的計劃部門內的計劃分區地圖來描繪鄰里環境涵構，或由地方的藍圖公司來取得。藉由實際的駕駛來記錄距離及旅程時間。或者在步行動線的案例中，藉由步行來取得這些資料。

2.鄰里環境涵構：

可經由縣市的計劃部門或存有計劃分區地圖檔案的地方印刷公司來得知我們基地的計劃分區。

與在這地區工作的不動產經紀人及縣市的規劃師約談，以了解並得知關於計劃分區的趨向。

當我們與此地的商人、居民、不動產經紀人及縣市的規劃師訪談關於計劃施行的時候，也該同時觀察該區現有的建築物及外部空間的使用。另外其他問題的關鍵則需要直接的觀察這些包括了建築模式、虛實的關係、重要建築物、弱質地區，街道的照明以及建築物目前的情況。

縣市的計劃部門（機關）也應思索關於特殊類別所在區，如“歷史性地域”的存在以及需求。

全年不同時間的光影模式包含了：建築物、地景景觀區、高度、陰影模式，在一日中的標準時（早上9:00、中午、下午3:00），在夏至、冬至，或許在春分或秋分的文件記載證明。也許藉由直接觀察照片，來估算建築物的高度及面積。

太陽（水平角）及高度（垂直角）可從／建築圖形標準／標準參考書藉或當地的氣象區來收集，當地的運輸機關或交通規劃部門應當都有基地周圍交通現況及計劃交通的資訊。

特殊型式的交通工具的特別路線必須由每一家公司或機構來收集。

可以從全美地理測量圖來補足主要的排水模式。

這些來自地理測量地區辦事處或城市工程師的圖，一般都可在當地的印刷公司買到（獲得）。

3.尺度及計劃分區：

若我們已完成了基地地形上的測量，許多有關於尺度及計劃分區、法律、自然物理環境、人造環境的資料，就可藉由測量工程師來收集及記錄。

這些測量調查能夠整理出多少關於我們基地的資料，端賴於我們自己能夠作多少調查以及我們業主（委託人）能夠支付多少測量調查費用。（一般原則是，業主有責任提供基地的調查資訊給建築師、設計者）我們應假設必須收集全部的資料以達到我們的目地。

基地邊界的尺寸須經由直接測量來證實，但是也可以從產物保險公司或稅務辦事處獲得文件記錄。現在及未來道路包含了所有公共事業公司時，路權一般可以從縣市運輸部門取得。計劃分區包括了分類，退縮，高度限制，容許建蔽率，使用分區限制以及停車需求，以及目前的計劃分區類別是什麼，可藉由從該地區的印製公司或城市規劃部門得到的計劃分區地圖來收集我們需求的資訊。關於我們基地是屬於何種分區許可的明確資訊可以從地方計劃分區的法令來收集———本記載著每一計劃分區類別的書。我們可以從縣市的計劃部門購得或由當地圖書館借到法令的影印本（備份）。

存在於我們基地的計劃分區及我們業主想在基地上做些什麼之間的衝突，必須經由比較之後來決定。

假使衝突仍然存在，業主就必須向縣市調解委員會尋求變更計劃分區，或是尋求另一個能夠使基地全部計劃順利推行的不同分區。（業主）他可以購買另外的土地產權地或一個不同宗的土地產權，另外的選擇是簡單的修改計劃的使用以適合分區規則的使用許可。可建面積的量是由基地邊界內的面積來扣除基地的退縮部份或地役權。一般說來，停車以及基地上的道路可以佔掉退縮部份的不可建面積。

4.法律：

大部份關於基地的法律資訊包括法律描述、契約、限制以及產權所有人，都可以從產權的契據上取得；所有權人及產物保險公司都應該會有這些資訊，國家稅務機構（國稅局）可能會有一些或更完整的資料。管轄權一般是在找出是否基地位於城市的範圍內。有時候，基地可能會牽涉到有些例如印地安人保留區，或聯邦政府的或州政府的特殊的管制權。這些法律上的計劃變更的資訊，必需經由與我們的業主、專職司法機構、鄰里公會、原先的所有權人或任何對於契約及限制有責任的當事人約談來獲得。

5. 自然物理環境：

這個範疇大多數的資訊，需經由基地直接觀察以及透過基地輪廓的地形測量圖來記錄資料。

由測量工程師完成的地形的輪廓都包括在產權的測量圖中。地形等高線的排列可能從一英呎到十英呎，端賴於基地的輪廓（是如何）而定。在一個超大的基地當中，等高線可能會更多。在我們必須決定輪廓線的基地，我們須自行辦理地形的測量。關於基地坡度，我們可以藉由站在基地的四個角落上（假設基地情況許可）來感覺體驗基地的坡度以及評估其他角落與我們視平線的關係尺度（高低差）。一旦我們建立了全部基地的高低差之後，就可以估計介於高低點之間的斜率了（外形等高線）。

假使我們需要較精準的基地輪廓記錄，就必須辦理一次正式的地形測量。在地形圖上的資料，包括了主要地形外觀的直接觀察及記錄，例如最高點、最低點、山脊、山谷、斜坡以及平坦區域。排水方式也包含在直接觀察之內，排水模式都與基地的輪廓線相垂直。另外，找尋基地的谷槽中主要的及次要的排水收集器，這些如何進入基地及離開基地的排水方式都應記錄下來。

永久的地上物及流動的水也應該在地形輪廓圖記錄下來，這些“水”的邊緣將成為明顯的地形輪廓線以及基地較低邊緣之一。

基地上的現有自然環境包括樹、覆地物、突出的岩石、地表構造組織，以及土丘全都需要直接觀察及記錄在地形（輪廓圖）之上。

測量出重要物的確實位置與一些基地參考點間的關係，並且將尺寸及方向記錄在我們的地圖之上。

關於基地自然環境價值的意見及判斷，可能放在記錄著地圖周遭環境外貌的型式的備忘錄中。這也包含了檢視關於我們目前計劃案的設計位置的適當性以及外觀價值。

地質情況需由地質鑽探以及描述土壤型式和承載力的地質報告來取得。有時候地質測試是在草圖設計之後才做的，使僅有在建築物配置的位置上做土壤測試，這種情形在大基地小比例開發的土地之上特別顯著。地質測試一般是由業主支付費用，地質工程師或測試實驗室來作測試。

6. 人造物理環境

基地上的特徵都包括在測量工程師完成的地形測量圖上。這些特徵一般包括的項目例如建築物、牆面、護堤壁、遊戲場以及庭院內院、廣場、車道圍牆、服務區、街道截角、電線桿、消防栓以及公車候車亭。

這些特徵的尺寸及位置，必須由基地上直接測量，以及參考基地上的一些水準點標記元素。

確實的位置並不是絕對重要的，因為這些特徵的尺寸及位置可以從基地的航照圖估量而來。這些航照圖一般可以從當地航空測量公司或從縣市計劃部門購得（或取得）。

現存建物空間內部的配置情形是重要的，假如我們能夠拿到一套原始的施工圖面，當然是最好的。假使沒辦法取得，就需靠實際測量建築物及重建這套內部配置的圖面。

我們基地周圍建築物的建築特徵（特性）的記錄，可以藉由素描（速寫）或相片與記載著我們的觀察及判斷的筆記來完成。這樣的方式對我們而言是有幫助的，例如：畫下一組數個街廓的具有歷史性的街道建築物立面，用以記錄這時期建築物的全部印象、正式的形式變化的律動及頻率以及細部。

對我們而言，也可能有已經完成關於歷史性地區的報告，記錄了許多關於這方面的資料。若是有這樣的報告，應該可以從縣市的都市的都市計劃部門得知。

7. 動線

在先前基地資料分類中，都已經大概完成了所有街道、小巷子、小路、人行道、廣場等的記錄。“動線”提出了在這些道路系統最初的情況。

關於在基地之上及基地外的步行動線網路的資料可能包含了對於現況的直接觀察、以附近吸引人潮的節點為基礎的計劃（如雜貨店等等）以及縣市計劃中可能已經完成的研究案（例如市中心的步行交通計劃等等）。

我們也可以經由與附近居民的談話中知道關於動線模式的重大政策、計劃。

我們所想要知道及瞭解的是——那些人在使用這些動線？爲什麼要使用這些動線？何時使用？多少人在使用？他們的出發點及終點在那裡？

關於現存能夠予以強化或改進的步行交通動線的理念，開啓了進入基地設計的領域。這些概念應記錄在使用現有型式做爲內部圖形架構的分類圖表之上。

我們基地之上，旁邊或鄰近地區的車輛交通情況（動線）可以經由對於現況的直接觀察，以節點爲基礎的計畫，以及／或縣市計劃機關或運輸機構先前完成的研究分析（街道的承載模式）來調查、研究。

觀察鄰近或基地旁的停車情形，在特別紊亂複雜的位置，我們可以航照圖來開始我們的分析工作。

大衆運輸路線與我們基地之間的關係，可以從得自大衆運輸機構的路線圖來取得。也應該觀察我們基地之上或鄰近的公車站及候車亭的位置。

我們的建築物的使用者到達及分散的方向及路徑（包括了到達及分散的方式），可能偶爾藉由研究建築物的類型、基地的位置與城市其他地方的關係、以及主要的街道系統來計劃。使用者的特徵（職員、顧客、居民等等），出發及到達的時間以及一般可能到達和出發的方向都應記錄下來。

基地上提供進入及離開我們基地最安全以及最便捷的步行及車輛交通通路特定的位置或邊界。可以藉經由將所有動線資料列入考量之後予以計劃，這樣可以開始進入決定性設計的範圍，但雖然如此將之記錄在我們的環境涵構之內也是個有價值的判斷。

經由直接觀察來調查旅程時間，藉由步行來記錄穿越基地所需花費的時間，藉由開車來記錄下從基地到城市相關位置的時間長短。

8.公共設施：

藉由分別拜訪各個公共設施機構及公司以記錄所有關於公共設施的資料。通常這些公司會給我們一份記載著所需資料的圖表，我們再以這些記載著現況及準確位置的圖來查對每項公共設施。分析公共設施的資料與基地情況之間的關係，以記錄下來最佳的連結機會（到建築物基地的確實距離，與地形障礙物、地質情況的關係等等）。

9.感官的：

關於基地上及其周圍所有的視野的資料，我們可用以照片及素描來輔助我們的觀察記錄。

噪音的資料可以藉由利用感知設備，及其他範疇相關的噪音（如周圍環境使用情況）資料的研究等關於基地的直接經驗來收集。

以密度強度來源、間歇性時間表及方向來記錄噪音的資料是非常重要的。

直接觀察基地之上所感受到的氣味，煙霧及其他污染。而航照圖可幫助我們判讀最大污染源的來源及方向、方位，季節風的方向，從白天到夜晚風向如何改變等等，也是重很要的。

10.人類及文化：

大量的資料數量可以從鄰里環境的統計數值取得。這些資料、資訊通常可以透過當地縣市計劃機構來取得。與爲附近人口服務或經營的鄰里公會代表或社會服務機構及娛樂業代理商、零售商、宗教的以及／或教育服務機構討論鄰里居民型態及文化因素，都會對我們有所助益。

在缺少收集合併來源的資料時，我們可以一個鄰里居民的案例來作訪談，雖然這樣較沒有效率以及可能無法產生眞正合理的鄰里價值系統。

人類及文化的考量會超過目前的基地而延伸政治的過程，考慮到計劃及相似因素的大的城市關鍵問題。

我們的環境涵構分析包含或排除在外的關鍵問題，端賴於我們看待“計劃涵構”的意義而定。

11.氣候：

所有的氣候資料通常可由當地的氣

象服務機構取得，也有一些不同位置的氣象圖是由軍方服務機構及大學院校印行的。

與該地區的專業人士訪談也是有助益的。這些人可能服務於氣象局、大學、機場或是軍方的服務機構。

這全部十一項的分類資料分析，應包括延伸至未來計劃完成可能完成的部份。

畫圖

在我們蒐集基地資料時，把資料畫成圖表是很有幫助的，至於一個圖說應該精簡到何種程度，端視這些圖的作用和呈現的對象而定，在此，我們先假設這些圖說都要很精緻。

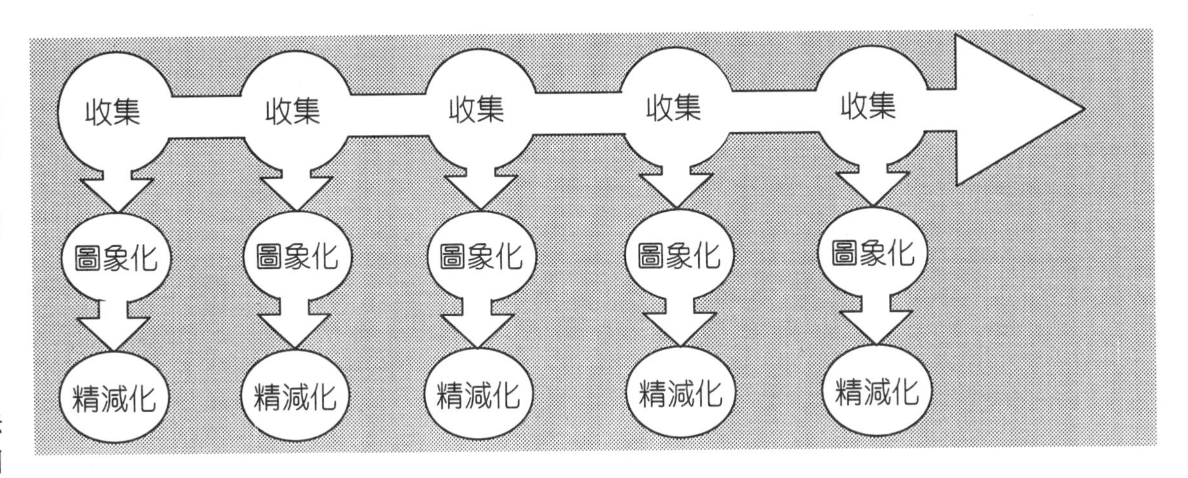

圖式的架構

前面已經討論過，至少有兩種方法可以將各種資料圖形化，一種包括將圖形整理成一個合成的圖表，另一種則是將各種事件分成不同的圖表。

調整及合成方式企圖敘述圖面上所有的基地資料，去強調整體的情況，並且提醒我們注意各涵構元素之間的關係。

這種類型的圖通常爲了避免圖案上的雜亂而將比例縮小，畫這種圖可能遭遇的困難是容易變得太複雜太混淆。如果調查的是一個複雜的基地，這種複雜的情況會特別嚴重，當我們決定要以這種方法來做分析的時候，就必須對我們的圖保持一個清淅且有層次的敏銳度，以確保在做這些分析圖的時候能夠把主要的基地課題都用主要的圖形強調出來。

分散或隔離的分析法，將基地的資料以簡化的圖說分別記錄。這些簡圖不斷地重複，我們要表現多少資料，就畫多少次。

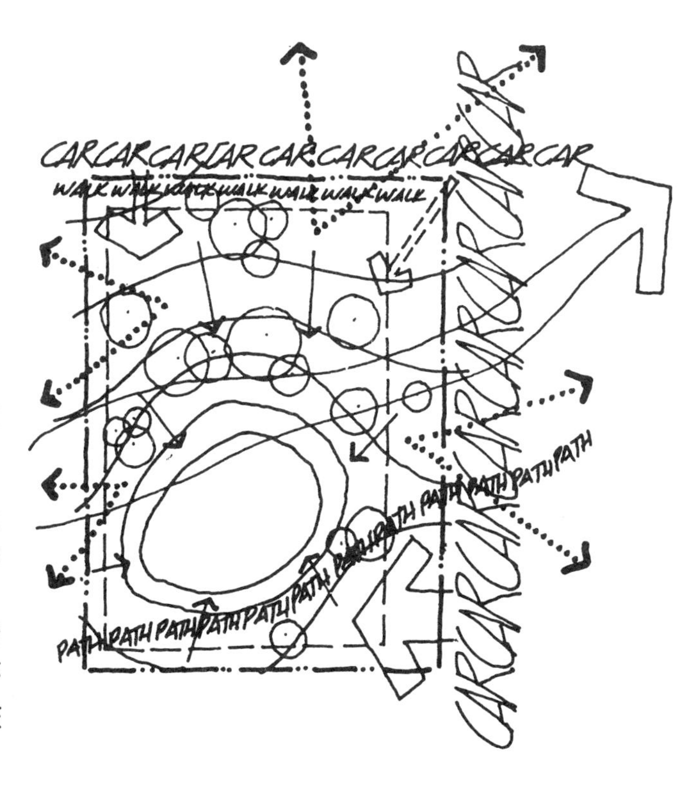

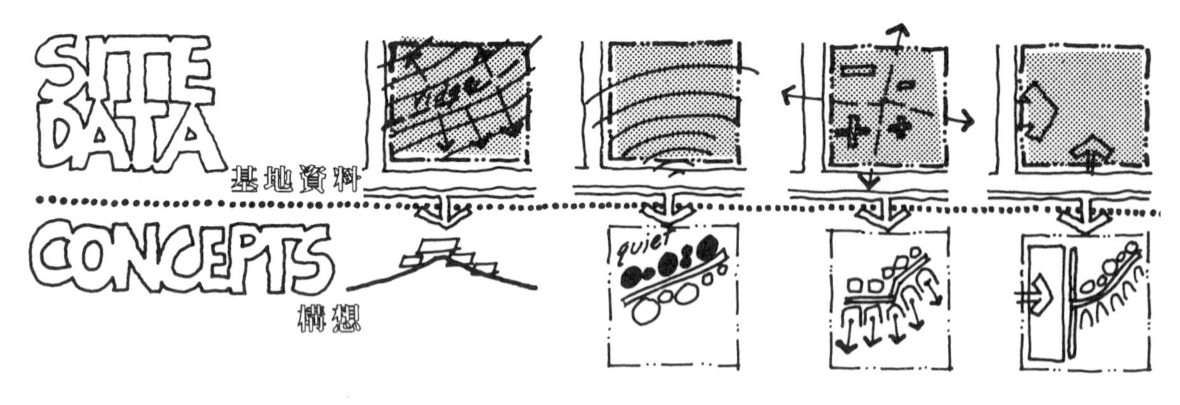

這種較詳細的列舉方式，有助於避免忽略任何一個基地元素，而且，這種方式可以使每一個資料表現得清晰而不混淆，因爲每一張分析圖都有它的簡化圖形，所以我們就有將平面的簡圖轉換爲透視圖、剖面圖、立面圖的彈性，這種轉換則依我們所要畫的資料的類型來決定。

這使我們在開始設計替選案時，得以用最適宜的配置概念（構想）來思考，來反應每一個基地條件所代表的意義。這種手法可能遭遇的困難是：像這樣一條一條地記錄資料的方法，會一點一點逐漸地把設計做出來。不論決定採用整合式或分離式的圖，我們都必須考慮到：該如何做設計及哪一種方法最適合我們在構思方案時企圖思考的方向。

因爲分離法比較能夠清晰地說明畫基地資料圖的各種不同方式，所以，我們要用分離法來研究討論畫這種圖的一些技巧。

用各種不同的方式把基地資料個別地畫成一張張的草圖，可以使這些資料表現得較清楚。然後我們就可以利用這些草圖一一討論一些繪製構想草圖的技巧。就算最後要將這些草圖合成一個圓，我們還是希望在收集這些基地資料的時候能夠分別地一一做記錄，因爲這個步驟使我們在基地分析時可以運用較小的，較清晰的圖說，這些草圖每一張只說明某一類型基地資料，這樣的圖說提供我們在思考資料之間的條理性和關聯

資料之間的關聯

基地資料　基地資料　基地資料　基地資料　基地資料　基地資料　基地資料

受影響　受影響　受影響　受影響　受影響　受影響

基地資料 — 平面圖
基地資料
基地資料 — 剖面圖
基地資料
基地資料 — 立面圖
基地資料
基地資料 — 透視圖
基地資料
基地資料 — 等角透視圖

性時做爲參考，並且有助於我們判斷某一件資料受哪些其他資料的影響。（如：排水方式會因地形不同而不同；等等）。

其實，在我們運用整合的或個別（一件一件）資料的角度來研究基地資料時，“純粹”與否並不是要討論的課題。重要的是，在以整合性觀點來思考時，必須把資料一一分解開來繪製；而以個別的觀點來思考時，則需將某些特定的資料組合成一個圖說。

基地底圖（referent drawings）

在我們畫基地資料的草圖時，可能會需要各種形式、各種比例的基地底圖。這些底圖可能會依著要表現的構想形式不同而包含不同程度的細部。

基地底圖可能是平面圖、剖面圖、透視圖、等角透視或立面圖，至於到底該選擇哪一種，則視我們想要記錄的資料型態及觀看這塊基地最有利的角度而定（如：頂視圖、透視圖等等）。

我們在進行構想分析的過程中，可能會用到其中的幾種底圖或者全部都得用上，底圖的比例及大小則視我們所要表現的圖的複雜度而定，另外，還要考慮使用這些圖將來是否要收集成册或者做簡報，而必須放大或縮小。

如果我們要研究基地在地理位置上

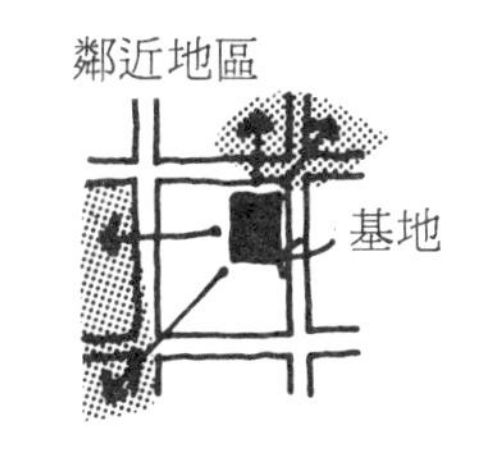

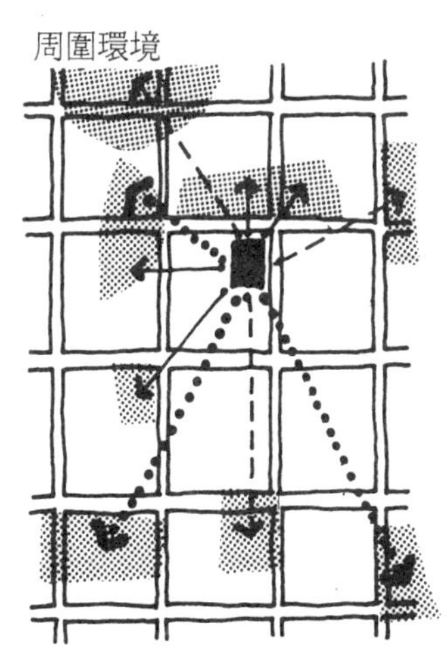

的某些特殊的因素，就必須將底圖延伸到基地外較大的範圍或者減小基地周圍的圖的範圍。如果我們要討論基地周圍環境的因素，則必須把底圖擴大到可以包含數個街廓的範圍。

幾乎大多數的基地資料都是需要定位的，一般典型的基地底圖通常有包含基地地界線、靠近基地的道路及通往基地的道路等基本資料。

我們必須盡量把基地底圖畫得愈簡單愈好，而且，記錄在底圖上的資料要能夠突顯出來，表現得比底圖上原來的資料更重要。

底圖上的線條應該是輕線，因爲當我們在做構想分析時，底圖永遠是做爲背景的。

我們只要先畫出一張基地底圖，就可以很方便地用複印的方式再製作出大量的圖，而不必一張張重畫。接著，我們就可以準備開始描繪記錄基地的相關課題了。

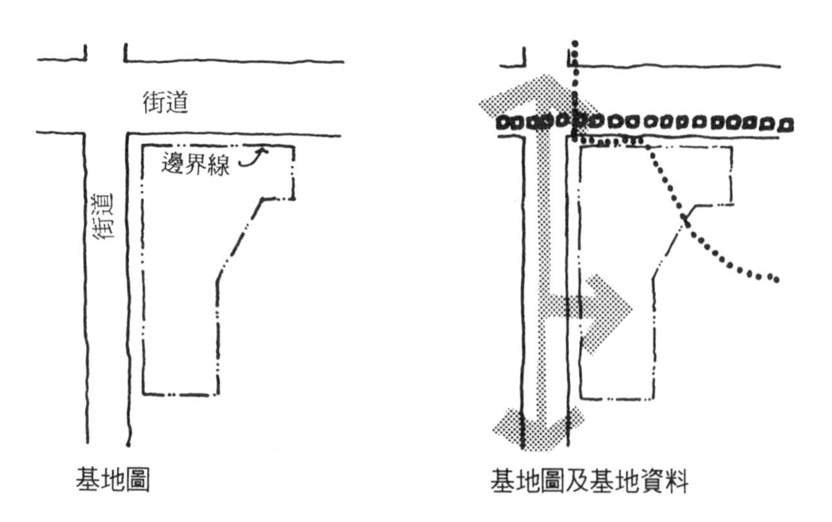

基地圖　　　基地圖及基地資料

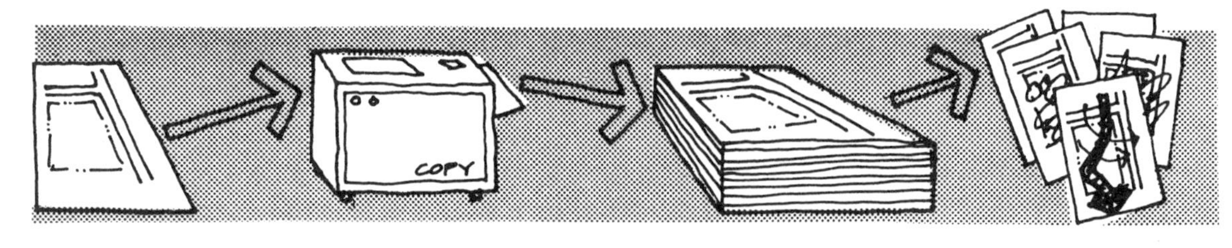

圖說形式（*diagrammatic forms*）

畫在基地底圖上的圖說形式可能要表現的是：描寫某些實質物體、某些實物的品質或狀態、行爲或活動、一時無法證實的模式、暫時的課題、人的課題等等。因此我們選用的圖說形式要能夠記錄及表達可見的、不可見的基地力量、壓力、問題、潛力及權限。

我們也很希望能勾出這個基地的未來及潛在的構想課題。

以下幾頁有一些圖說形式的範例，其內容以一個虛構的基地爲基礎，這些例子說明了一些表現基地資料，及一些變數和可能性的典型的方法，我們必須牢記：表達這種圖說的方式還有很多種，把這些範例中的圖說形式結合或綜合起來，就有一大堆不同形式的圖說表現方法了。

佛羅里達州、達拉海斯一幢新辦公室的背景分析

• 計劃概要

以環境涵構分析作爲對於在佛羅里達州、達拉海斯新辦公大樓的設計及構築的開端。這棟新建築物包含了23000平方英呎的空間面積以及基地約需容納115東西的汽車。

• 基地概要

計劃基地位於達拉海斯東南方。基地目前爲辦公停車區的一部份（重要的設計限制），所有的停車區皆面對中央的一個 6 英畝的池塘。僅有10分之3的。停車場已完成，辦公停車區的 3 個邊由現存及計劃住宅區所圍繞，而第四邊是主要的幹道及商業區。

計劃基地是一塊角地（位於辦公停車區的西北角）西邊及北邊是街道，（中等的交通量）街道的交角是一棟具歷史價值的老農舍。基地的東邊及南邊以發展成辦公大樓區。

基地屬於B-1分區，包含了大約 2.3 英畝的茂密森林。基地地勢是西北——東南的走向（西北高而東南低），坡度斜率約爲13%。公共設施管線具備基地感官及人文的層面是良好的。

• 氣候概要

達拉海斯位於北韓30度23分以及西經84度22分海拔55英呎。氣候炎熱且潮濕。

溫度範圍由夏季的90's到東季的30's之間（有時候是 20's）。全年的濕度都相當高，而在夏季達到最高點。全年的降雨量大約是60英吋，而以春夏之際爲最多。各季節的季風平均風速約爲 6 英哩（開闊地區）。

全年氣候狀況晴朗無雲、多雲及陰暗多雲的比例約爲 1/3—1/3—1/3。秋天爲晴天最多的季節。

• 內容

地理位置

●達拉海斯市的地理位置

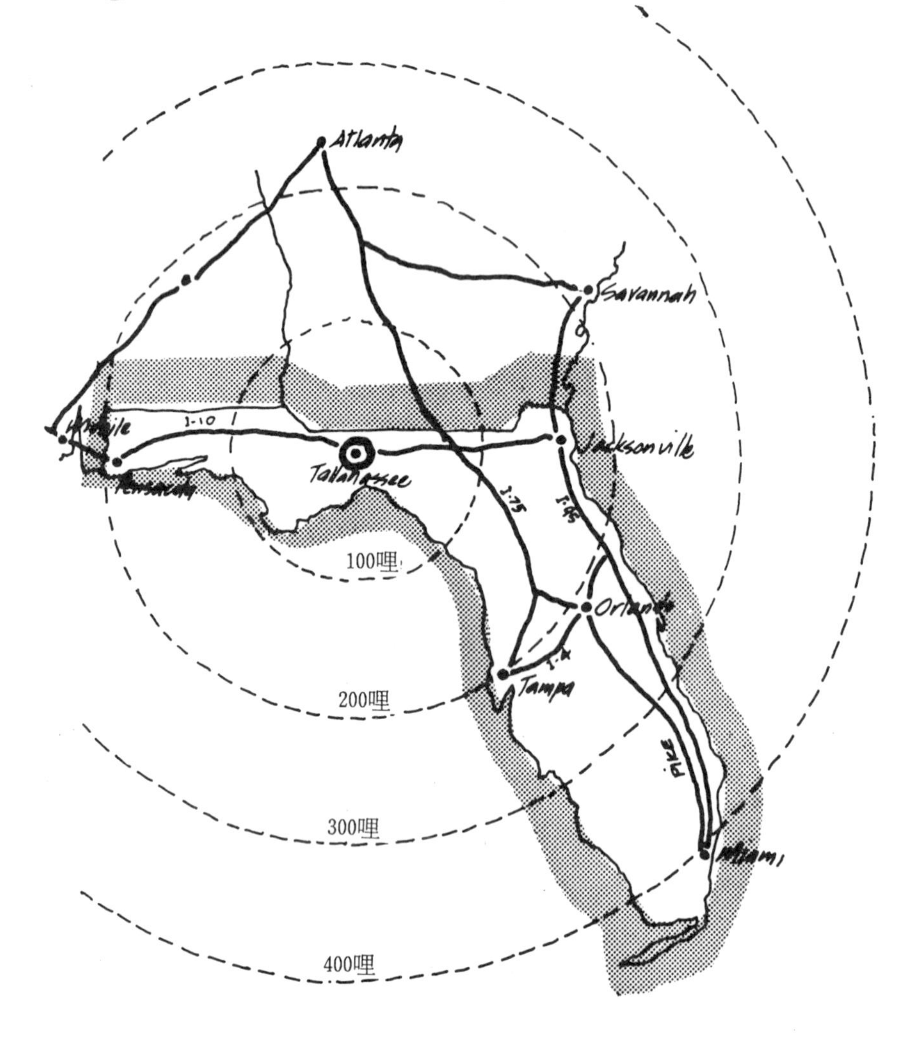
Atlanta
Savannah
Jacksonville
Tallahassee
Orlando
Tampa
Miami
I-10
Pike
100哩
200哩
300哩
400哩

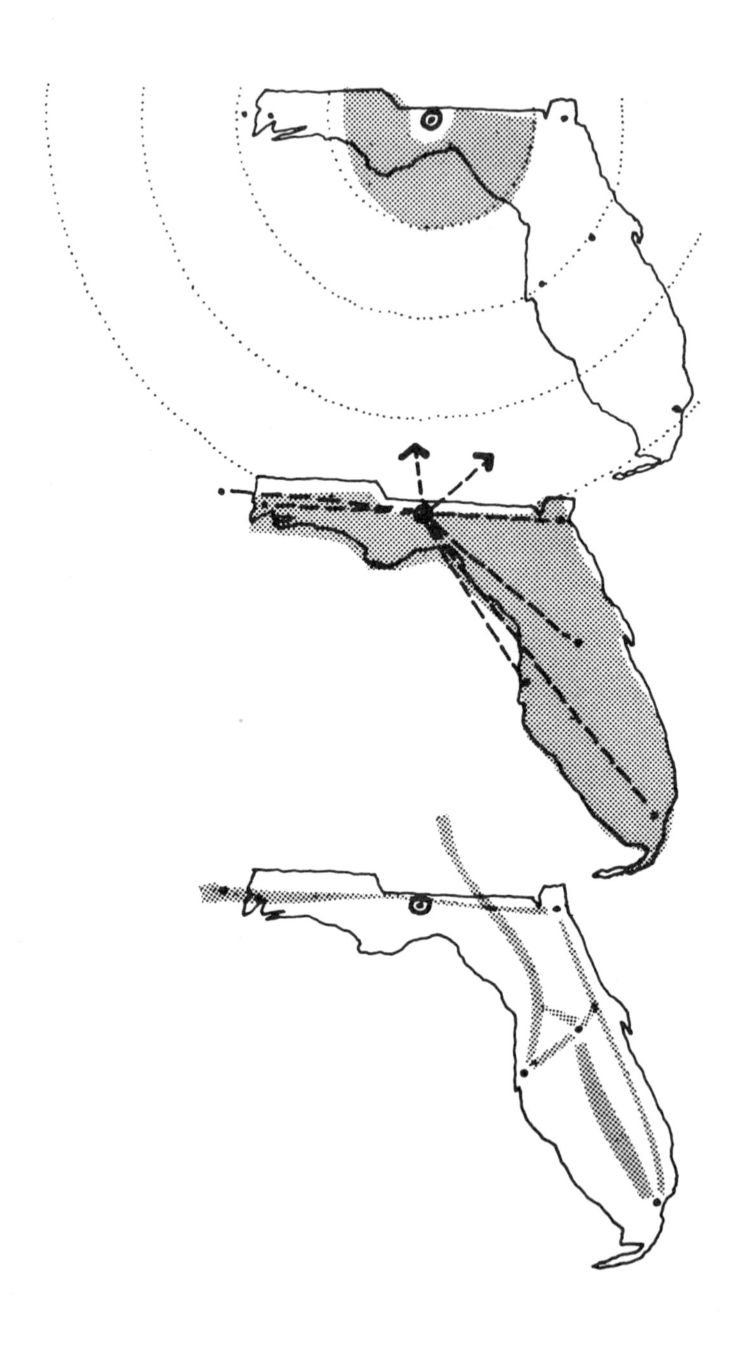

● 本市鄰近區域

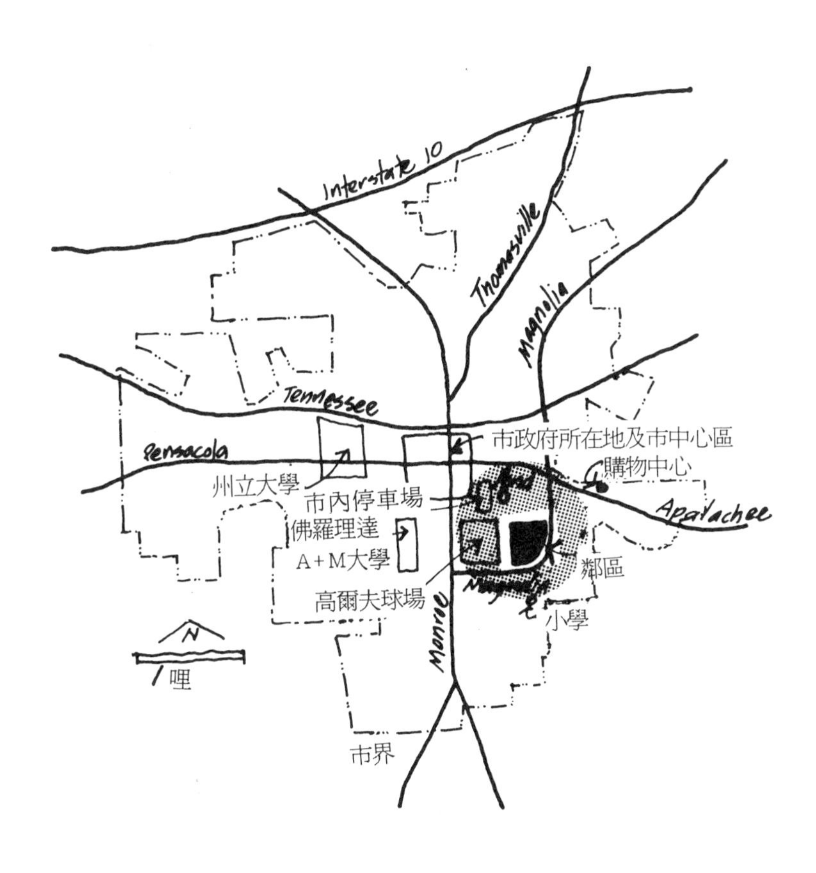

Interstate 10
Thomasville
Magnolia
Tennessee
Pensacola
市政府所在地及市中心區
購物中心
州立大學
市內停車場
Apalachee
佛羅理達
A+M大學
鄰區
高爾夫球場
Monroe
小學
N
1哩
市界

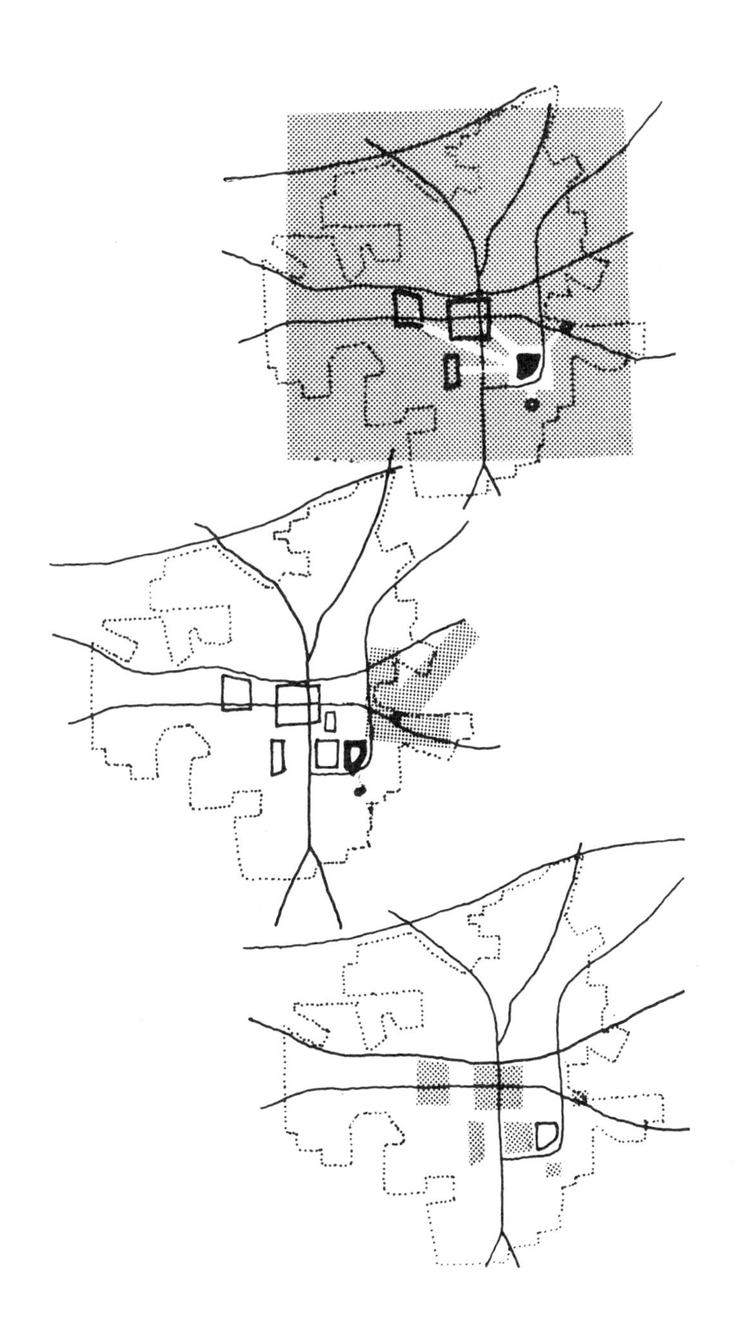

● 基地與鄰近地區的距離與可及時間

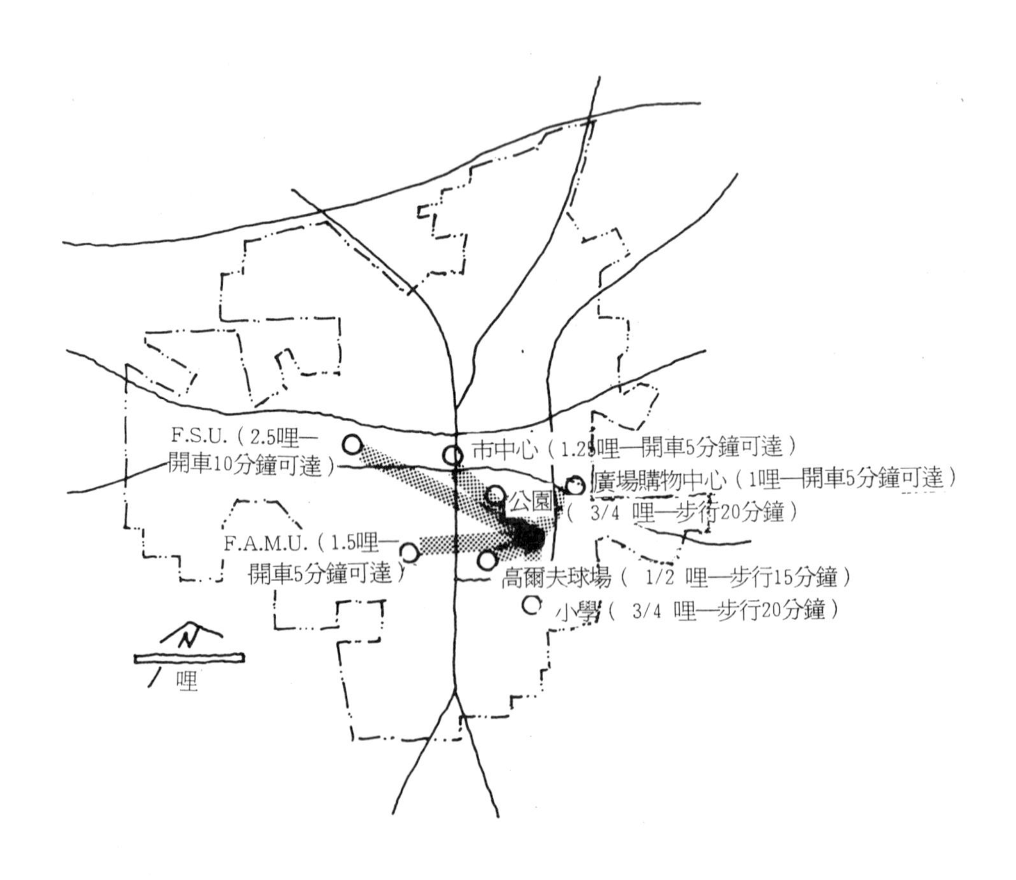

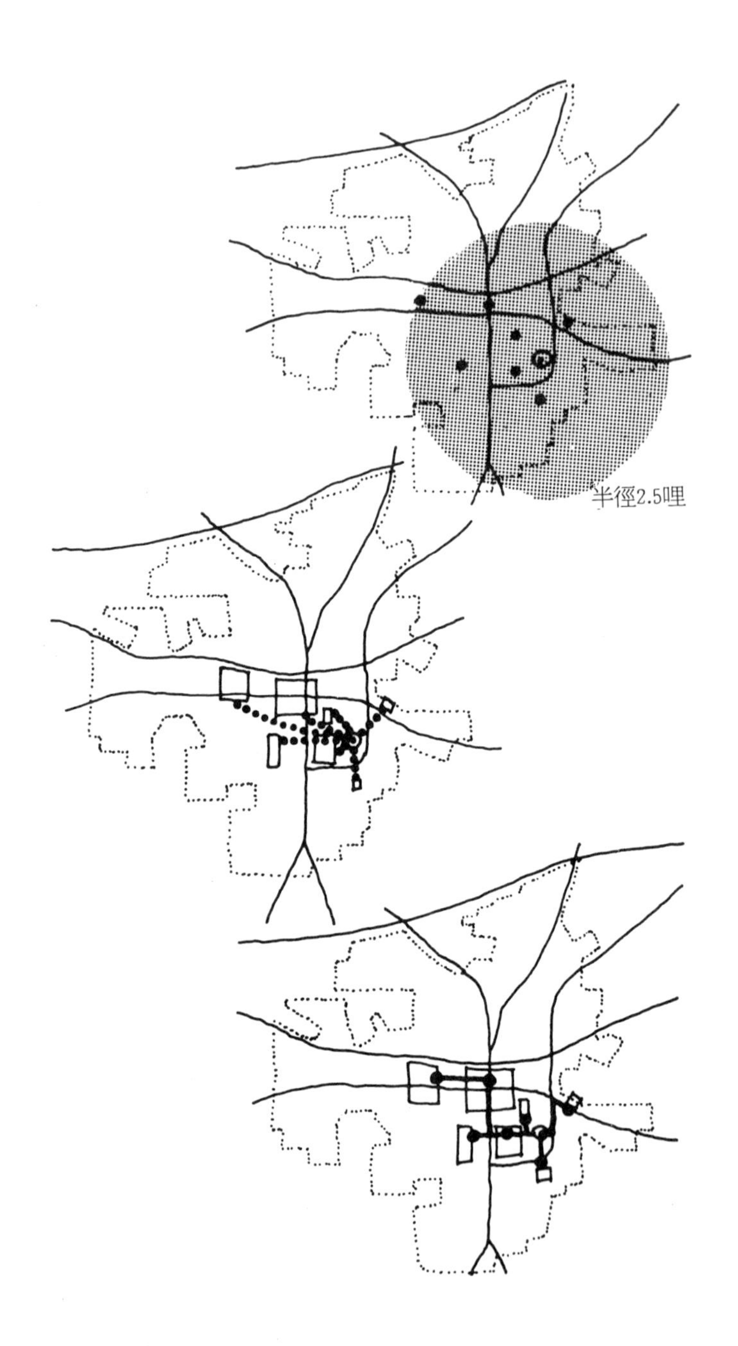

●基地在鄰近環境中的相關位置

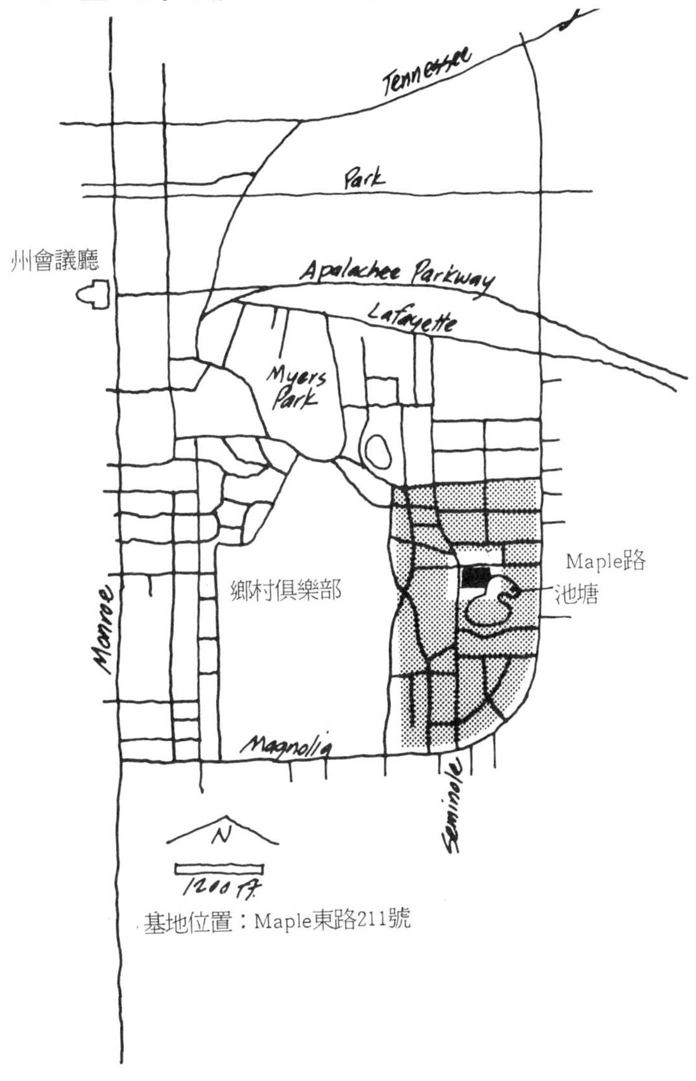

基地位置：Maple東路211號

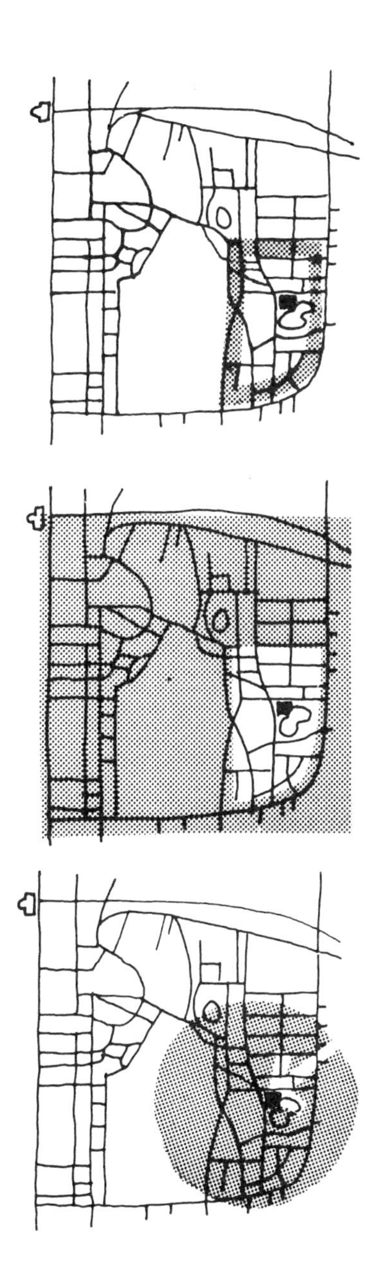

鄰里涵構分區現況

● 詳細說明請見Tallahassee市之分區條例

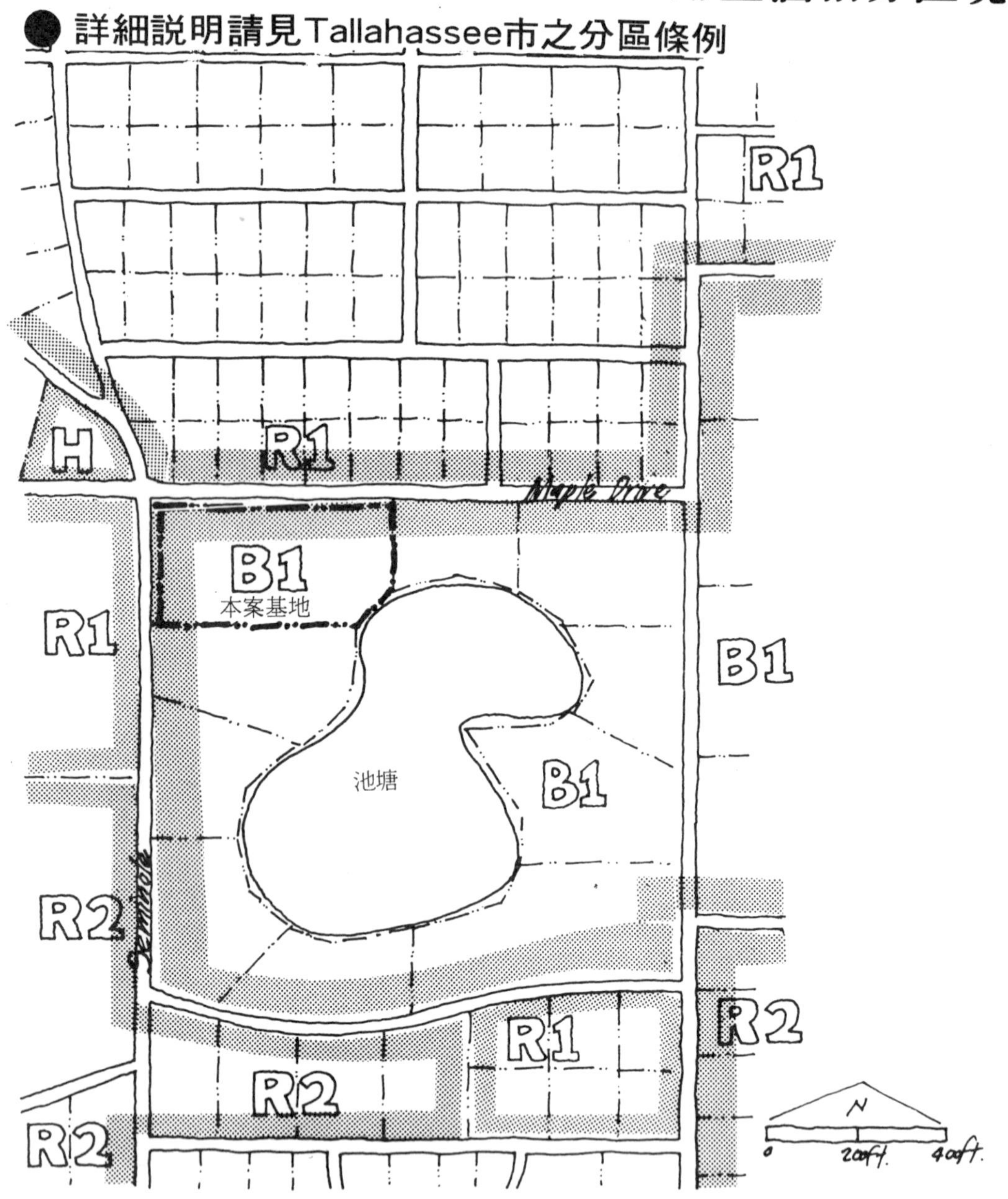

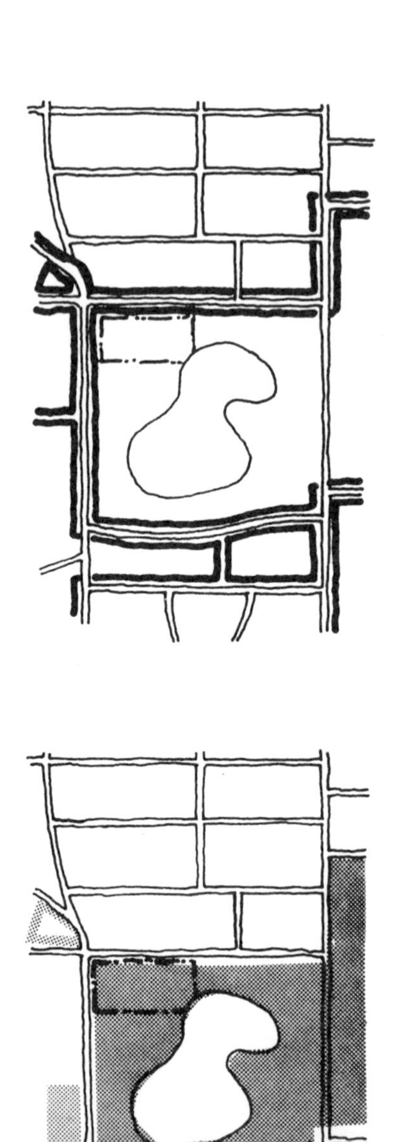

●未來分區計畫

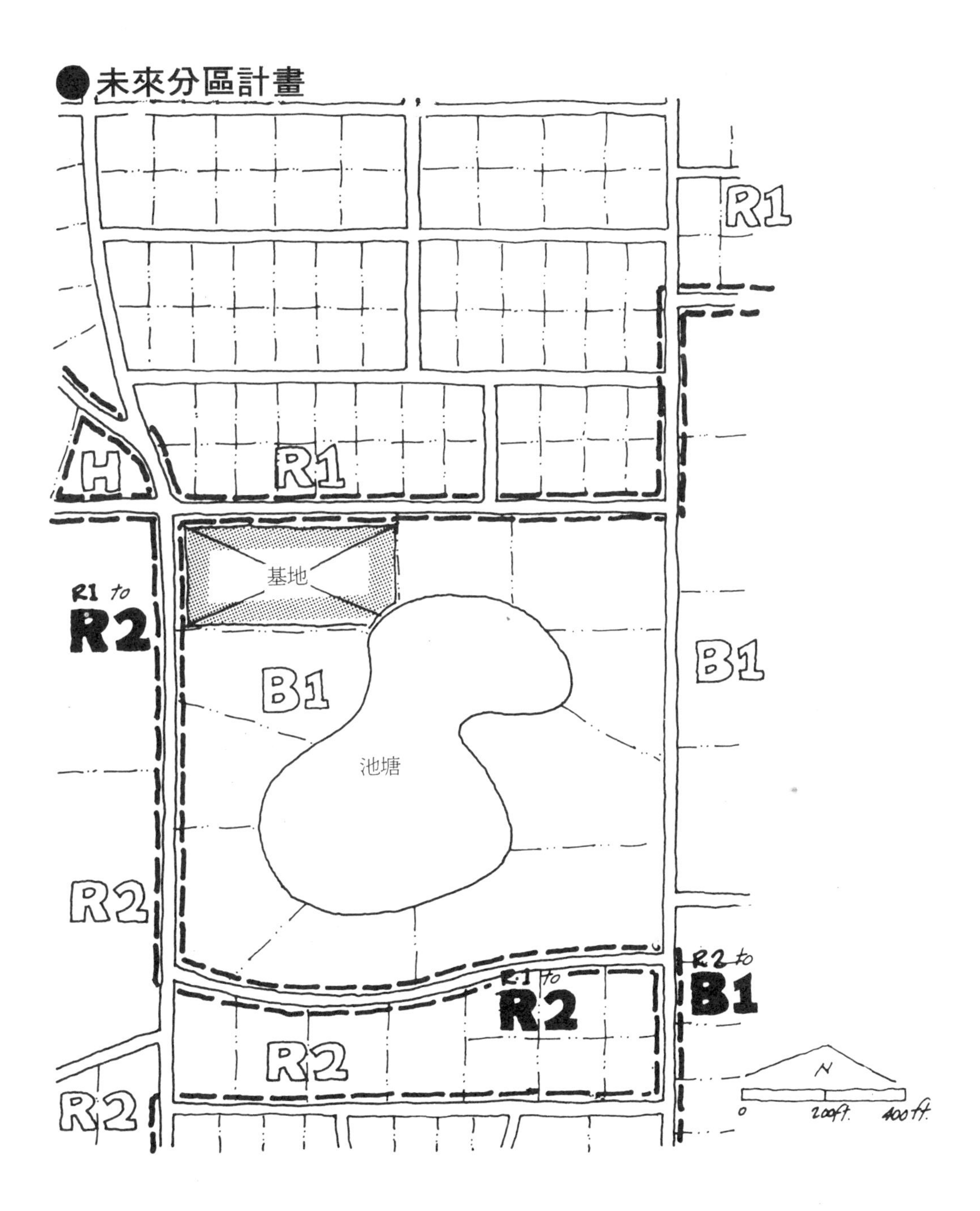

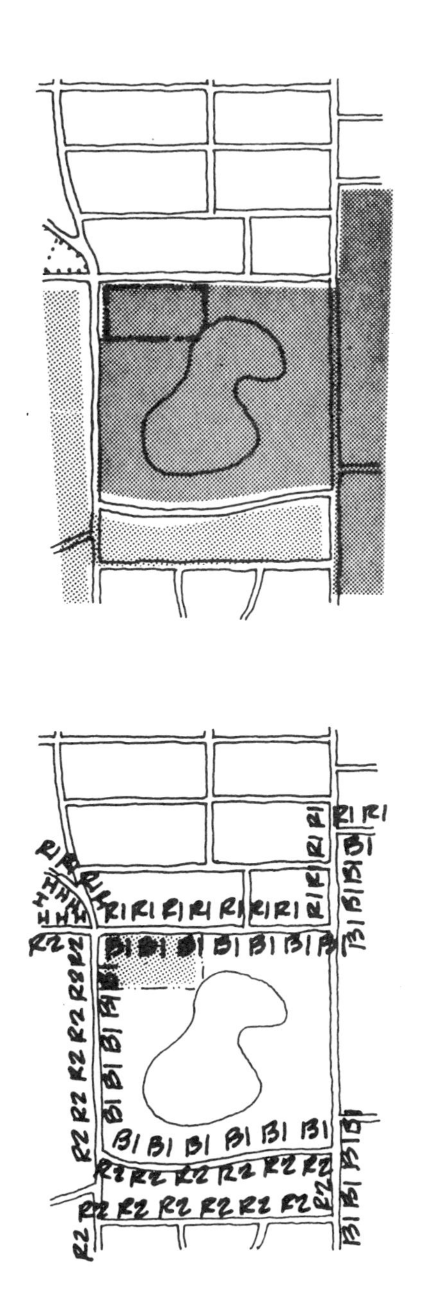

●現有之土地使用情形

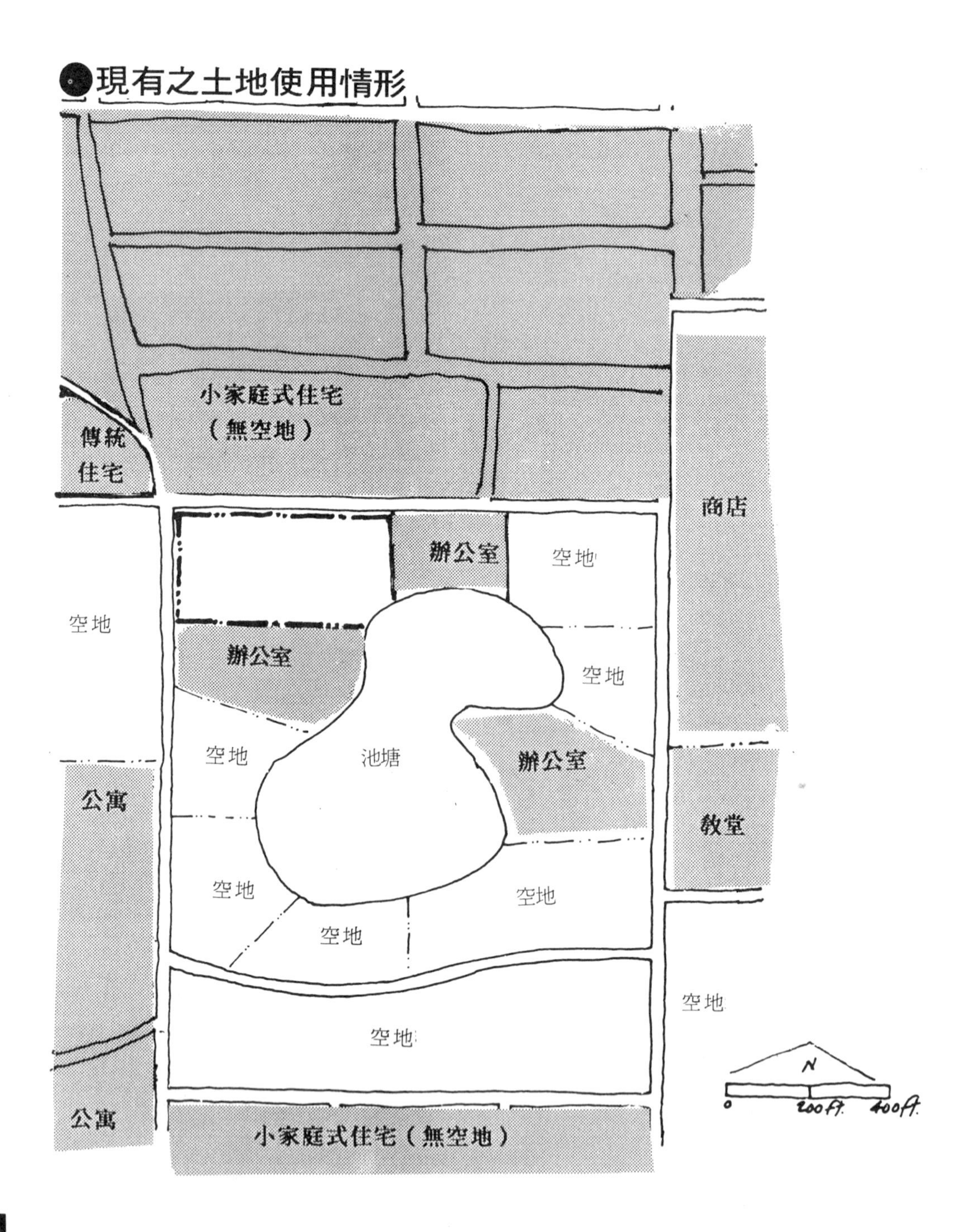
小家庭式住宅
（無空地）
傳統
住宅
商店
辦公室
空地
空地
辦公室
空地
空地
池塘
辦公室
公寓
教堂
空地
空地
空地
空地
空地
N
0
200 ft.
400 ft.
公寓
小家庭式住宅（無空地）

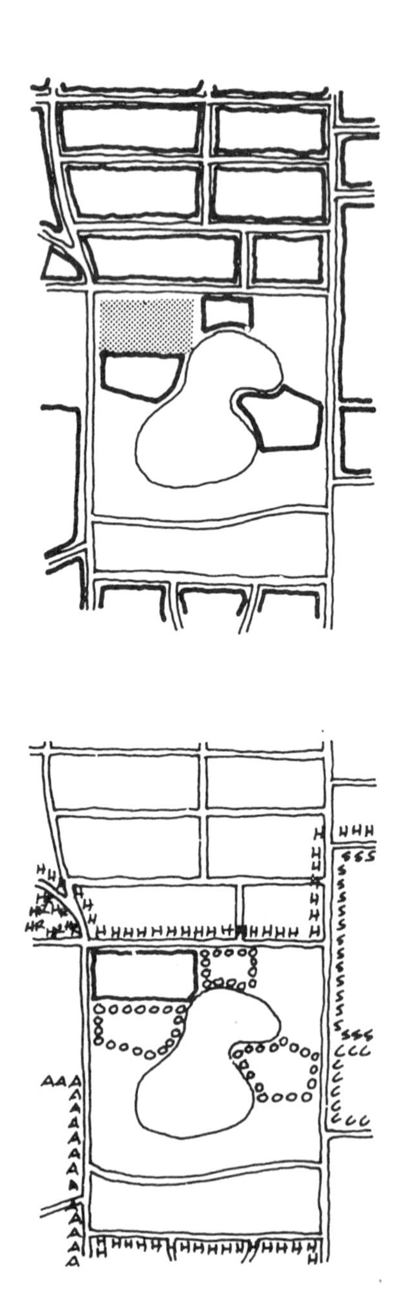

●未來使用計畫

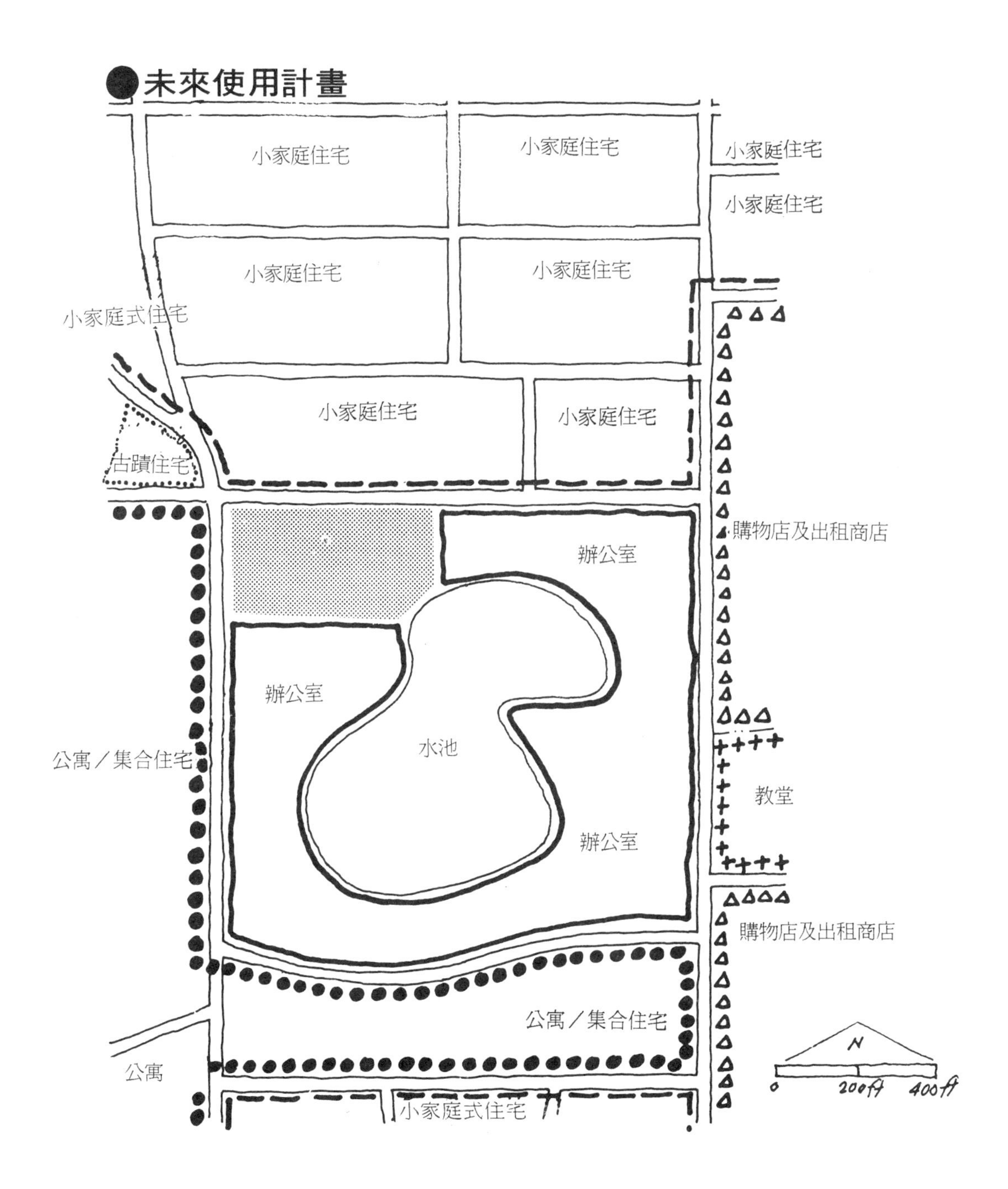
小家庭住宅
小家庭住宅
小家庭住宅
小家庭住宅
小家庭住宅
小家庭住宅
小家庭住宅
小家庭住宅
小家庭式住宅
古蹟住宅
購物店及出租商店
辦公室
辦公室
水池
辦公室
公寓／集合住宅
教堂
購物店及出租商店
公寓／集合住宅
公寓
小家庭式住宅
N
0
200ft
400ft

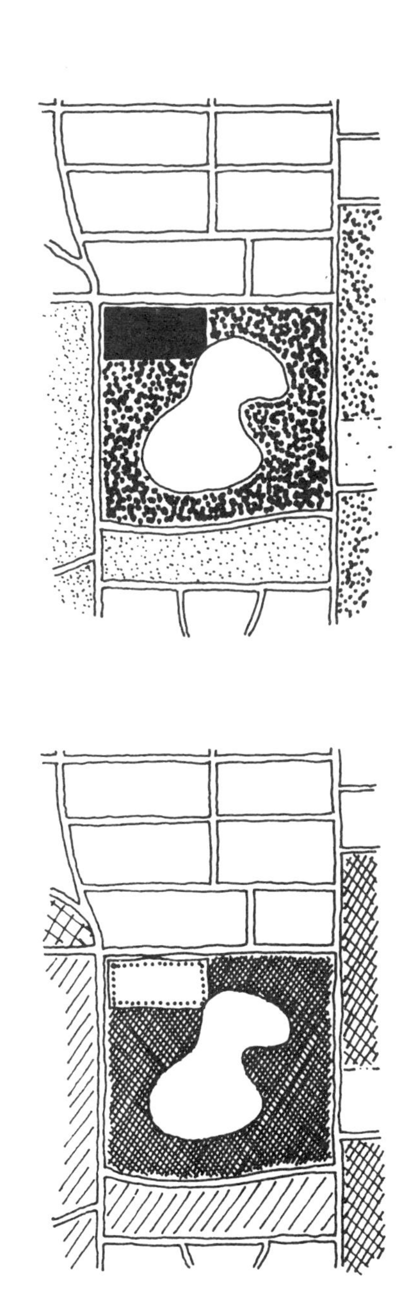

●現有之土地使用情形

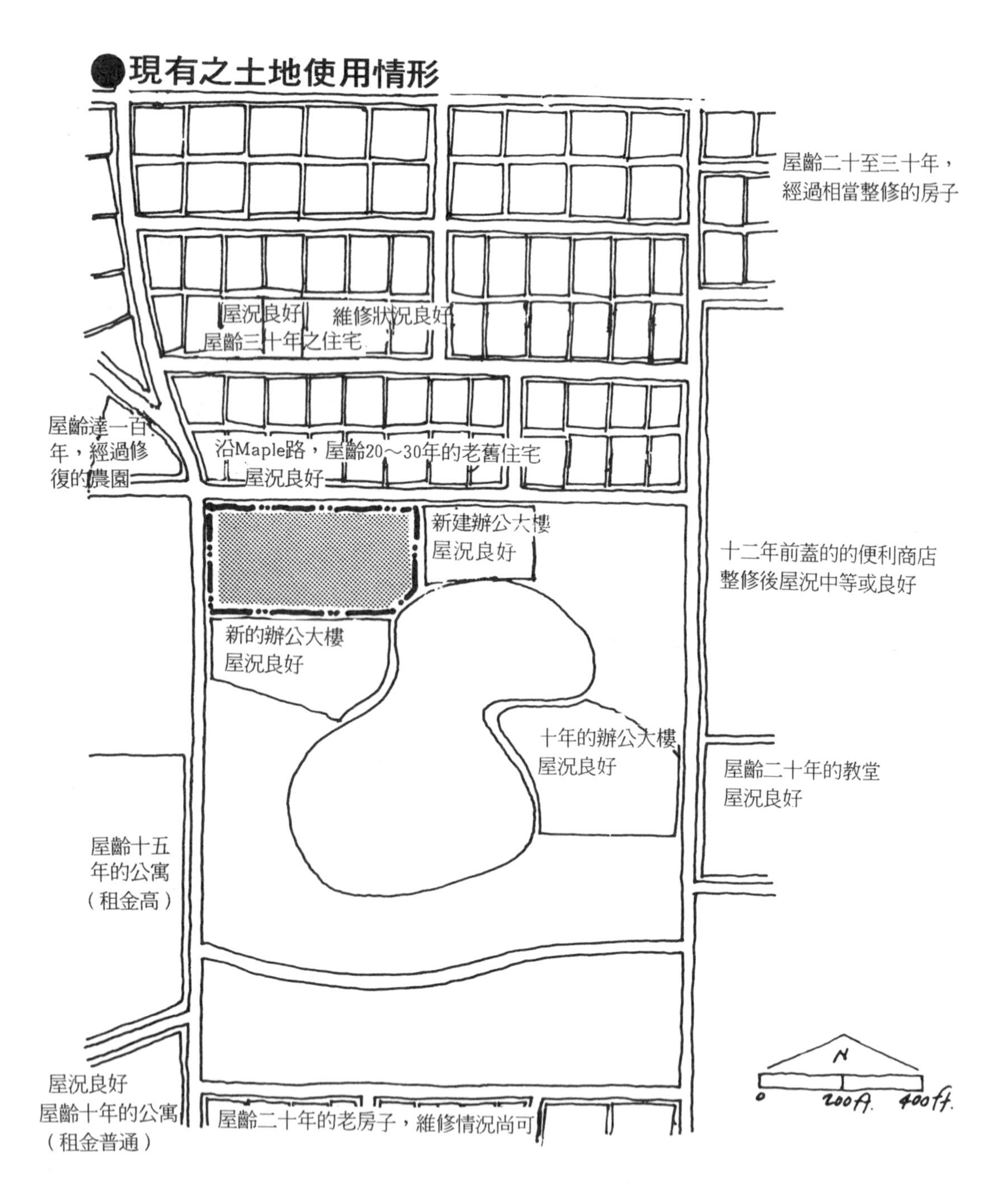
屋齡二十至三十年，
經過相當整修的房子
屋況良好
維修狀況良好
屋齡三十年之住宅
屋齡達一百年，經過修復的農園
沿Maple路，屋齡20～30年的老舊住宅
屋況良好
新建辦公大樓
屋況良好
十二年前蓋的的便利商店
整修後屋況中等或良好
新的辦公大樓
屋況良好
十年的辦公大樓
屋況良好
屋齡二十年的教堂
屋況良好
屋齡十五年的公寓
（租金高）
屋況良好
屋齡十年的公寓
（租金普通）
屋齡二十年的老房子，維修情況尚可
N
0
200ft.
400ft.

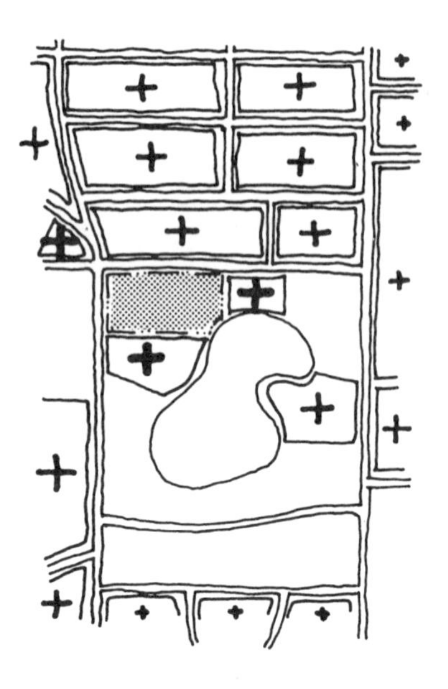

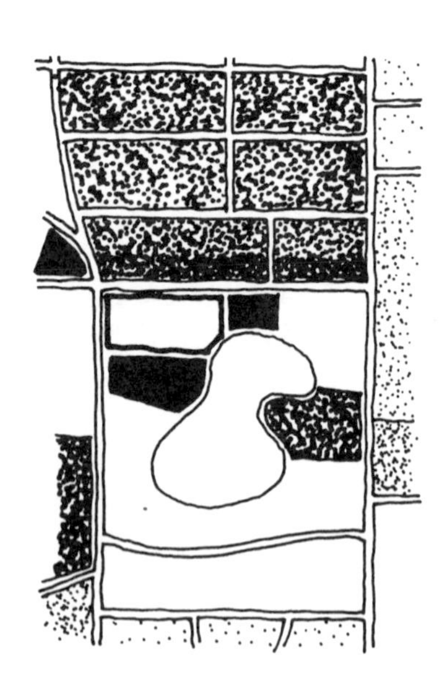

●戶外空間使用現況

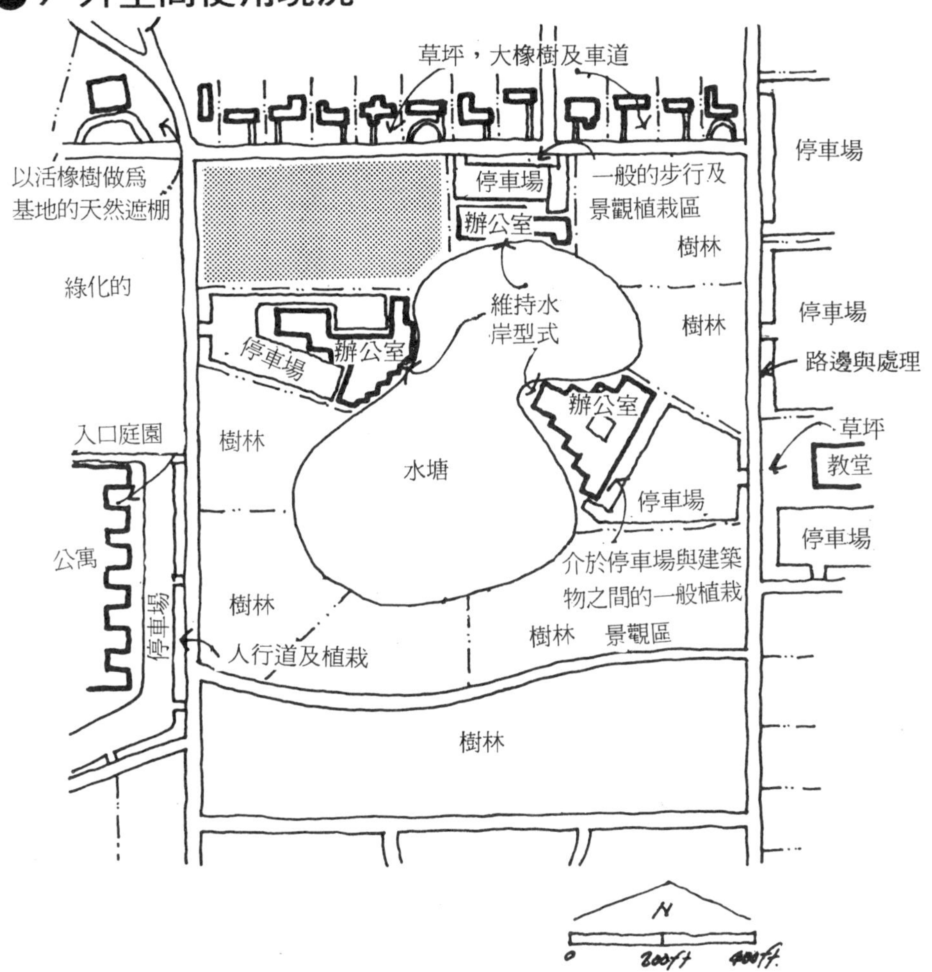
草坪，大橡樹及車道
以活橡樹做爲
基地的天然遮棚
停車場
一般的步行及
景觀植栽區
辦公室
樹林
綠化的
停車場
維持水
岸型式
樹林
停車場
辦公室
路邊與處理
辦公室
草坪
入口庭園
樹林
水塘
教堂
停車場
停車場
公寓
介於停車場與建築
物之間的一般植栽
樹林
停車場
樹林
景觀區
人行道及植栽
樹林
N
0
200ft
400ft

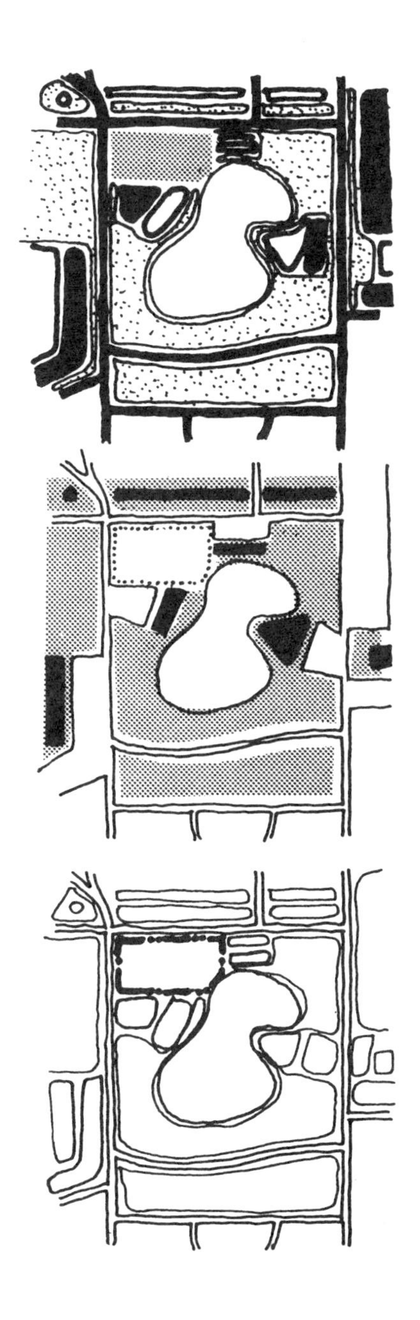

●戶外空間之未來使用計劃

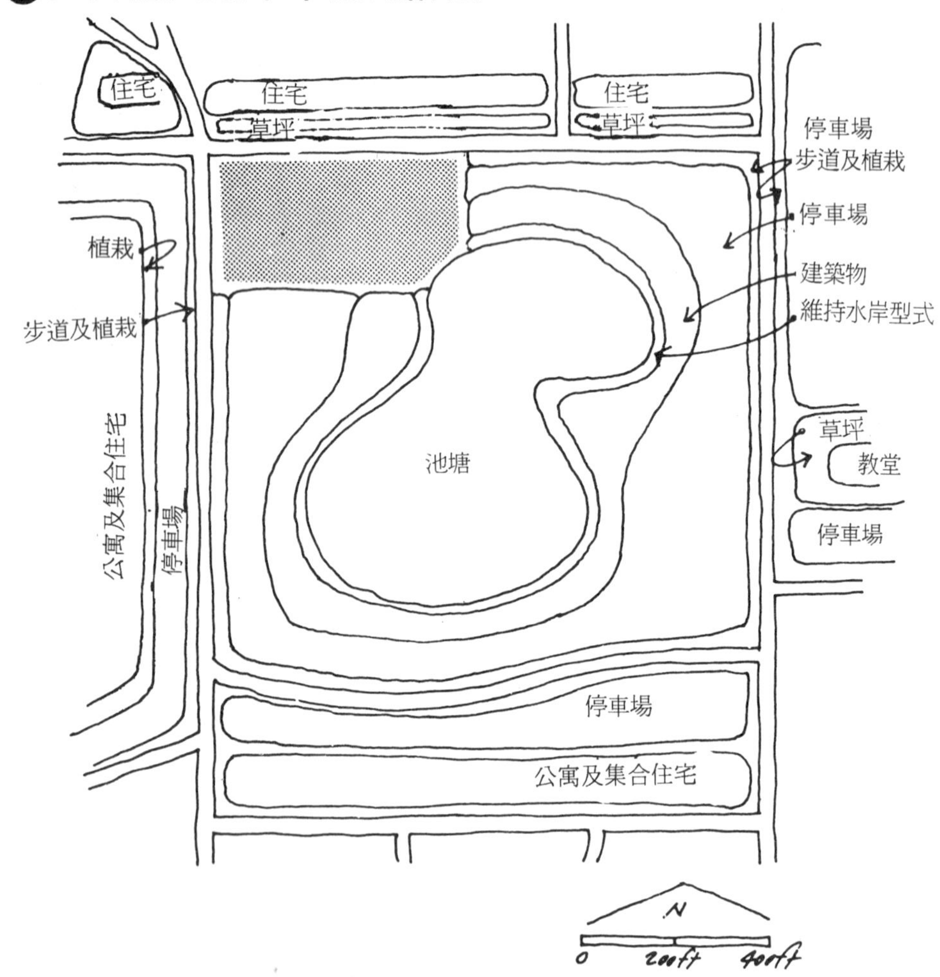

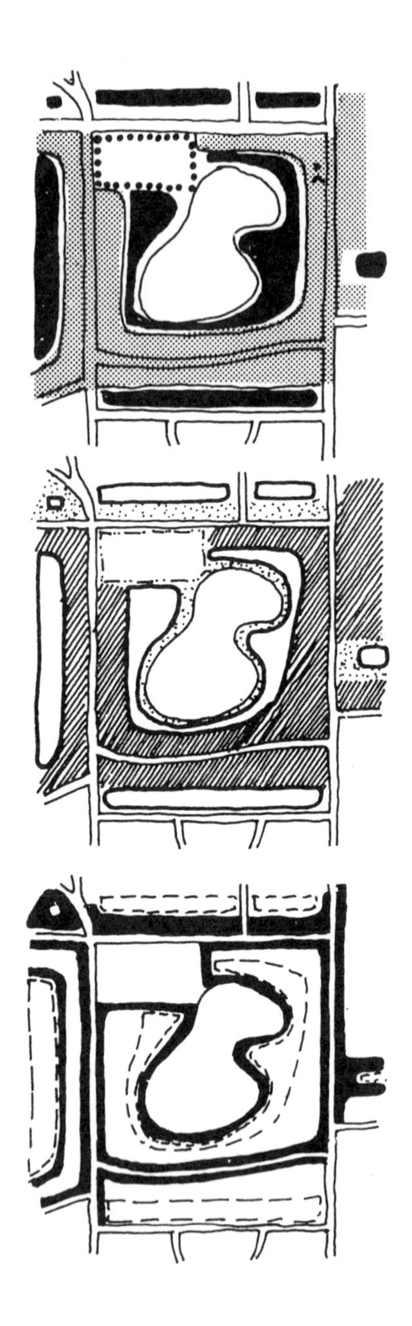

●人行動線及車輛交通

市政區及市中心區
Parkway路
主要商業區
Myers公園
停車場
都是一些小家庭住宅區
購物區
鄉村俱樂部
教堂
辦公室
傳統結構物
Monroe路
Magnolia路
中密度住宅區
小學
N
1200ft

●車流模式

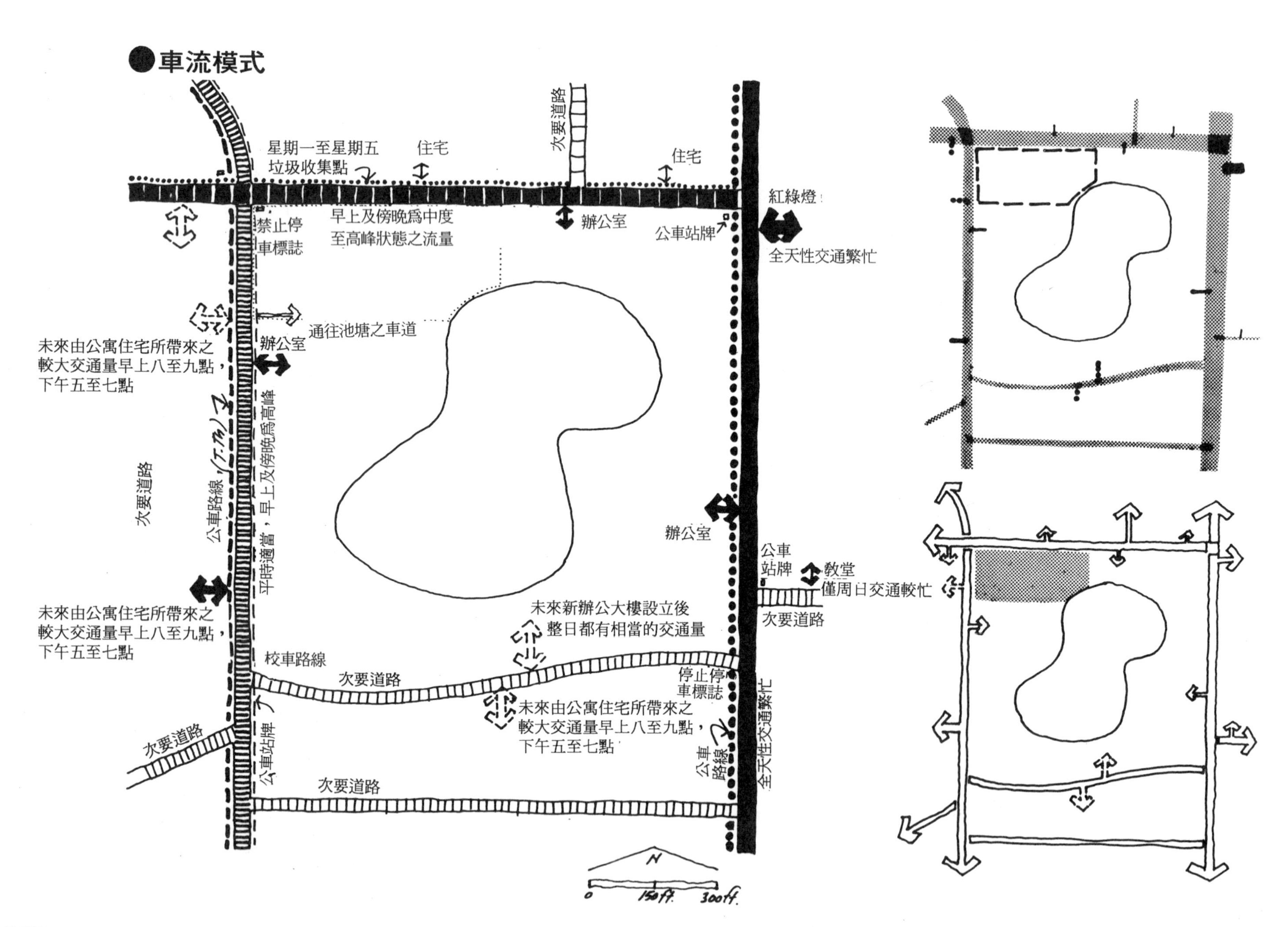

星期一至星期五
垃圾收集點
住宅
次要道路
住宅
紅綠燈
禁止停
車標誌
早上及傍晚爲中度
至高峰狀態之流量
辦公室
公車站牌
全天性交通繁忙
通往池塘之車道
辦公室
未來由公寓住宅所帶來之
較大交通量早上八至九點，
下午五至七點
次要道路
公車路線
平時適當，早上及傍晚爲高峰
辦公室
公車
站牌
教堂
僅周日交通較忙
未來由公寓住宅所帶來之
較大交通量早上八至九點，
下午五至七點
次要道路
未來新辦公大樓設立後
整日都有相當的交通量
校車路線
次要道路
停止停
車標誌
未來由公寓住宅所帶來之
較大交通量早上八至九點，
下午五至七點
次要道路
公車站牌
公車
路線
全天性交通繁忙
次要道路
N
0
150ft.
300ft.

●行人動線的型式

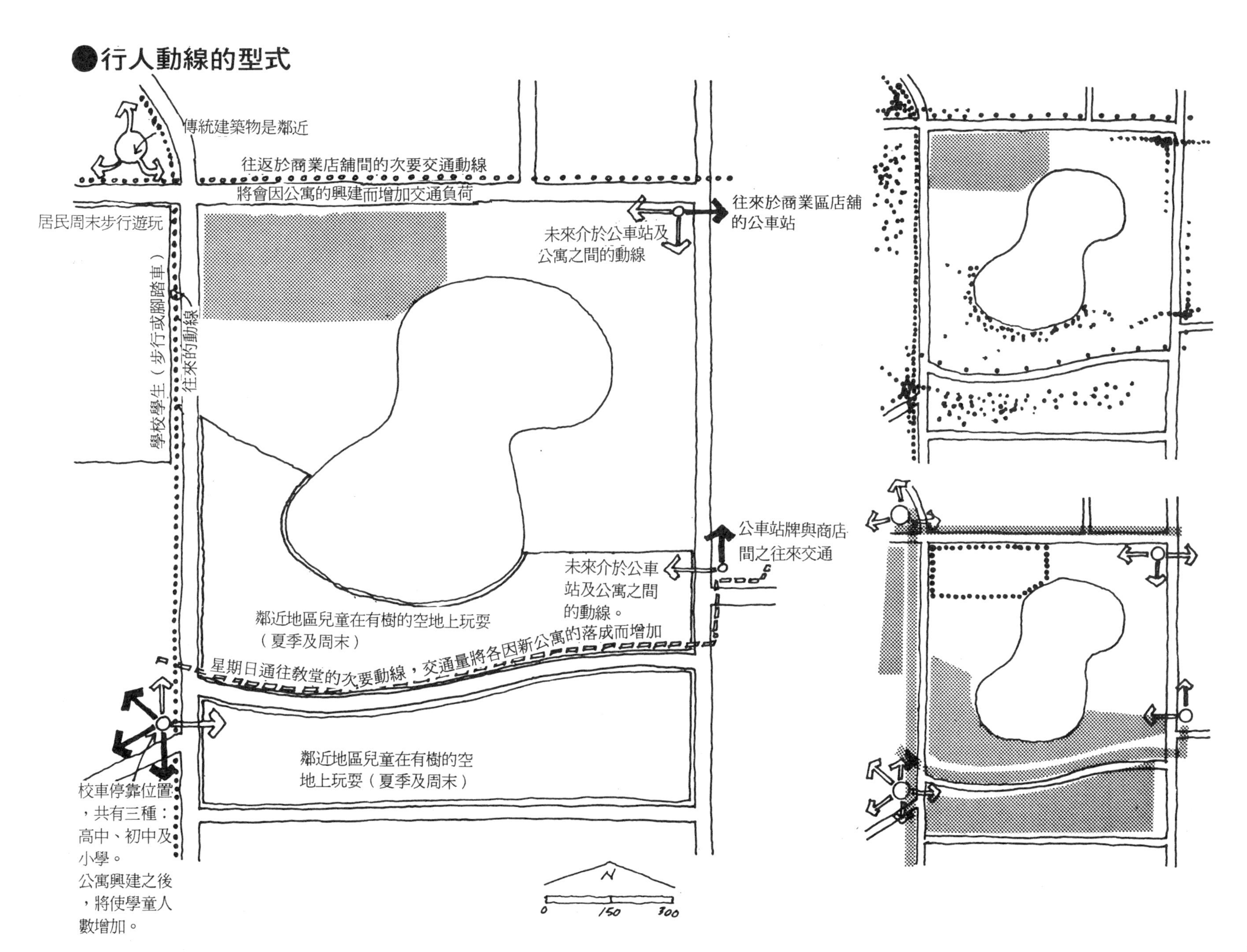

傳統建築物是鄰近
往返於商業店舖間的次要交通動線
將會因公寓的興建而增加交通負荷
居民周末步行遊玩
往來於商業區店舖的公車站
未來介於公車站及公寓之間的動線
學校學生（步行或腳踏車）往來的動線
公車站牌與商店間之往來交通
未來介於公車站及公寓之間的動線。
鄰近地區兒童在有樹的空地上玩耍（夏季及周末）
星期日通往教堂的次要動線，交通量將各因新公寓的落成而增加
鄰近地區兒童在有樹的空地上玩耍（夏季及周末）
校車停靠位置，共有三種：高中、初中及小學。公寓興建之後，將使學童人數增加。
N
0
150
300

●實—虛空間關係

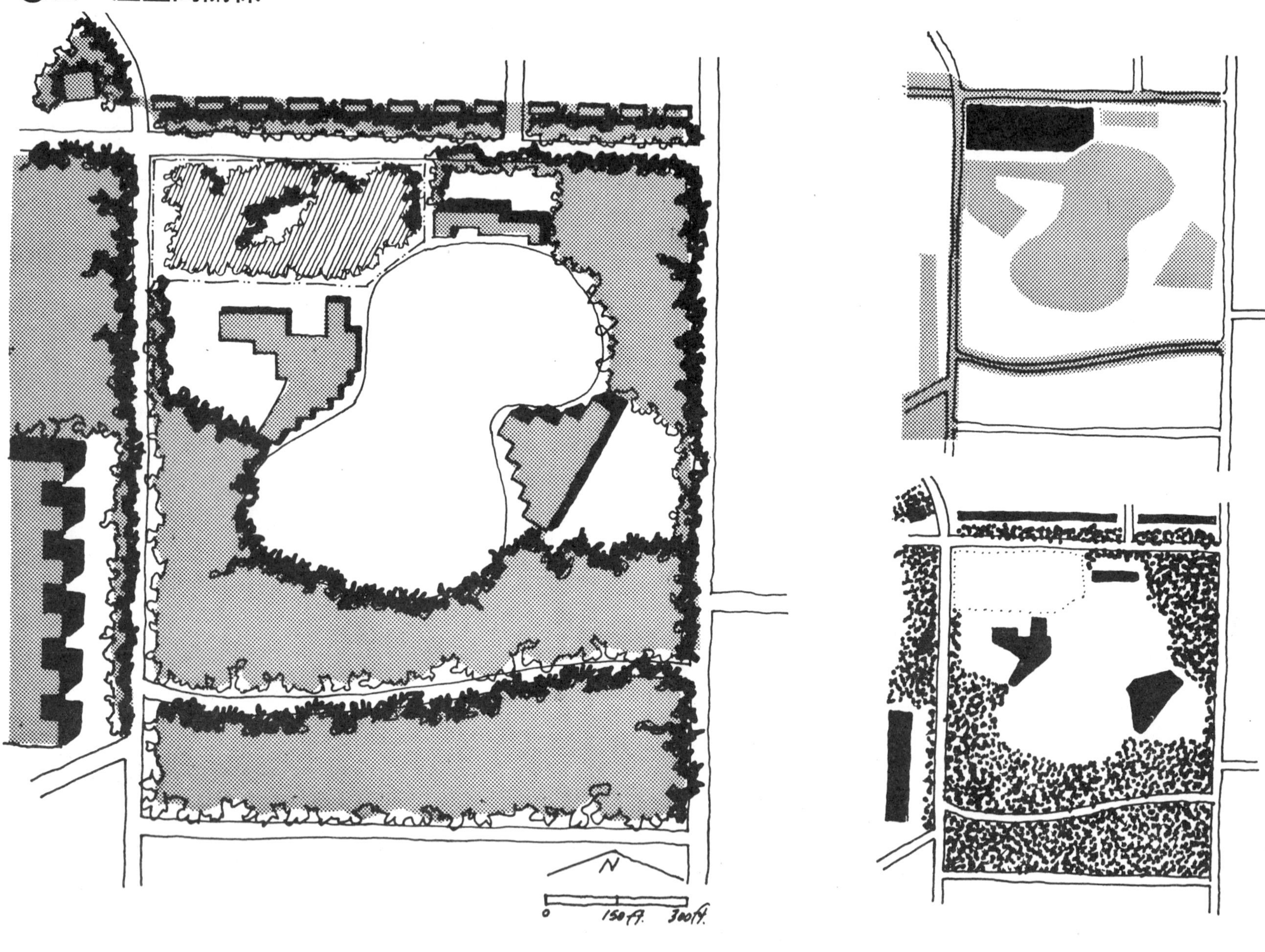

●戶外照明型式

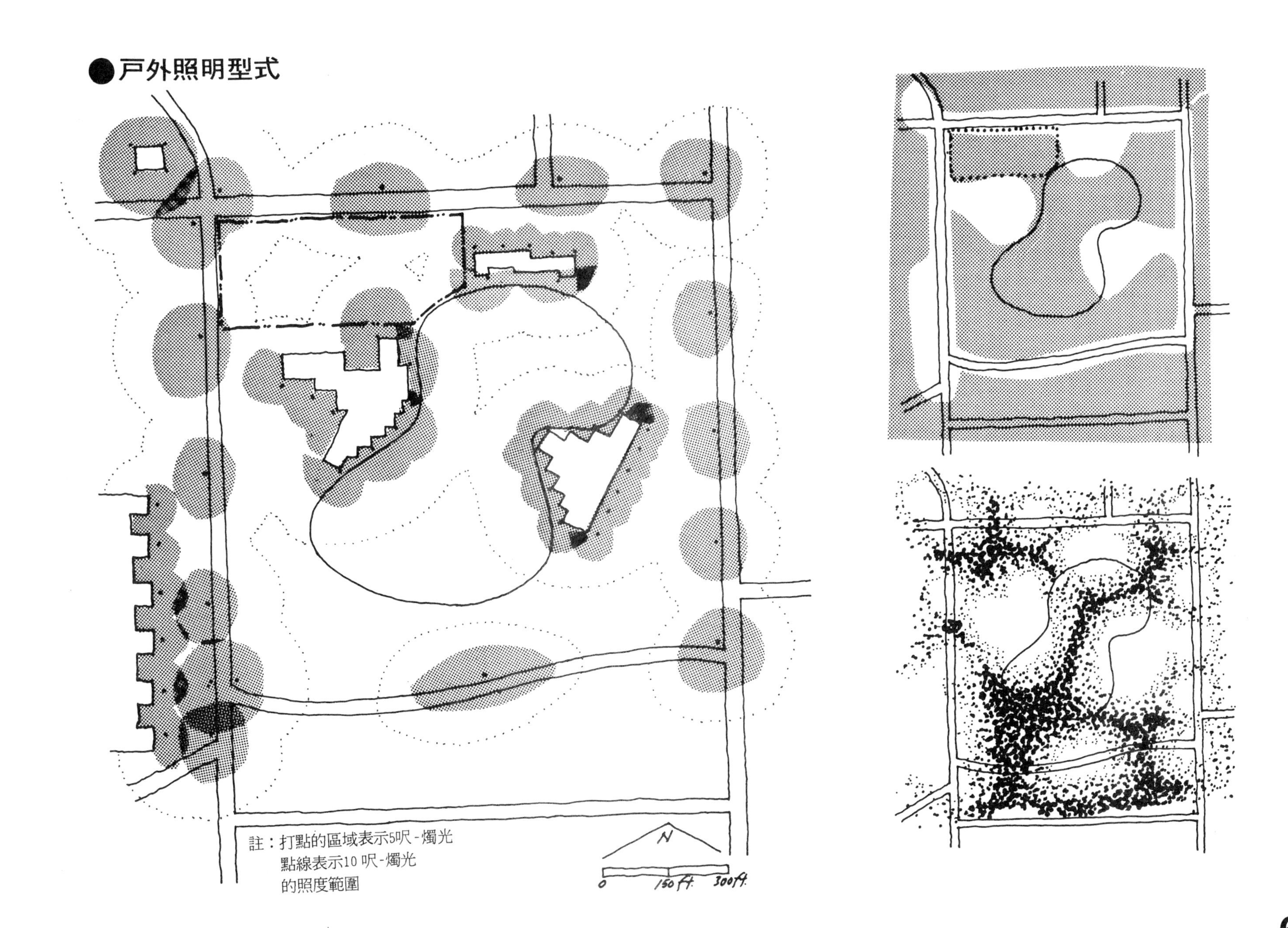

●有意義的建築原型

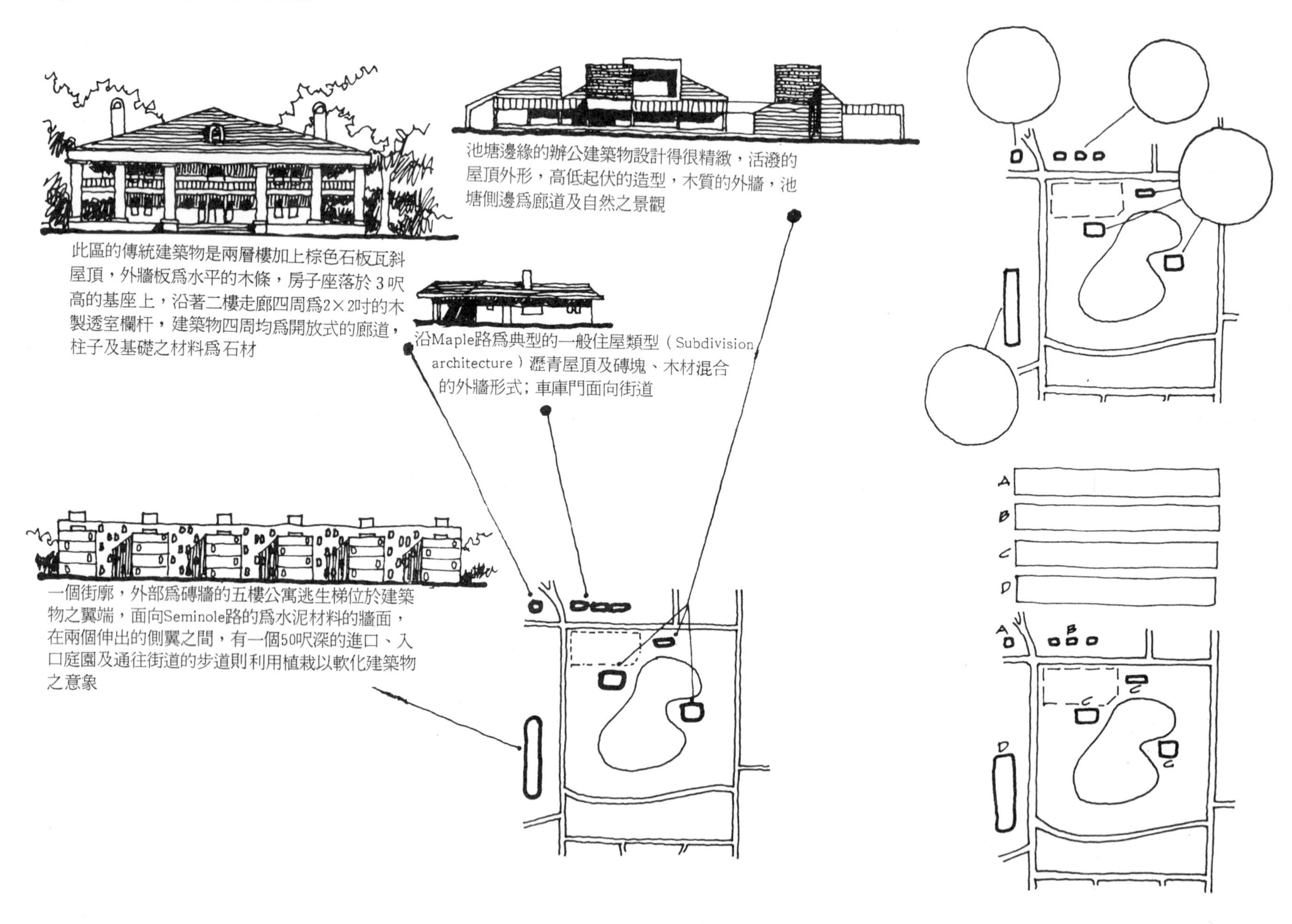
此區的傳統建築物是兩層樓加上棕色石板瓦斜屋頂，外牆板爲水平的木條，房子座落於 3 呎高的基座上，沿著二樓走廊四周爲2×2吋的木製透室欄杆，建築物四周均爲開放式的廊道，柱子及基礎之材料爲石材
池塘邊緣的辦公建築物設計得很精緻，活潑的屋頂外形，高低起伏的造型，木質的外牆，池塘側邊爲廊道及自然之景觀
沿Maple路爲典型的一般住屋類型（Subdivision architecture）瀝青屋頂及磚塊、木材混合的外牆形式；車庫門面向街道
一個街廓，外部爲磚牆的五樓公寓逃生梯位於建築物之翼端，面向Seminole路的爲水泥材料的牆面，在兩個伸出的側翼之間，有一個50呎深的進口、入口庭園及通往街道的步道則利用植栽以軟化建築物之意象
A
B
C
D

●重要的分類

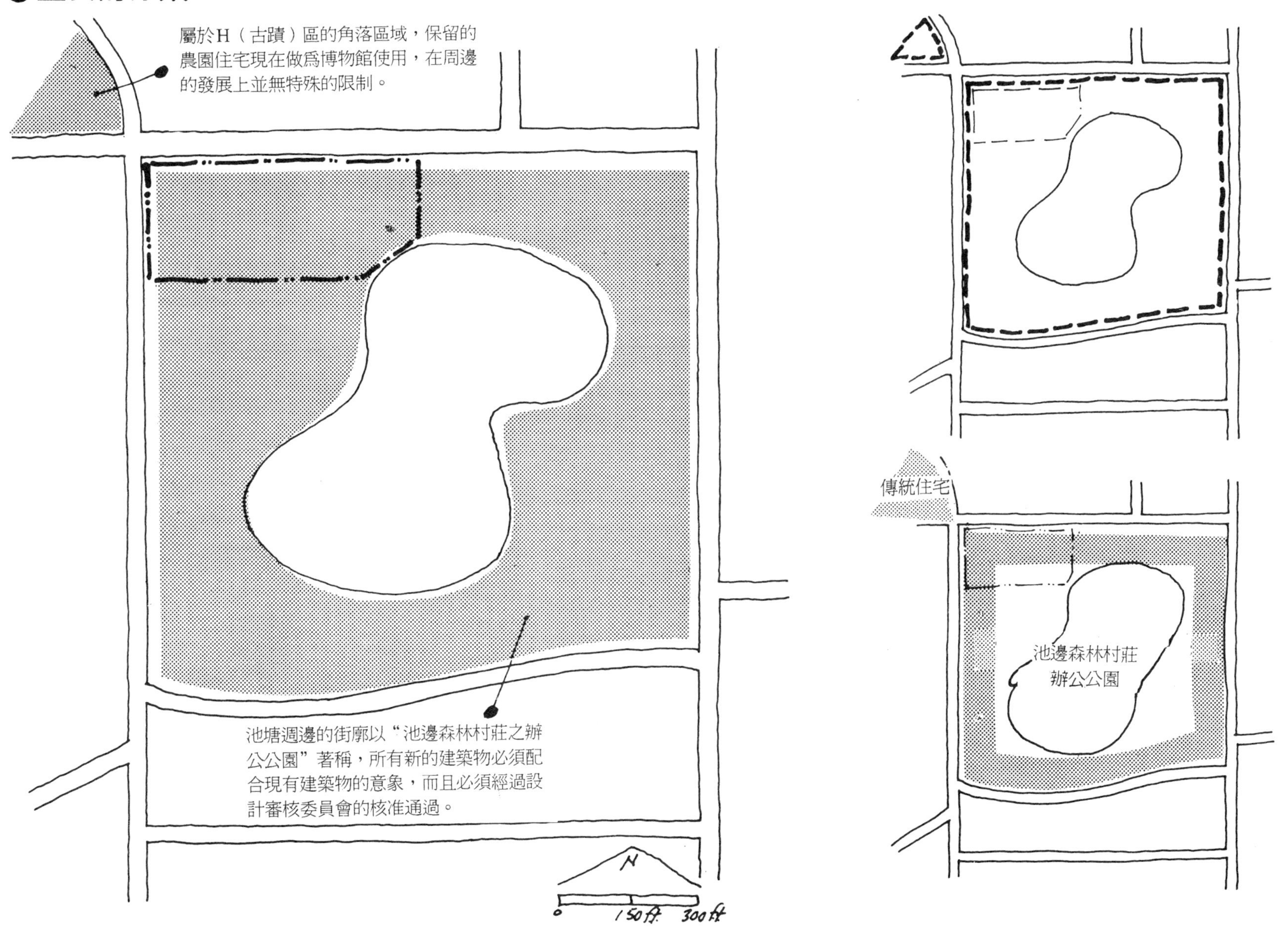
屬於H（古蹟）區的角落區域，保留的農園住宅現在做爲博物館使用，在周邊的發展上並無特殊的限制。
池塘週邊的街廓以"池邊森林村莊之辦公公園"著稱，所有新的建築物必須配合現有建築物的意象，而且必須經過設計審核委員會的核准通過。
N
0
150ft.
300ft
傳統住宅
池邊森林村莊
辦公公園

●具有特殊價值或意義的鄰近建築物

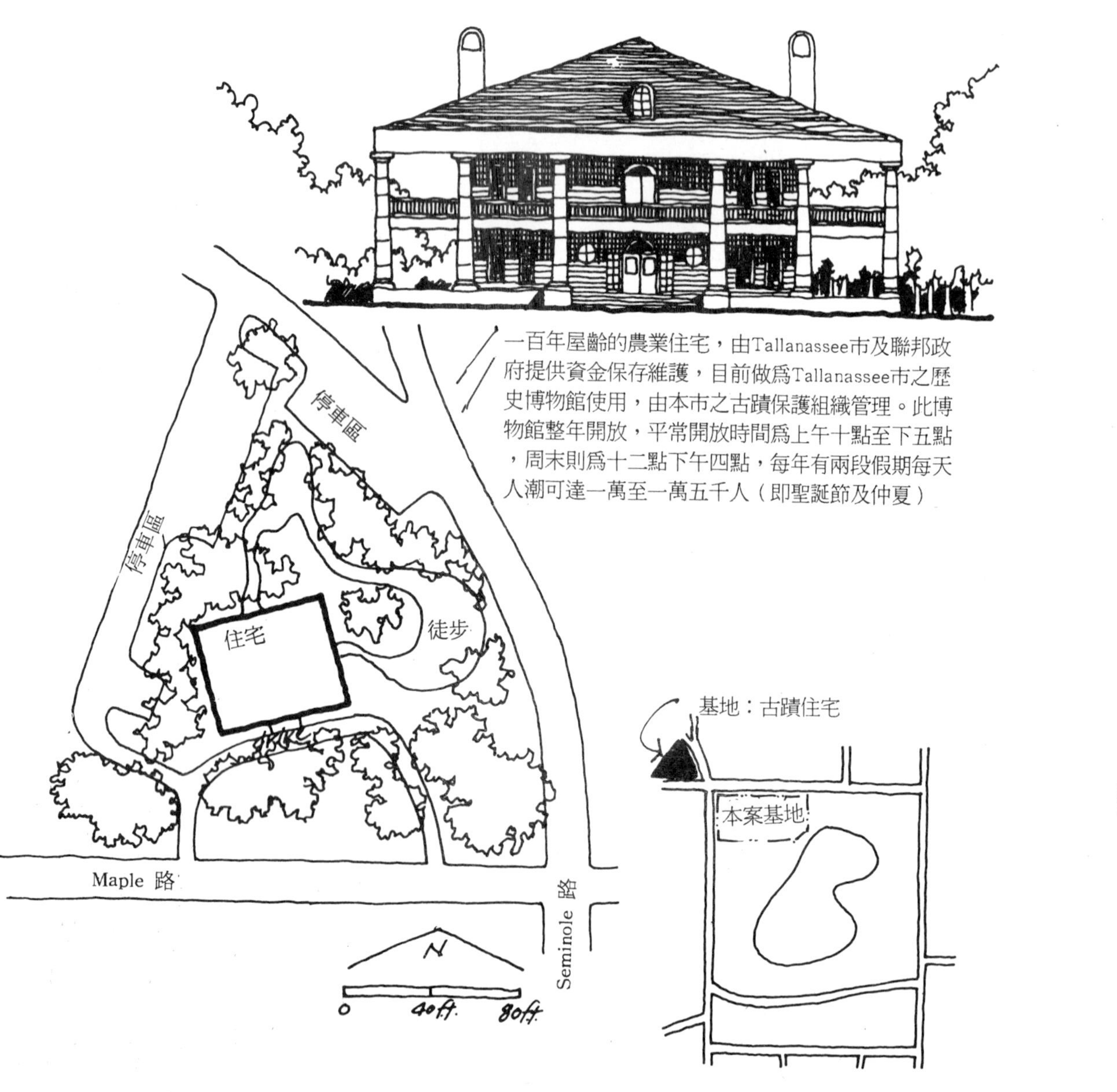

一百年屋齡的農業住宅，由Tallanassee市及聯邦政府提供資金保存維護，目前做爲Tallanassee市之歷史博物館使用，由本市之古蹟保護組織管理。此博物館整年開放，平常開放時間爲上午十點至下五點，周末則爲十二點下午四點，每年有兩段假期每天人潮可達一萬至一萬五千人（即聖誕節及仲夏）

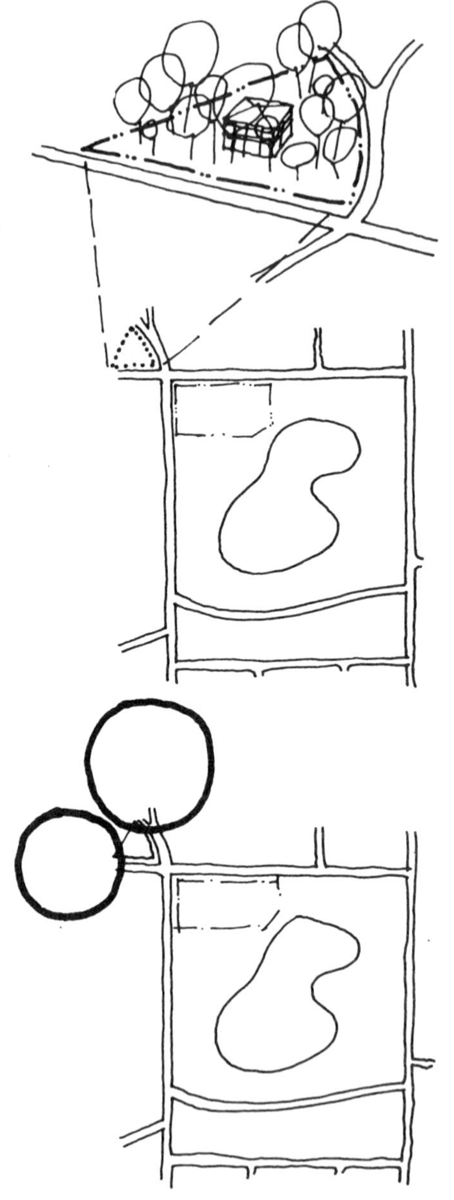

●日照陰影型式

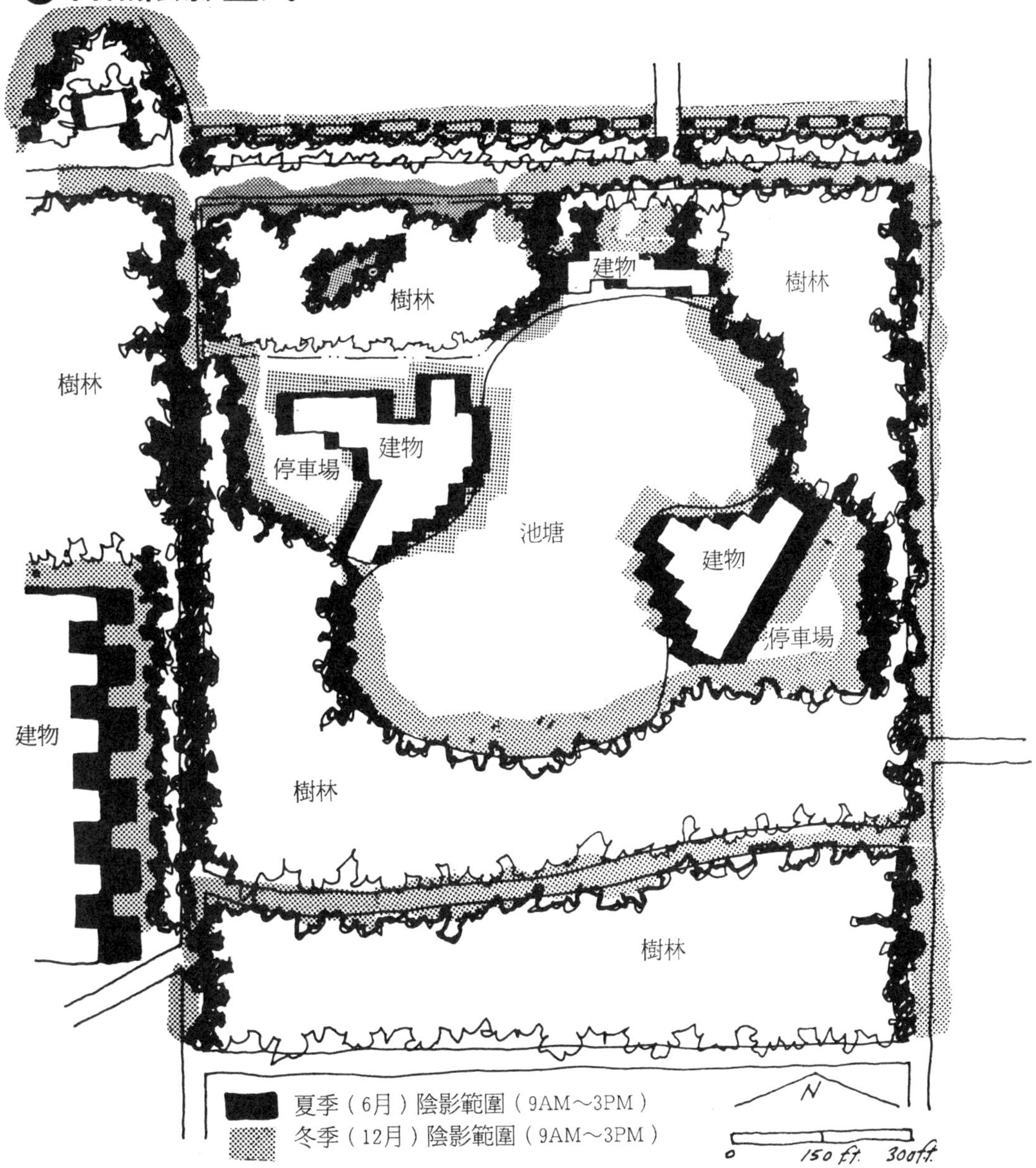

樹林
建物
樹林
建物
樹林
停車場
建物
池塘
建物
停車場
樹林
樹林

夏季（6月）陰影範圍（9AM～3PM）
冬季（12月）陰影範圍（9AM～3PM）

N
0 150 ft. 300 ft.

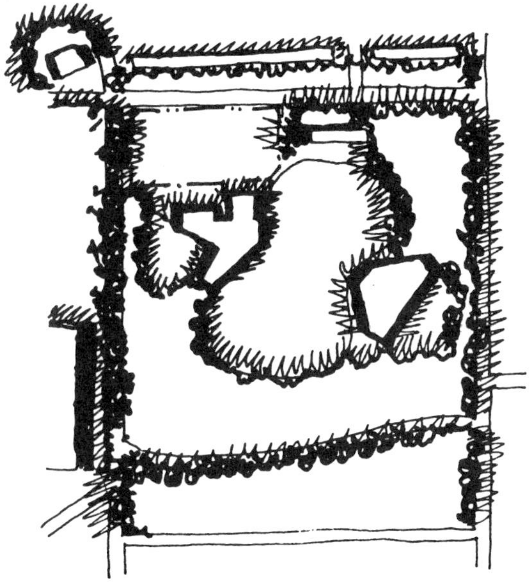

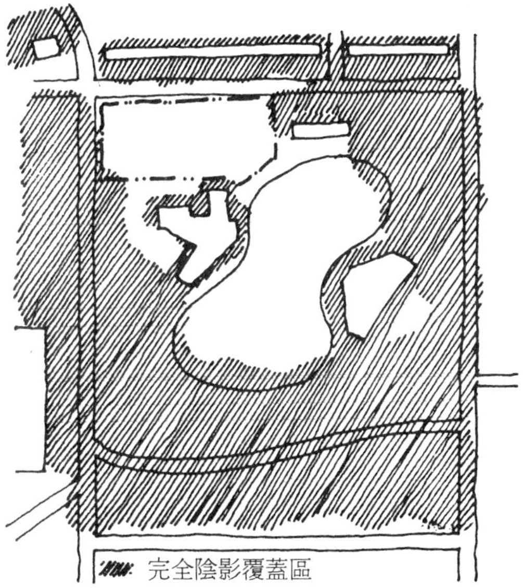

完全陰影覆蓋區

●地形

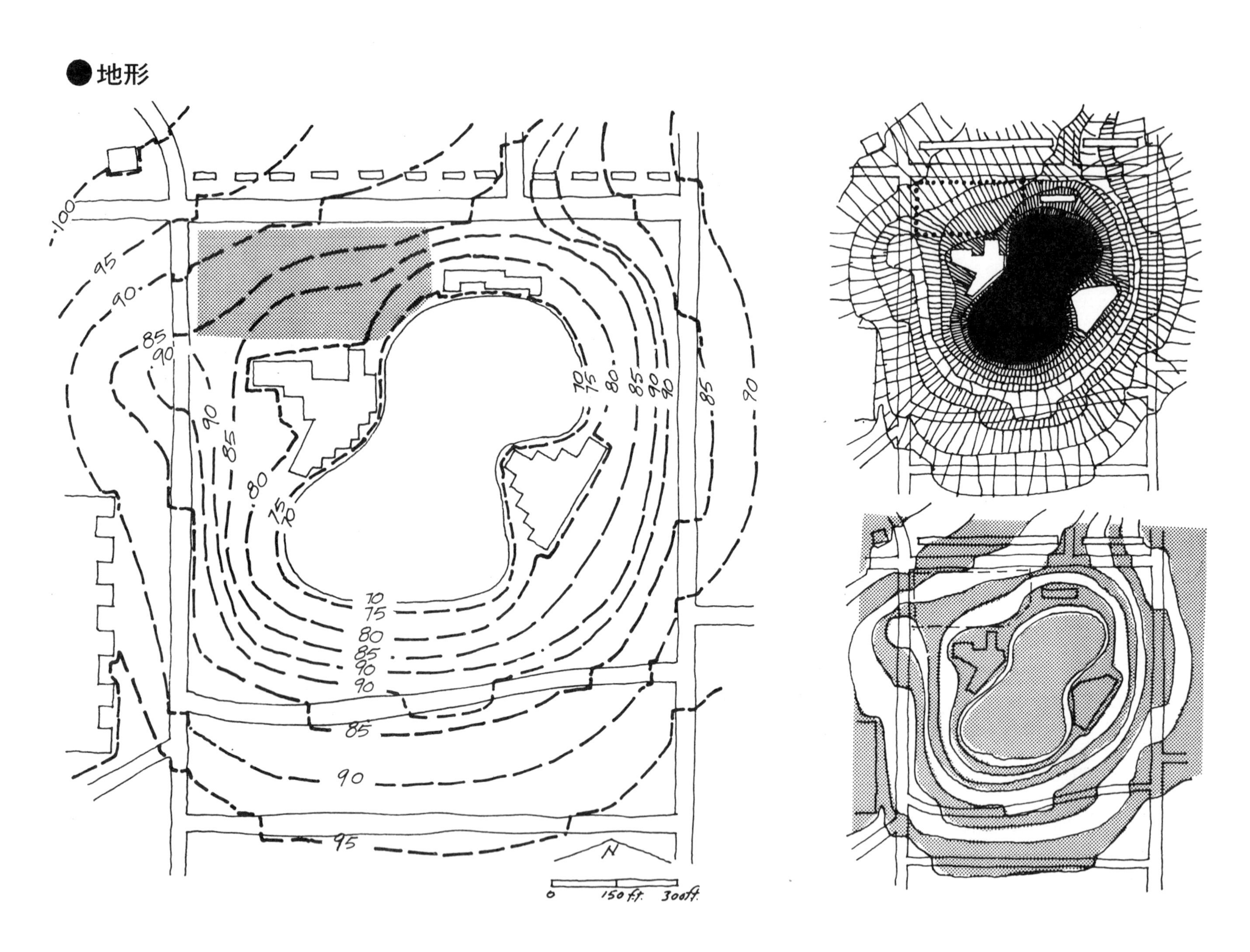

100
95
90
85
90
90
85
80
75
70
70
75
80
85
90
90
85
90
70
75
80
85
90
90
85
90
95
N
0 150 ft. 300 ft.

●主要地貌

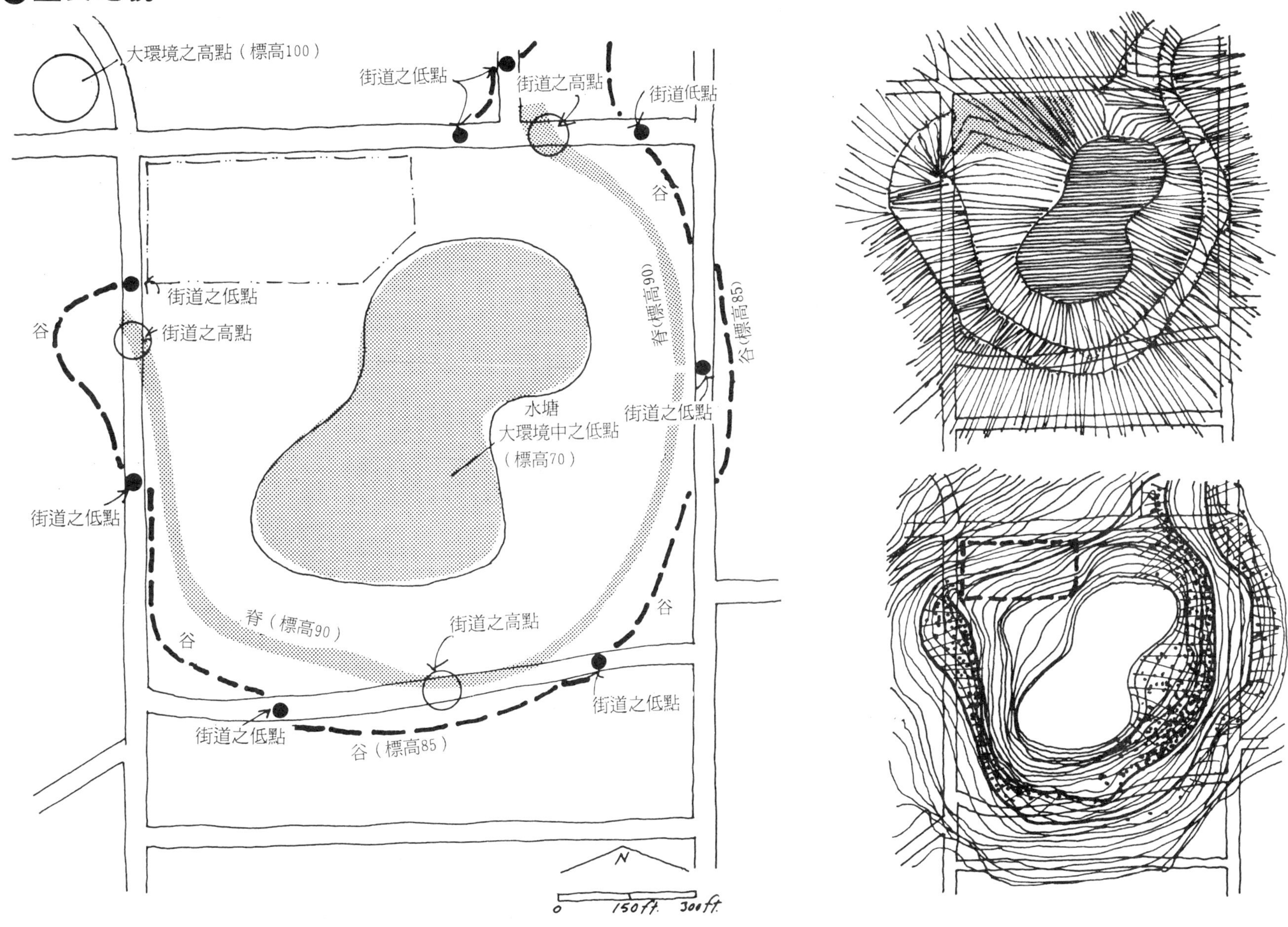

大環境之高點（標高100）
街道之低點
街道之高點
街道低點
谷
街道之低點
街道之高點
谷
脊（標高90）
谷（標高85）
街道之低點
水塘
大環境中之低點
（標高70）
街道之低點
谷
脊（標高90）
谷
街道之高點
街道之低點
街道之低點
谷（標高85）
N
0 150ft. 300ft.

●地表之排水型式

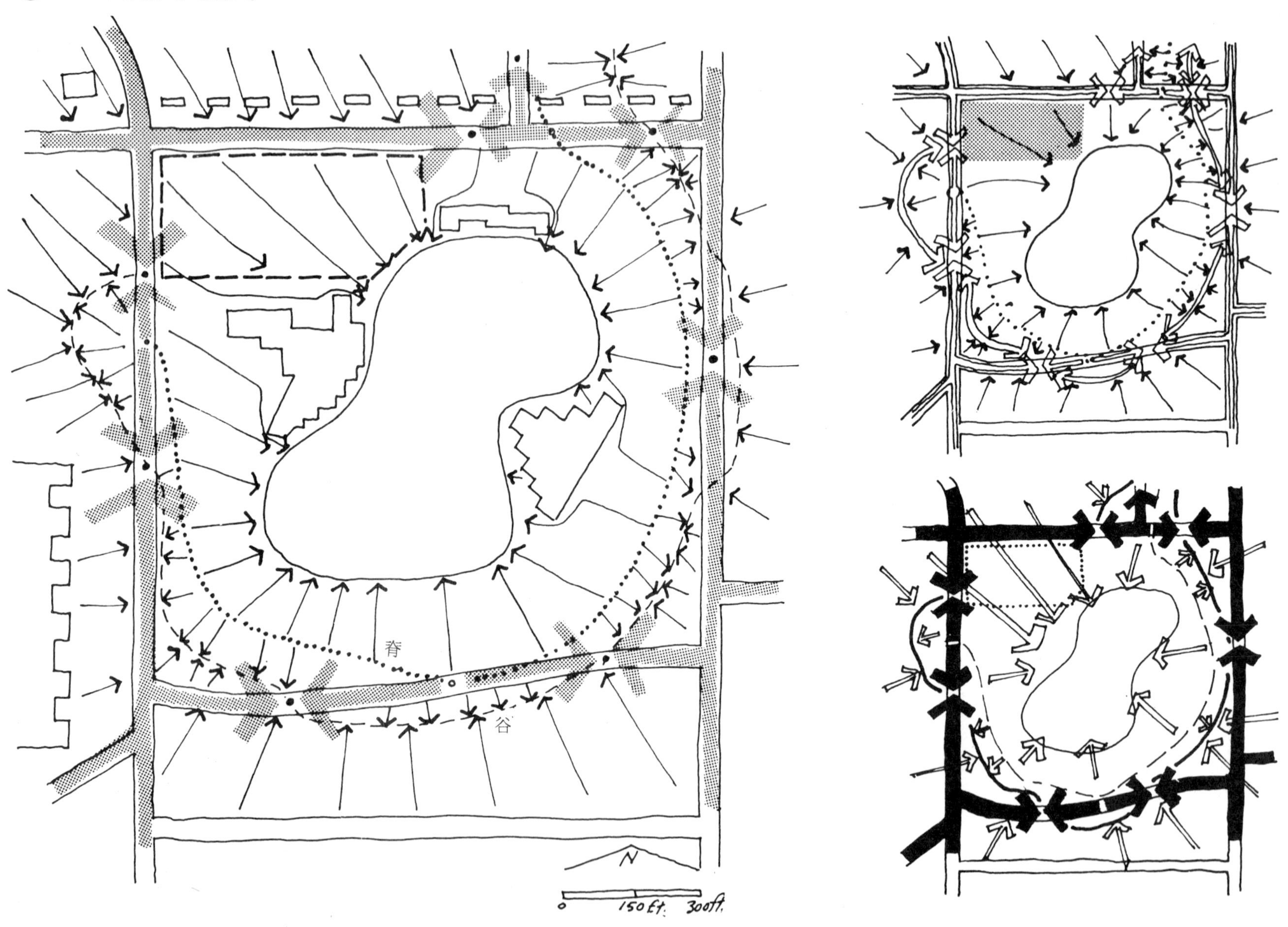

●地下排水溝系統

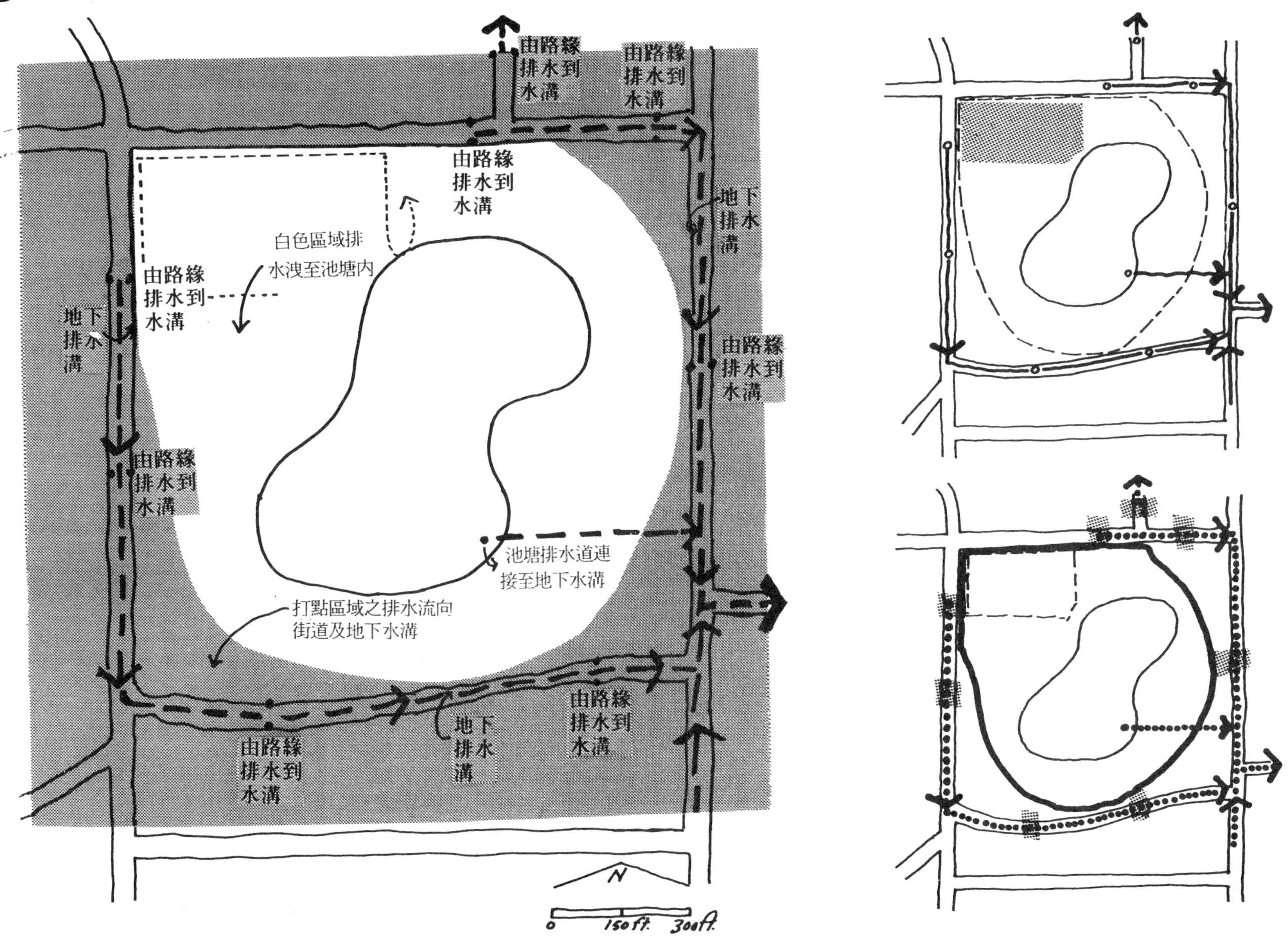

由路緣排水到水溝
由路緣排水到水溝
由路緣排水到水溝
地下排水溝
白色區域排水洩至池塘內
由路緣排水到水溝
地下排水溝
由路緣排水到水溝
由路緣排水到水溝
池塘排水道連接至地下水溝
打點區域之排水流向街道及地下水溝
由路緣排水到水溝
地下排水溝
由路緣排水到水溝
N
0
150ft.
300ft.

●植被

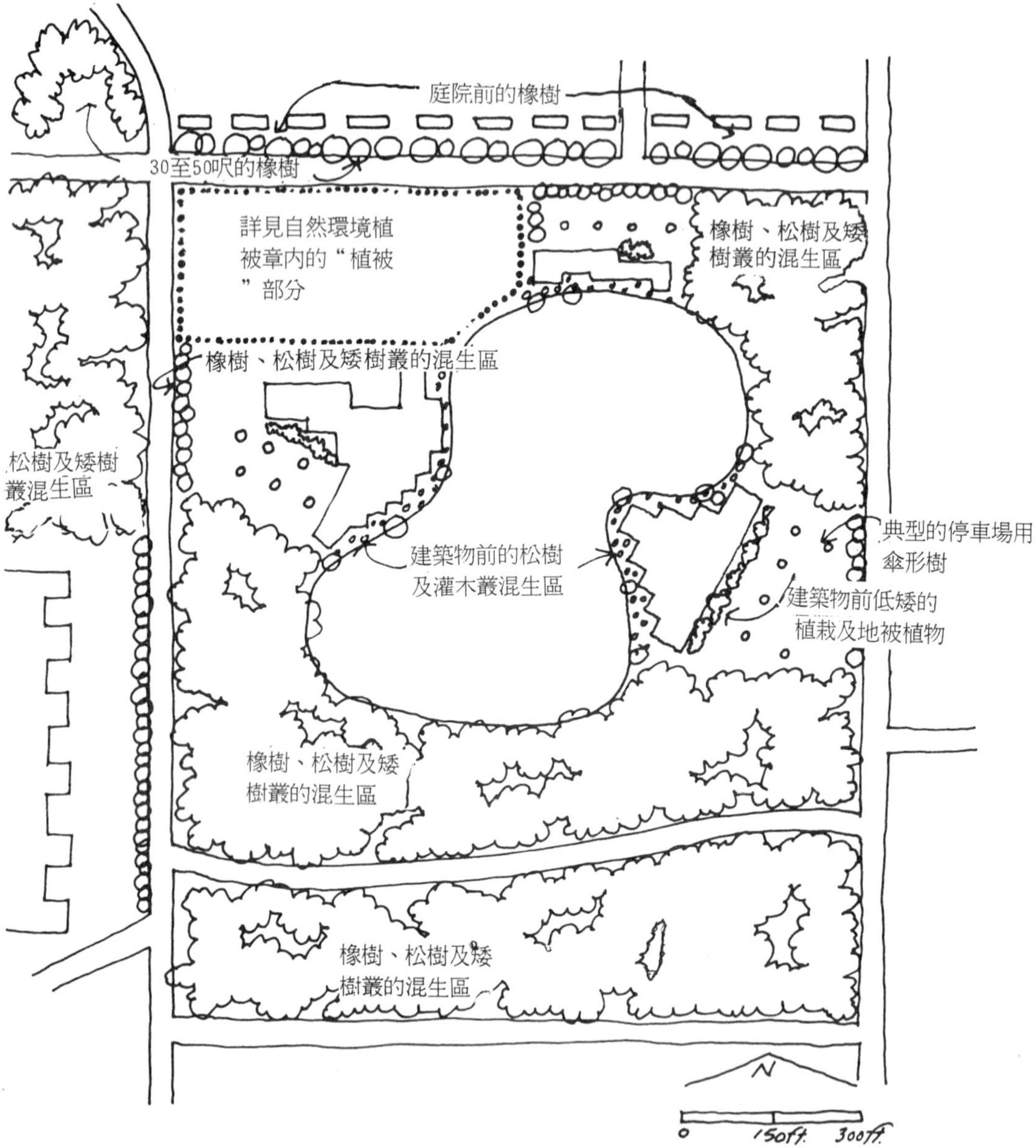

庭院前的橡樹
30至50呎的橡樹
詳見自然環境植被章內的“植被”部分
橡樹、松樹及矮樹叢的混生區
橡樹、松樹及矮樹叢的混生區
松樹及矮樹叢混生區
建築物前的松樹及灌木叢混生區
典型的停車場用傘形樹
建築物前低矮的植栽及地被植物
橡樹、松樹及矮樹叢的混生區
橡樹、松樹及矮樹叢的混生區
N
0 150ft. 300ft.

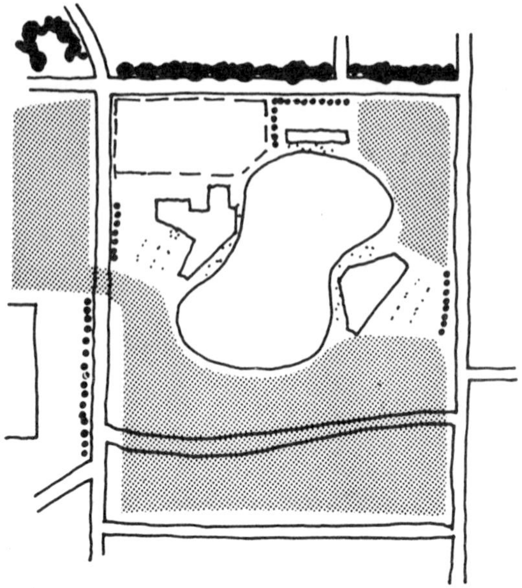

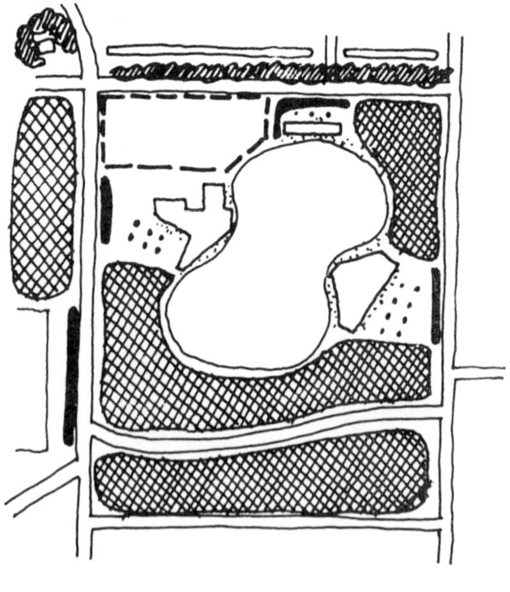

基地及分區

● 地界線及基地面積

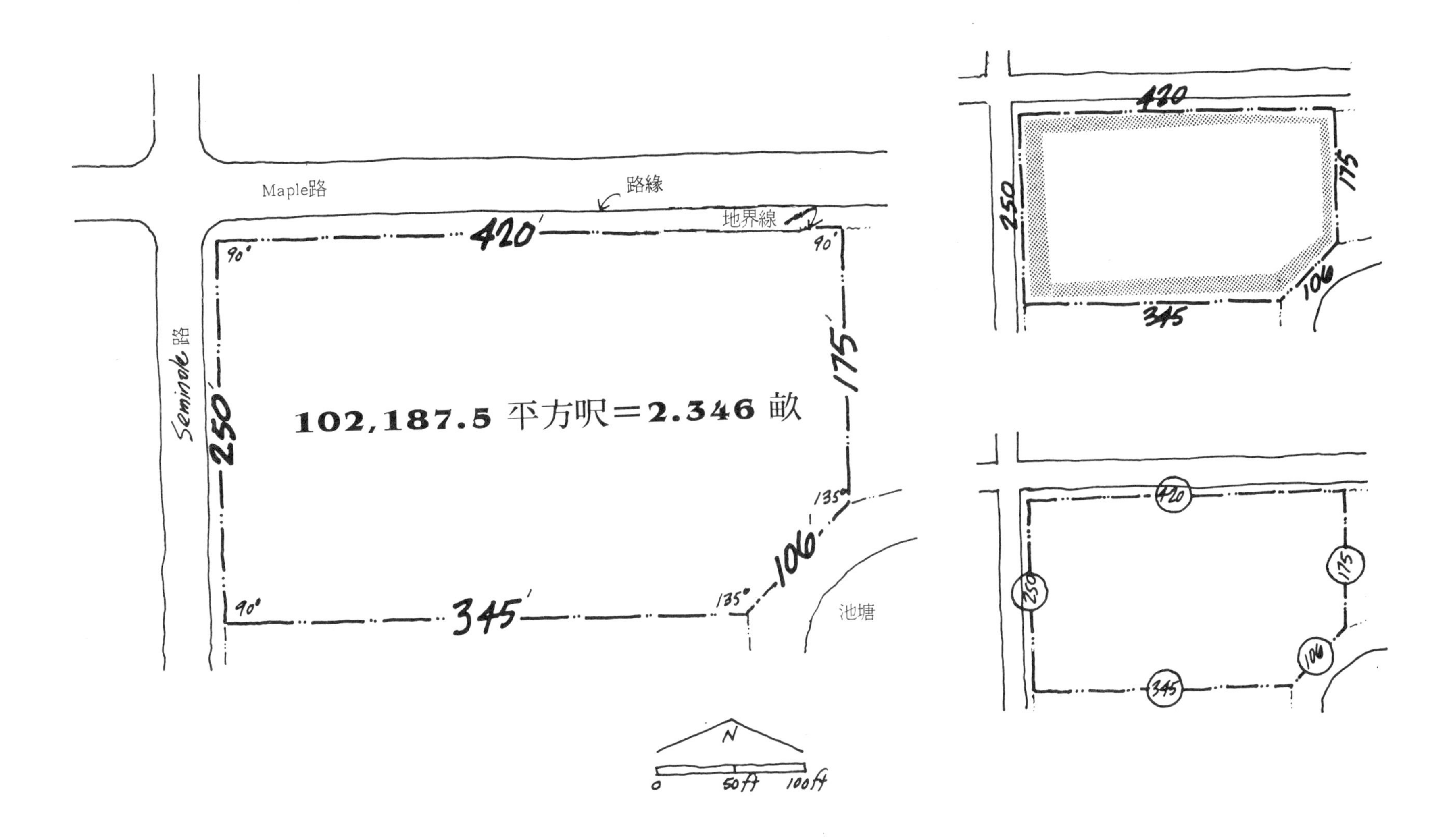

● 路權範圍

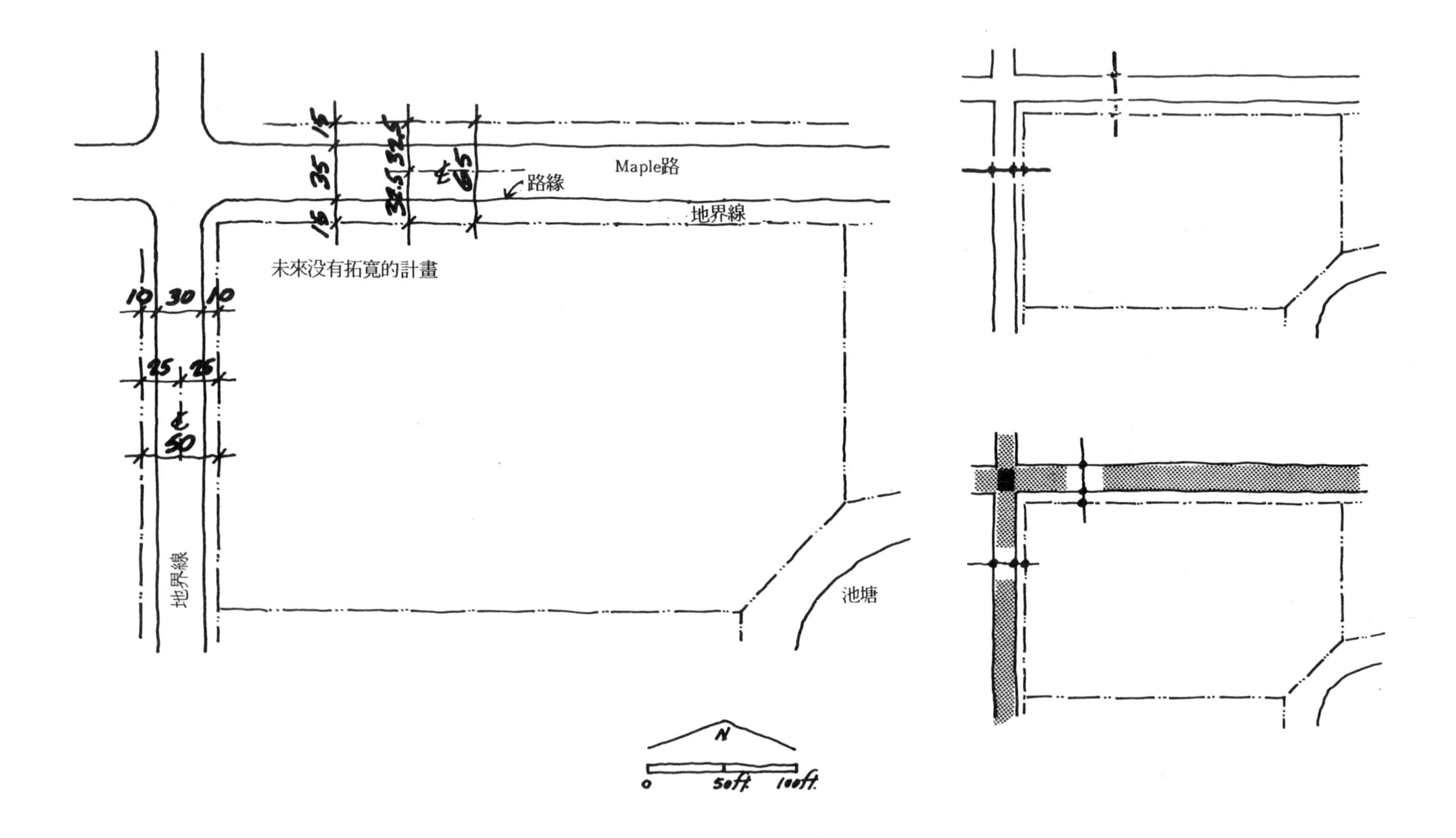

●地役權

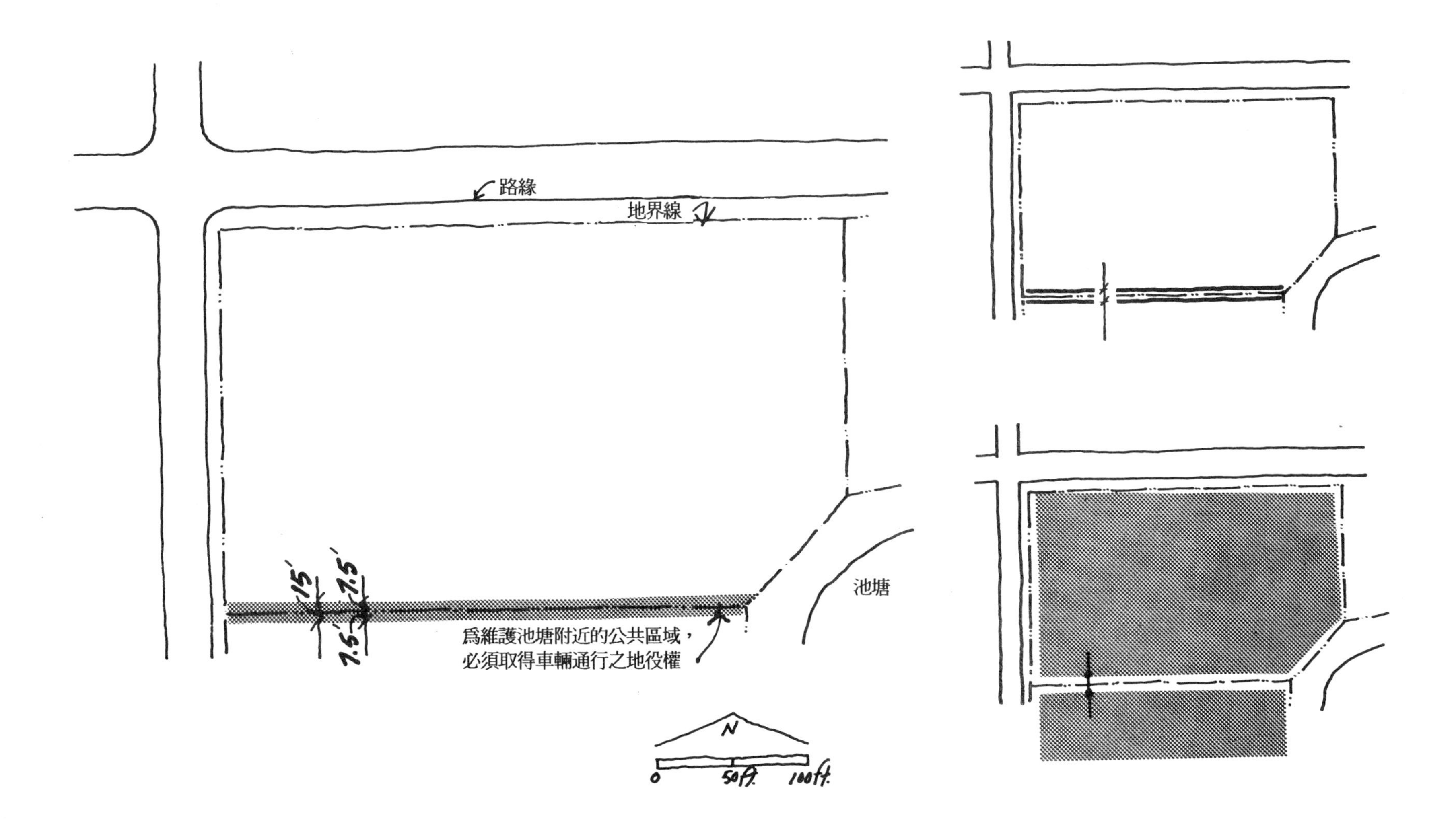

●分區與退縮

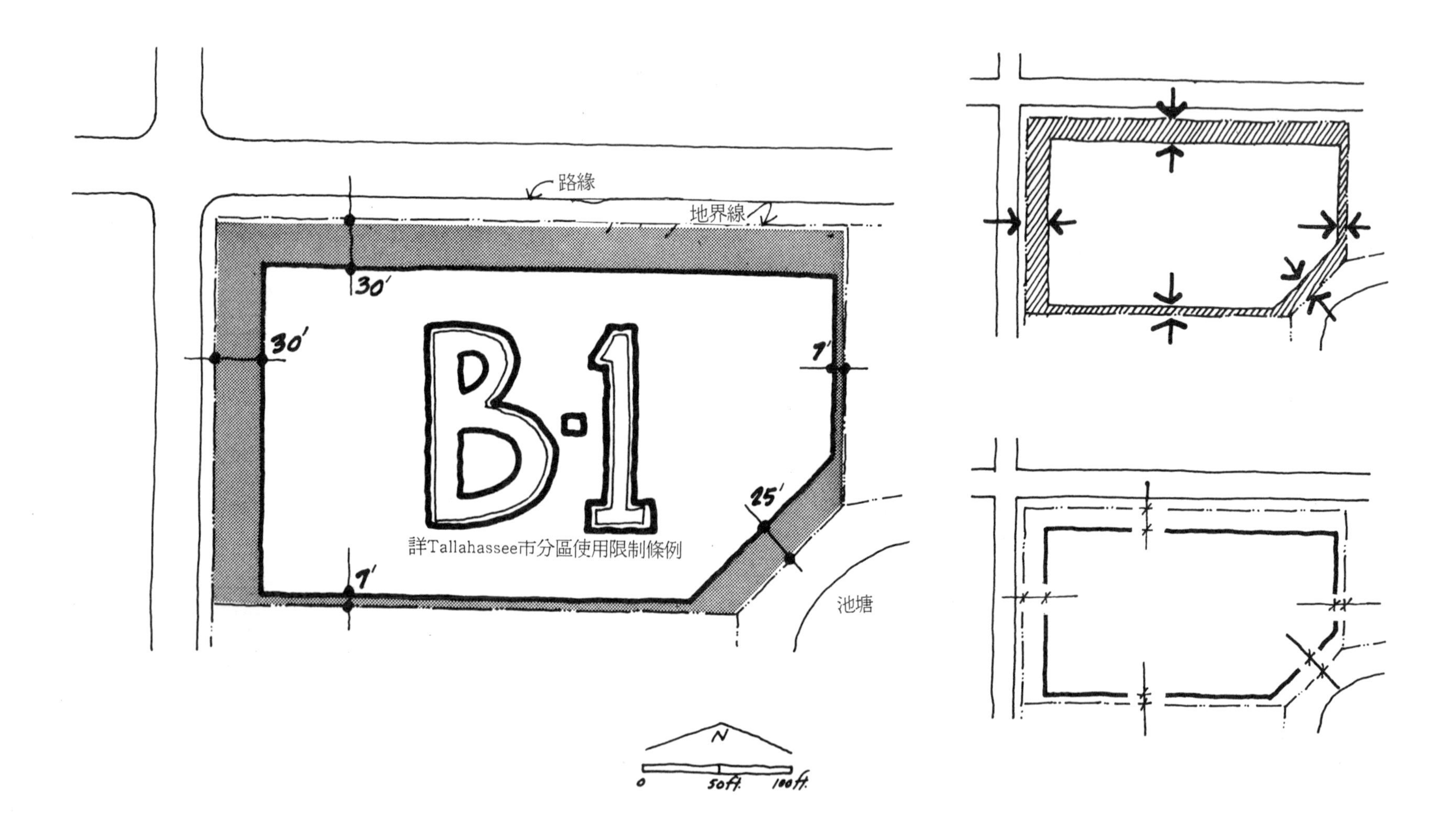

●允建面積

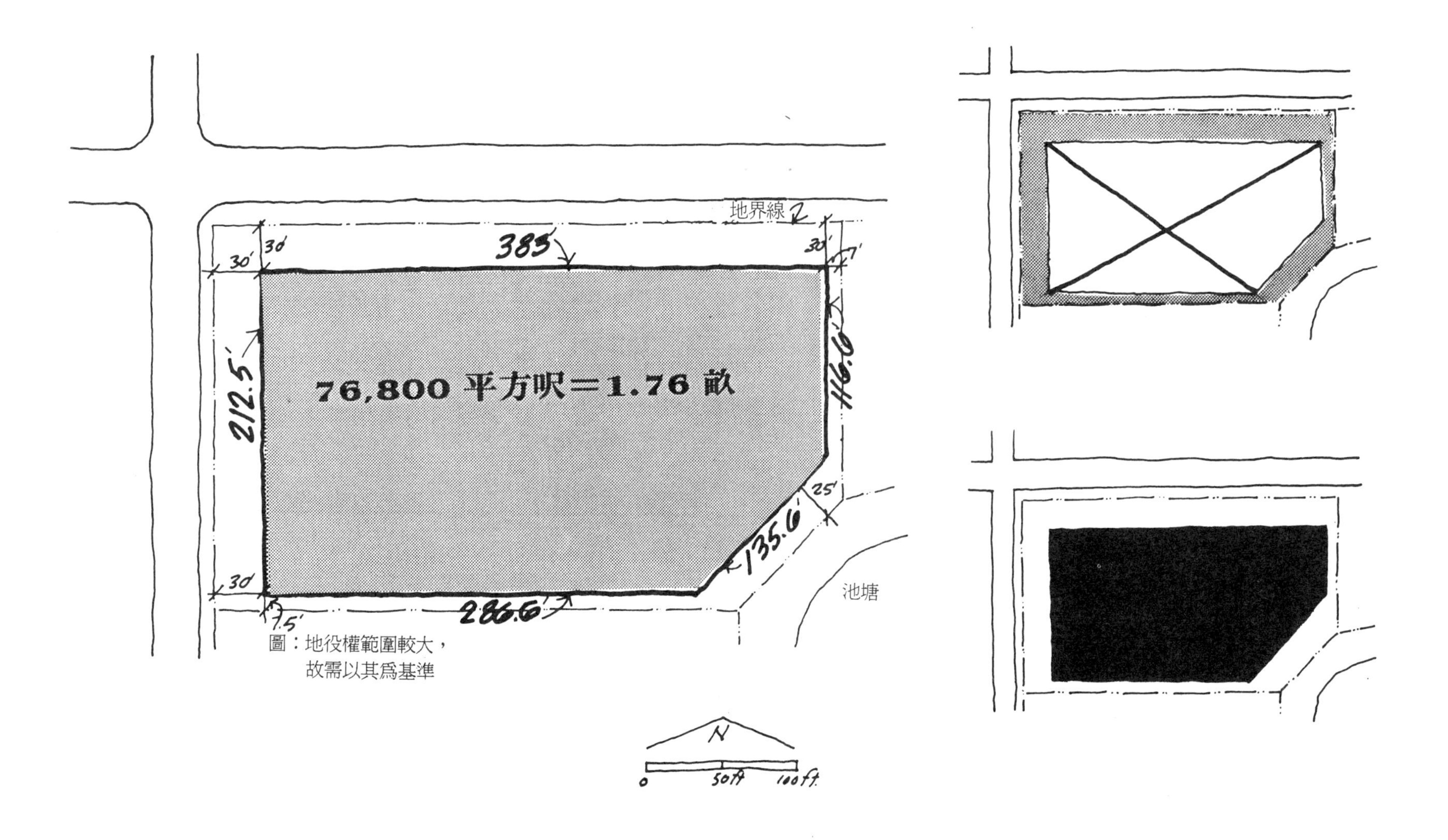

圖：地役權範圍較大，
故需以其爲基準

● 建蔽率與高度限制

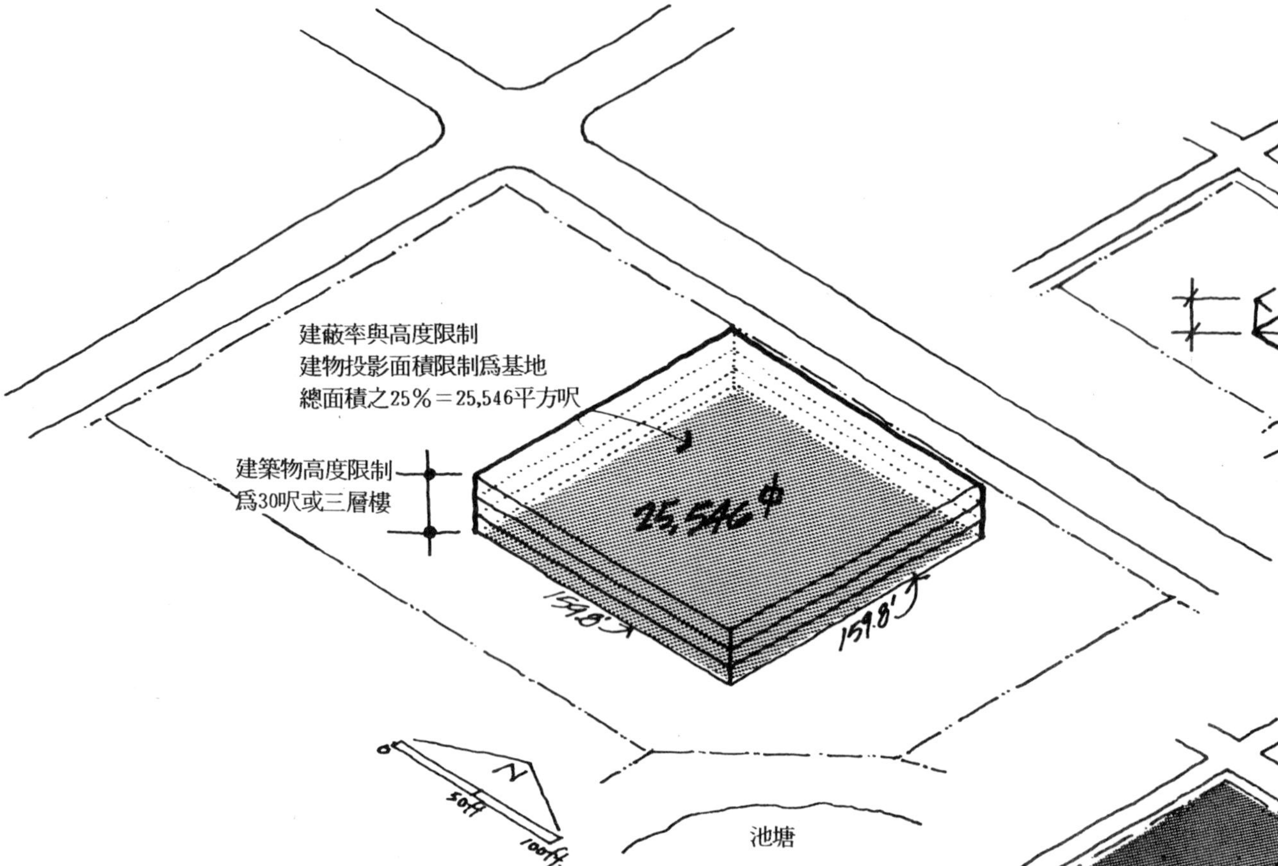

建蔽率與高度限制
建物投影面積限制爲基地
總面積之25％＝25,546平方呎

建築物高度限制
爲30呎或三層樓

25,546ф

159.8'

159.8'

0
50ft
100ft
N

池塘

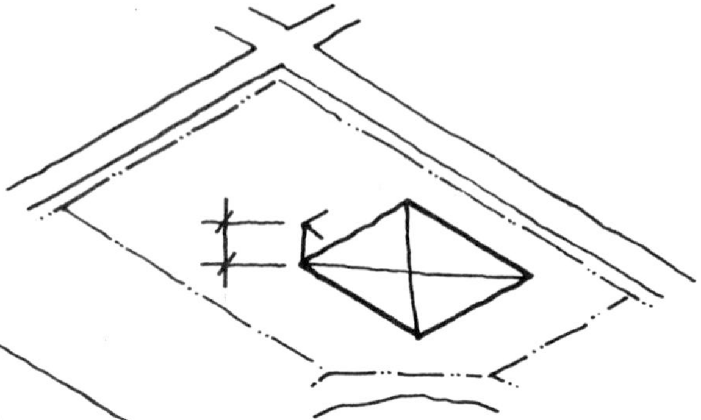

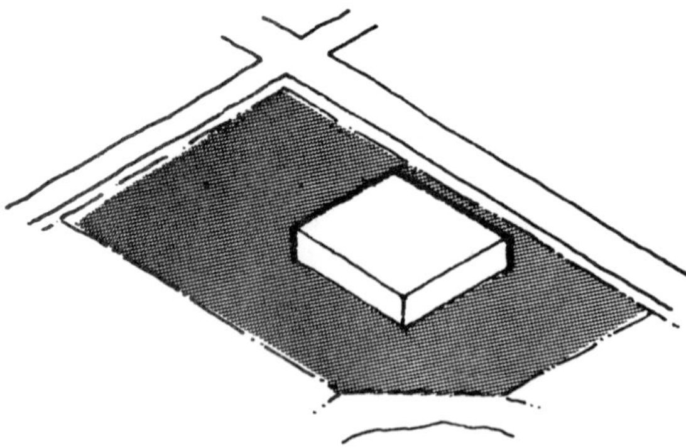

● 非沿街式停車空間需求

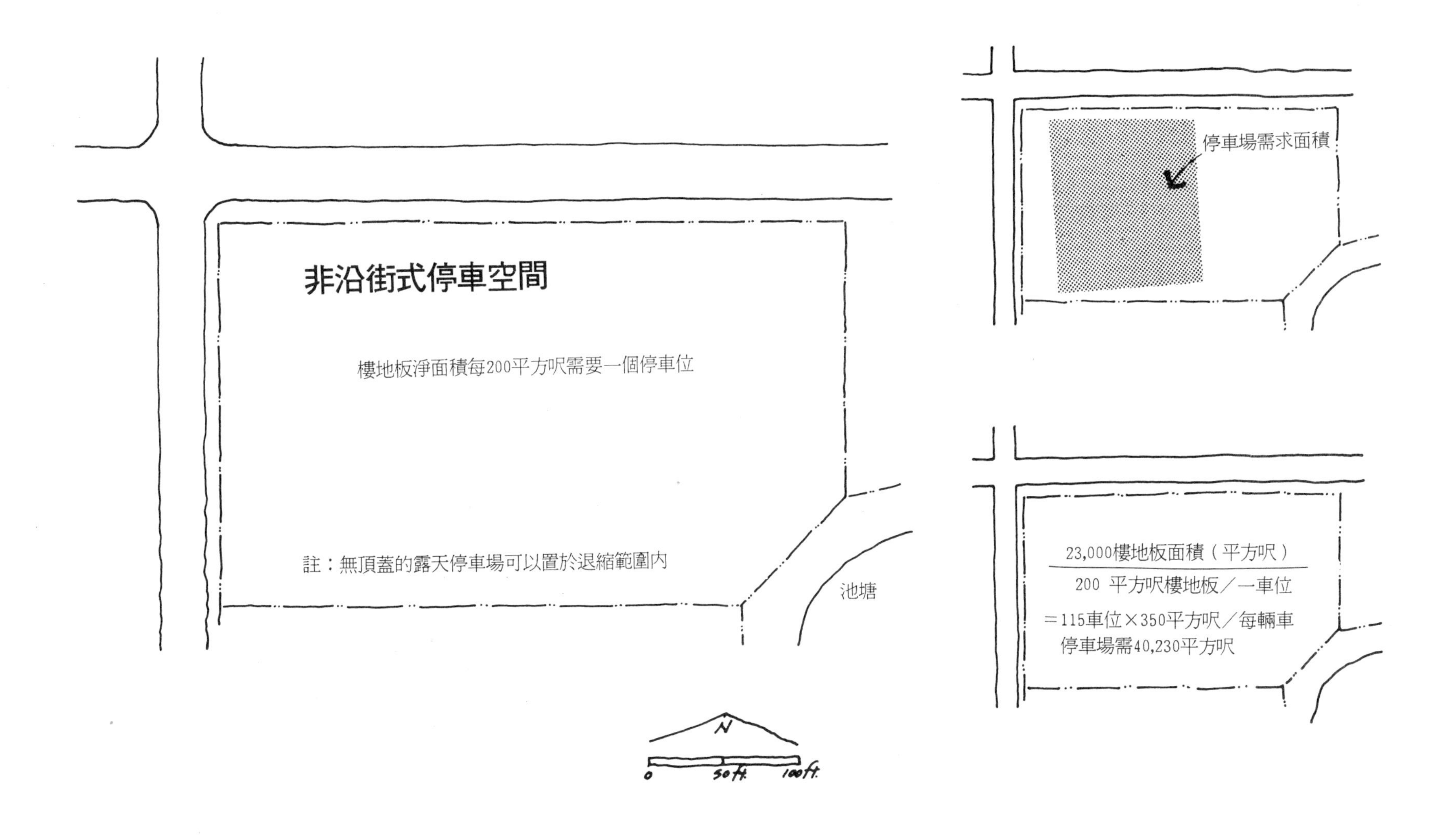

非沿街式停車空間
樓地板淨面積每200平方呎需要一個停車位
註：無頂蓋的露天停車場可以置於退縮範圍內
池塘
N
0
50ft.
100ft.
停車場需求面積
23,000樓地板面積（平方呎）
200 平方呎樓地板／一車位
＝115車位×350平方呎／每輛車
停車場需40,230平方呎

法規

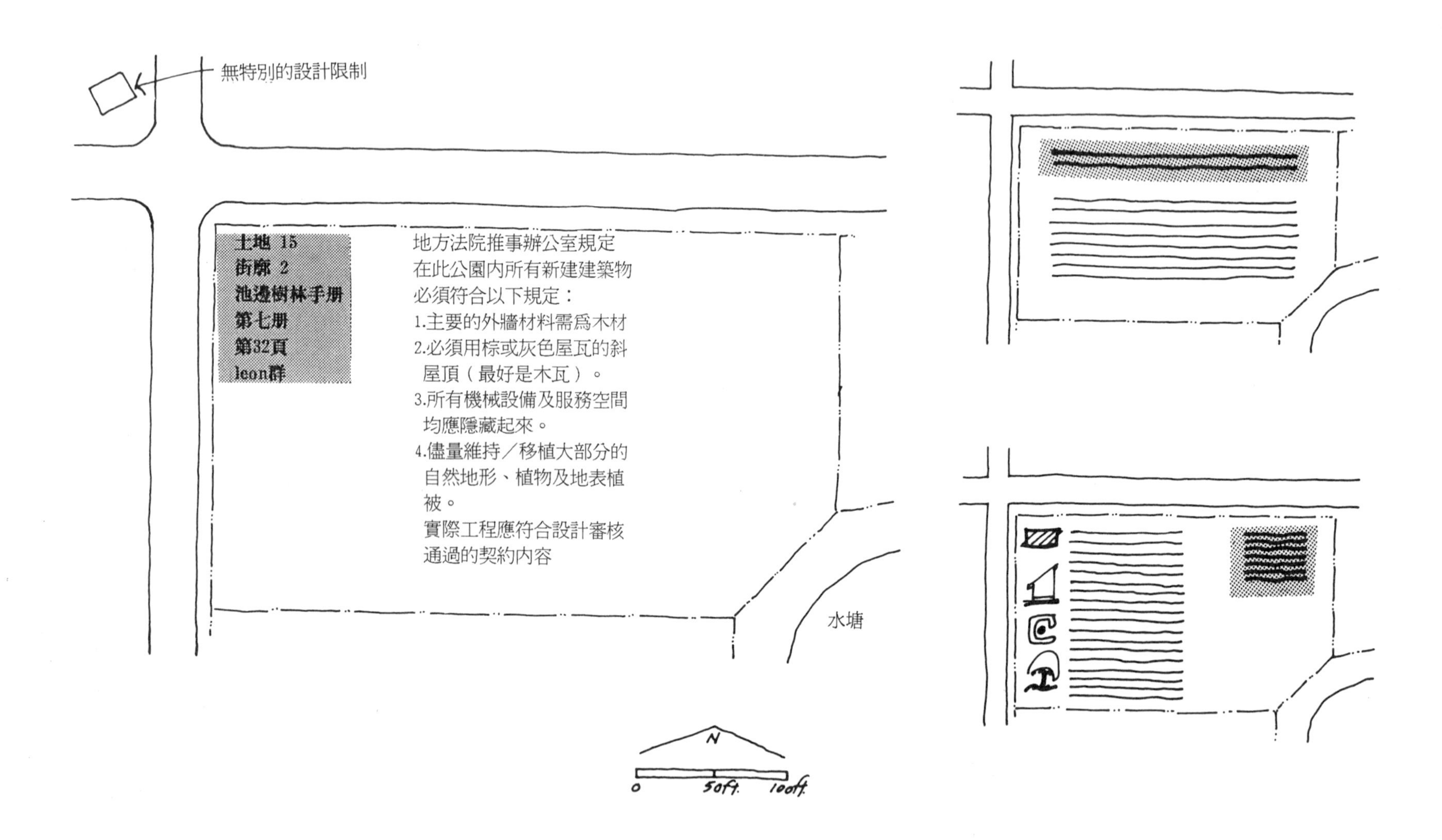
無特別的設計限制
土地 15
街廓 2
池邊樹林手册
第七册
第32頁
leon群
地方法院推事辦公室規定
在此公園內所有新建建築物
必須符合以下規定：
1.主要的外牆材料需爲木材
2.必須用棕或灰色屋瓦的斜
屋頂（最好是木瓦）。
3.所有機械設備及服務空間
均應隱藏起來。
4.儘量維持／移植大部分的
自然地形、植物及地表植
被。
實際工程應符合設計審核
通過的契約內容
水塘
N
0
50ft.
100ft.

● 所有權與管轄權

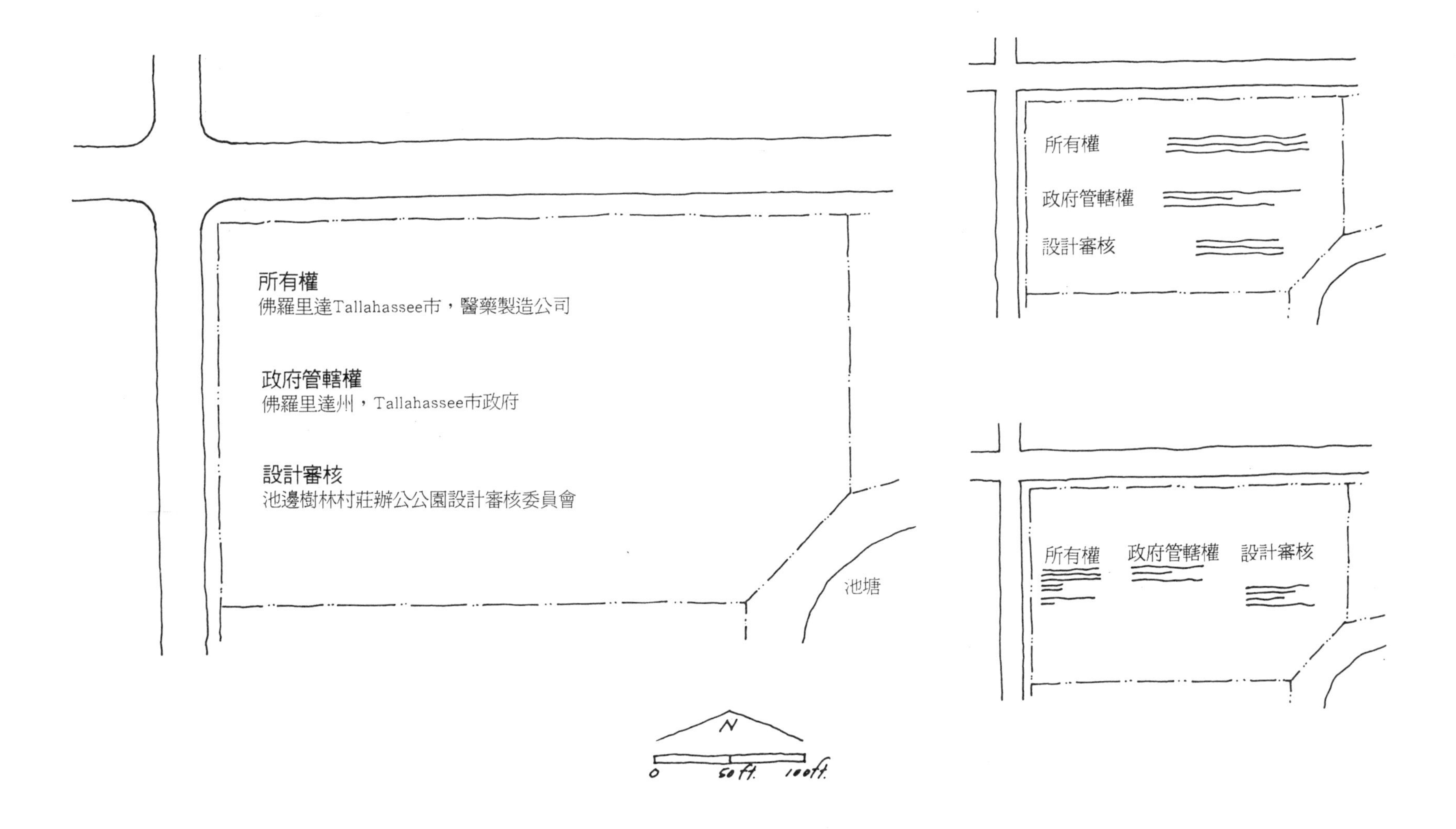

所有權
佛羅里達Tallahassee市，醫藥製造公司
政府管轄權
佛羅里達州，Tallahassee市政府
設計審核
池邊樹林村莊辦公公園設計審核委員會
池塘
N
0
50ft.
100ft.
所有權
政府管轄權
設計審核
所有權
政府管轄權
設計審核

自然環境特徵

● 地形

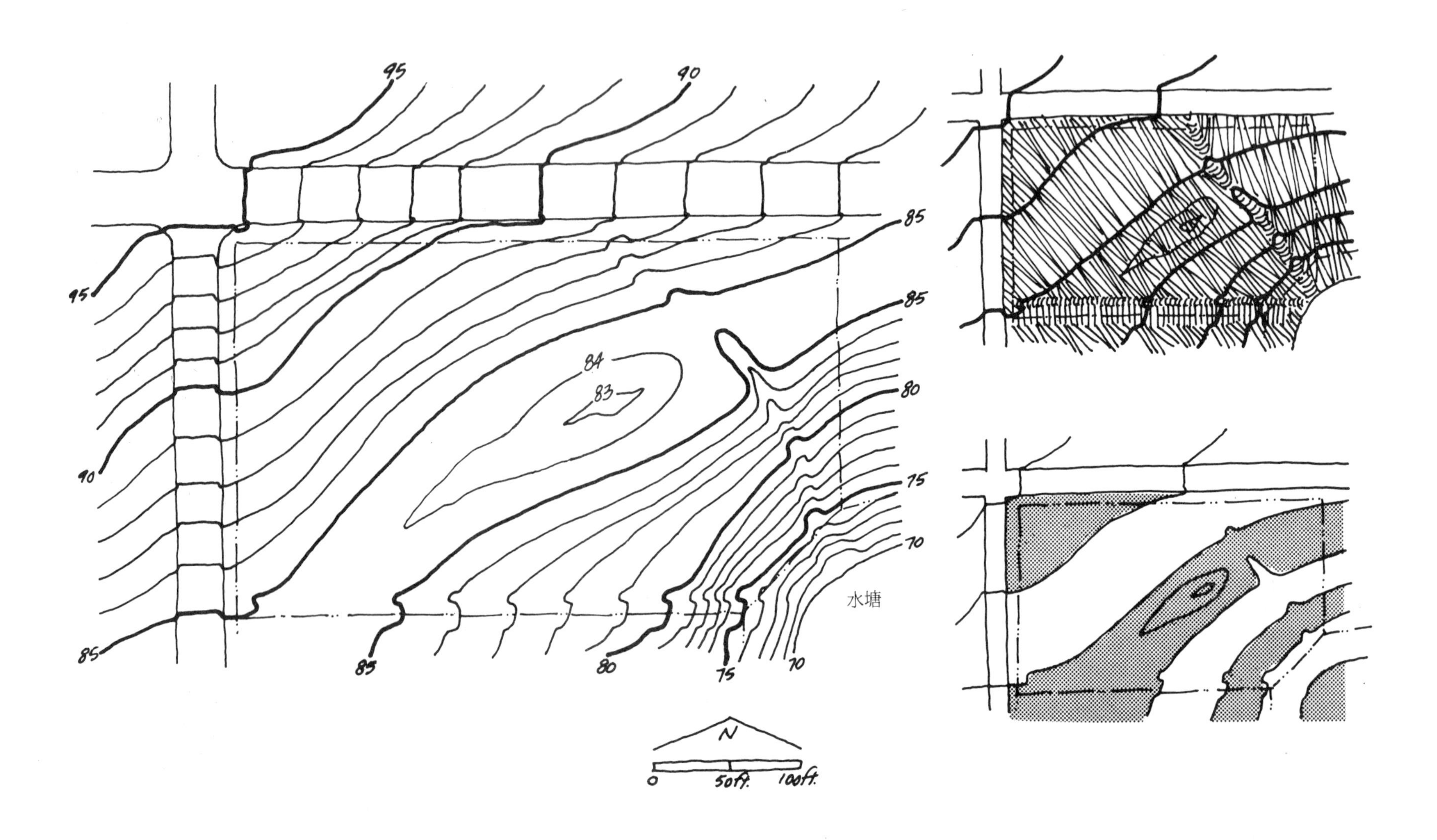

●主要地貌

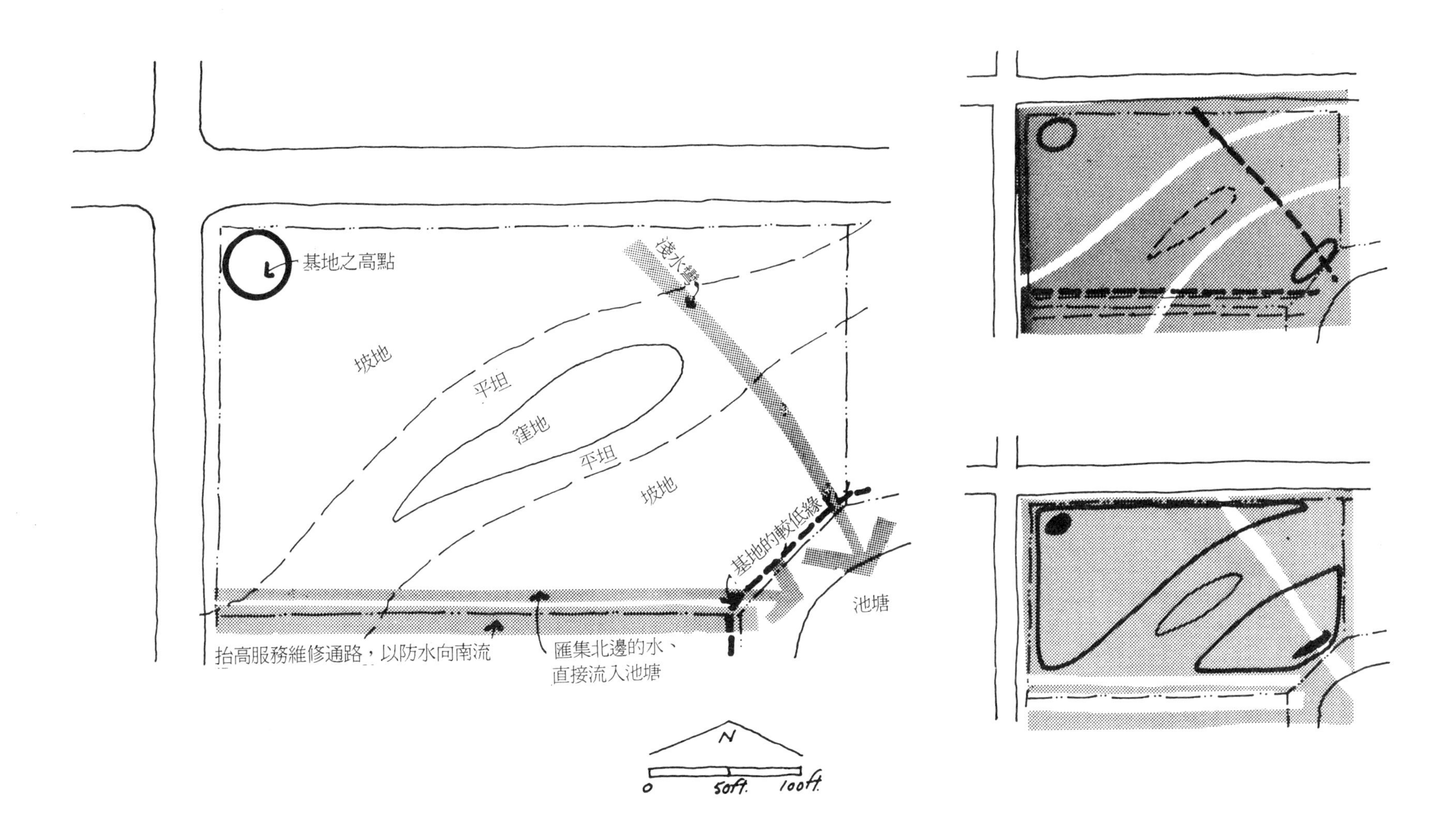

基地之高點
淺水灣
坡地
平坦
窪地
平坦
坡地
基地的較低緣
池塘
抬高服務維修通路，以防水向南流
匯集北邊的水、
直接流入池塘
N
0
50ft.
100ft.

● 坡度

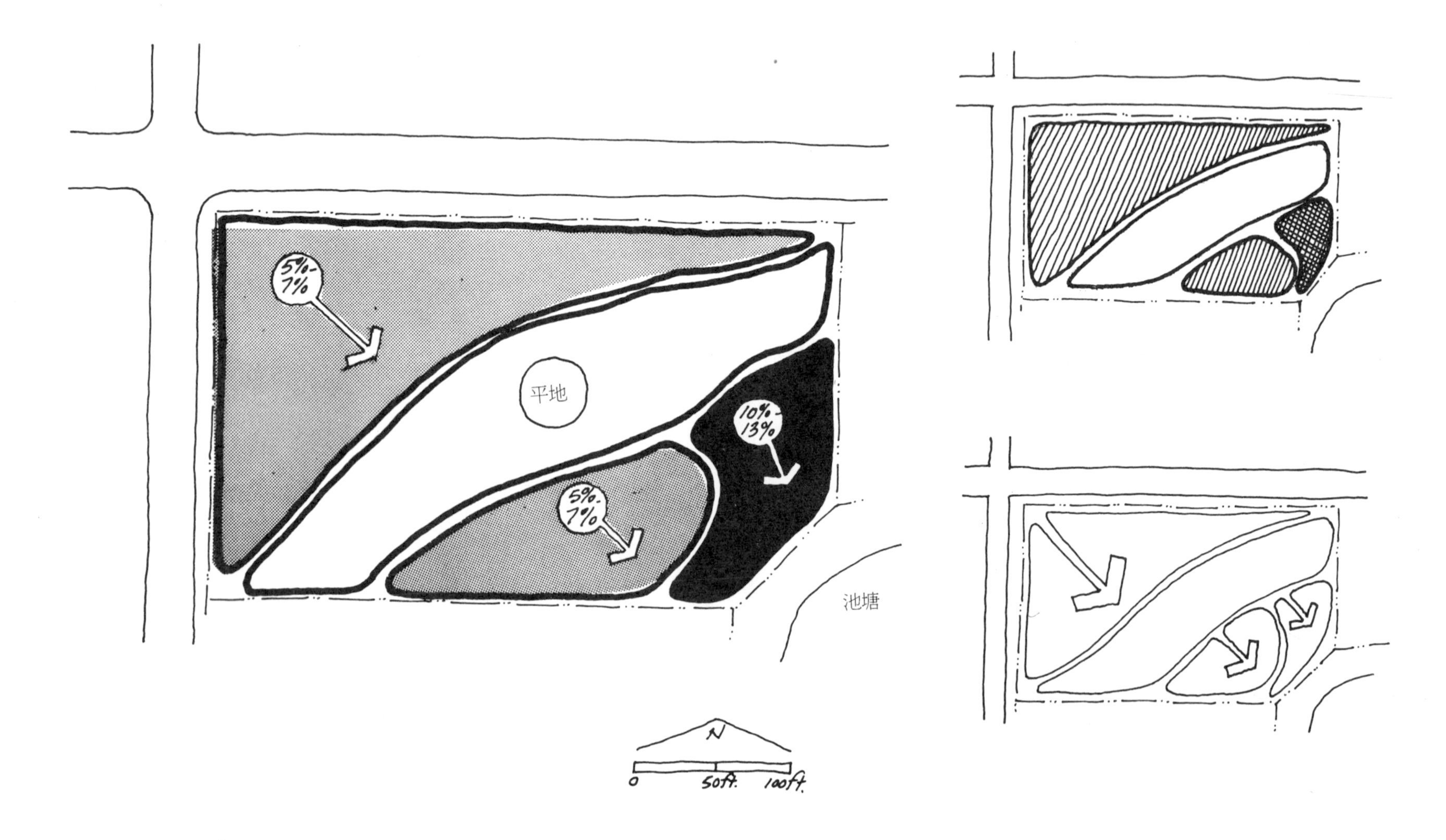

●地表排水模式

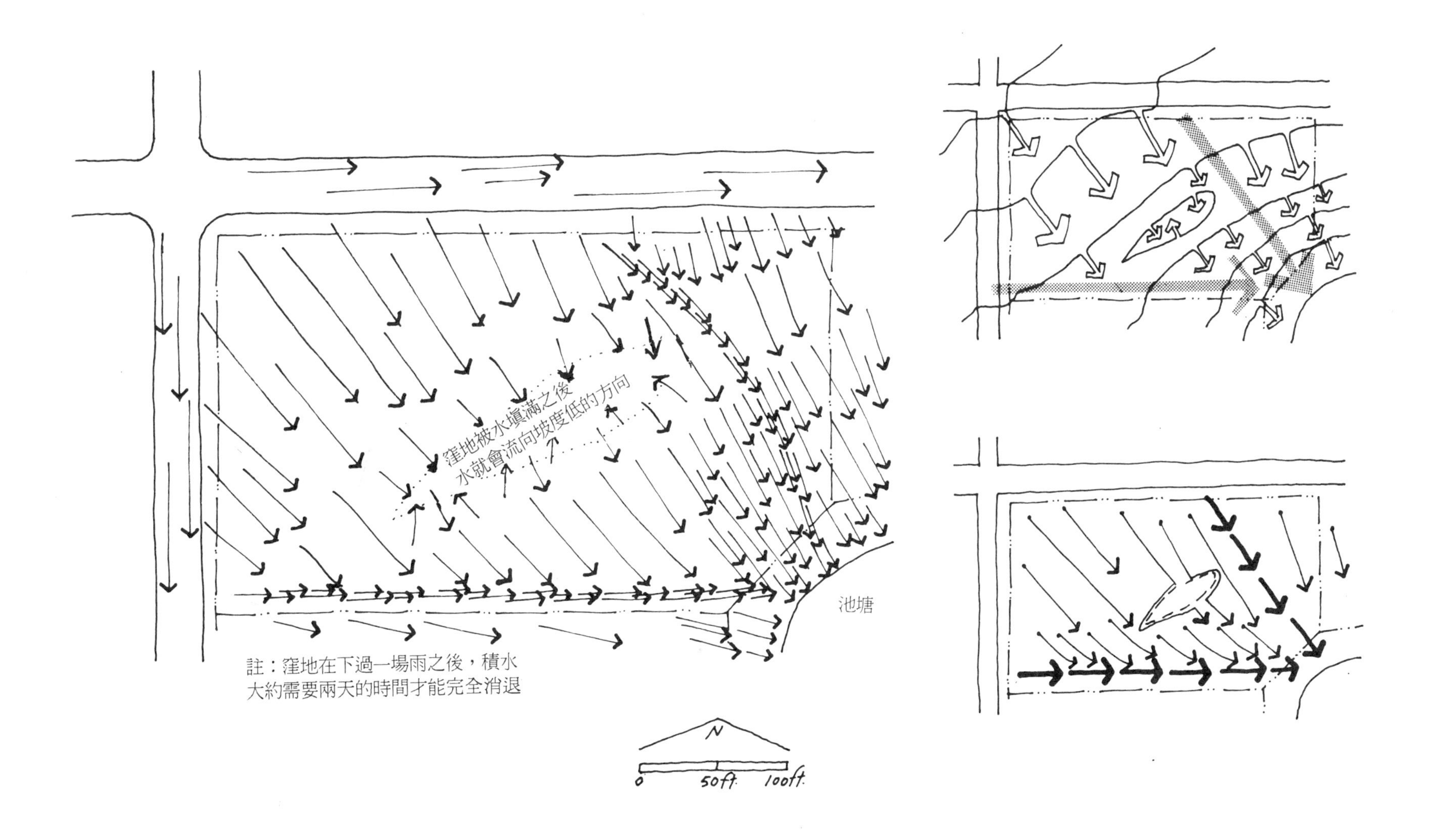

窪地被水填滿之後
水就會流向坡度低的方向
池塘
註：窪地在下過一場雨之後，積水
大約需要兩天的時間才能完全消退
N
0
50ft.
100ft.

●池塘

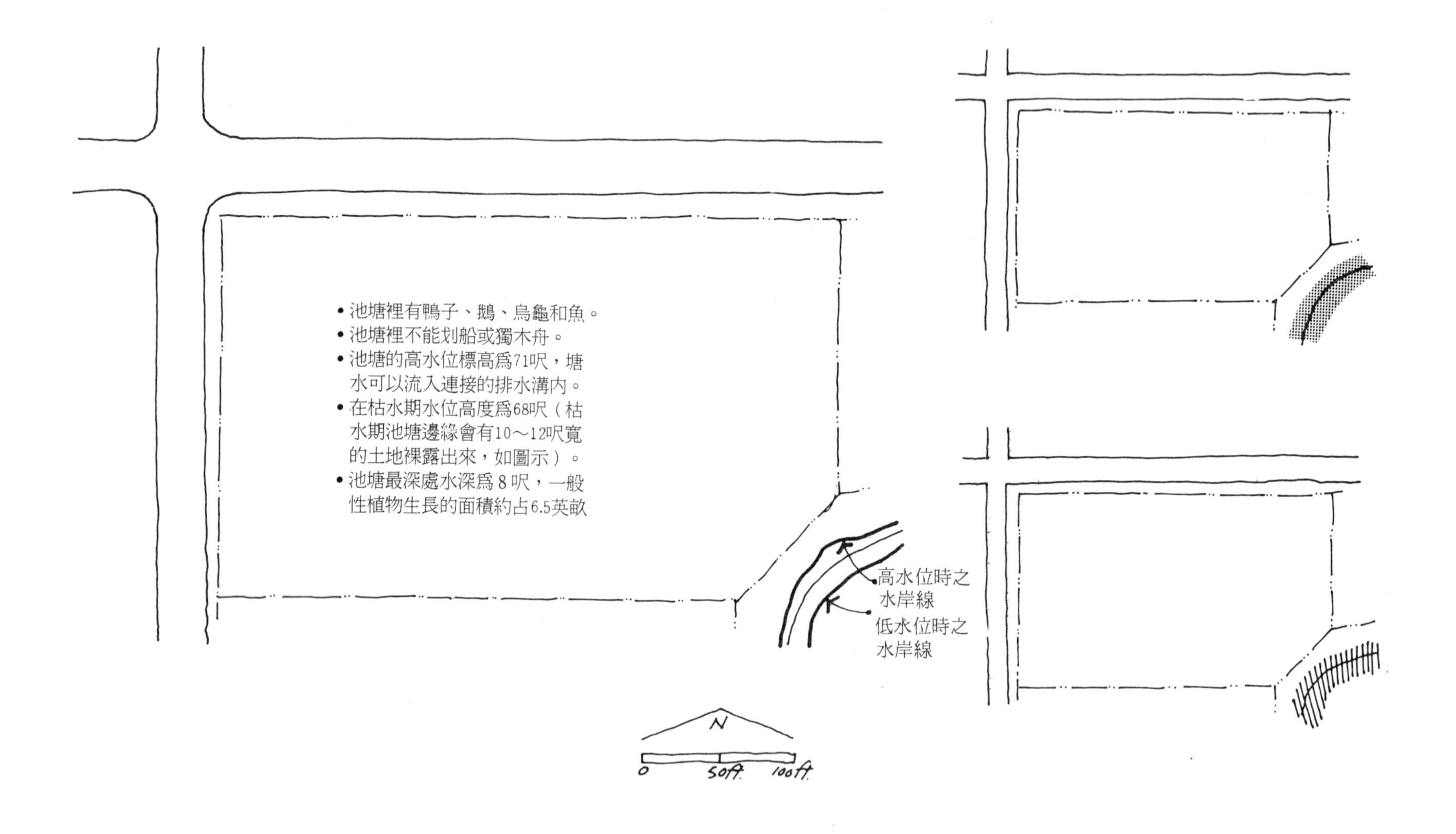

• 池塘裡有鴨子、鵝、烏龜和魚。
• 池塘裡不能划船或獨木舟。
• 池塘的高水位標高爲71呎，塘水可以流入連接的排水溝内。
• 在枯水期水位高度爲68呎（枯水期池塘邊緣會有10～12呎寬的土地裸露出來，如圖示）。
• 池塘最深處水深爲8呎，一般性植物生長的面積約占6.5英畝
高水位時之水岸線
低水位時之水岸線
N
0
50ft.
100ft.

●地表狀態

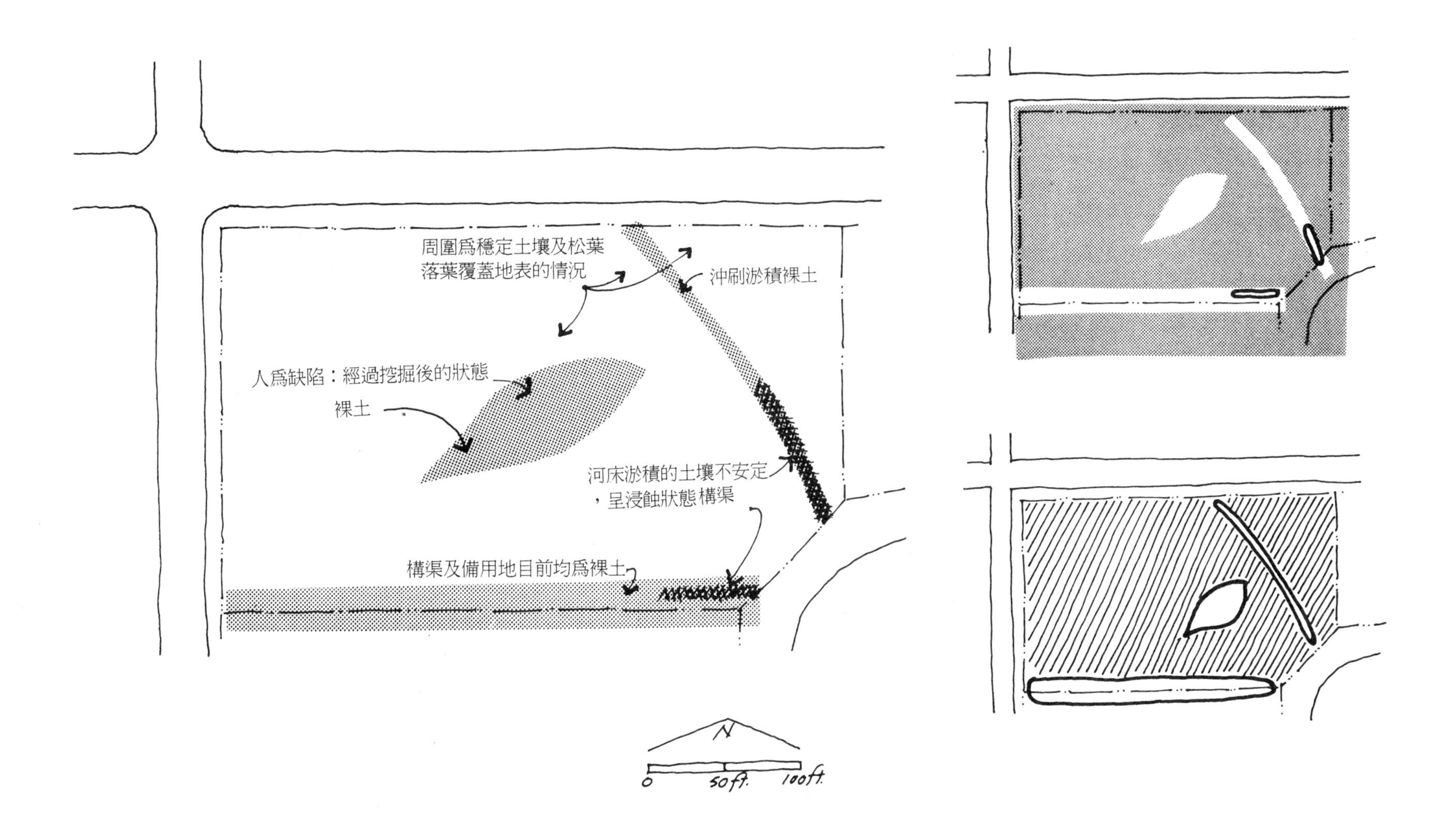

周圍爲穩定土壤及松葉
落葉覆蓋地表的情況
沖刷淤積裸土
人爲缺陷：經過挖掘後的狀態
裸土
河床淤積的土壤不安定
，呈浸蝕狀態構渠
構渠及備用地目前均爲裸土
N
0
50ft.
100ft.

●土質

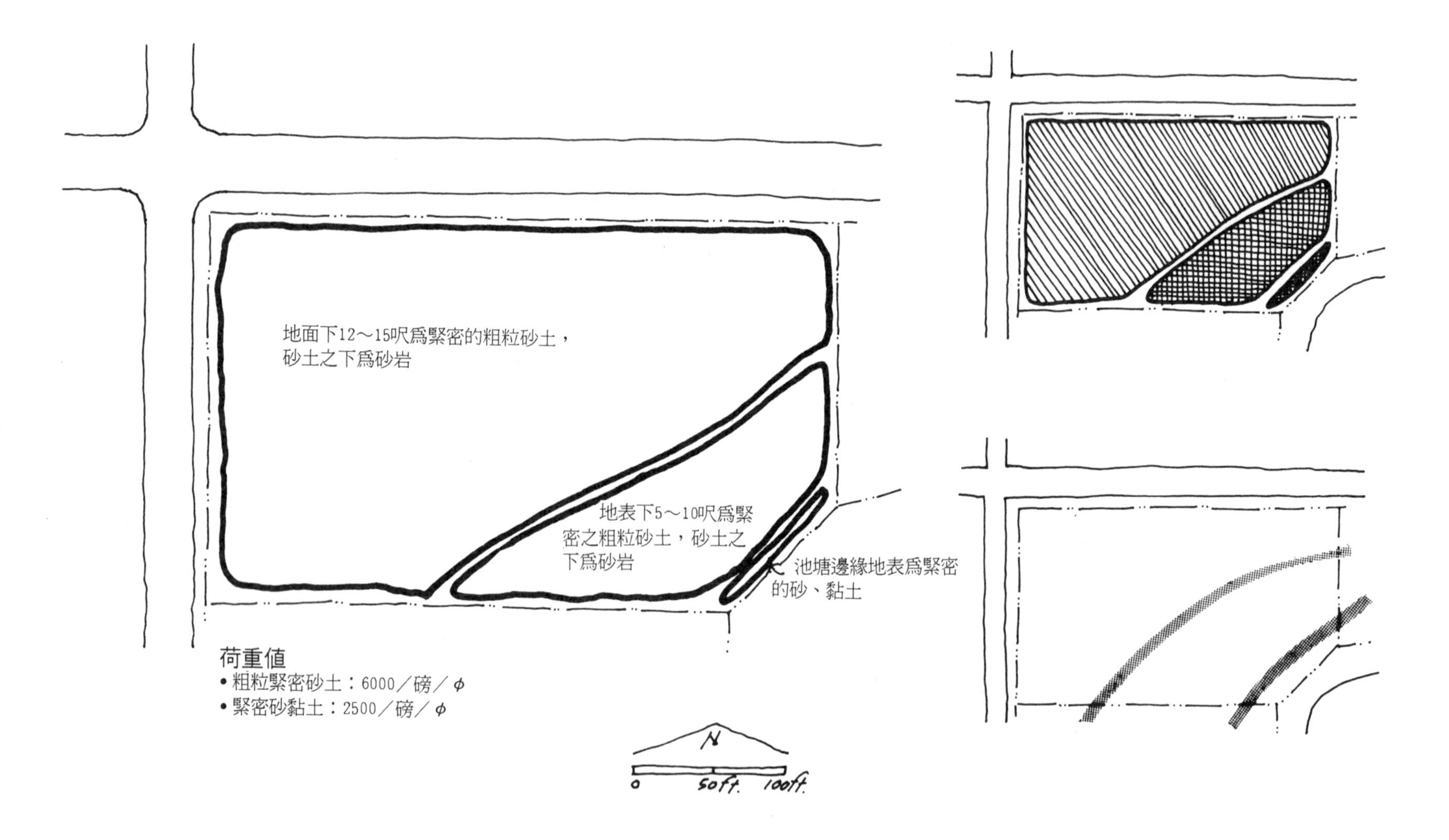

地面下12～15呎爲緊密的粗粒砂土，
砂土之下爲砂岩
地表下5～10呎爲緊
密之粗粒砂土，砂土之
下爲砂岩
池塘邊緣地表爲緊密
的砂、黏土
荷重值
• 粗粒緊密砂土：6000／磅／φ
• 緊密砂黏土：2500／磅／φ
N
0
50ft.
100ft.

●植物

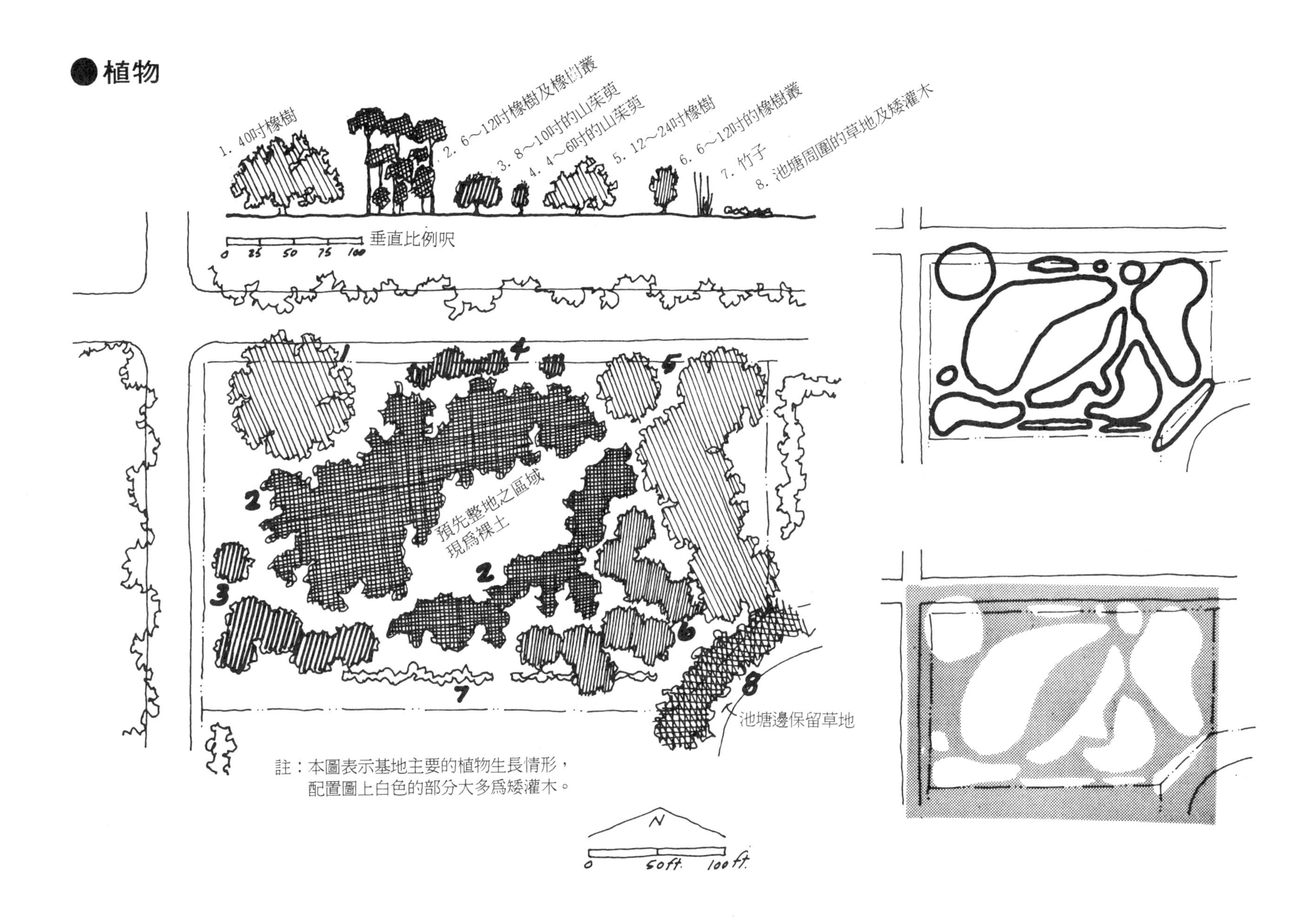

註：本圖表示基地主要的植物生長情形，
配置圖上白色的部分大多爲矮灌木。

人爲環境性質

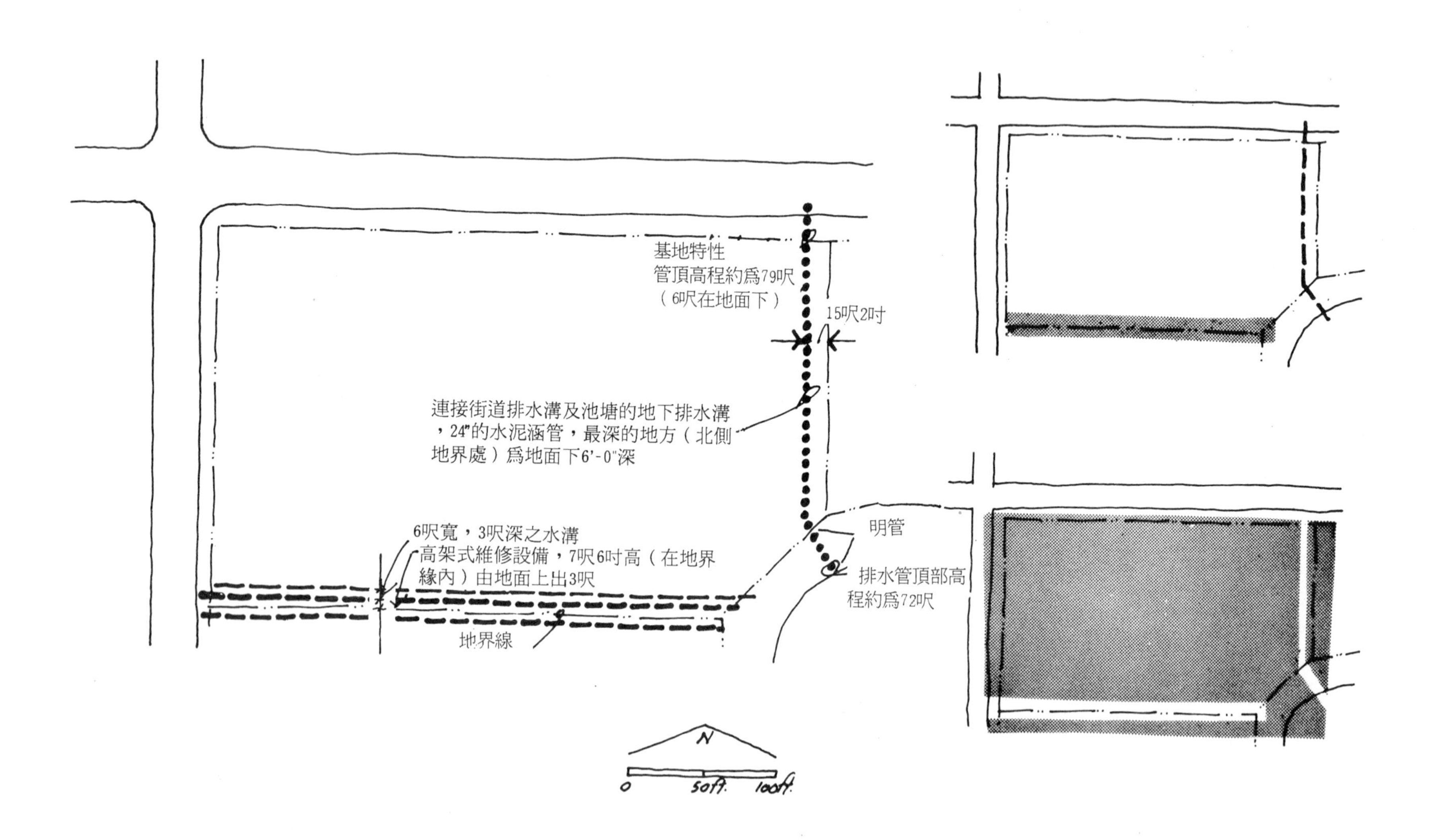
基地特性
管頂高程約爲79呎
（6呎在地面下）
15呎2吋
連接街道排水溝及池塘的地下排水溝
，24"的水泥涵管，最深的地方（北側
地界處）爲地面下6'-0"深
明管
6呎寬，3呎深之水溝
高架式維修設備，7呎6吋高（在地界
緣內）由地面上出3呎
排水管頂部高
程約爲72呎
地界線
N
0
50ft.
100ft.

●基地周圍環境特性

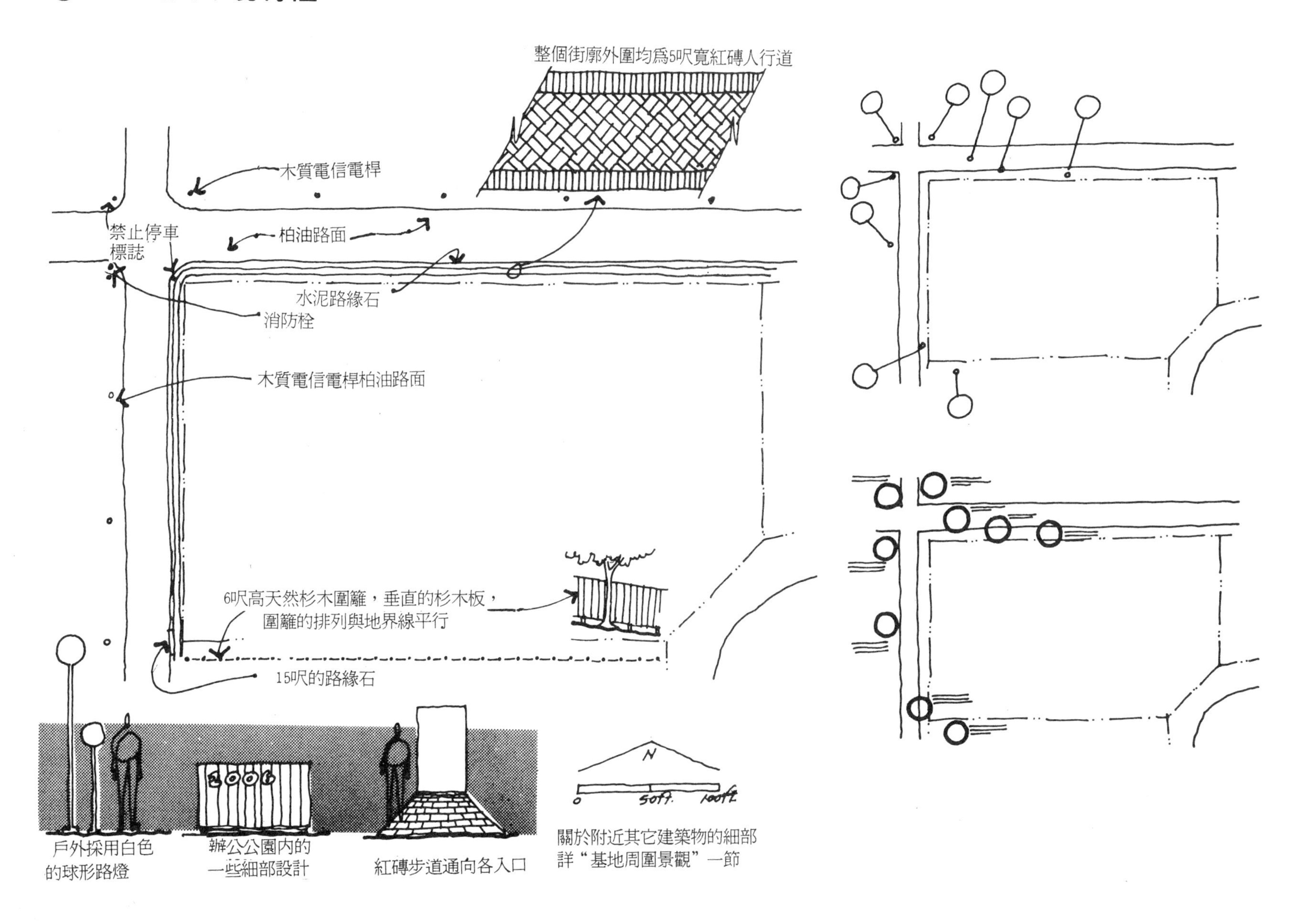

戶外採用白色
的球形路燈

辦公公園內的
一些細部設計

紅磚步道通向各入口

關於附近其它建築物的細部
詳“基地周圍景觀”一節

●步行動線

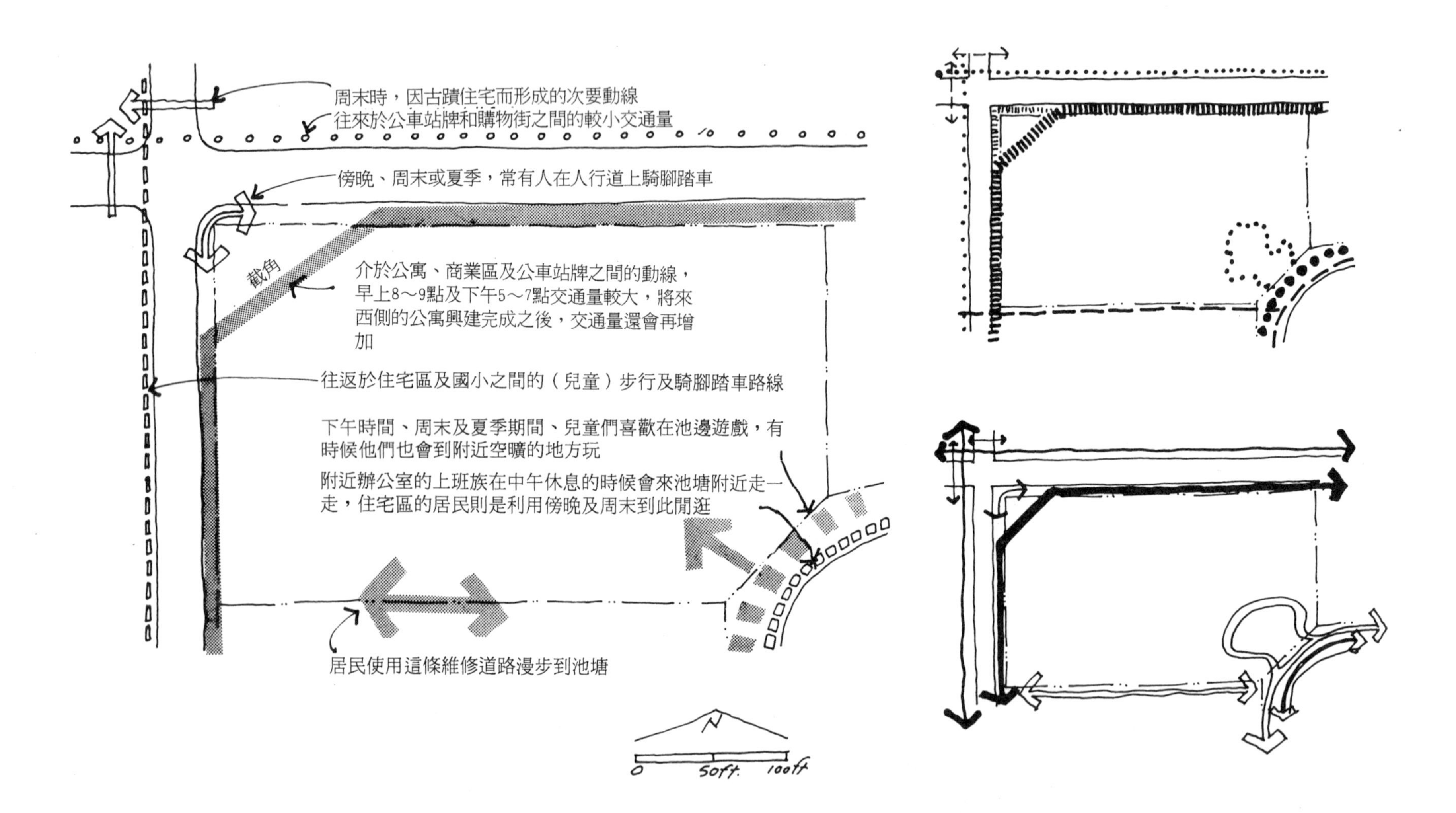
周末時，因古蹟住宅而形成的次要動線
往來於公車站牌和購物街之間的較小交通量
傍晚、周末或夏季，常有人在人行道上騎腳踏車
截角
介於公寓、商業區及公車站牌之間的動線，早上8～9點及下午5～7點交通量較大，將來西側的公寓興建完成之後，交通量還會再增加
往返於住宅區及國小之間的（兒童）步行及騎腳踏車路線
下午時間、周末及夏季期間、兒童們喜歡在池邊遊戲，有時候他們也會到附近空曠的地方玩
附近辦公室的上班族在中午休息的時候會來池塘附近走一走，住宅區的居民則是利用傍晚及周末到此閒逛
居民使用這條維修道路漫步到池塘
N
0
50ft.
100ft

●車輛動線

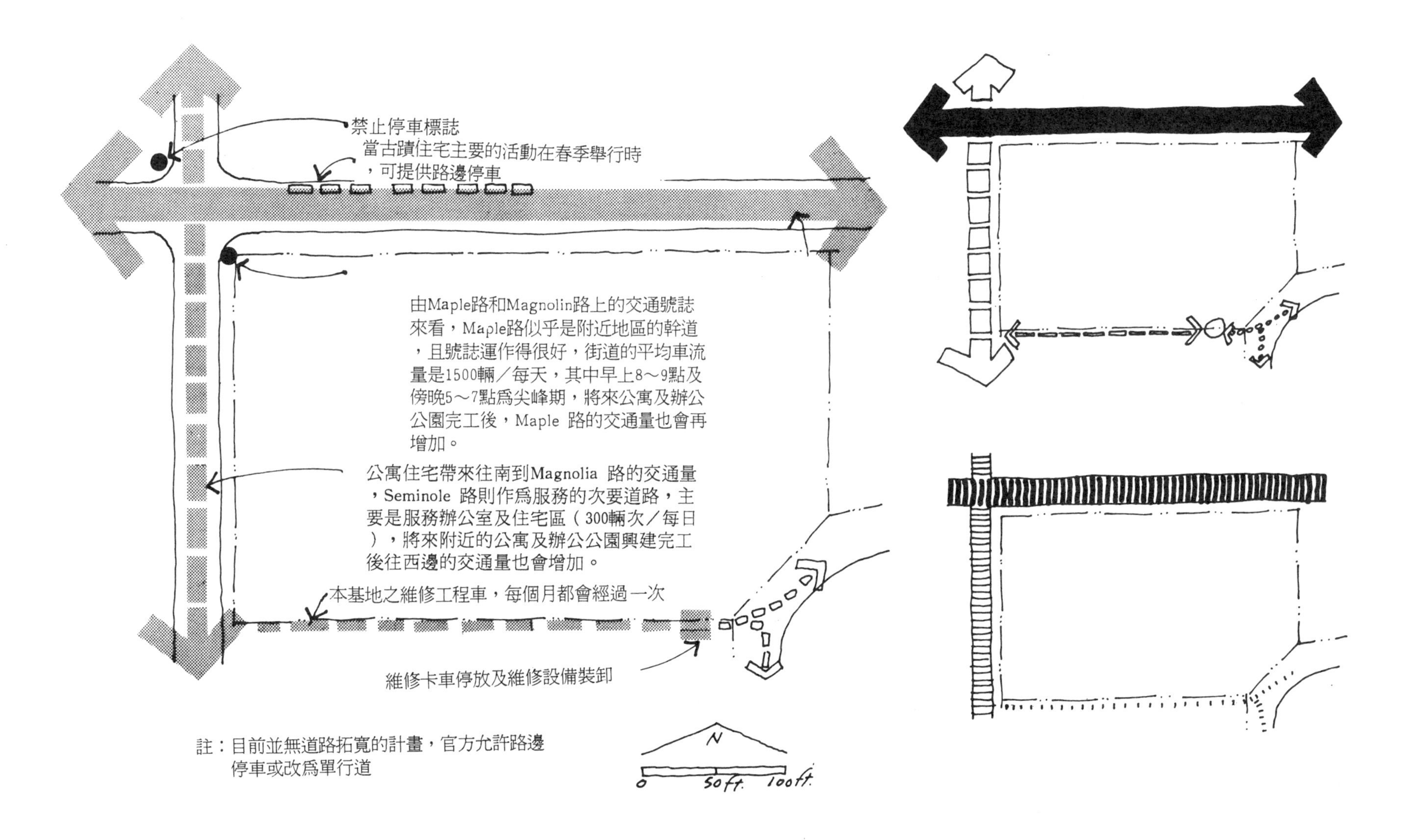

禁止停車標誌
當古蹟住宅主要的活動在春季舉行時，可提供路邊停車
由Maple路和Magnolin路上的交通號誌來看，Maple路似乎是附近地區的幹道，且號誌運作得很好，街道的平均車流量是1500輛／每天，其中早上8～9點及傍晚5～7點爲尖峰期，將來公寓及辦公公園完工後，Maple 路的交通量也會再增加。
公寓住宅帶來往南到Magnolia 路的交通量，Seminole 路則作爲服務的次要道路，主要是服務辦公室及住宅區（300輛次／每日），將來附近的公寓及辦公公園興建完工後往西邊的交通量也會增加。
本基地之維修工程車，每個月都會經過一次
維修卡車停放及維修設備裝卸
註：目前並無道路拓寬的計畫，官方允許路邊停車或改爲單行道
N
0
50ft.
100ft.

● 動電力、瓦斯及電信

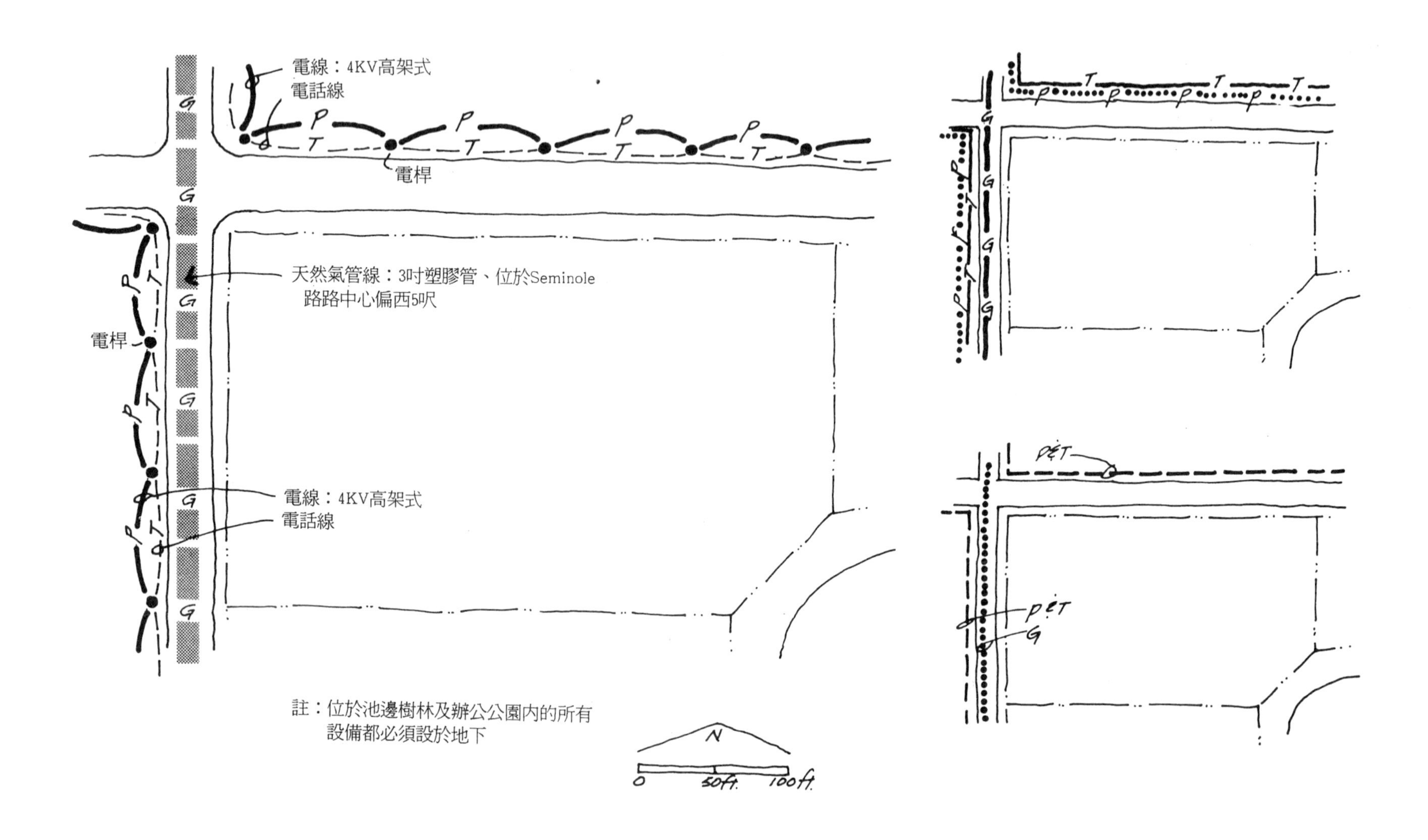

電線：4KV高架式
電話線
電桿
天然氣管線：3吋塑膠管、位於Seminole
路路中心偏西5呎
電桿
電線：4KV高架式
電話線
註：位於池邊樹林及辦公公園內的所有
設備都必須設於地下
N
0
50ft.
100ft.

●給排水

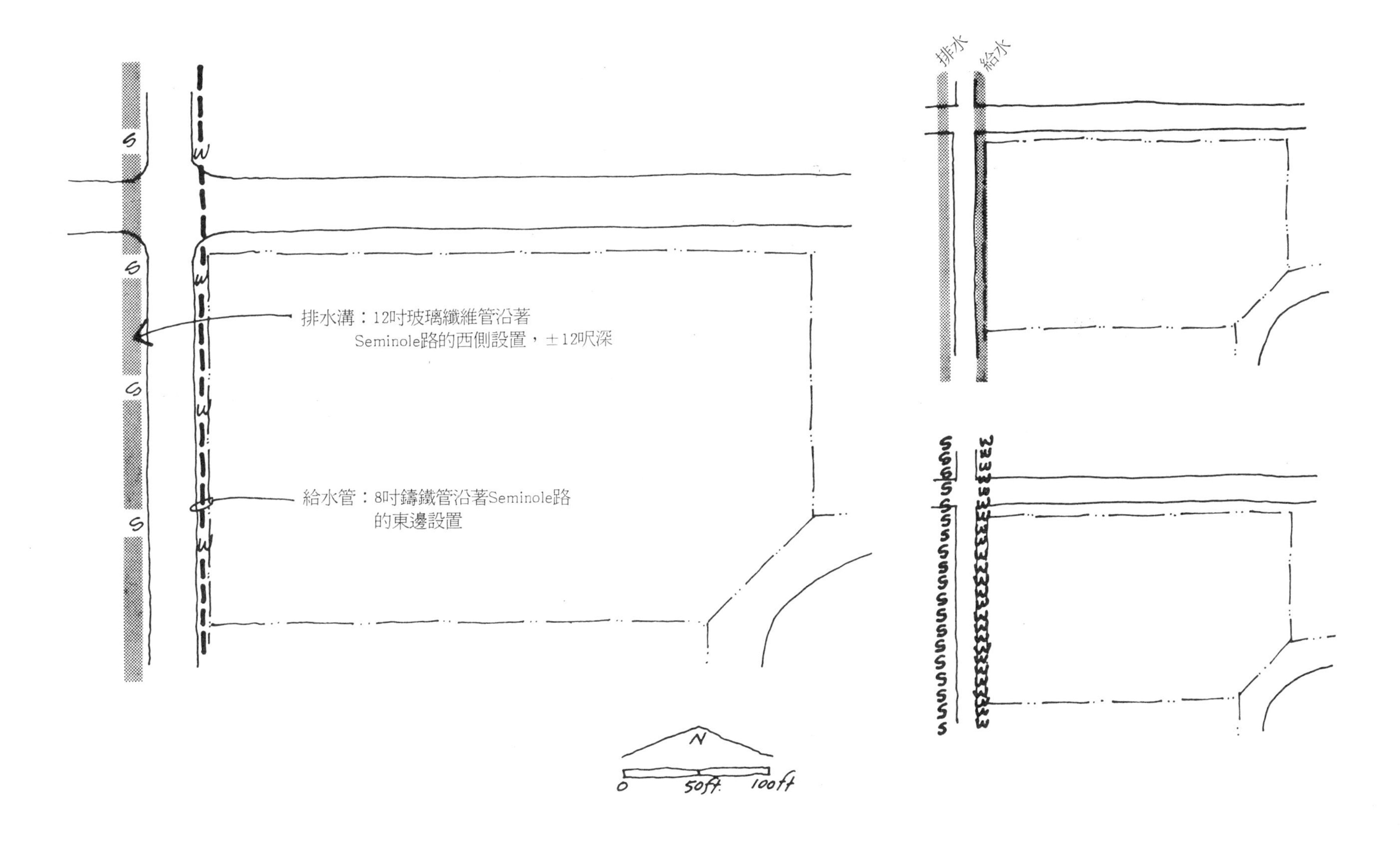

排水溝：12吋玻璃纖維管沿著
Seminole路的西側設置，±12呎深
給水管：8吋鑄鐵管沿著Seminole路
的東邊設置
排水
給水
N
0
50ft
100ft

●由基地外望向基地的視野

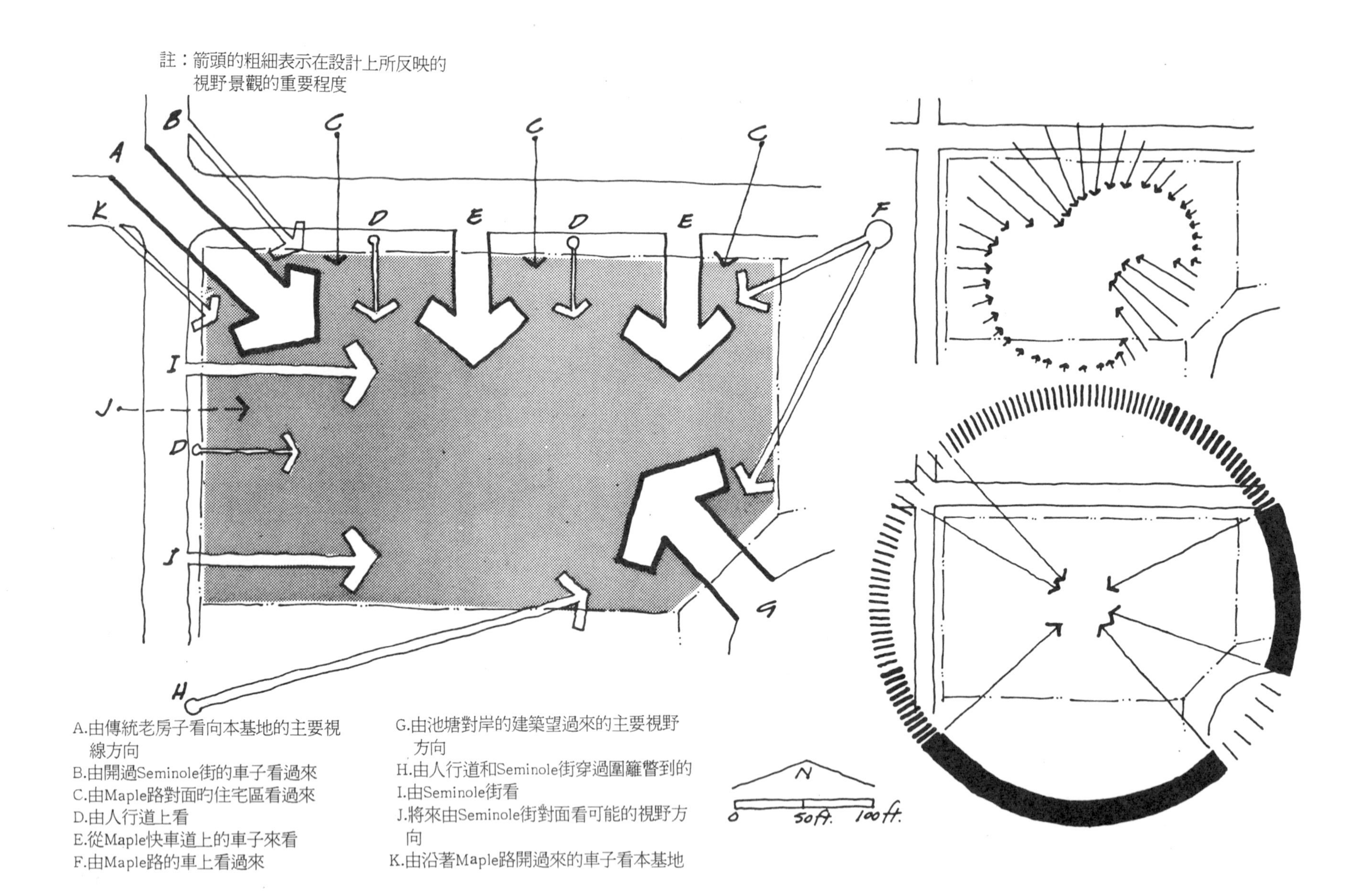

基地周圍景觀

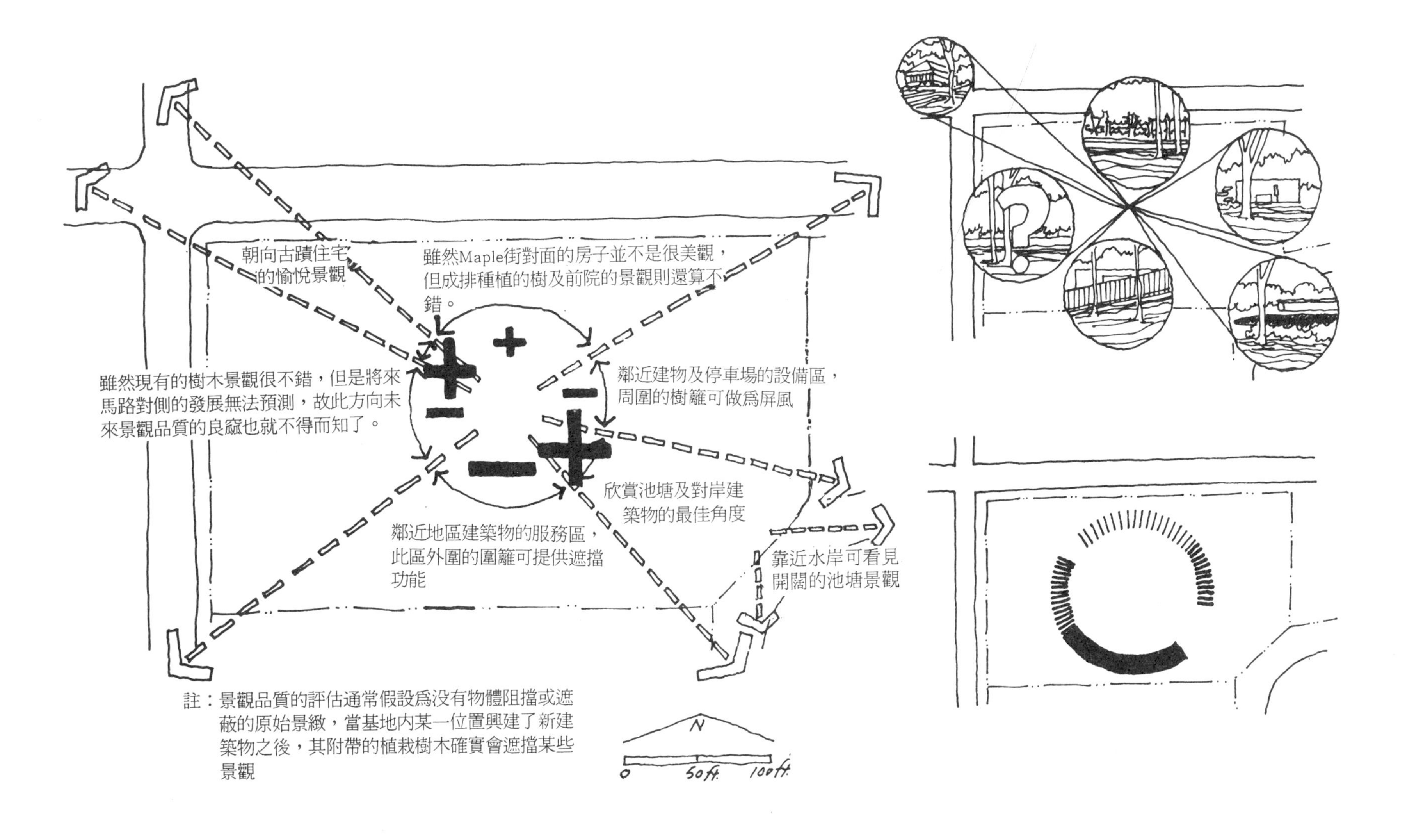

朝向古蹟住宅的愉悅景觀
雖然Maple街對面的房子並不是很美觀，但成排種植的樹及前院的景觀則還算不錯。
雖然現有的樹木景觀很不錯，但是將來馬路對側的發展無法預測，故此方向未來景觀品質的良窳也就不得而知了。
鄰近建物及停車場的設備區，周圍的樹籬可做爲屏風
欣賞池塘及對岸建築物的最佳角度
鄰近地區建築物的服務區，此區外圍的圍籬可提供遮擋功能
靠近水岸可看見開闊的池塘景觀
註：景觀品質的評估通常假設爲沒有物體阻擋或遮蔽的原始景緻，當基地內某一位置興建了新建築物之後，其附帶的植栽樹木確實會遮擋某些景觀
N
0
50ft.
100ft.

● 基地上各位置的景觀品質

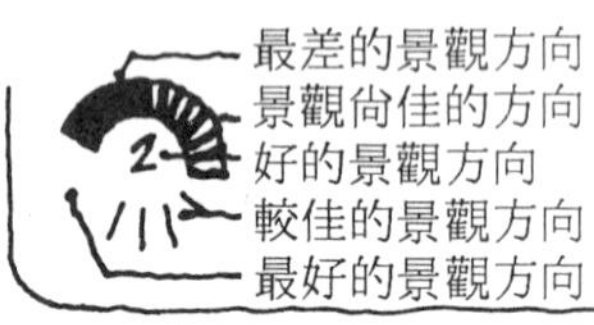

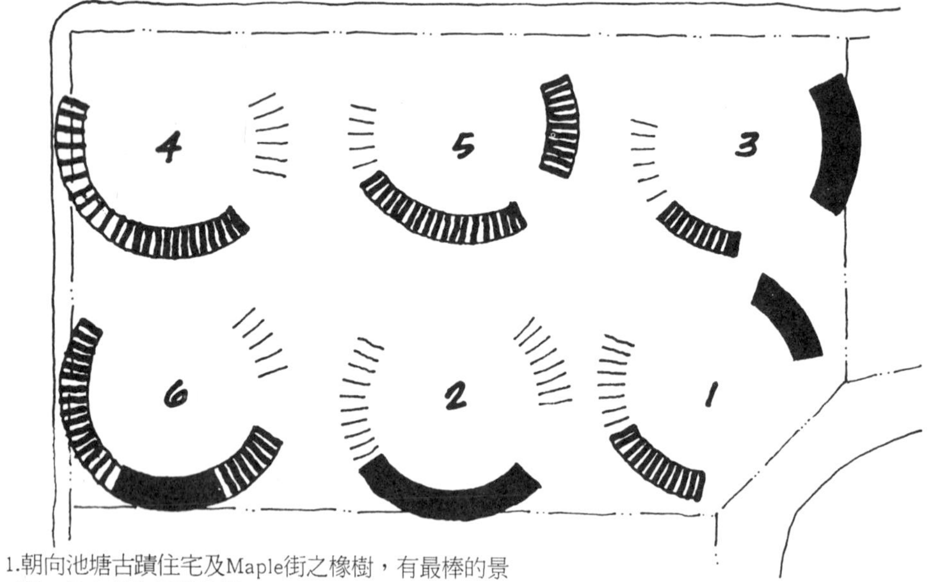

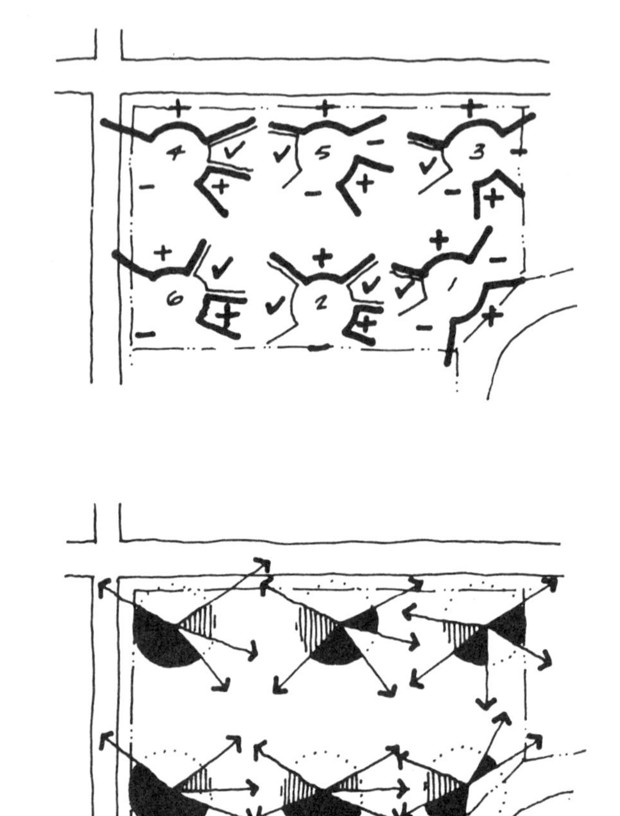

1.朝向池塘古蹟住宅及Maple街之橡樹，有最棒的景觀，南向則有圍籬遮擋。
2.除了南邊的景觀之外，其它各方的景觀都很好。
3.池塘方向及沿著Maple路的樹列都是不錯的景觀。
4.朝向古蹟建築及Maple路為景觀尚可的方向；朝向池塘的方向，則因為基地上建築物關係，而有景觀上的阻礙。
5.南向為服務空間。
6.東北向尚保持了不錯的景觀，朝向古蹟建物及池塘的方向則有其他視覺上的阻礙。

N
0 50ft. 100ft.

● 本基地上的趣味點

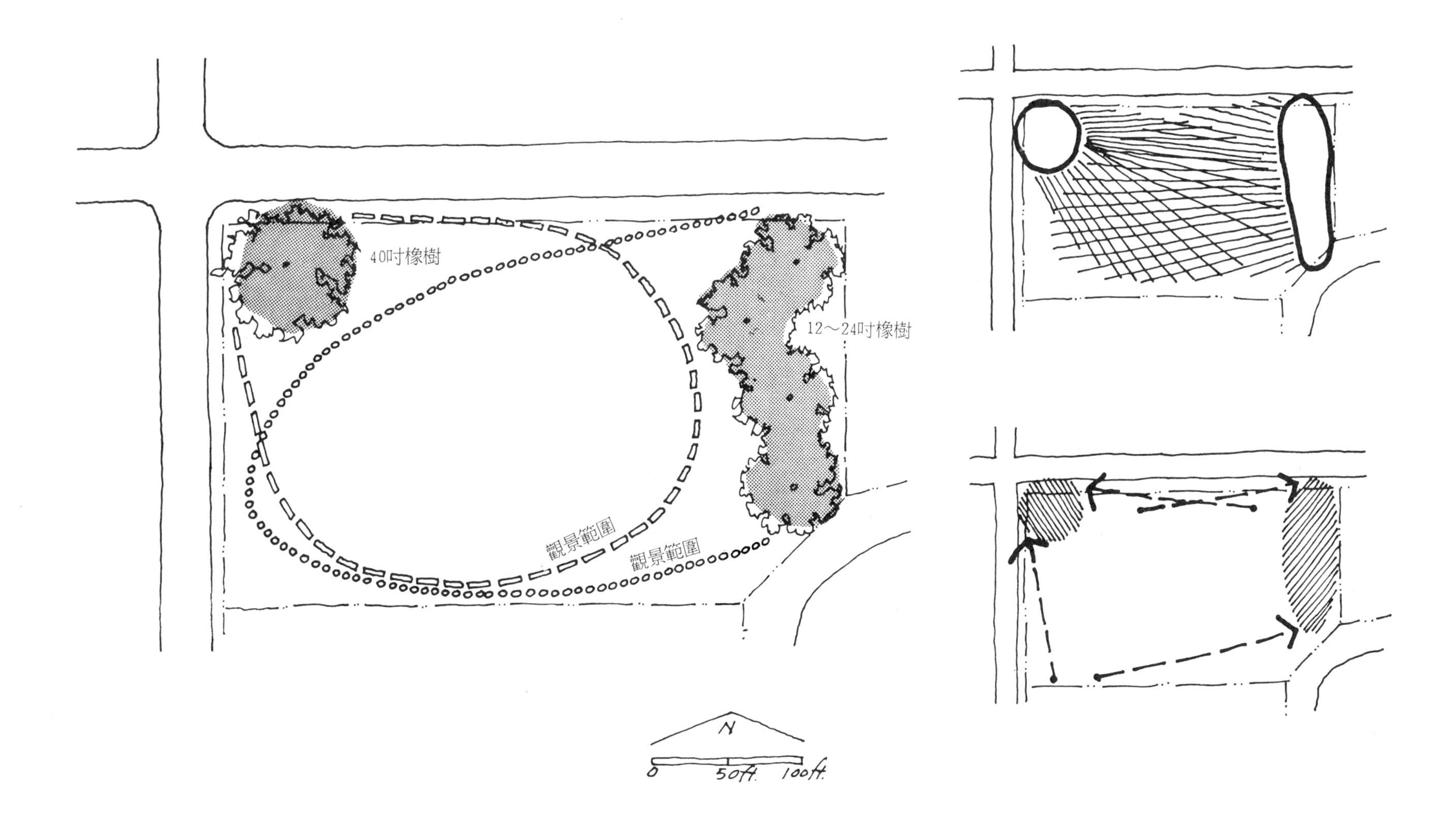

● 穿透基地的景觀

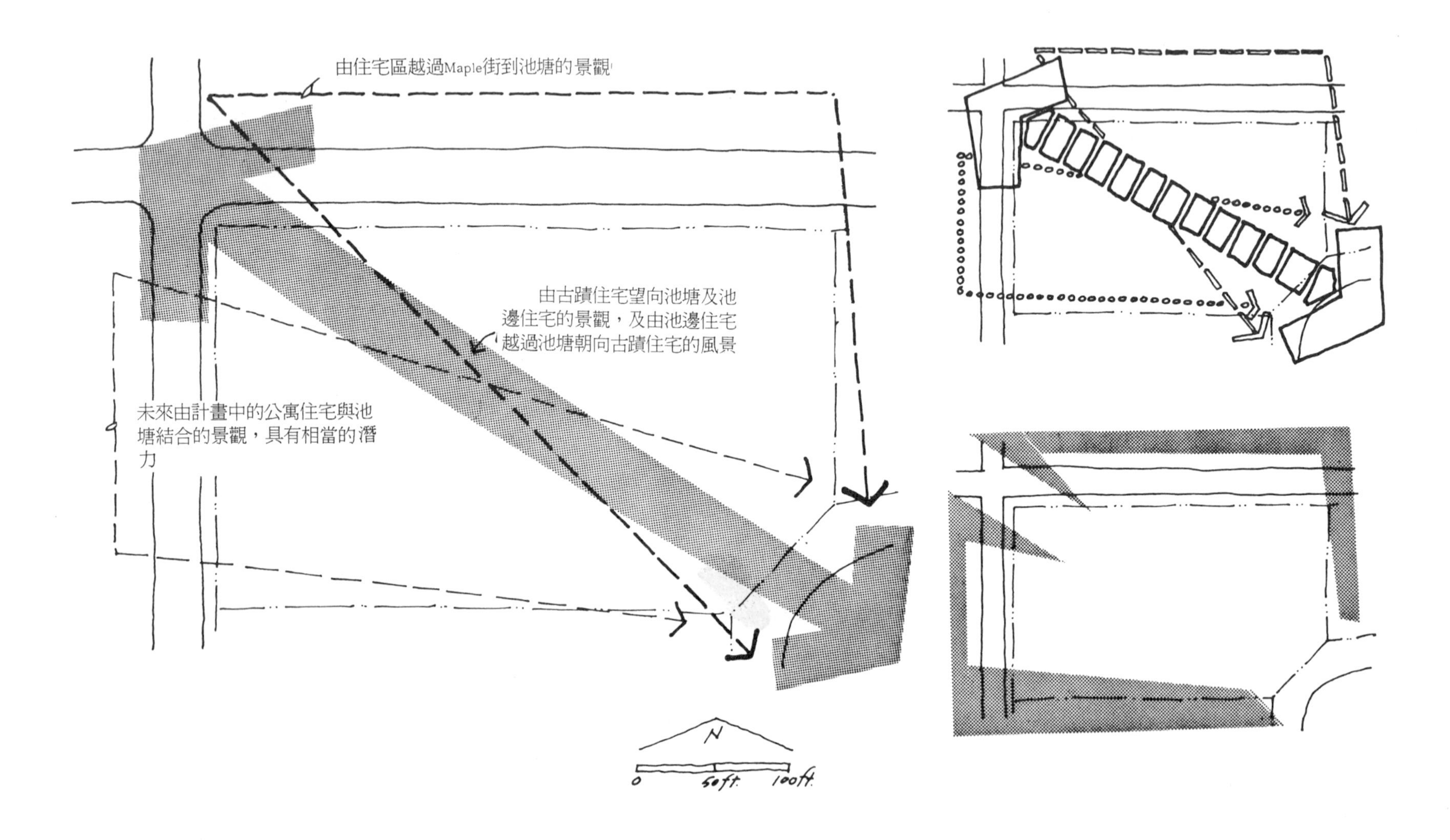

由住宅區越過Maple街到池塘的景觀
由古蹟住宅望向池塘及池邊住宅的景觀，及由池邊住宅越過池塘朝向古蹟住宅的風景
未來由計畫中的公寓住宅與池塘結合的景觀，具有相當的潛力
N
0
50ft.
100ft.

● 噪音

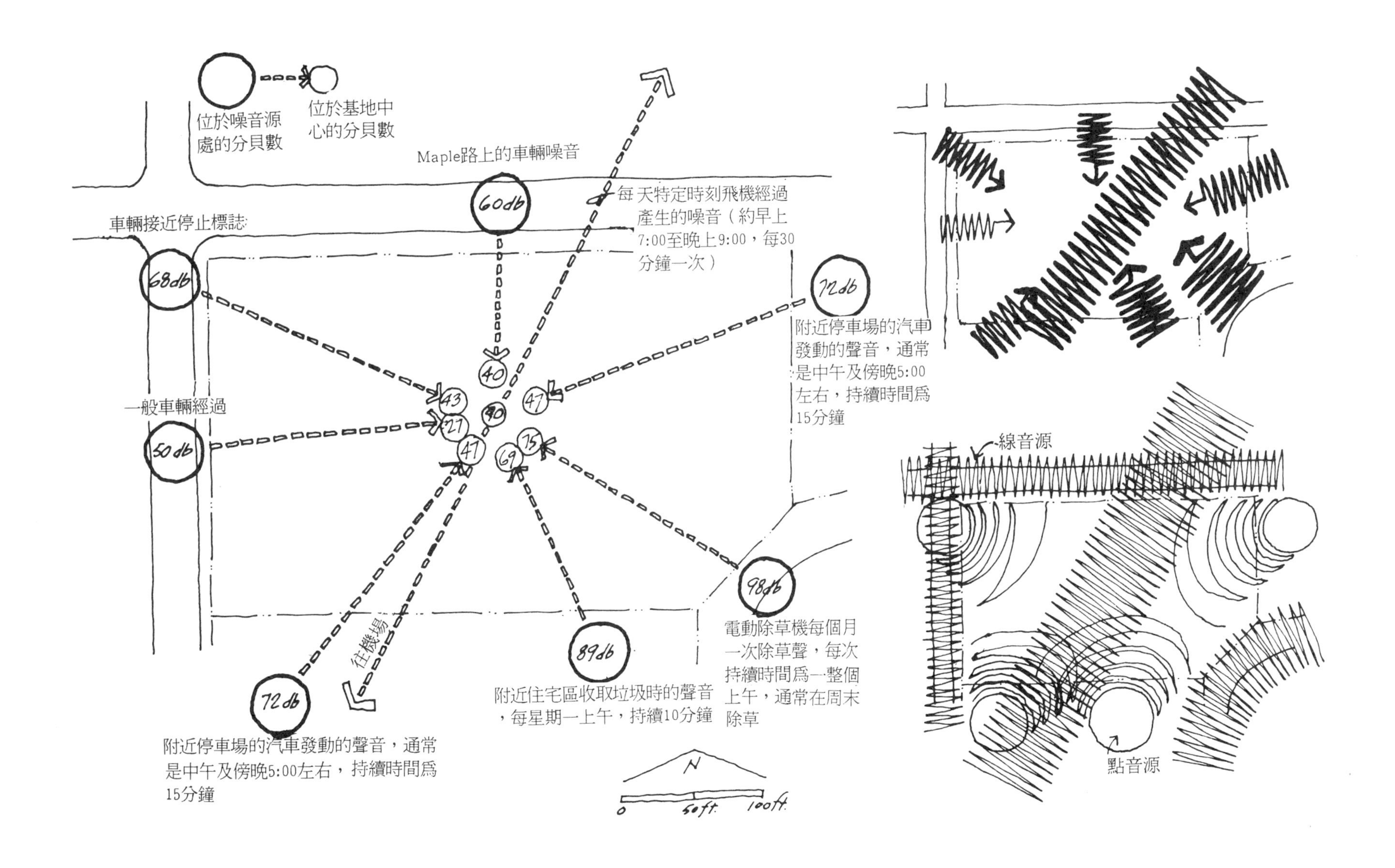

位於噪音源處的分貝數
位於基地中心的分貝數
Maple路上的車輛噪音
60db
車輛接近停止標誌
68db
每天特定時刻飛機經過產生的噪音（約早上7:00至晚上9:00，每30分鐘一次）
72db
附近停車場的汽車發動的聲音，通常是中午及傍晚5:00左右，持續時間爲15分鐘
40
43
47
一般車輛經過
50db
27
40
47
69
75
98db
電動除草機每個月一次除草聲，每次持續時間爲一整個上午，通常在周末除草
往機場
89db
附近住宅區收取垃圾時的聲音，每星期一上午，持續10分鐘
72db
附近停車場的汽車發動的聲音，通常是中午及傍晚5:00左右，持續時間爲15分鐘
N
0
50ft.
100ft.
線音源
點音源

● 空氣污染清兄

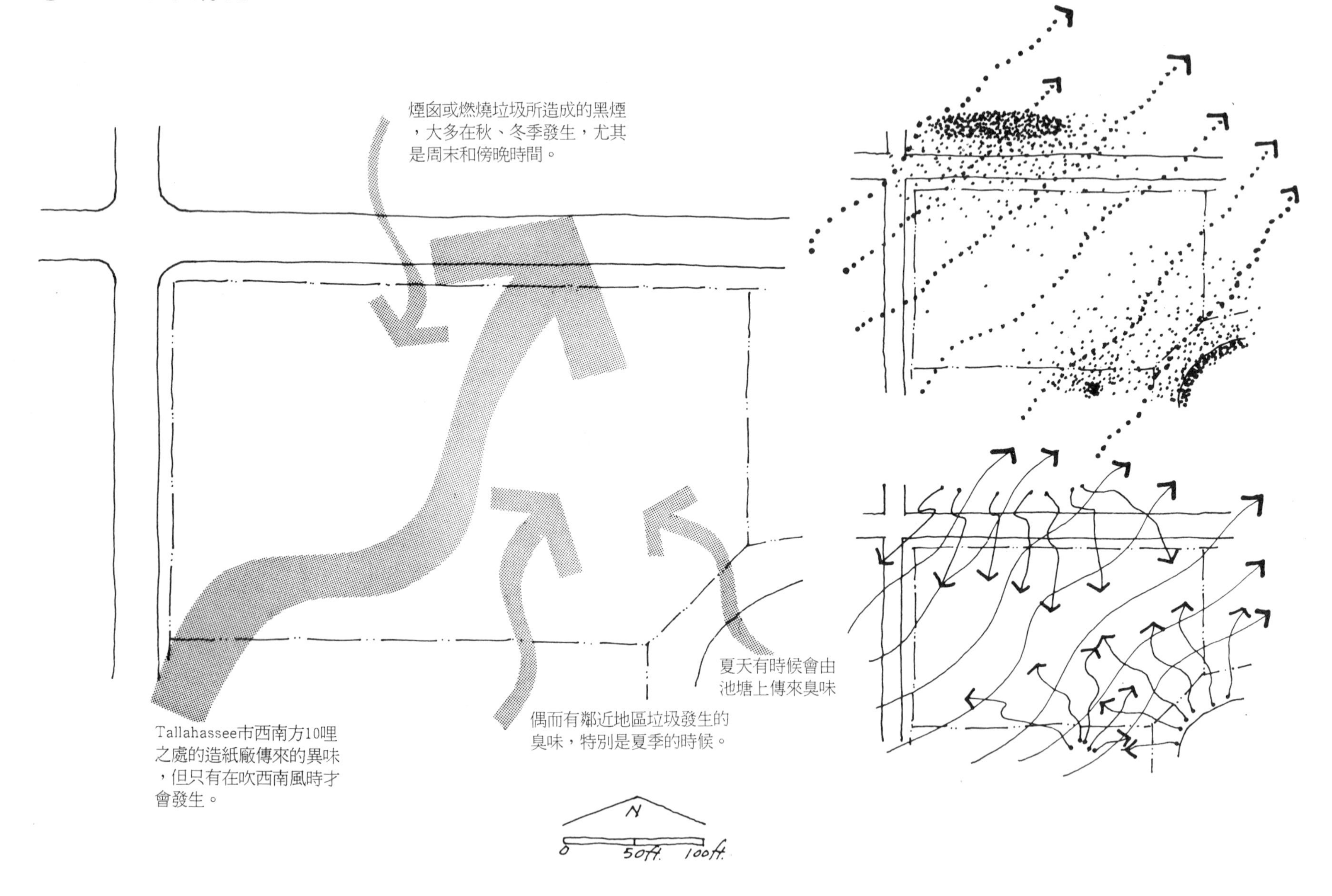
煙囪或燃燒垃圾所造成的黑煙，大多在秋、冬季發生，尤其是周末和傍晚時間。
Tallahassee市西南方10哩之處的造紙廠傳來的異味，但只有在吹西南風時才會發生。
偶而有鄰近地區垃圾發生的臭味，特別是夏季的時候。
夏天有時候會由池塘上傳來臭味
N
0
50ft.
100ft.

人口與文化

● 鄰近地區的人口結構

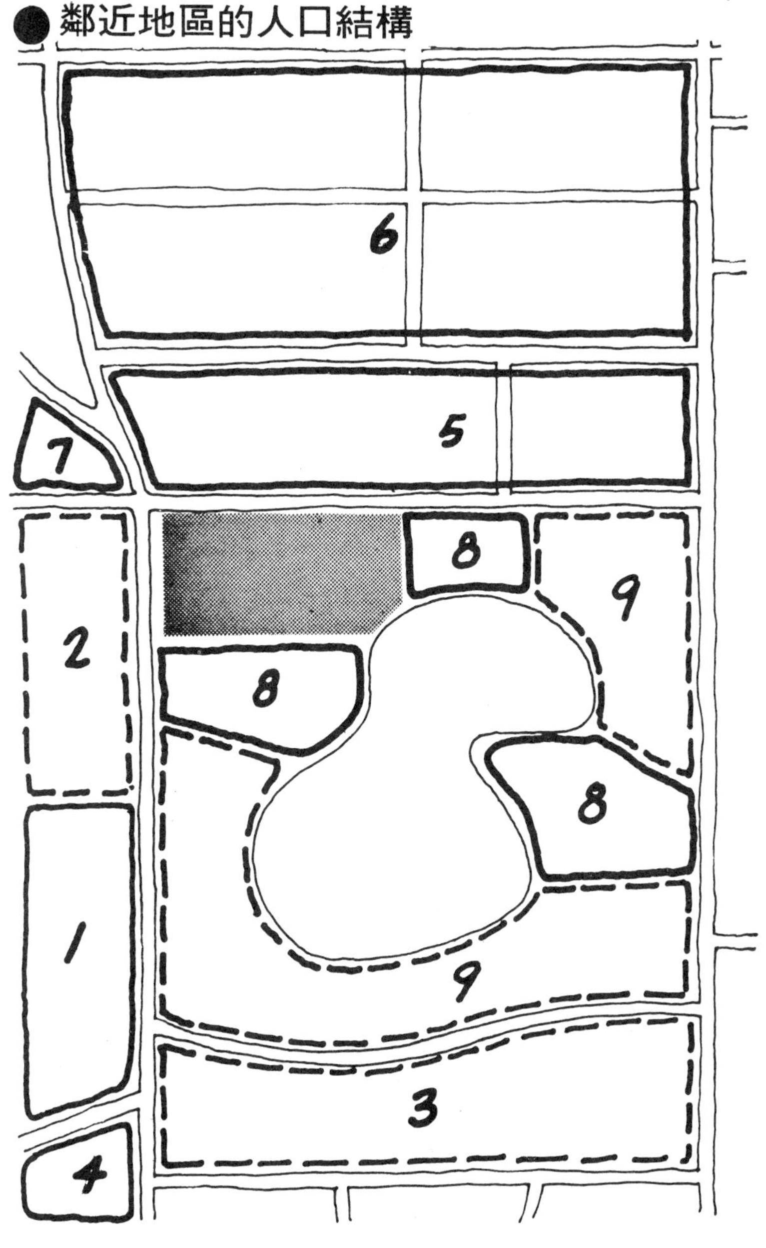

1. 多數的公寓居民為中高收入者，約半數擁有3～10歲的小孩，另外半數為未婚的年輕人，或小孩不在身邊的中、老年人，沒有明顯的種族特徵。多數居民皆為上班族，很多人在池塘及住家附近散步，這樣的特質顯示此區的居民將逐漸傾向單身年青人居多的情況。
2. 未來新建公寓的人口結構將會類似以上第一點所敘述的。
3. 此區將開發為透天住宅區，因為售價較高，住戶必然多為中、老年人，兒童的人數會很少。
4. 本區公寓為長老教會所有及使用，透天住宅則住著老年人，居民多喜歡在附近散步，人口的變化極少。
5. 此區小家庭居民為中等收入者，大部分為父母和十多歲的小孩同住，是一個居民很少搬遷，人口結構較穩定的區域。
6. 年輕人及小孩較第五區多，人口結構的變遷也較大。
7. 市政府主管機關對於傳統文物的維護重視，所以古蹟住宅及其基地都保存得相當好，與鄰近地區有良好的互動關係，每年舉辦兩次嘉年華會（夏季中旬及耶誕假期）
8. 包含一些提供專業服務的辦公大樓（保險業、不動產、牙醫、工程師等等）必然會在中午時間使用辦公公園休息或午餐。
9. 此區的人口模式與第八區類似。

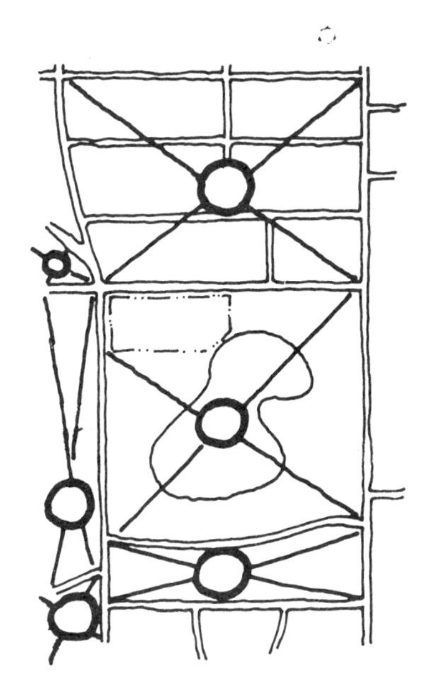

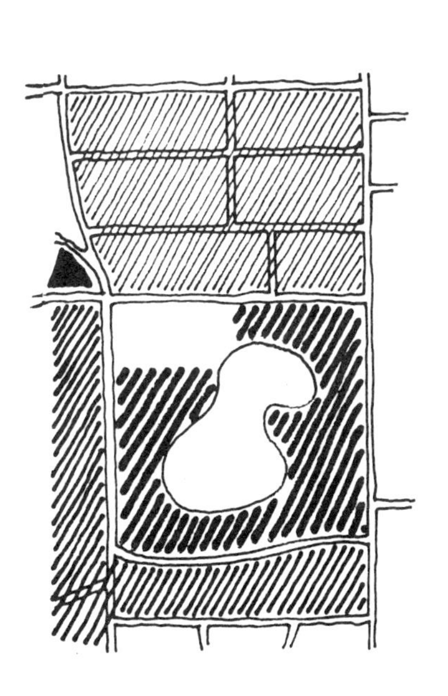

不良的事件

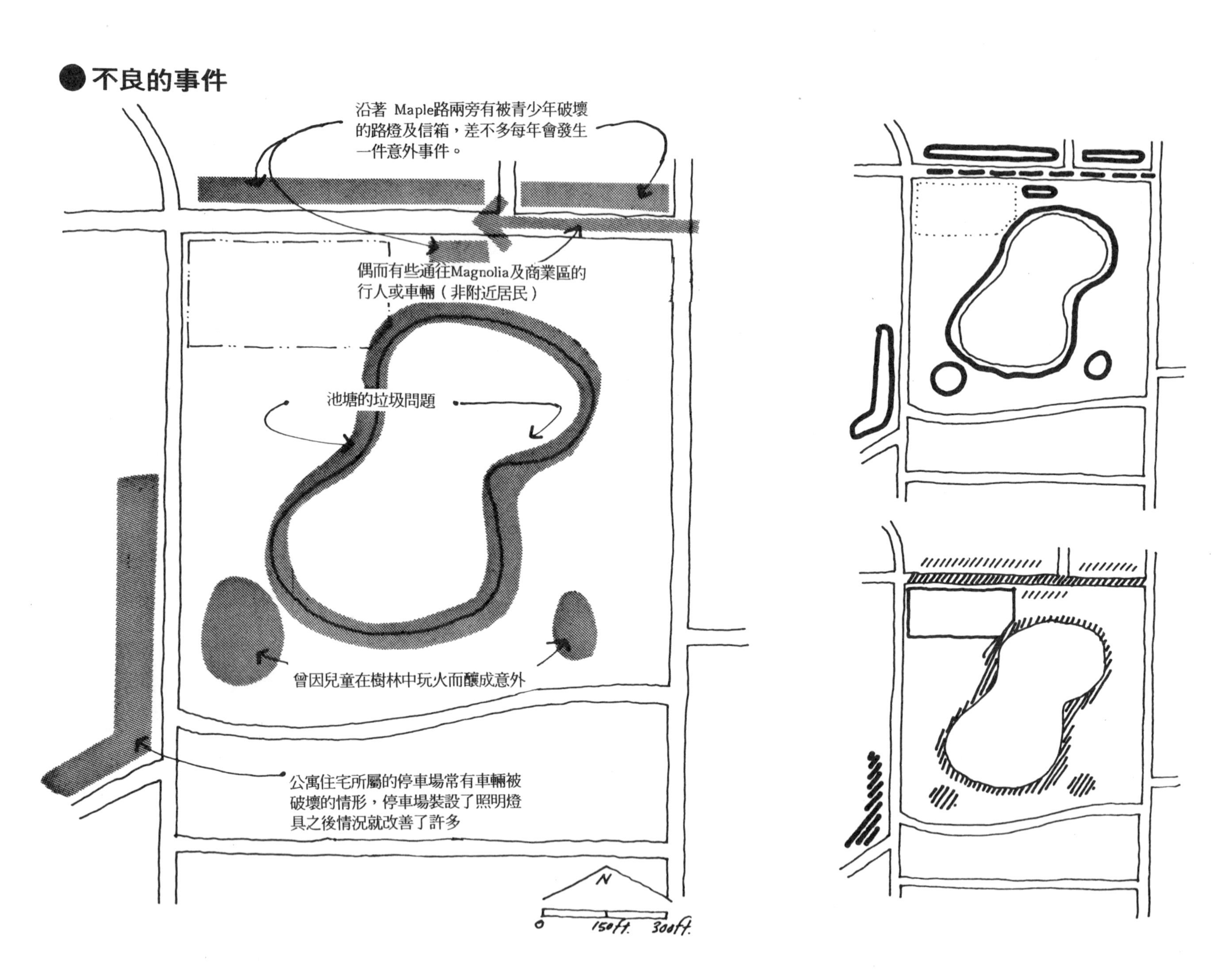

沿著 Maple路兩旁有被青少年破壞的路燈及信箱，差不多每年會發生一件意外事件。
偶而有些通往Magnolia及商業區的行人或車輛（非附近居民）
池塘的垃圾問題
曾因兒童在樹林中玩火而釀成意外
公寓住宅所屬的停車場常有車輛被破壞的情形，停車場裝設了照明燈具之後情況就改善了許多
N
0
150ft.
300ft.

●關於本基地及鄰近地區的各種狀態

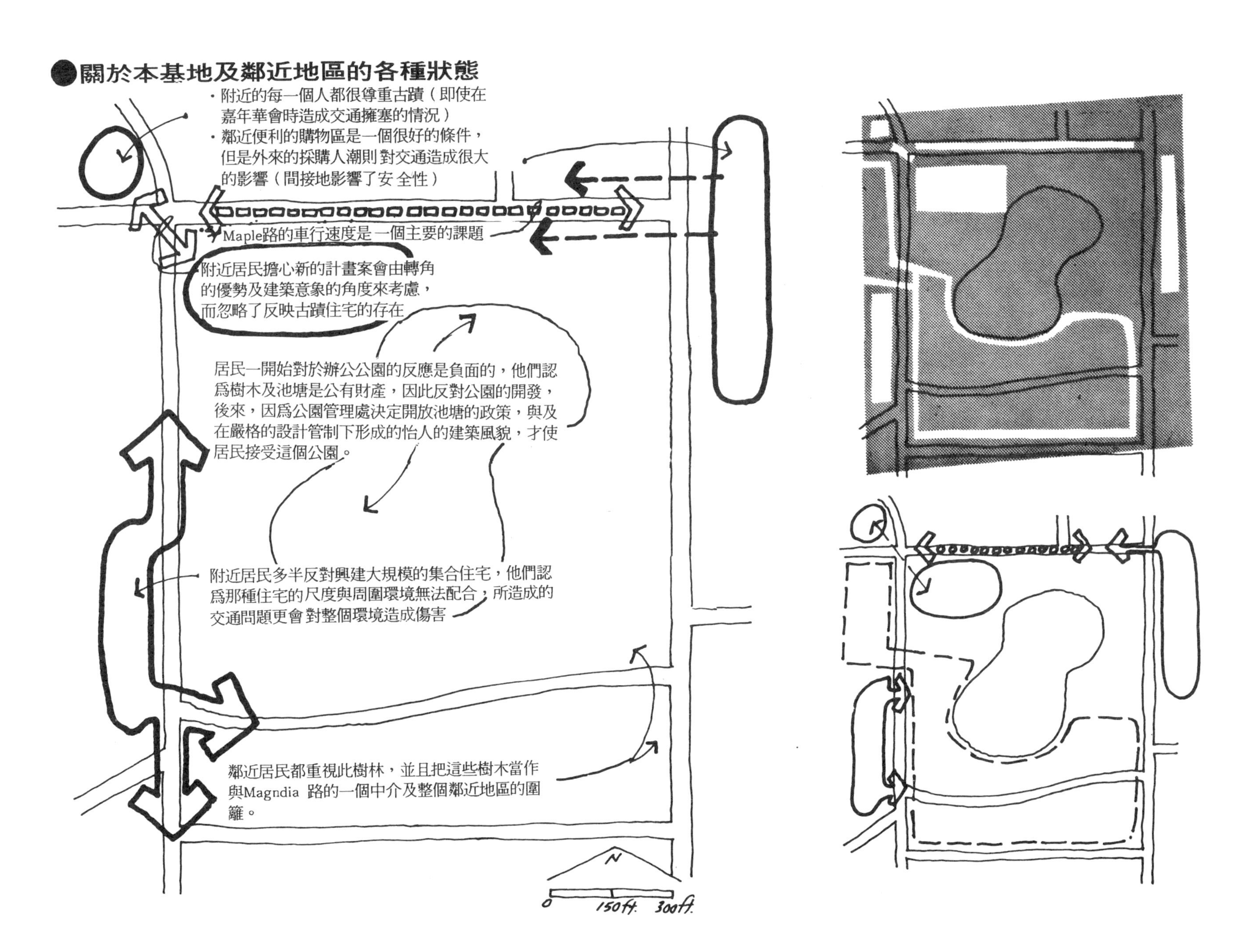

氣象資料

●氣溫

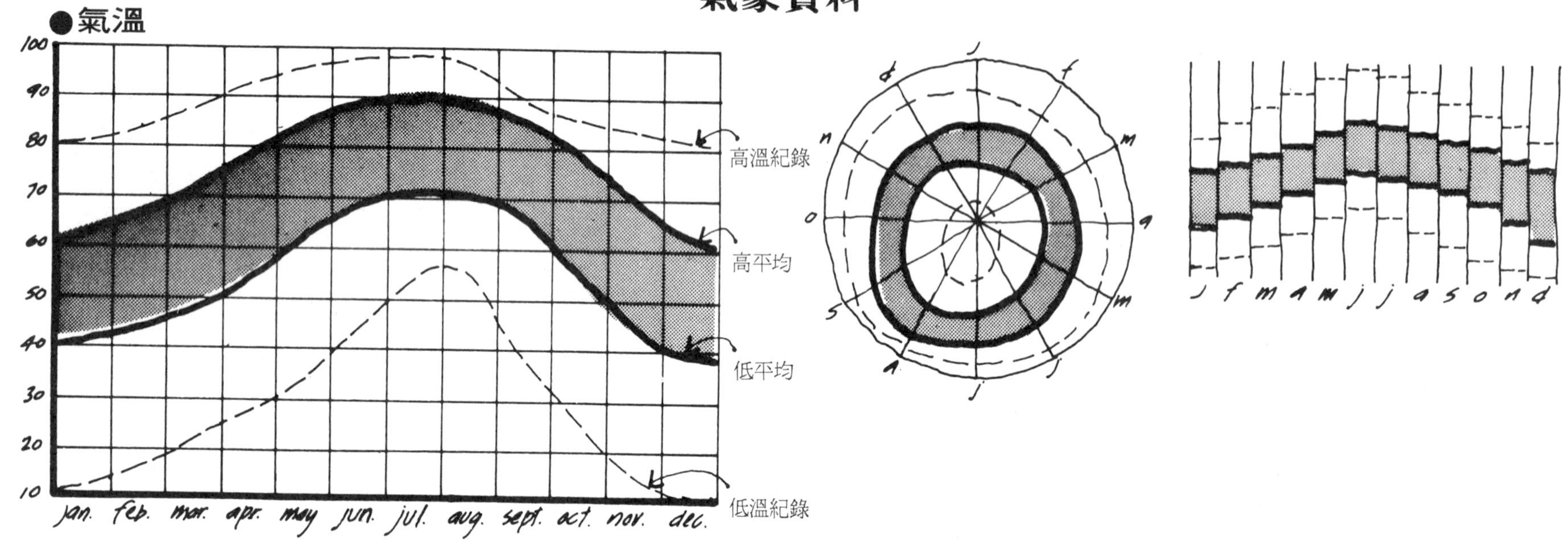

100
90
80
70
60
50
40
30
20
10
jan. feb. mar. apr. may jun. jul. aug. sept. oct. nov. dec.
高溫紀錄
高平均
低平均
低溫紀錄
j f m a m j j a s o n d

●降雨量(吋)

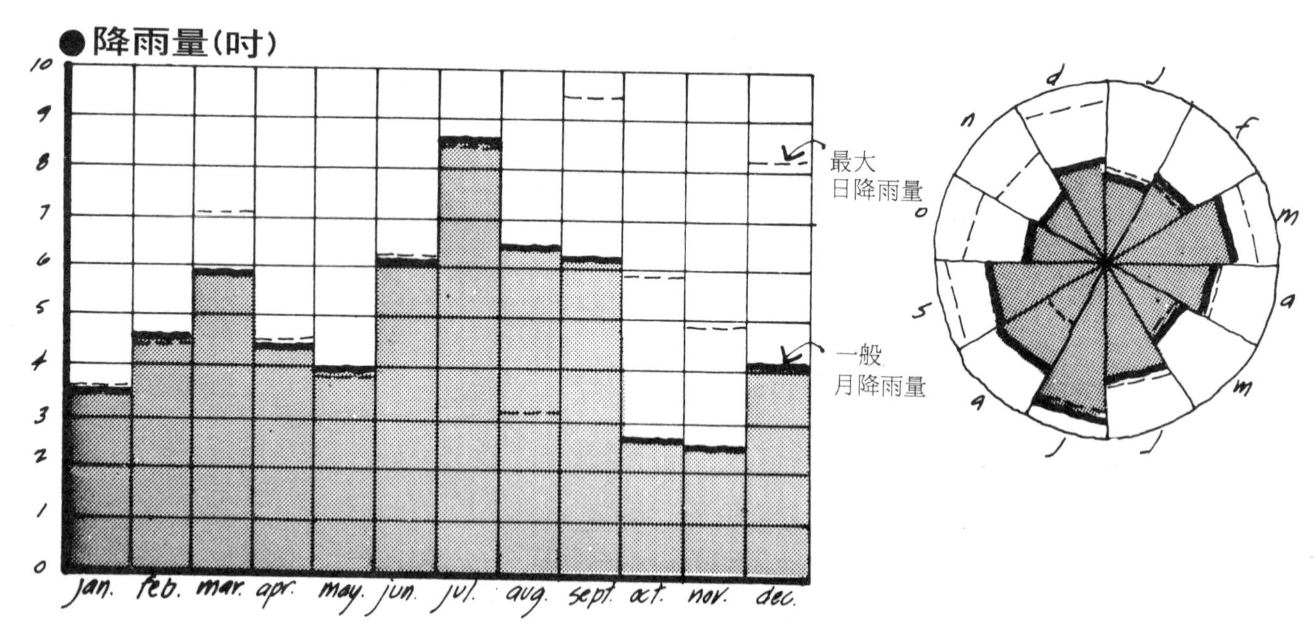

10
9
8
7
6
5
4
3
2
1
0
jan. feb. mar. apr. may. jun. jul. aug. sept. oct. nov. dec.
最大
日降雨量
一般
月降雨量

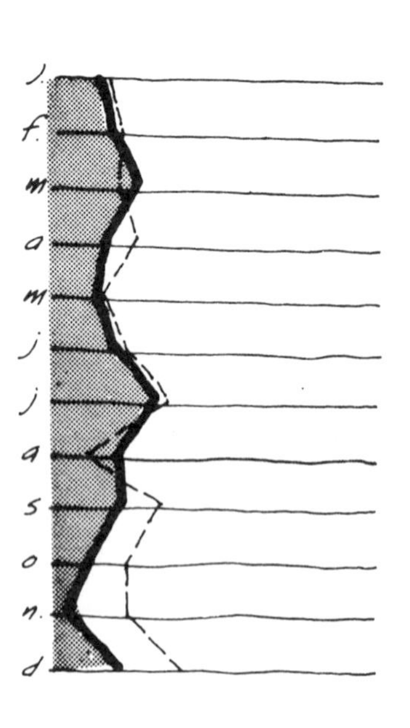

j.
f.
m
a
m
j
j
a
s
o
n.
d

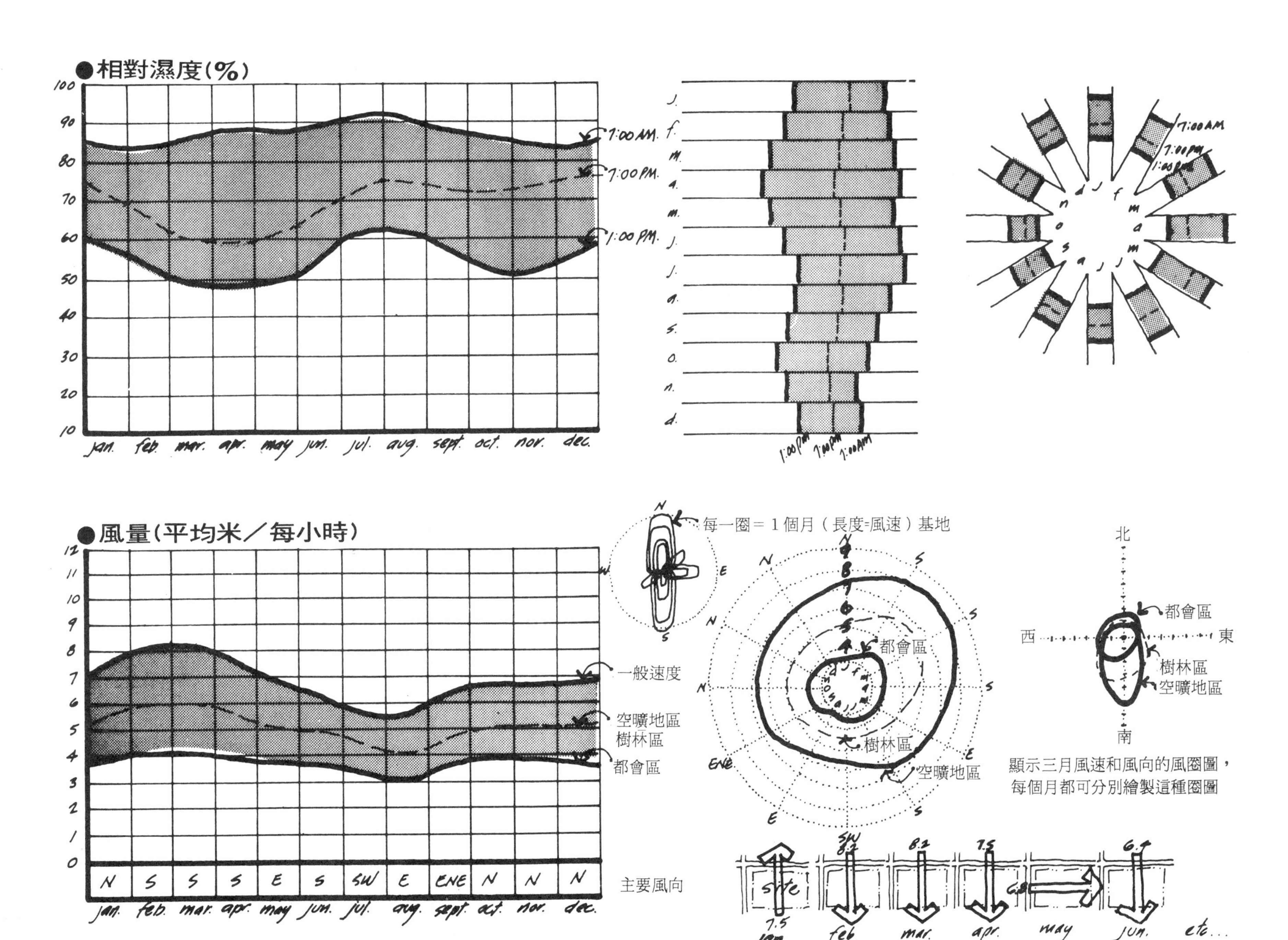

●相對濕度(%)
7:00 AM.
7:00 PM.
1:00 PM.
jan. feb. mar. apr. may jun. jul. aug. sept. oct. nov. dec.
●風量(平均米／每小時)
一般速度
空曠地區
樹林區
都會區
N S S S E S SW E ENE N N N
主要風向
每一圈＝1個月（長度=風速）基地
都會區
樹林區
空曠地區
北
西
東
南
都會區
樹林區
空曠地區
顯示三月風速和風向的風圈圖，
每個月都可分別繪製這種圈圖
site
jan
feb.
mar.
apr.
may
jun.
etc...

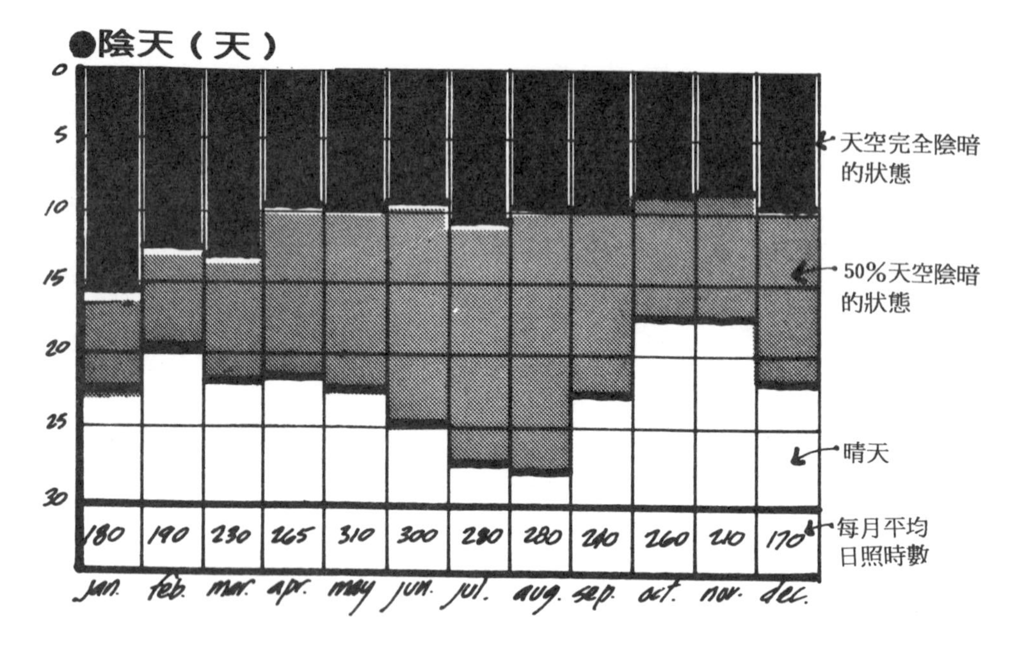
●陰天（天）
0
5
10
15
20
25
30
天空完全陰暗
的狀態
50%天空陰暗
的狀態
晴天
180
190
230
265
310
300
280
280
240
260
210
170
每月平均
日照時數
jan.
feb.
mar.
apr.
may
jun.
jul.
aug.
sep.
oct.
nov.
dec.

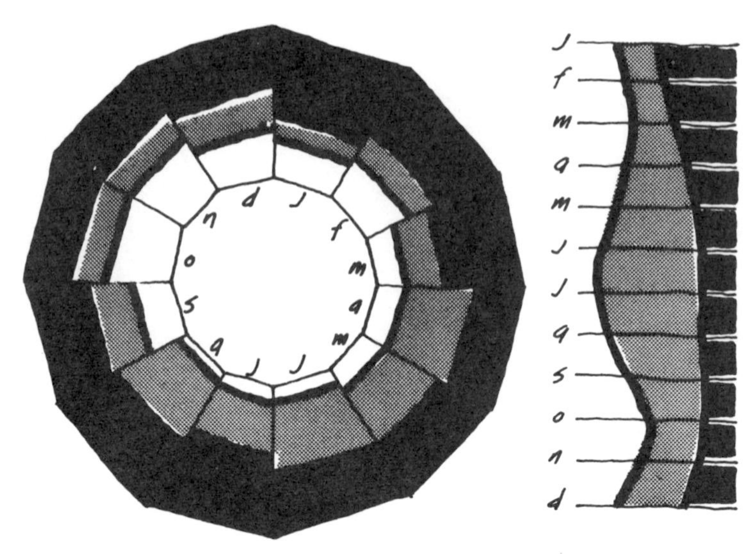

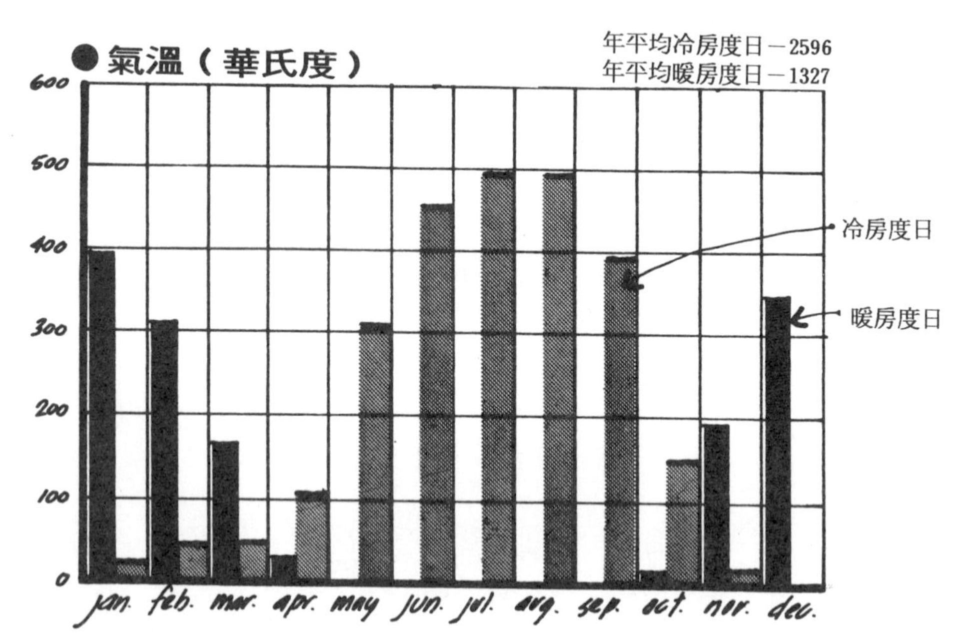
● 氣溫（華氏度）
年平均冷房度日－2596
年平均暖房度日－1327
600
500
400
300
200
100
0
冷房度日
暖房度日
jan.
feb.
mar.
apr.
may
jun.
jul.
aug.
sep.
oct.
nov.
dec.

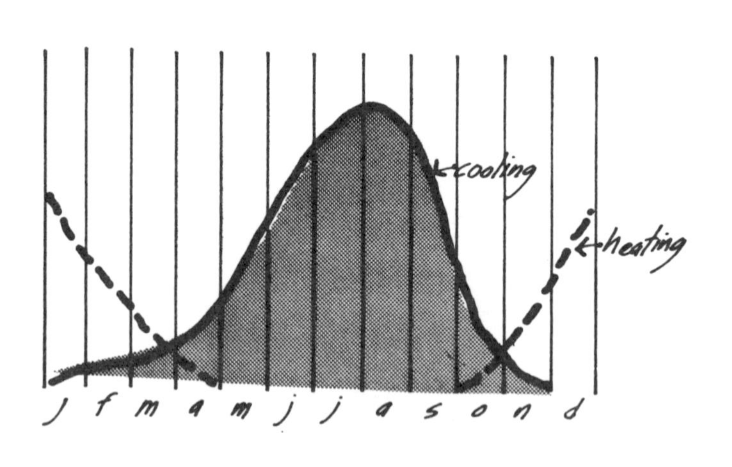
cooling
heating
j
f
m
a
m
j
j
a
s
o
n
d

●日照高度角及方位角（華氏度）

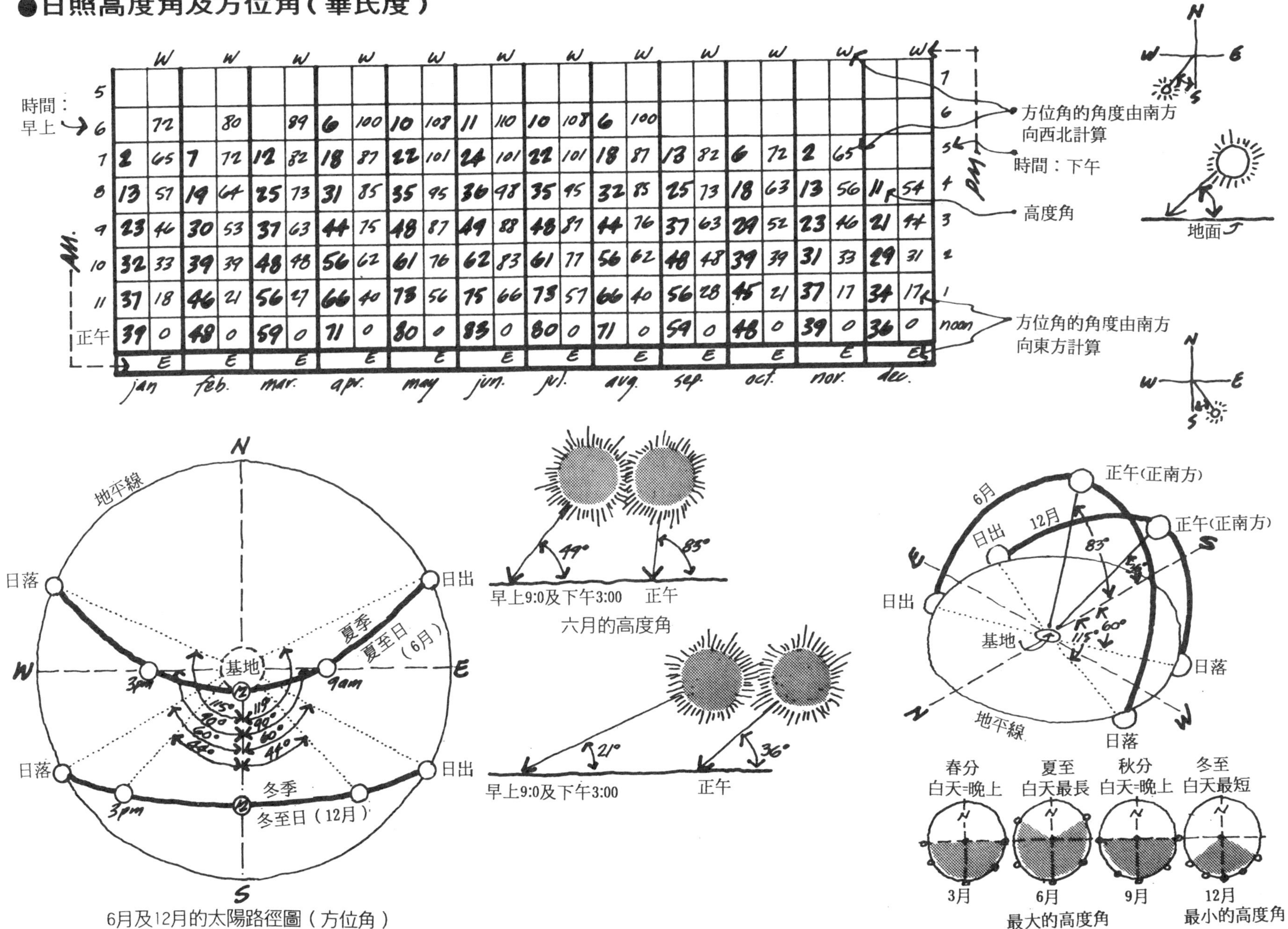

時間 (AM)	jan		feb		mar		apr		may		jun		PM
5													7
6		72		80		89	6	100	10	108	11	110	6
7	2	65	7	72	12	82	18	87	22	101	24	101	5
8	13	57	19	64	25	73	31	85	35	95	36	98	4
9	23	46	30	53	37	63	44	75	48	87	49	88	3
10	32	33	39	39	48	48	56	62	61	76	62	83	2
11	37	18	46	21	56	27	66	40	73	56	75	66	1
正午	39	0	48	0	59	0	71	0	80	0	83	0	noon

時間 (AM)	jul		aug		sep		oct		nov		dec		PM
5													7
6	10	108	6	100									6
7	22	101	18	87	13	82	6	72	2	65			5
8	35	95	32	85	25	73	18	63	13	56	11	54	4
9	48	87	44	76	37	63	29	52	23	46	21	44	3
10	61	77	56	62	48	48	39	39	31	33	29	31	2
11	73	57	66	40	56	28	45	21	37	17	34	17	1
正午	80	0	71	0	59	0	48	0	39	0	36	0	noon

6月及12月的太陽路徑圖（方位角）

●天氣關係

圖表

MONTH	氣溫			雨量(吋)	濕度		風(空曠地區)		陰晴(天)			度日	
	最高	最低	平均		AM(7)	PM(1)	風向	風速(米/每小時)	100%雲	50%雲	晴	暖房	冷房
J	65	40	52	3.5	84	58	N	7.5	15	8	8	400	25
F	68	44	56	4.5	83	54	S	8.2	12	6	10	315	40
M	75	47	62	5.8	86	49	S	8.2	13	9	9	160	45
A	82	50	65	4.3	88	48	S	7.5	9	13	8	30	100
M	87	58	75	4	87	50	E	6.8	10	13	8	0	300
J	90	66	78	6.2	90	55	S	6.4	9	16	5	0	450
J	92	70	80	8.6	92	62	SW	5.6	11	16	4	0	480
A	90	68	80	6.4	90	62	E	5.8	10	18	3	0	500
S	88	60	75	6.2	87	57	ENE	6.4	10	13	7	0	380
O	83	50	67	2.7	86	53	N	6.7	8	9	14	20	160
N	75	40	58	2.6	85	53	N	6.7	7	10	13	200	15
D	65	38	50	4.1	84	57	N	6.8	9	13	9	350	0

並列的圖表

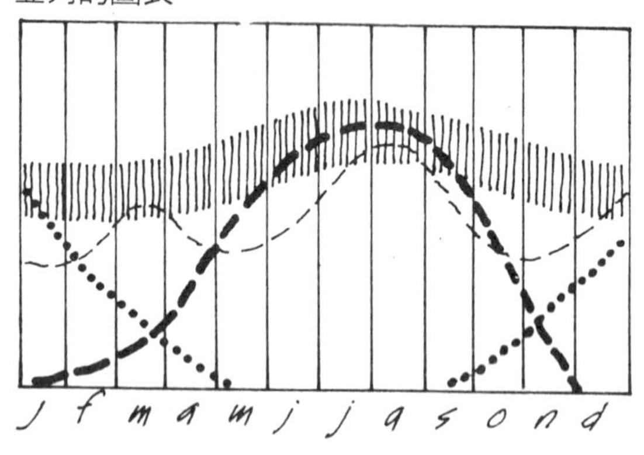

重疊的透明圖

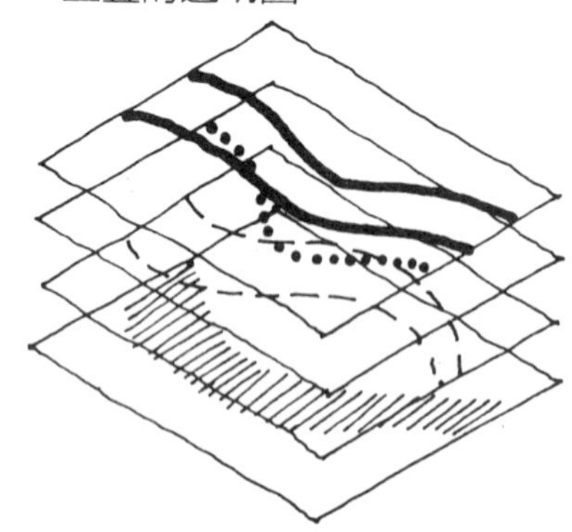

各別的圖表

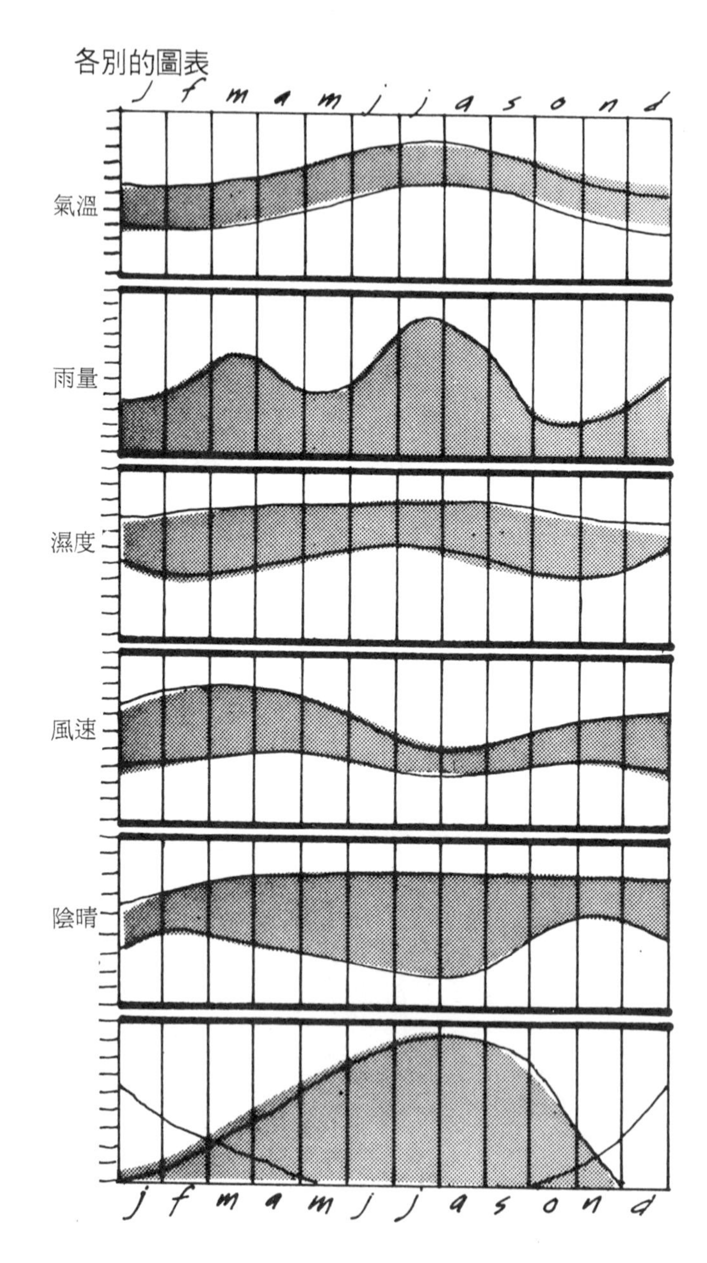

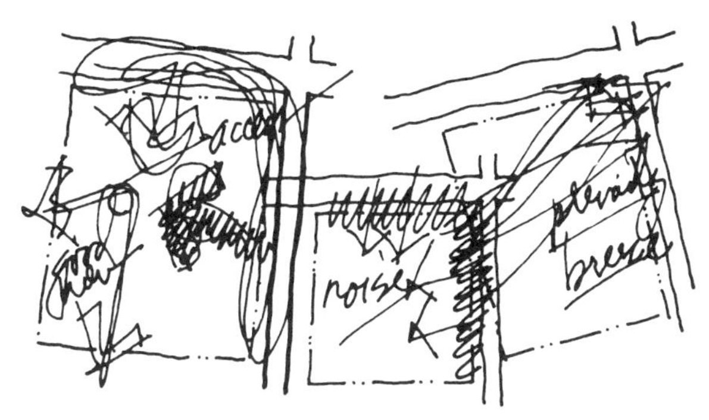

加工與簡化（refinement and simplification）

或許我們收集繪製的基地資料圖表只是供自己參考之用，那麼大概不會花太多時間去修飾這些當初在現場所畫下的草圖，但是如果這些圖要擺上檯面供別人觀看時，我們可能就得費點心思把它們好好加工一下了。

剛開始學習圖表分析的技巧時，建議各位最好能花些功夫，把所繪製的分析草圖好好整理一下，去其糟粕，留下菁華。這功夫練習久了，自然會在日後分析基地時，一下筆就能精確的掌握到重點，而且看起來一目了然。

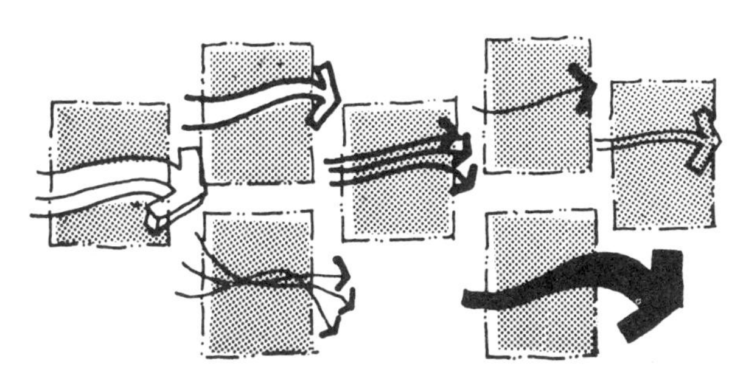

所謂加工，就是儘量使圖面能夠讓人一目了然，而簡化呢，就是去無存菁是也。要對圖表做加工時，還得先評估一下圖表中的視覺效果，看看是否有加工的必要，否則可能弄巧反拙。

基本而言，加工的目的，就是要把基地現況儘可能精確地表現在圖表之中，使誤解減到最低。

換句話說，加工的目的，就是要讓你的圖表看起來合理，切中要點，而且美觀，所以我們才要努力的提昇圖面的品質，美化圖面的視覺效果，接下來的幾頁提供了一些圖表加工的例子。

簡化所處理的問題，大致上與我們前幾頁所示範的例子類似，其實也就是整個圖面加工的整合過程。

圖表分析應能儘量正確的表達敷地現況，任何會影響這個目的的多餘線條、元素，都應該大刀闊斧去除，這就是簡化的要義，多餘的圖案並不能幫助你更容易的讀懂圖表的意思，反而會造成許多不必要的迷障，使得正確的訊息受到誤解。

我們的目的，即是要以最精簡的圖來表達最完整的訊息，這種去繁化簡的工作，可保證我們能獲得最想知道的重點，而且避免誤解。

接下來的幾頁我們列出一些簡化工作的示範供讀者參考。

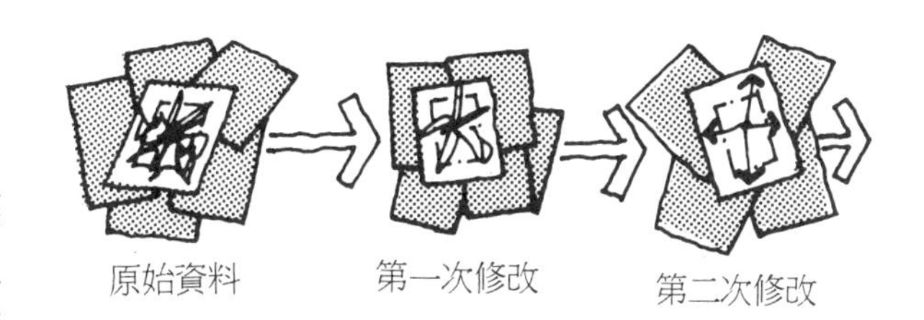

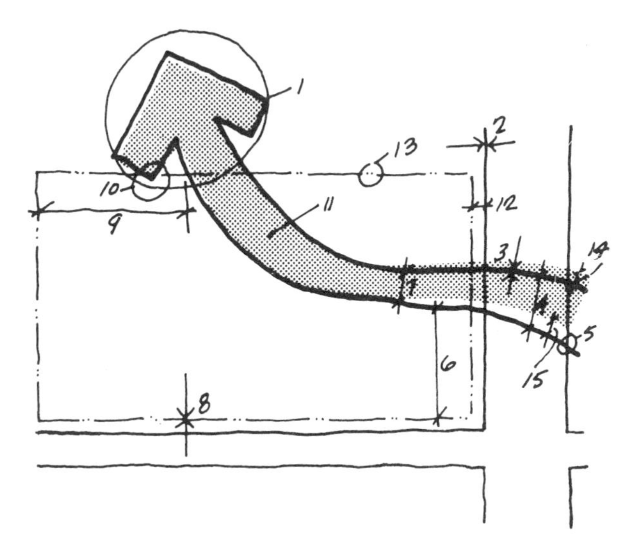

運用較確定的線條表現

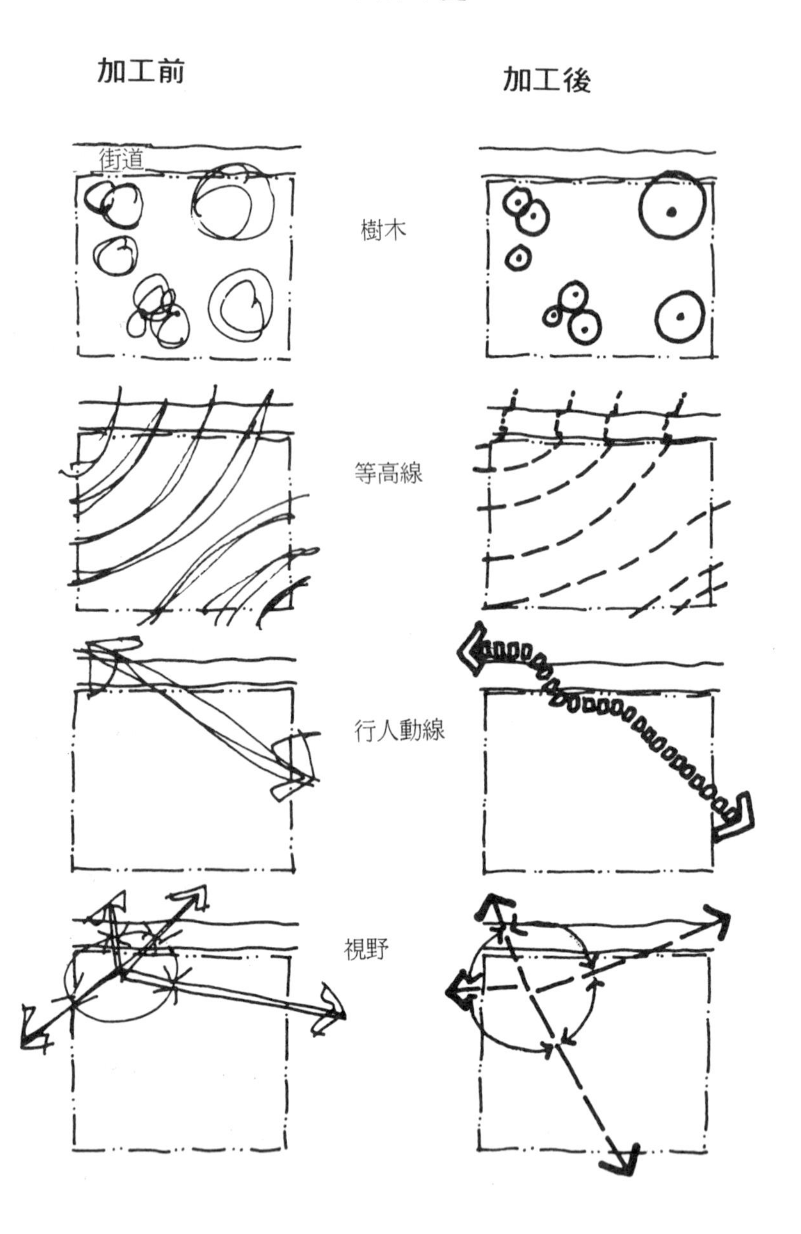

線條的形狀

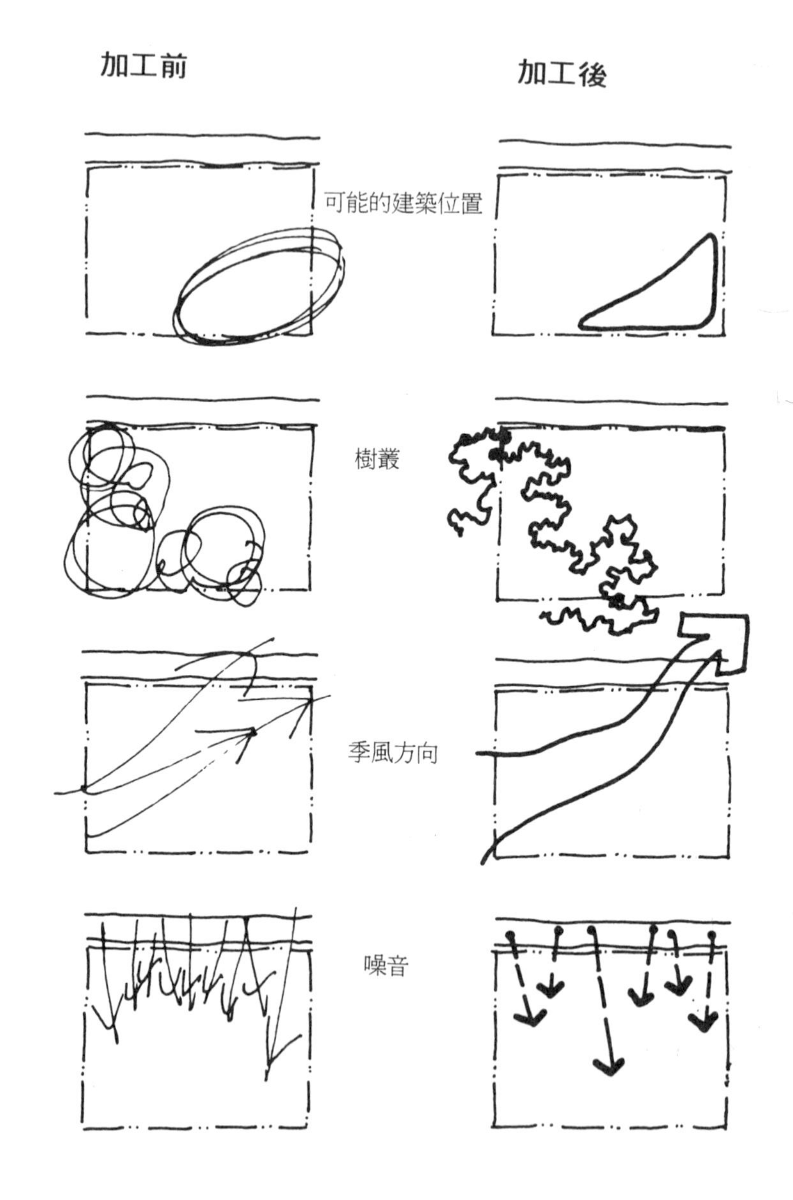

●線條的走向

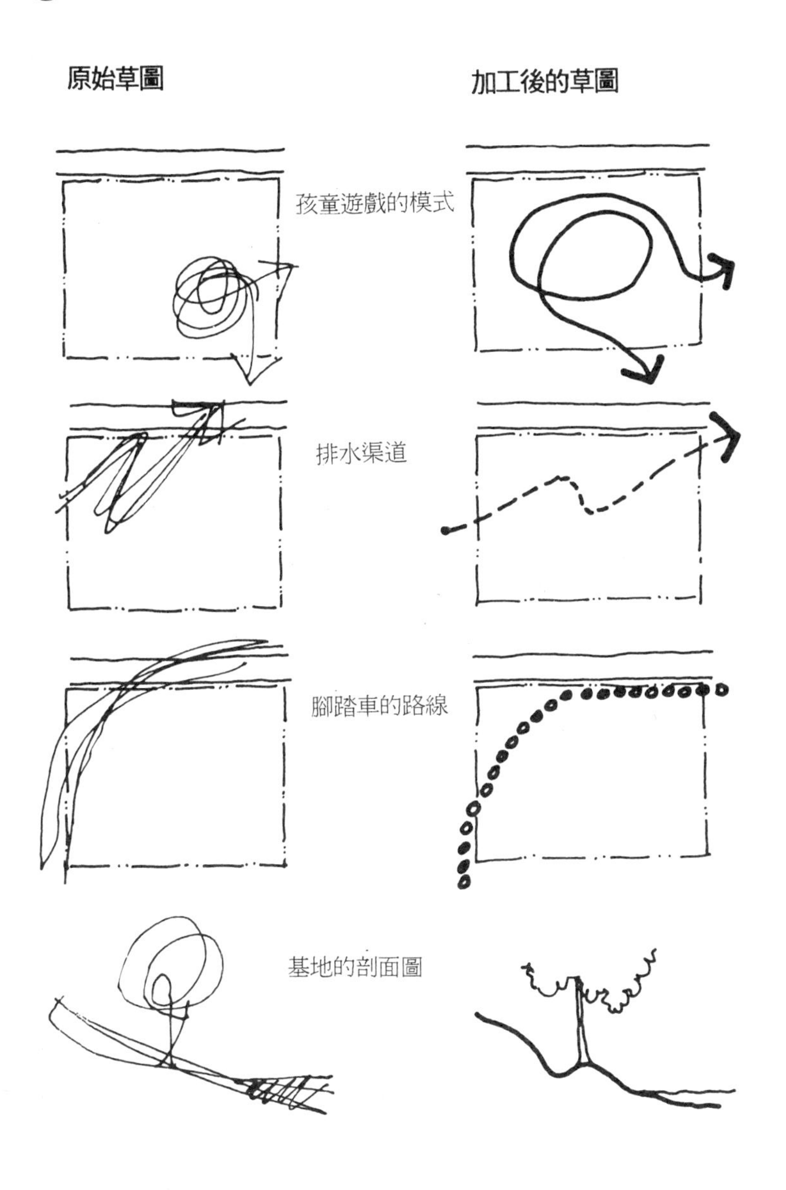
原始草圖
加工後的草圖
孩童遊戲的模式
排水渠道
腳踏車的路線
基地的剖面圖

●線條的品質

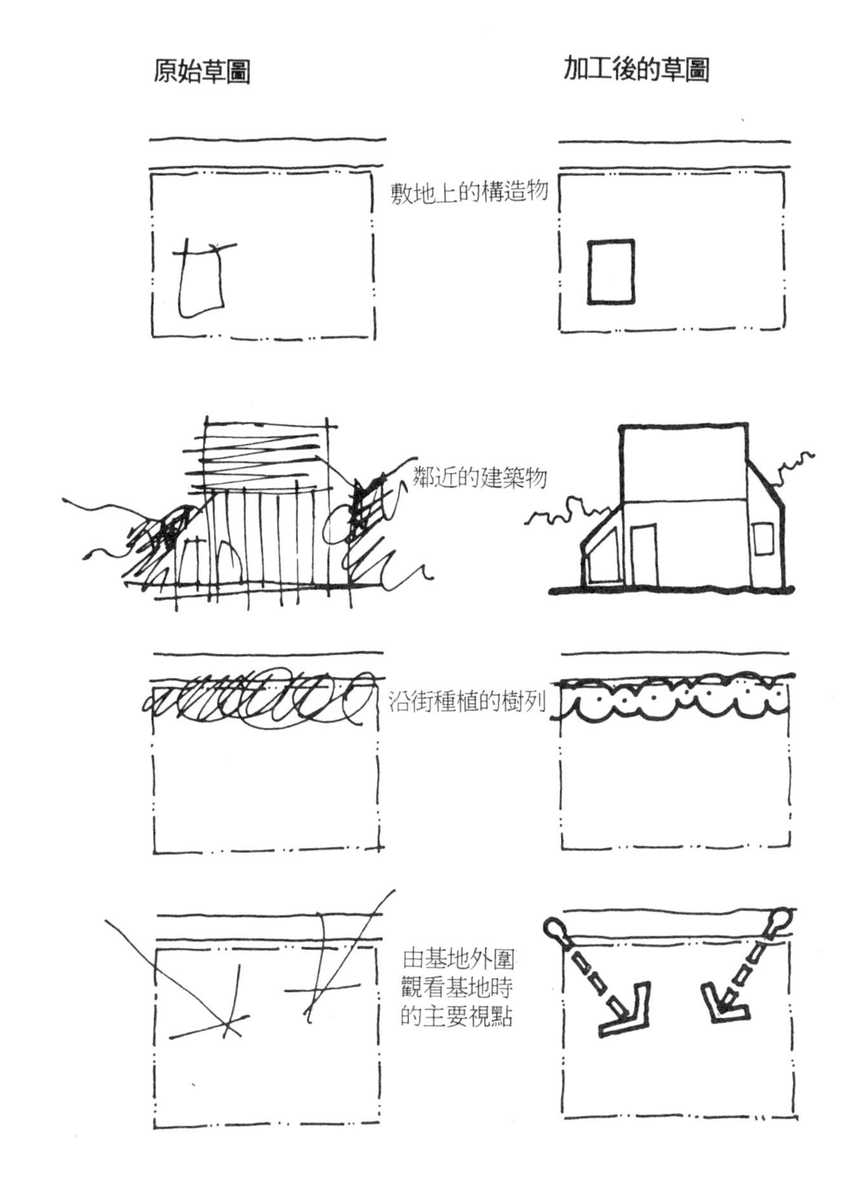
原始草圖
加工後的草圖
敷地上的構造物
鄰近的建築物
沿街種植的樹列
由基地外圍
觀看基地時
的主要視點

●加粗線

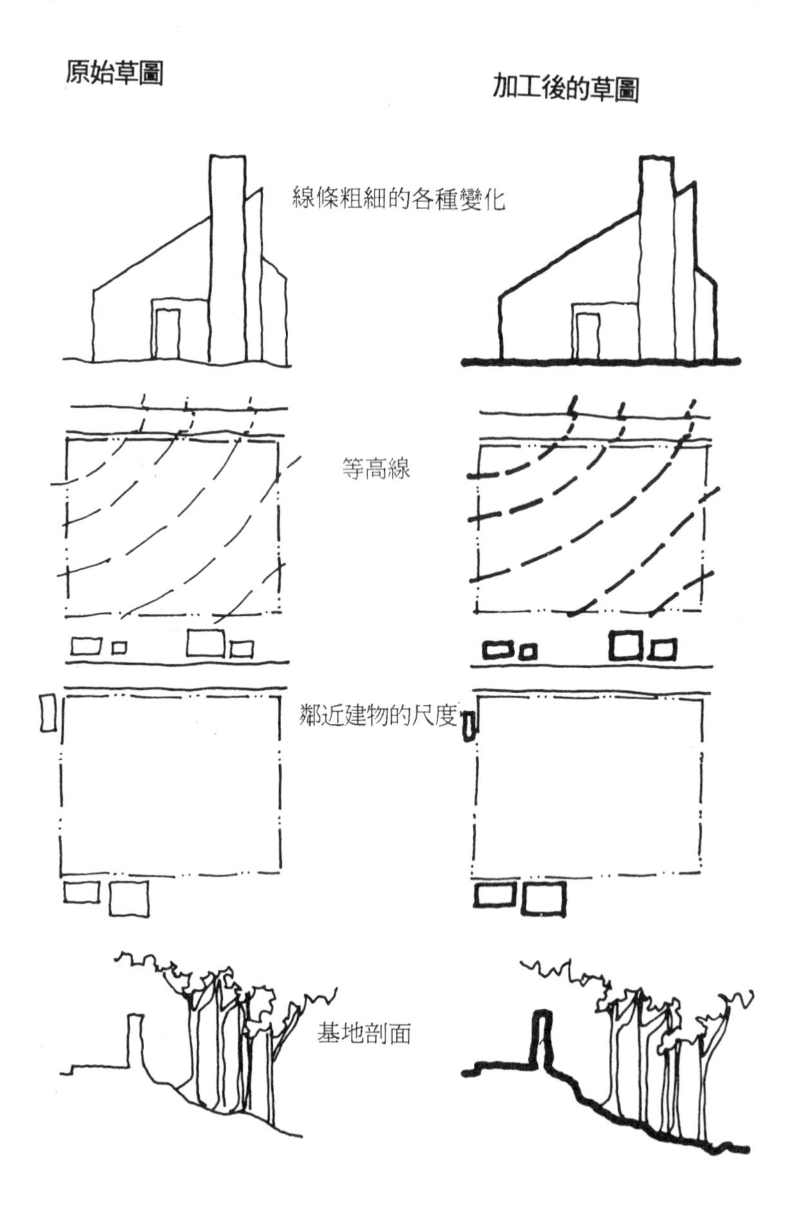
原始草圖
加工後的草圖
線條粗細的各種變化
等高線
鄰近建物的尺度
基地剖面

●線條粗細的變化

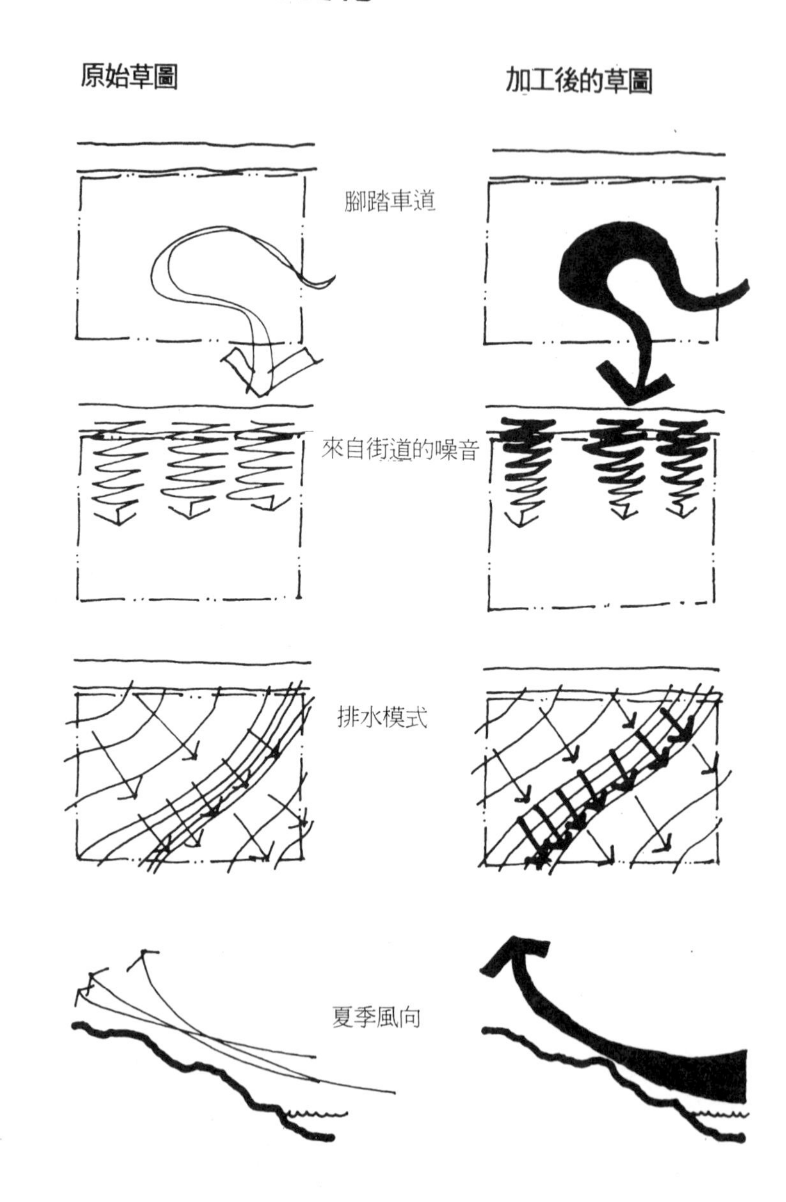
原始草圖
加工後的草圖
腳踏車道
來自街道的噪音
排水模式
夏季風向

●色彩或明暗網點利用

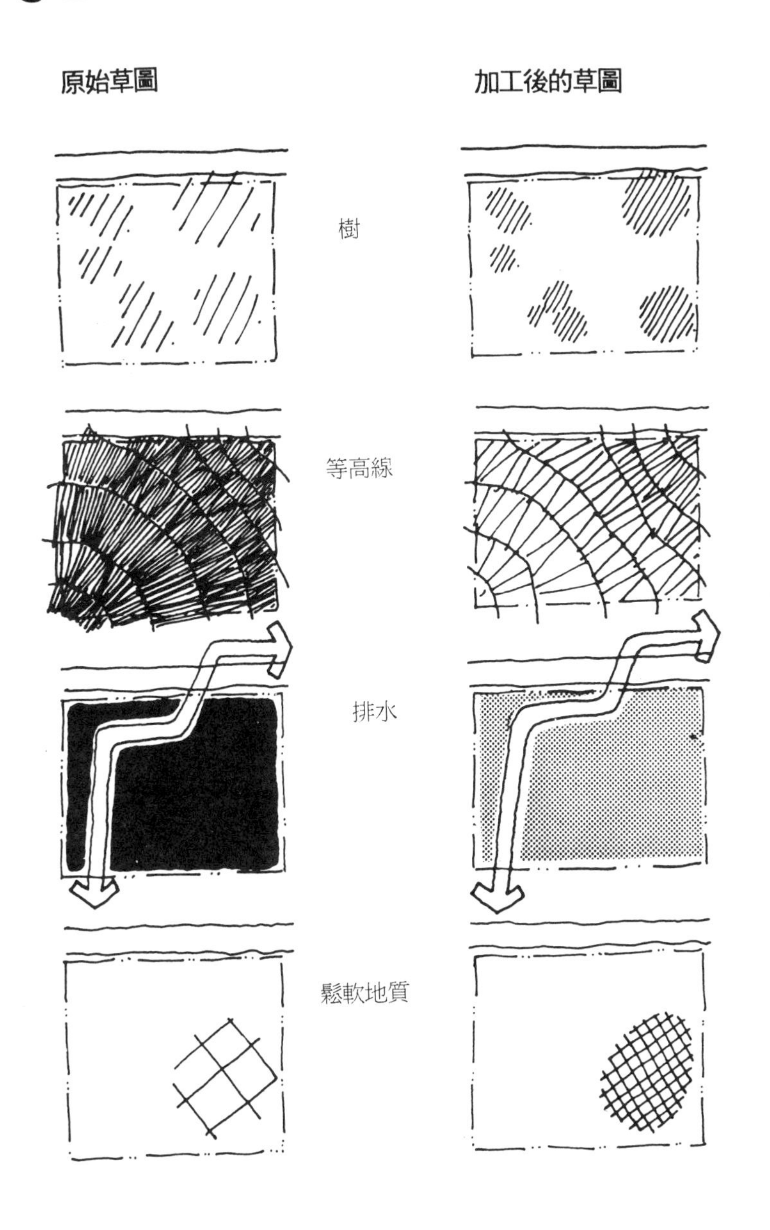

●色彩或明暗網點利用

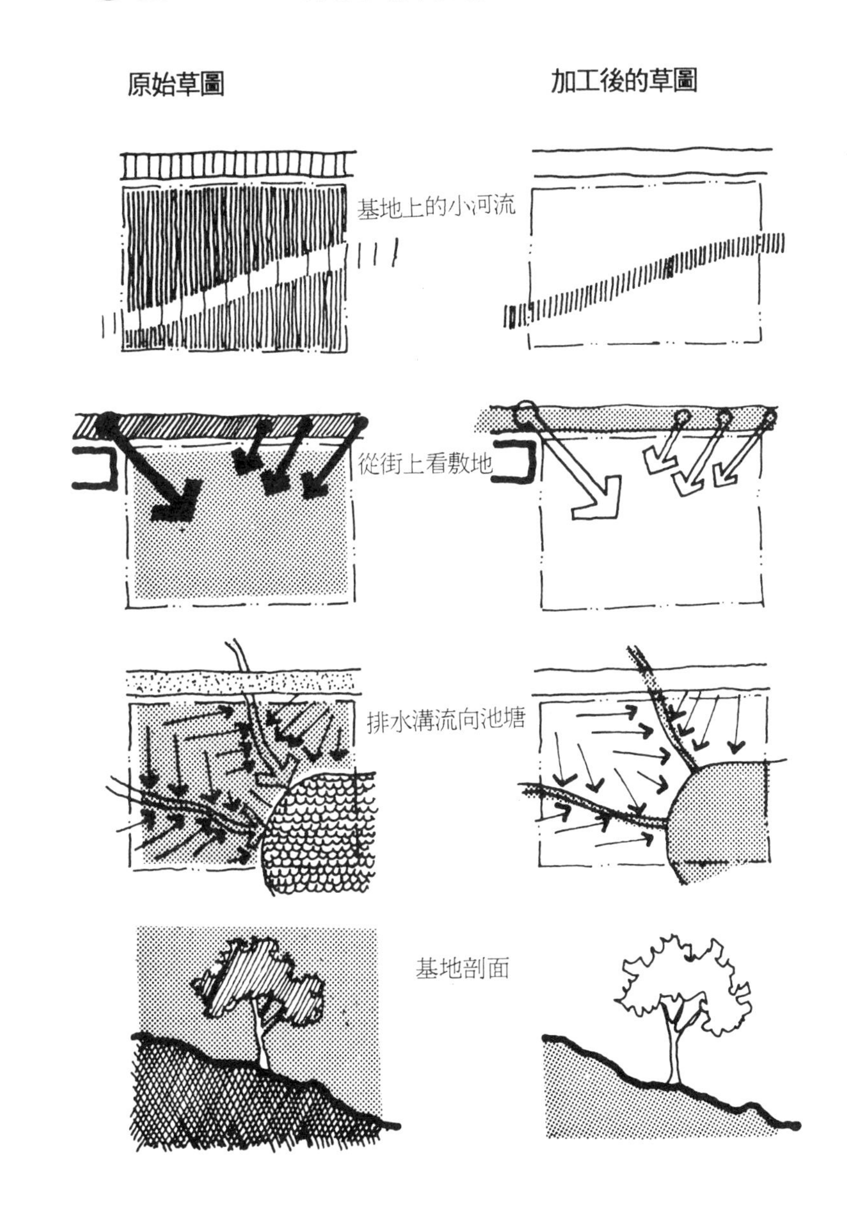

●圖表的尺寸

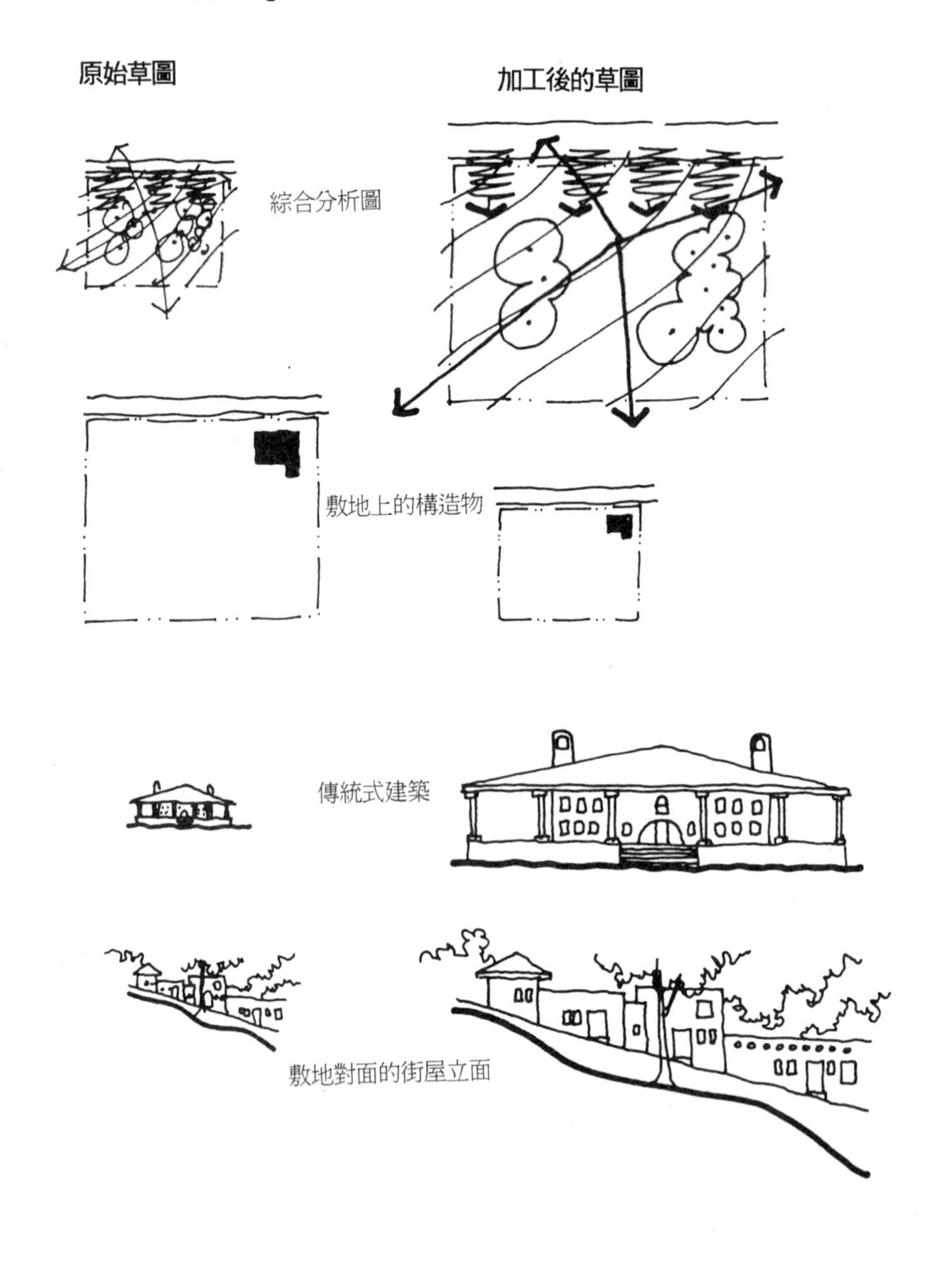

●色彩或明暗網點利用

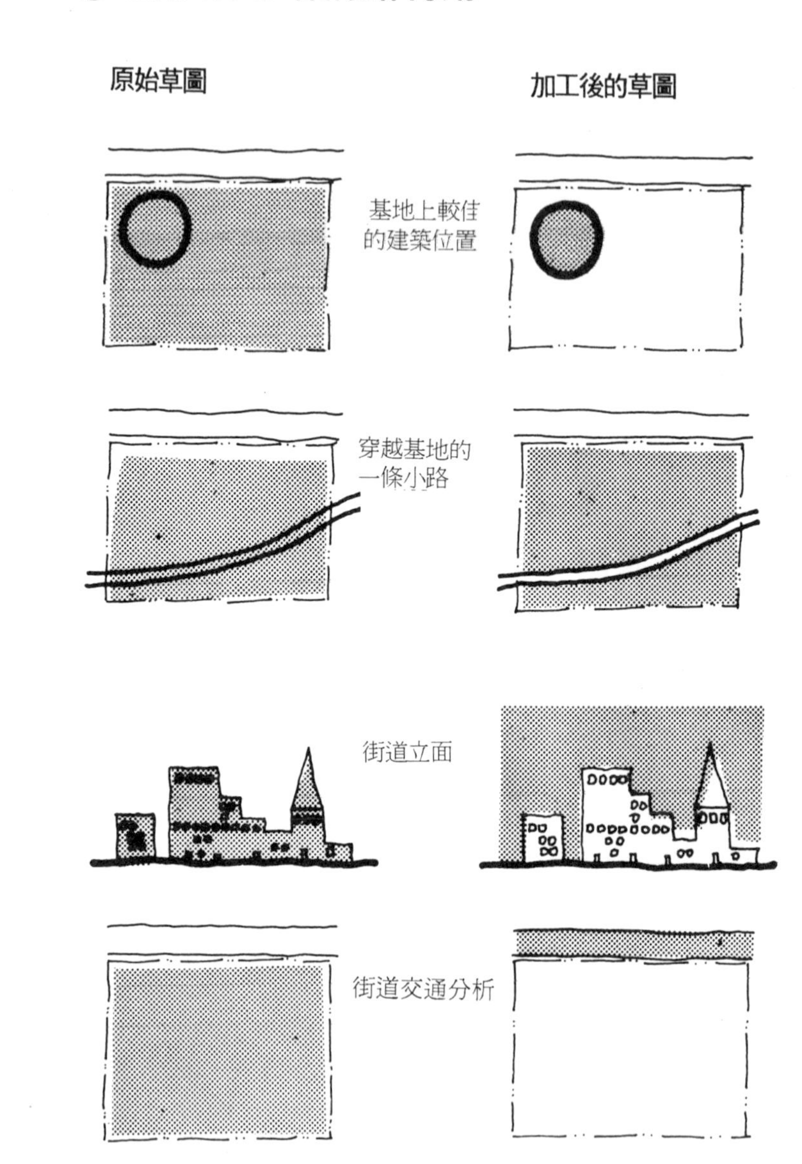

示意圖之間的關聯

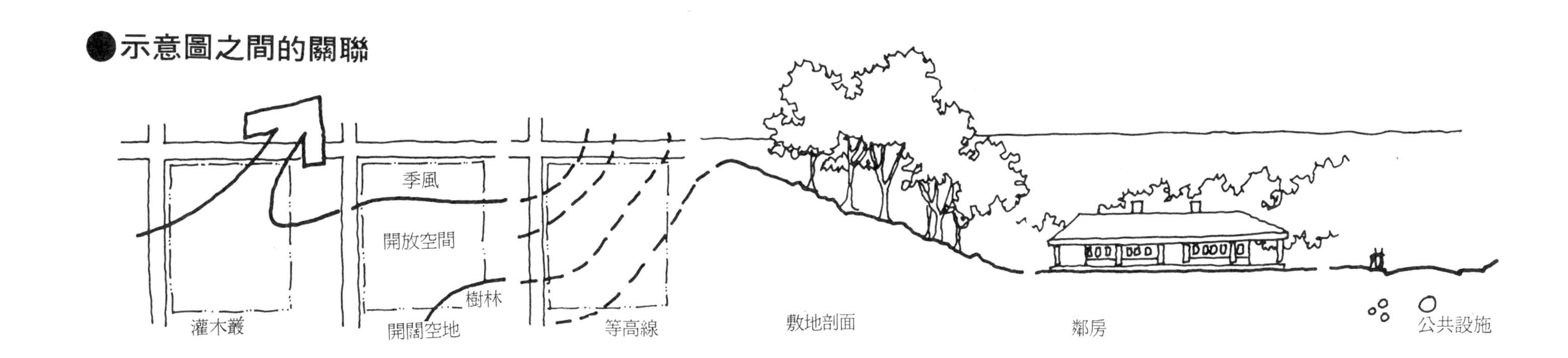

示意草圖與加工後草圖的關係

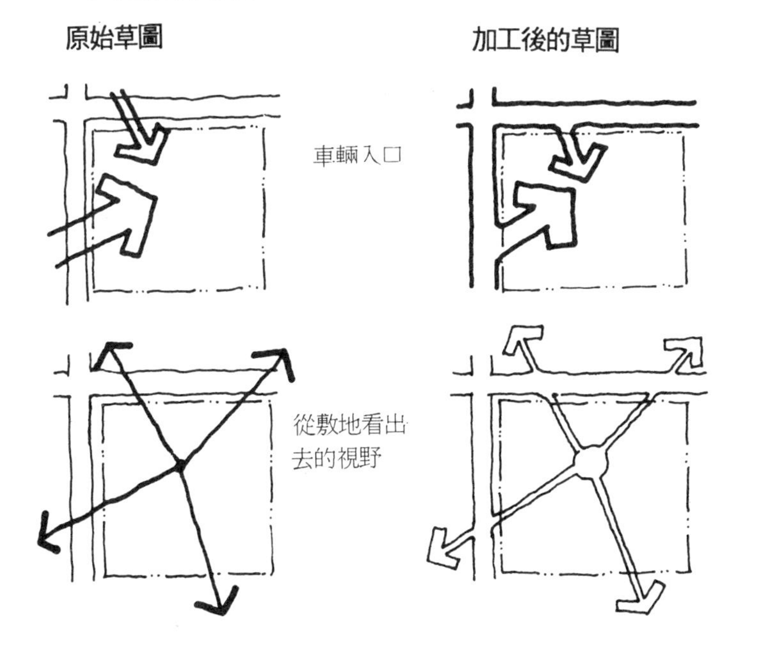

草圖與框框的關係

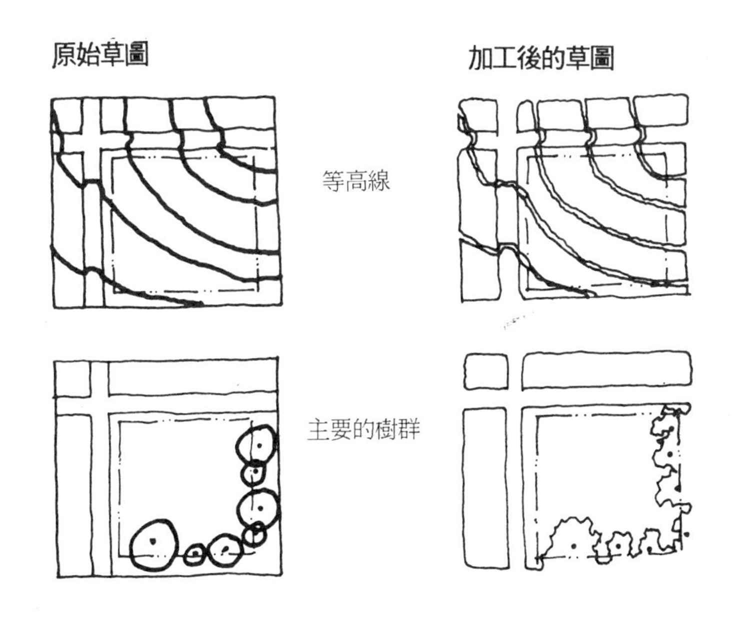

●網點貼紙與輪廓線的關係

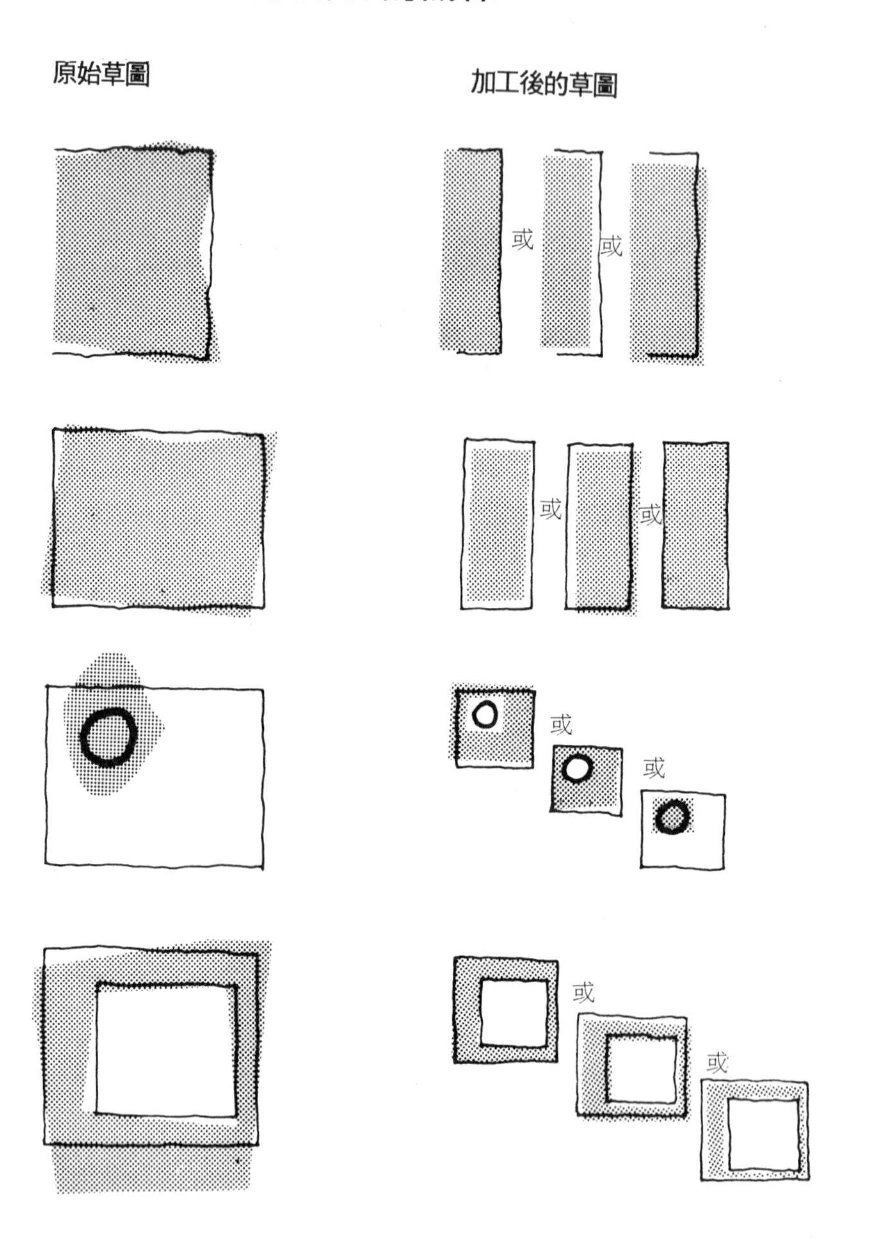

●箭頭符號

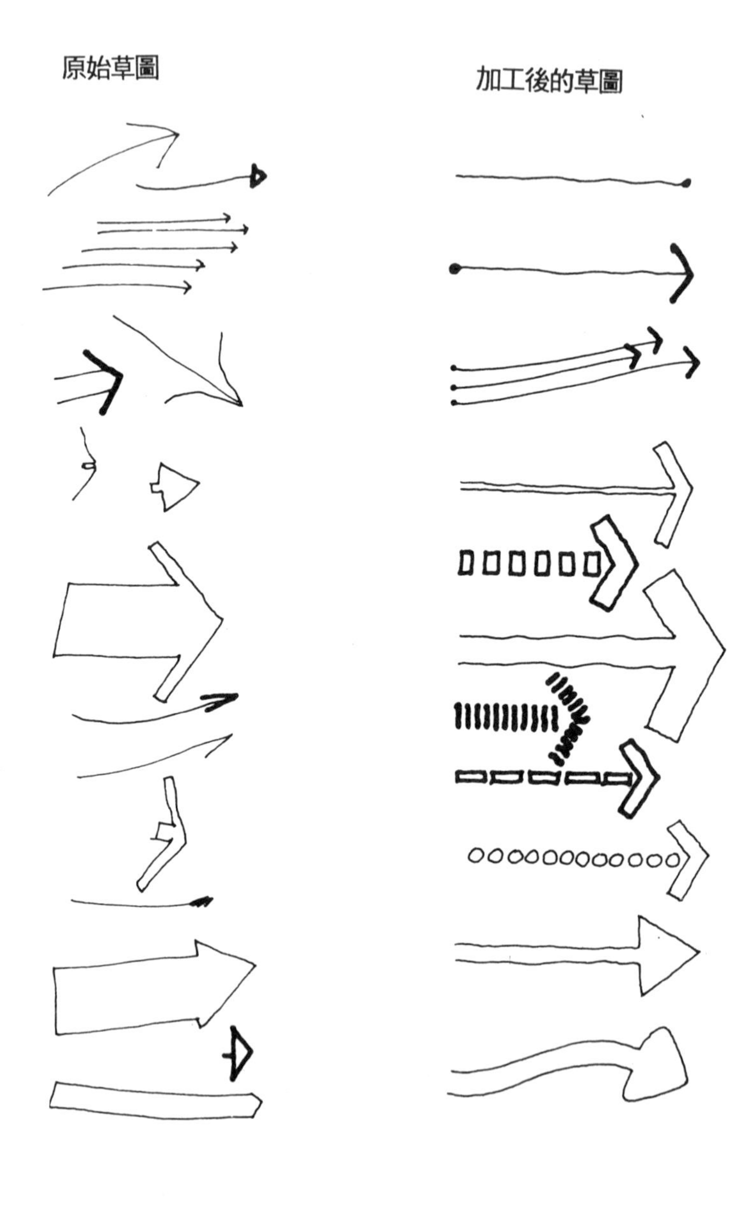

簡化在於處理所列出相同層面的問題以達到一個完整且精緻的成果。

在簡化一個圖形的時候，我們著重於刪除一些介於圖象與基地現況之間混淆意義轉化的元素、圖形、樣式及關聯性。這些混亂的國家，不能提供與基地現況的傳達溝通而且常傳達殊漏引人誤解的訊息。這些國家被他們自身所產生的視覺障礙掩蓋了訊息的本質。

我們簡化的目標在將圖形精簡到最小，但仍能傳達訊息的圖象。刪減圖形幫助我們確信有個較可能溝通期望訊息的國家，而且較不可能被誤解，下頁是一些圖形簡化的範例。

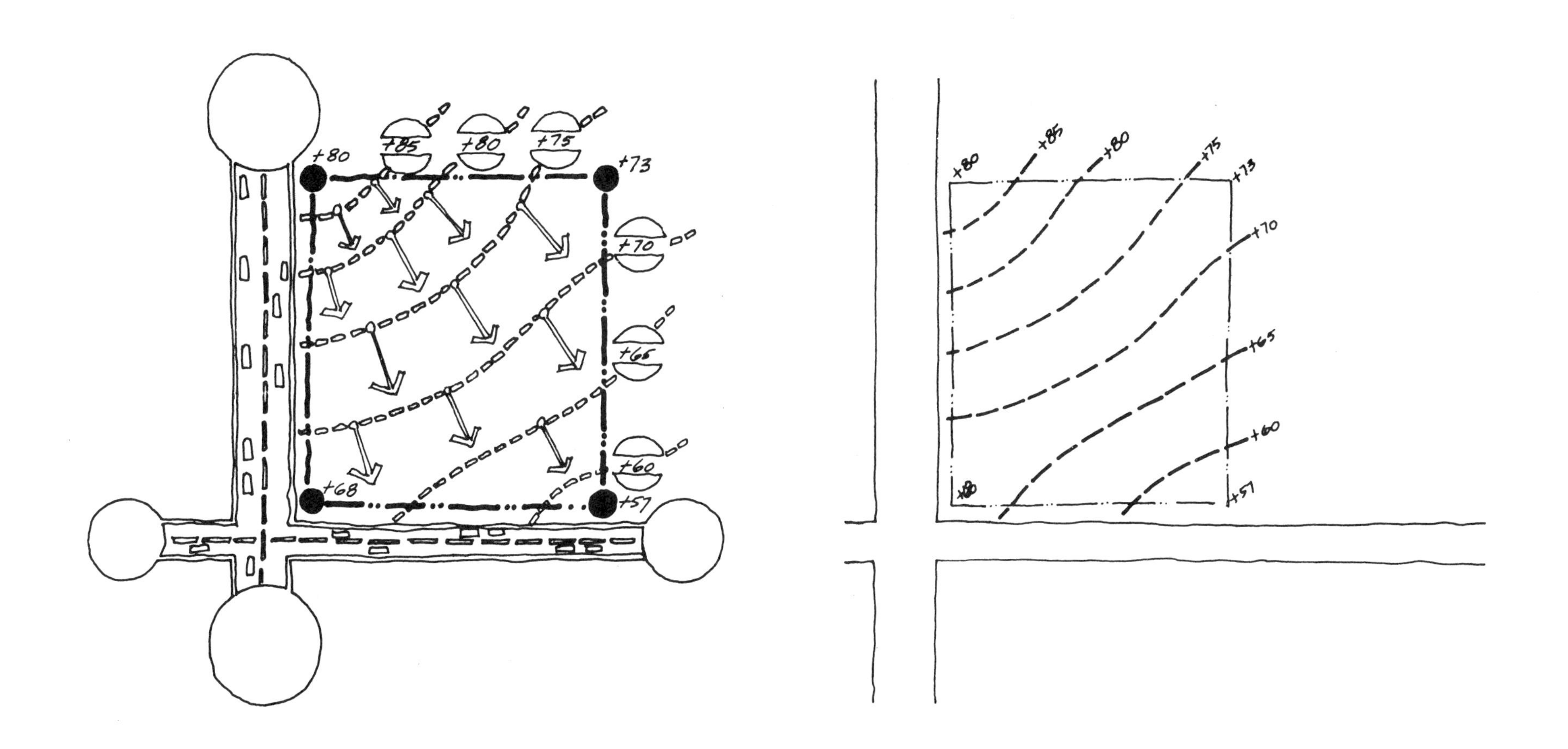

●草圖簡化之範例

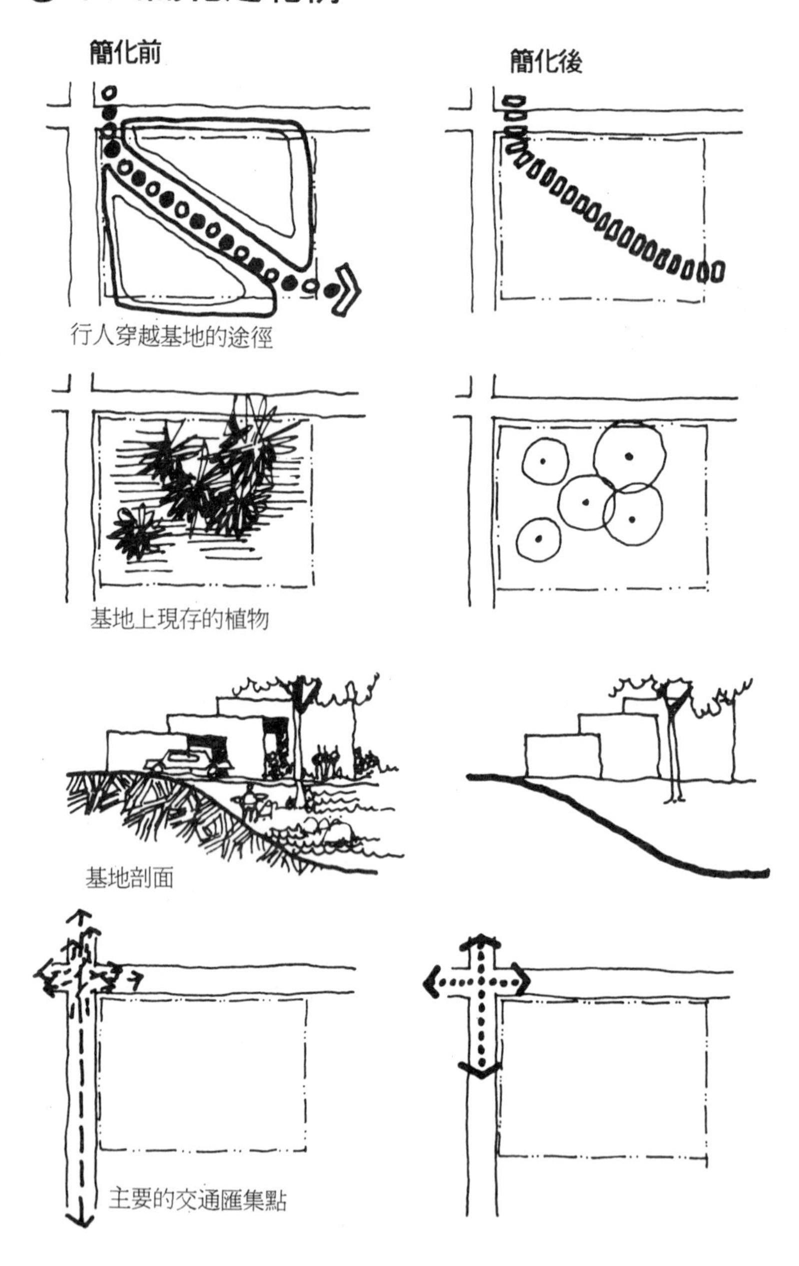

簡化前
簡化後
行人穿越基地的途徑
基地上現存的植物
基地剖面
主要的交通匯集點

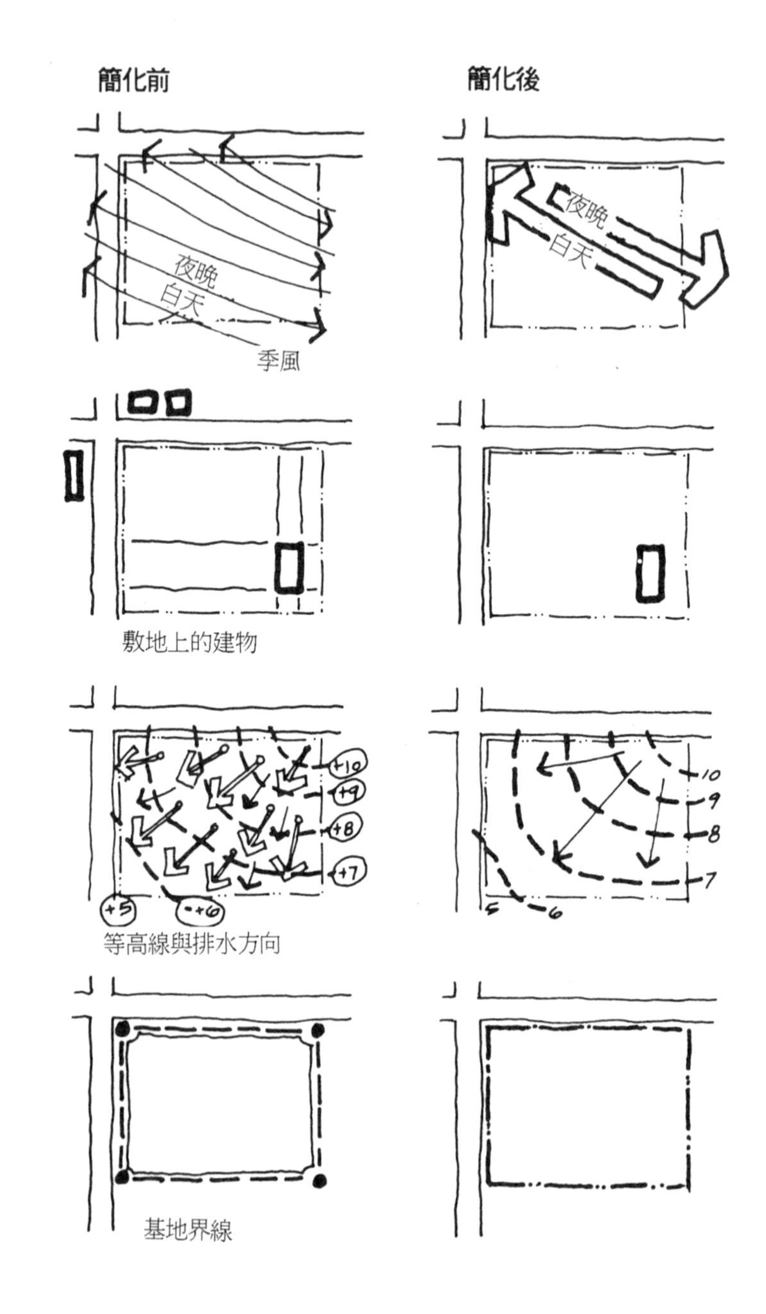

簡化前
簡化後
夜晚
白天
季風
夜晚
白天
敷地上的建物
+10
+9
+8
+7
+5
+6
10
9
8
7
等高線與排水方向
基地界線

圖面的強化與清晰度（Graphic Emphasis and Clarity）

透過改善加工及簡化的步驟後，我們圖面上的形式已具相當說服力，且充份表達了我們想要說明的事項。接下來的工作就是再強調其中某些重點，使圖面看起來更清楚、更凸顯。

圖面的強化工作，目的是要讓圖面大聲地把你想說的話說出來。比如我們正在做一個涵構分析(Contextnal analysis)，我們會把參考的原圖淡化，變成一種背景作用的底圖，然後在這張底圖上，我們利用不同粗細的線條、或顏色、或是明暗貼紙，把重點強調出來。

所謂的原始參考底圖（Con drawing）大多用輕輕的細線畫成，不加明暗也不加色彩。在這張底圖上，我們再把各項敷地的特質一一畫上，而且配合顏色與明暗、粗細的表現，整個圖便顯得相當醒目。

很可能我們的分析圖是一長串聯續下來，如果你用來強調重點的方式或元素有某種系統性或模式化，那麼這一串圖表讀起來會比較容易。

舉例來說，一旦我們發現在這一長串的分析圖之中，所有的敷地特性及重點都是用明暗貼紙標示出的，那接下來的閱讀將會更容易，如果我們是選擇用顏色標示的話，那麼就得從頭到尾用同一種顏色來說明敷地特質，而且這個顏色必須是圖面中最顯眼的部份，你要讓它多醒目都行，只要不致於喧賓奪主，破壞了整體圖面的主題即可。

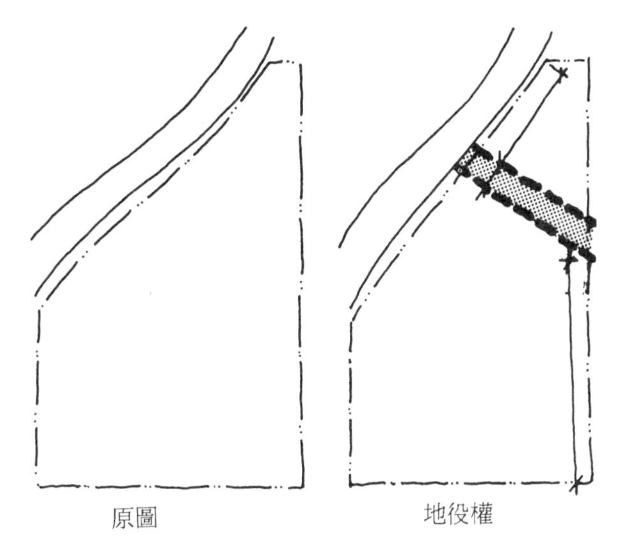

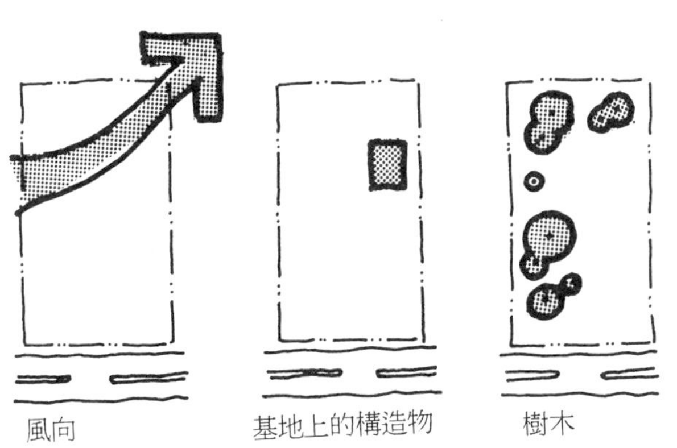

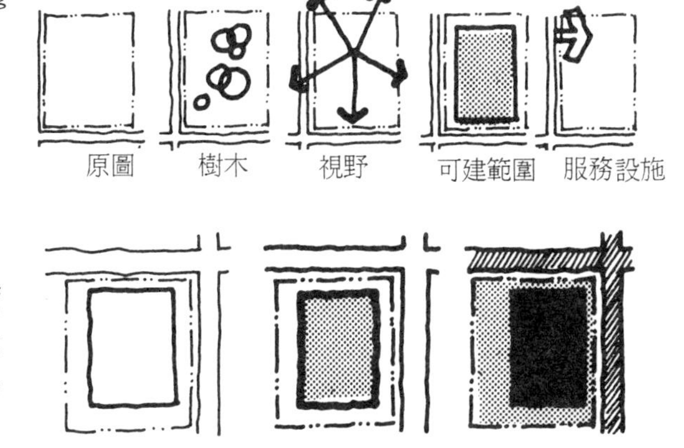

如果我們選用了某種特定的顏色來表示圖表中某些重點時，最好不要再更換這個顏色，或是用同一種顏色說明另一件事情，以免形成觀者不必要的困擾。

圖面表現的模式要具有一貫性，當我們已經習慣於某種顏色代表某種意義時，這時再任意的更換這些符號或顏色，就會造成意義認知上的混淆。

地界 樹 景觀 交通 噪音 步道

地界 樹 景觀 交通 噪音 步道

在敷地分析的一系列說明圖表中，有一些可能是我們認爲特別重要的或是可能在設計上暗示某種造形，這些比較特別的圖表，最好能用一些方法特別標示出來，比如說用方格把它框出來或是用“點影貼紙”標示出來都可以。

主題、標註及說明爲了有效的達成圖面溝通的效果，在圖面上儘量避免廢話連篇，說明要簡潔、針對重點，尤其是當我們的圖要拿出來給別人看的時候（比如其他的設計師或業主……等等）。

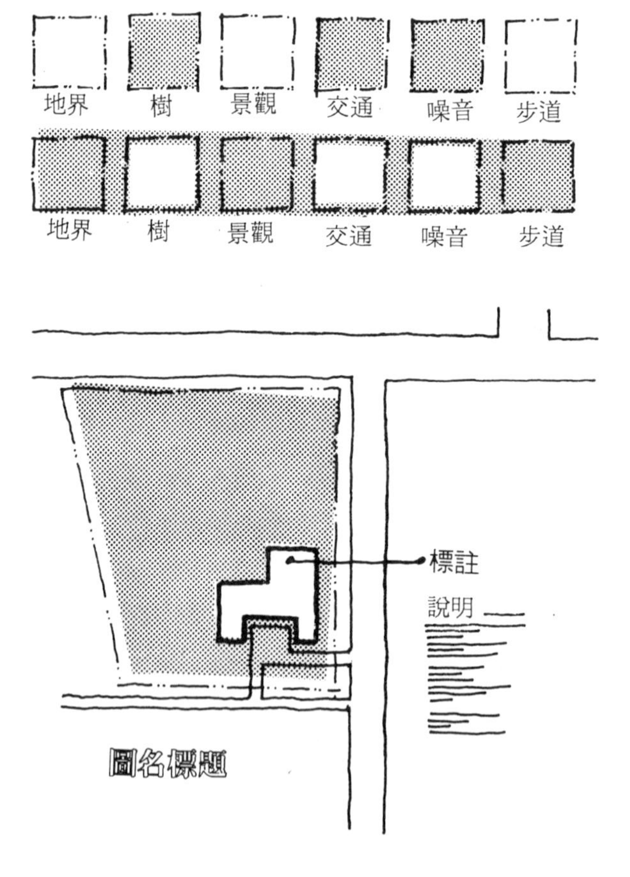

即使這些圖表只是用來供自己參考，也應該把敷地上的重要分析好好的整合歸納一下，清楚又簡潔的表達出來，這樣的步驟很有幫助。圖表旁的註記說明可讓我們更確切的了解敷地分析的每一個重點，而且這些重點都將深烙在我們的腦海之中，做爲日後形成設計概念的依據。

說明事項最好能有系統的標示在相關圖表的附近，因爲這些圖表都是一個一個互相隔開的，通常爲數不少，所以相關的標示及說明要儘可能的以某種規律的模式標註在圖表的旁邊，正如同我們用色彩或用網點貼紙一樣，做標註或說明時也要沿續前後一致的風格。

圖表須加以分門別類，加上標題或主題。主題或標題的位置一樣是擺在相關圖表的附近，以整張大圖表來說，其中小圖表的標題一定固定出現在某一個相對位置，也就是說以大圖表的主題爲骨幹，分支下來許多小圖表爲標題。

一個主題有時只指涉一個圖表，有時指涉一群圖表，甚至是全部的分析圖。

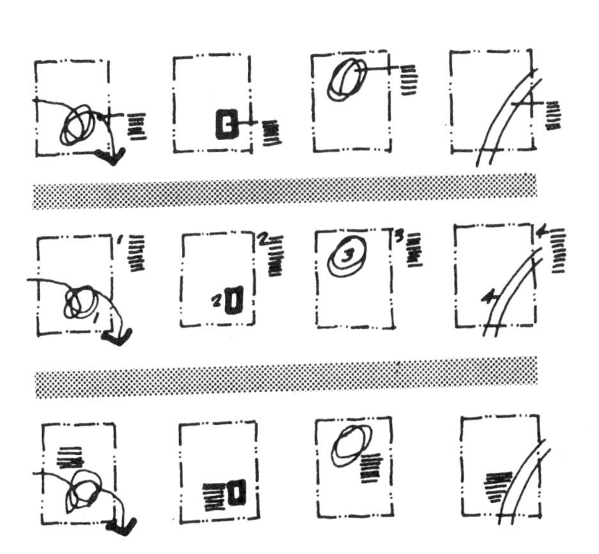

______的涵構分析

●座落地點
圖名 圖名 圖名 圖名 圖名

●自然環境
圖名 圖名 圖名 圖名 圖名 圖名

●周圍環境
圖名 圖名 圖名 圖名 圖名 圖名

●人文環境
圖名 圖名 圖名 圖名 圖名 圖名

●尺度及分區
圖名 圖名 圖名 圖名

●交通動線
圖名 圖名 圖名 圖名 圖名 圖名

●法規
圖名 圖名 圖名 圖名 圖名

●公共設施
圖名 圖名 圖名 圖名 圖名

計劃案名稱

主　　題

圖名標題

標示

說明

當我們用這些主題或標題做說明時，字體的大小比例是很重要的考慮因素。通常是根據相對的重要性，而在字體的大小、粗細或上下位置加以調整。一般而言，主題的字體最明顯，然後依序是標題、標示及說明。

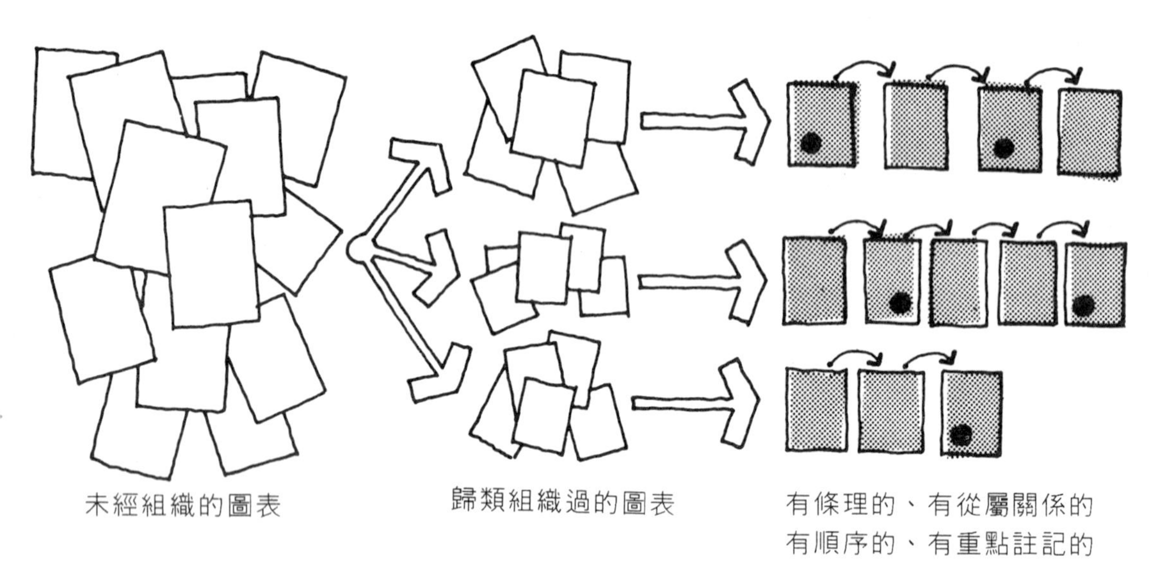

未經組織的圖表　　歸類組織過的圖表　　有條理的、有從屬關係的有順序的、有重點註記的

圖表組織（ORGANIZING THE DIAGRAMS）

以一個環境分析的例子來說，我們手邊已收集了完整的資料，可是這些資料凌亂而未經整理。所以接下來的步驟便是要把這些資料加以分類組織，做成有系統的圖表。對一位設計師而言，這個步驟相當重要，它讓我們在腦子裡產生一個層級概念，尤其是要拿這些圖表與人討論時，這種工作更是我們的義務。

分類組織工作的首要項目，便是找到一種能使你的圖表達到分類效果的方法。

有不少現成的技術可供組織整理任何一組資料，這些方法同樣也適用於基地的資料整理。

整理環境資料最常用的方式如下：

主題分類：

這種方式是先分列出幾個大標題，諸如位置、鄰近區域涵構，基地範圍、分區、法令、自然及物理景觀、人造景觀、交通動線、公共設施、感官環境、人文景觀及氣象資料等。接下來便是把你手邊的調查資料分別放到合適的標題下。有時候你可能會覺得某兩個標題的資料性質蠻類似的，那麼你大可把它們重新整理，用另外一個新的標題來統合這些資料，這種重新界定標題的方法，常會改變你原先觀察的角度，發現新的可能性，從而落實在設計上。

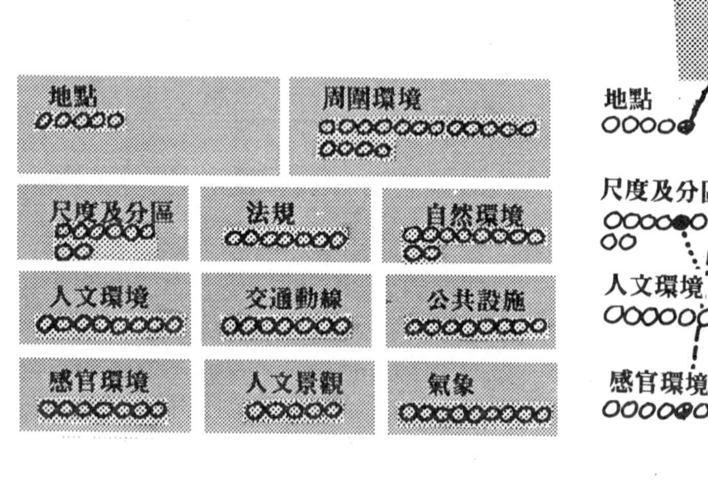

質與量的分類組織法

設計師經常會把資料分成「硬性資料」及「軟性資料」，這種分類方式有助於我們了解基地條件中有那一些是無法討價還價的，那一些是無法取得妥協的，以及那一些必須在設計工作一開始就得清楚列出的重點項目。這些資料是基地本身丟給設計者的問題，設計者無法迴避它，而且不能憑一己之見去解釋它或臆測它，此謂之「硬性資料」。而「軟性資料」就比較屬於「質」的部份，它無法量化，設計者通常會憑自己的感受與經驗去詮釋它。

我們在這裡所談到的「硬性」與「軟性」並不是把資料分成事實與非事實兩部份，而是就概念運作時，問題對設計師本身所產生的強制性程度而言。

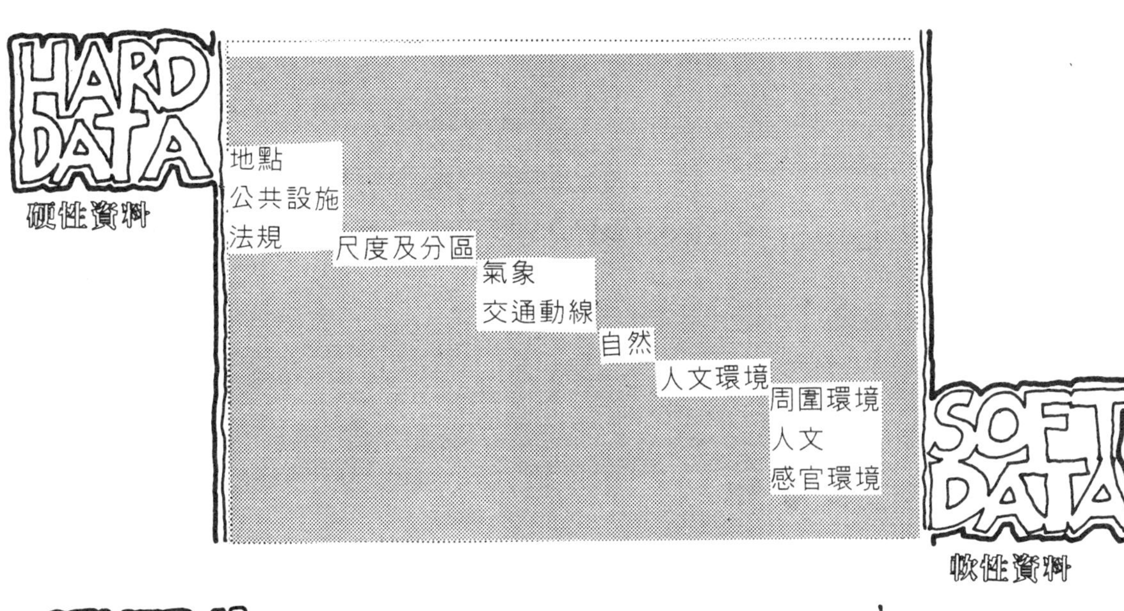

架構資料與細節資料的分類

這種資料整理的方式通常是把所有的基地資料做一個大體區分，以便對基地有一個全貌性的了解，然後在此架構上，再深入整理出更細節的問題。這種方式的優點是：在整體架構的前題指引下，我們可以得到一個脈胳分明的資訊網絡圖，對於所有問題的來龍去脈一目了然。

相對的重要性完成基地的資料分析圖表之後，我們對整個基地的特質有了一個初步的認識。從這個圖表中，我們會發現有某些特質，對日後的設計有絕對性的影響力。在不同的設計課題下，

GENERAL
架構
分類
地點
周圍環境
人文
氣象
尺度及分區
自然
人文景觀
交通動線
公共設施
感官環境
法規

細節分類

比如說「最適當的基地機能配置」或是「反應基地特性的室內配置」，或是「以氣候、造型及意象的觀點而言，建築物的開口位置及尺寸應如何決定」或是「如何以材料來呼應鄰近建築物的特色」等，因課題要求不同，某些因素的影響力也會跟著改變，透過這些基地潛在的影響及對基地的了解，我們可以建立一個層級分明的基地分析圖表。

依使用順序而做的分類

在我們蒐集到的基地資料中，各資料間經常會出現一種互動的效應，舉個例來說，基地的排水方式依其等高線而定，基地的視野與據高點有密切關係，等諸如此類。這種分類資料的方法是首先把基地中各方面的資料加以研究，找出其間相互影響的模式，然後把最具影響力的互動模式一一排列出來，這個步驟可使資料達到一種合理的、有條理的架構，最先蒐集到的資料可以為後來陸續進來的資料提供一個先期的架構。在這種分類方式中，我們發現有若干基地資料會以一種類似縱隊的方式呈現，你會看到一連串相關的或是從屬的資料恰好排成一直列，當然了，並非所有的資料都有這種關係出現，有些資料並沒有如此明顯的相關性，所以你只好把這些資料另外單獨的表示出來。

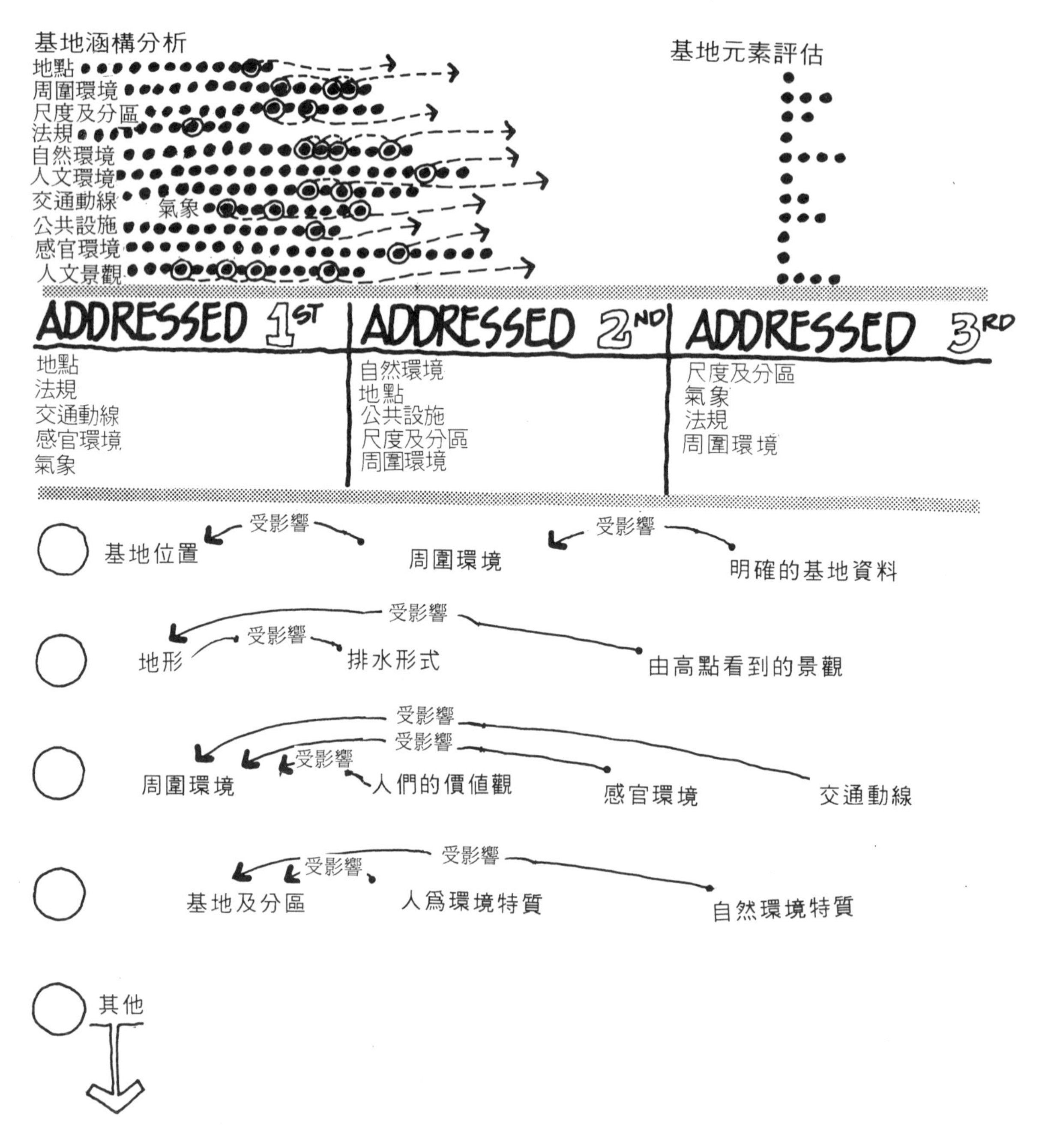

我們可以藉由快速的試驗每一項經過組織的研究方法，找出最有利的方式，以瞭解哪些最適合我們的計劃位置。我們可以發現展現基地事實於我們之前不同的研究方法中重複及相似的意義。它能夠證明選擇一種這些排列技巧的混合方式是有利的。

每一項組織基地的資訊的方式，以那些交替影響著基地視野以及環境問題的不同標示系統提供我們。我們組織基地資訊的方式常傾向於一定的態度方式、期望、以及設計的語彙。

體驗標示在可能的設計解決方法之上的事實影響可能很困難，但是這層關係卻明確的表現在任何計劃之上。對於圖表的解讀是藉由我們過去組織基地訊息的方式建構起來的。就如同我們將在“圖形的解讀“所看到的，解讀的第一個層級不是以單一基地事實（現象）的角度發生，而是發生在以資訊的形式及密度當作一種我們選擇標示系統的結果。

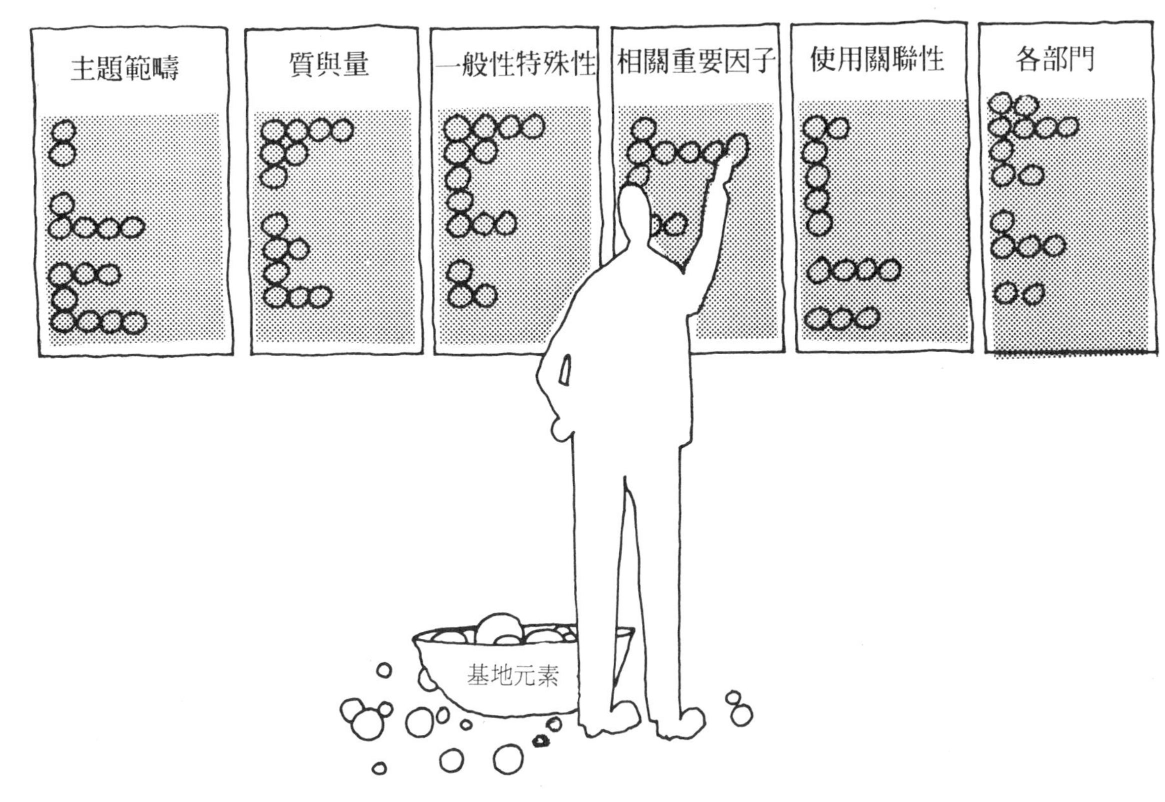

眞實的包裝及陳述基地圖表的格式（這裡所必須完成的）的方式，從幻燈片、小冊子、一覽表、佈告板、和個人的卡片到模型以及電影。應該以我們的內容、聽衆、觀衆、目的、區位、以及時間性的角度來考量研究表現的位置，以決定最適合的資訊陳述形式。最一般化的圖表包裝方法是將之放在一個佈告板或紙張或者是卡片之上（３×５或５×８的尺寸）。當我們準備評估基地的資料可能以潛在的設計靈感意味著什麼的時候——參考全部的圖表，讓它們能提供我們一些解釋的線索。

下頁說明一些以佈告板或圖面表現設計方法的範例。

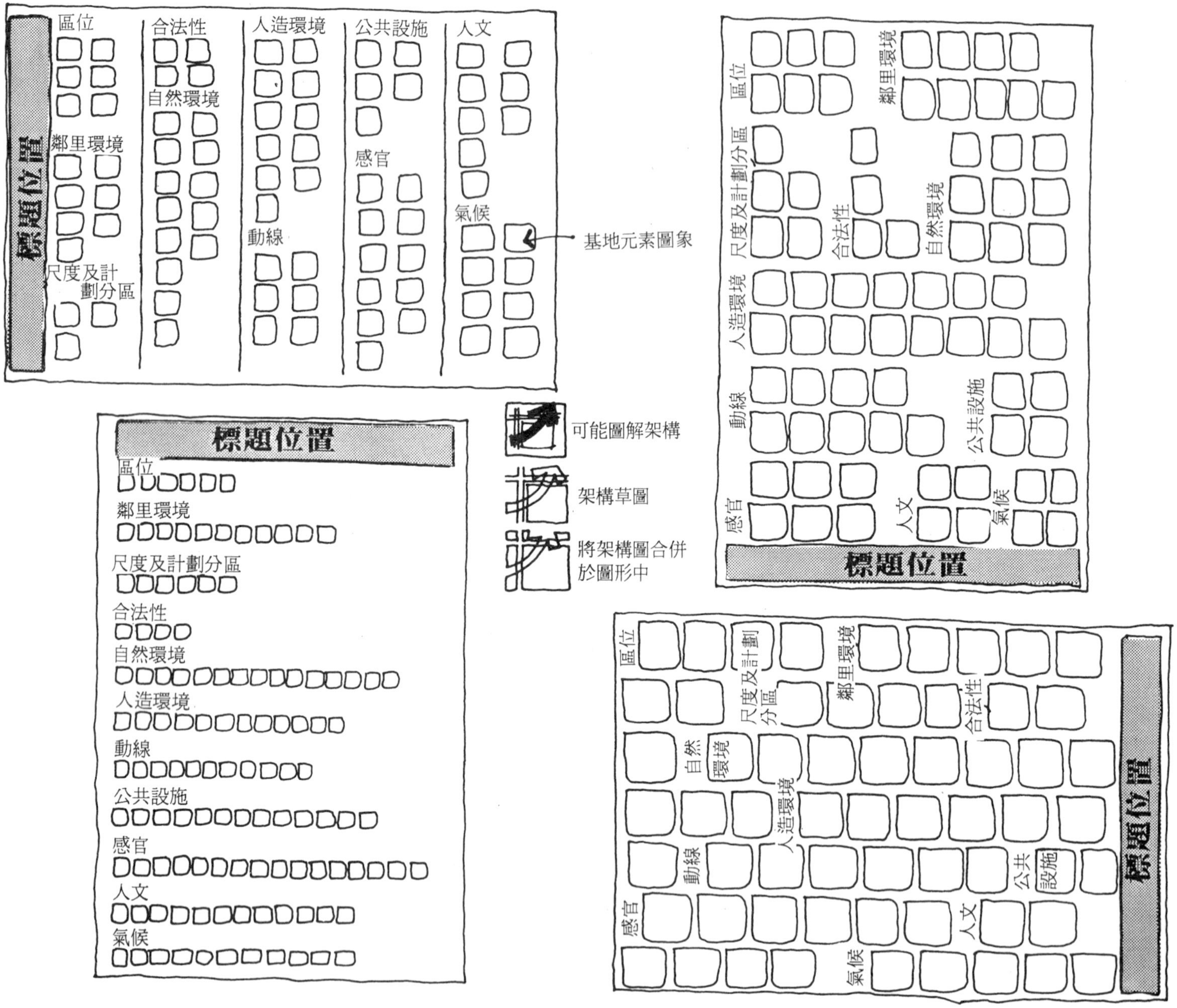

標題位置

區位

合法性

人造環境

公共設施

人文

自然環境

鄰里環境

感官

動線

氣候

尺度及計劃分區

基地元素圖象

可能圖解架構

架構草圖

將架構圖合併於圖形中

標題位置

區位

鄰里環境

尺度及計劃分區

合法性

自然環境

人造環境

動線

公共設施

感官

人文

氣候

解讀圖表

解讀圖形的方式至少有三個層級。第一個層級是將我們所察覺的形式及圖形全部放置在一張紙上。第二個層級是一組以一個特別的分類處理的圖形的潛在意涵（感官的、鄰里環境的），或構成超越分類問題的一個網絡的關鍵問題。第三個層級是針對單一項目的圖表或基地情況進行解讀。

圖形及圖表的解讀是我們嘗試在對於我們關於基地的事物下定義。我們嘗試著轉化一些資料成爲資訊。

當我們在收集以及以圖形的方式表現這些資料的時候，應該就已經概略的思考過對於處理各種不同基地情況之下可能的設計概念。

解讀是在於我們閱讀圖表的地方，以及讓這些圖形告知我們關於當我們眞正的投入在設計概念化的時候，我們可以得知一些什麼東西。對於結果的預期也是一種的設計行爲，因爲它導致一連串關於處理基地情況的態度或方式，以及在複製基地情況時幫助我們確認設計的步驟。

我們可以從紙上的圖表形式來解讀許多事情。解讀每一種圖形的層級就如同一個投票行爲。藉由我們放在各種訊息標籤之下的全部圖形數量（區位、鄰

圖形的解讀
閱讀設計的潛在意義

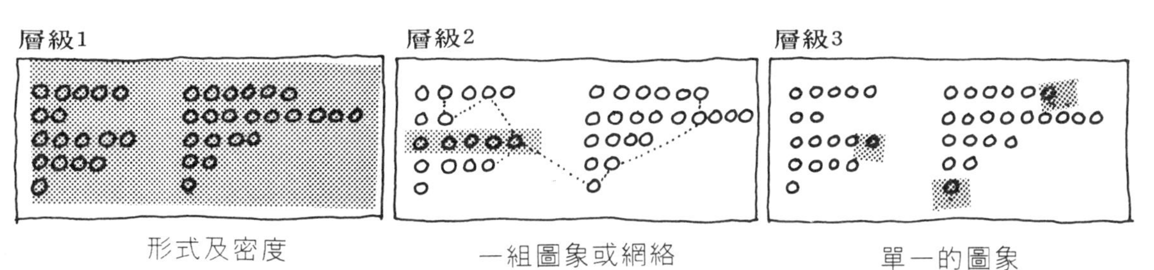

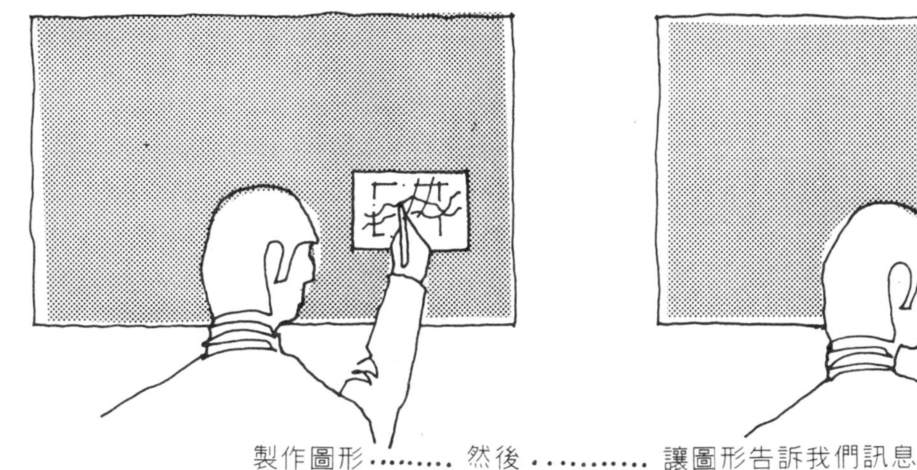

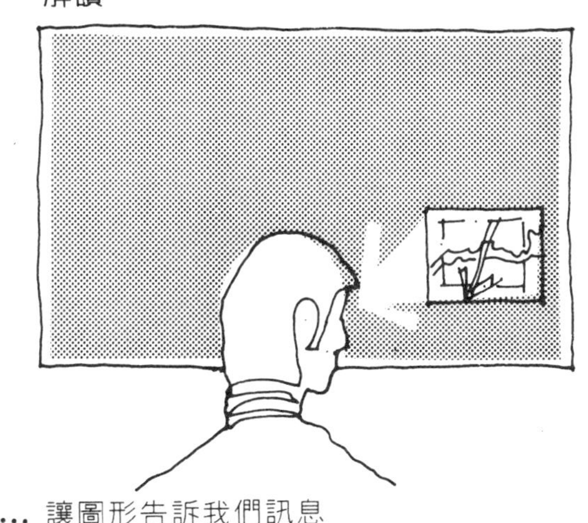

製作圖形……… 然後 ………… 讓圖形告訴我們訊息

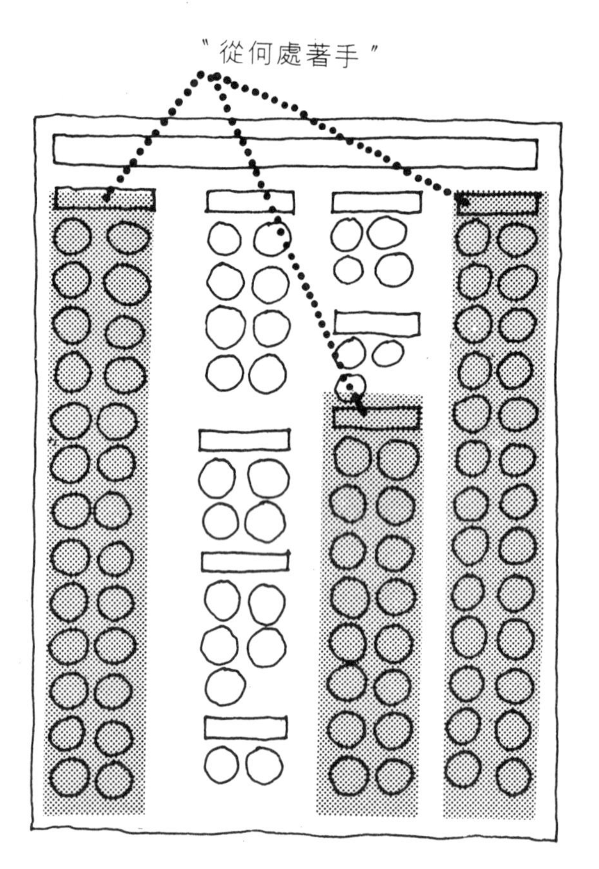

里環境涵構等等），考量數量最多的因子當作最重要的潛在因素。就某方面而言，圖形、圖表的密度提供了一個關於基地初步“從何處著手“的指示。這些圖形的密度及數量大略的表現了我們所牽涉問題的深度，以及我們對於重要的相關基地事實的知覺。我們常常花費許多的時間在詳述豐富的以及潛在的重要基地訊息，而相對較少的時間在我們所未掌握的多數作為主要形式付予的問題之上。在這個解讀的層級之上，我們必須留意一些僅有一些副標題的基地訊息地區，即使它們在形式上相關的影響並不重要。

一旦圖表完成及經過組織之後，一個非常豐富的課題是，去尋找可能創造出有意義基地訊息簇群的新的網絡及基地關鍵問題。藉由創造再聚合基地的關鍵問題，我們提供自己對這些簇群創造靈感及解決之道的可能。

這個過程包含了每一項對於其他項目圖表之間的相互檢查，以了解是否有一些在意義上可能的關連介於兩種簇群之間之前我們未能察覺。例如，假使我們以季節的溫度變化、年降雨量、基地地形、以及排水模式來敘述我們的鄰里環境可能有著不良的使用性，我們可能會試著去創造一個小水池來緩和對於鄰近的土地的影響、控制排水模式、以及提供我們自己的基地功能一個舒適的環

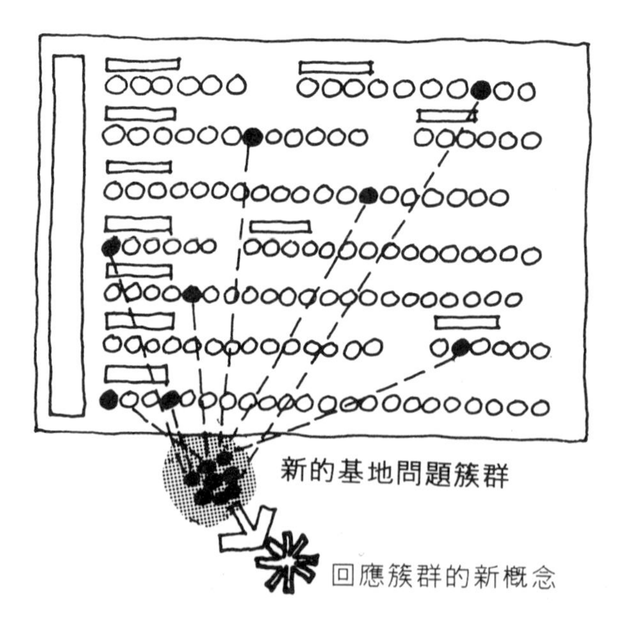

境以及建立有益的微氣候以保存建築物內部的能源。這個解釋（說明）不在於給予我們對於這個位置的特殊解決之道，而是在於給予我們一個在設計的決策中做努力的目標位置。假若圖形網絡的解讀能夠幫助我們建立對於產生設計概念的指標，圖形的網絡就可以當成對於最終設計的過程中關鍵的重點。

我們所做最一般化的解讀層級設定於一組關鍵類別的單一基地事實及圖形之內（氣候、法律等等）。藉由從和／或對於每一項指定的基地圖形意義中淬取後，我們就能夠推測及預期關於我們最終的設計課題中一些特定的事情。這裡的一些範例將呈現於以下的頁數中。

我們所做最一般化的解讀層級，設定於一組關鍵類別的單一基地事實及圖形之內（氣候、法律等等）。藉由從和／或對於每一項指定的基地圖形意義中淬取後，我們就能夠推測及預期關於我們最終的設計課題中一些特定的事情。這裡的一些範例將呈現於以下的頁數中。

1. 一項基地資訊的概觀和我們對於眞實基地的感受知覺告訴我們這塊基地是否合乎要求。假使有許多的基地在尺度上、強度、價值或其他的基地品質上構成複雜的問題，我們就應該在解讀它們時有所留意，以及預期在妥善處理哪些基地情況的時候，可能需要哪些設計的語彙以及概念化的處理手法。有一些較無特色的基地能夠給予設計者的我們小小的激勵。在那裡，有一些我們所知的原則的形式付予的問題，必須由計劃的其他的位置而非基地之上來獲得。其他的基地可以提供單方面或多方面、正負的強度影響，而這一些可以給予我們一個思考關於基地上的機能配置的起始位置。

基地現況及問題簇群

對現況及問題的適切設計回應

簇群1.

簇群2.

簇群3.

2. 與機能空間相關的基地尺寸都記載在所有權狀之上，告知我們是否對於基地位置做了一個“緊”或“鬆”的建築物設計。“緊”的位置意味著多重功能的堆積（多層的建築物以及停車），以及將基地的剩餘空間聚集以達到最大利益的需求。在這個例子之中可能有些浪費基地空間以及我們對於掌握“緊的位置”的設計慣例的特殊的方法。

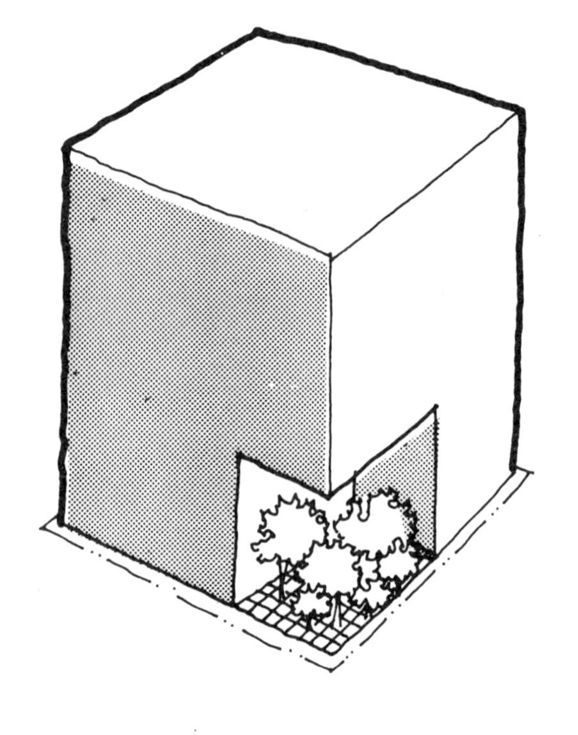

3. 在我們計劃內從所有地周圍一列特殊建築物所反映出的建築物的形式，對於我們而言可能是種強烈的指示。在這兒所期望的是一種一致的環境氣氛（尺度、材質、地景、土地使用密度、開放空間的使用、開窗形式、屋頂形式、門廊玄關、陽台形式、細部裝飾等等）。因此，我們必須以環境氣氛爲考量來決定我們的建築外型（對比或相似），以及將焦點集中注意在基地位置上可以證實成功的那些概念化的方法之上。

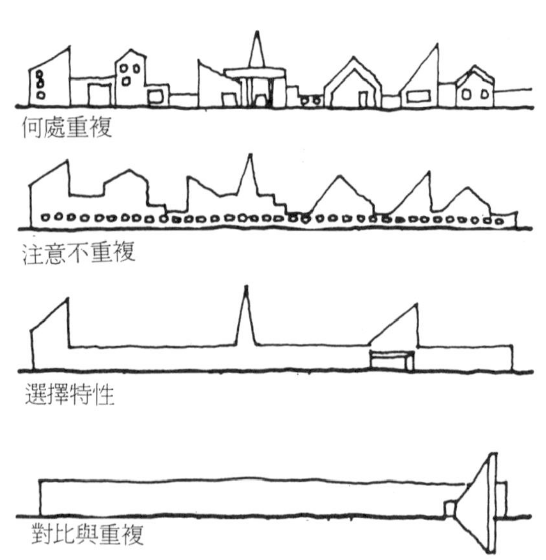
何處重複

注意不重複

選擇特性

對比與重複

4. 基地的地形有時候可能相當的顯著，促使我們預期以一種高架式的建築物形式或做相當程度的整地，以藉由土地來整合建築物及其外部的機能。有時候，地形輪廓及其他的地表外貌（樹、岩石、其他建築物等等）指出了基地的哪些地方需要放置一定的機能（最大的遊戲場、最平坦的地域、將停車位置放在最低端以避開建築物的排水問題、將建築物放置在最高處以避開排水問題，以及讓建築物有適當的斜坡可與排水設施相連接）。

5. 通常，鄰近的街道及車輛的交通模式指出了車輛進入基地的最佳位置。典型的回應包括了車輛進出口避開主要的街道，以次要的街道作爲一個較安全、減緩車速的進出口，以及進出口的位置儘可能遠離十字路口。假使情況許可，我們可以利用小巷道作爲車輛分布的邊界。爲避免基地上的道路分布過大，車輛的進出點一般設定在停車集中的位置。

主要街道
次要街道
建築物發展地區
服務區
停車區
進出口設於次要街道
與十字路口保持最大距離

6. 鄰近的道路或附近環境的機能可能對於我們計劃造成負面的影響的部份，可以利用停車及其他無人使用的地區當作介於負面影響的地區及計劃基地之間的緩衝區。

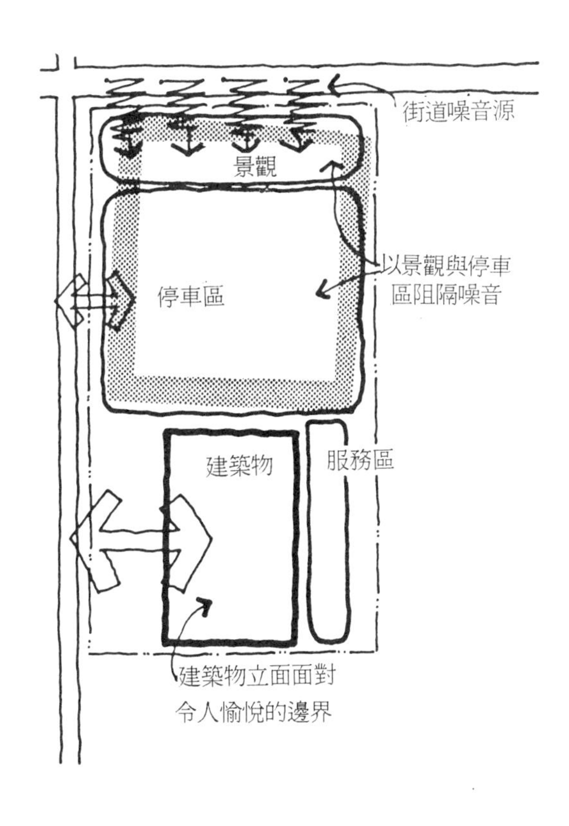

7. 全年的氣候狀況可能促發一些概念化的付予形式。良好的天氣狀況提議一種開放的、脆弱的、多開口部的建築物，以及介於人體舒適性及氣候之間最小化的機械化的傳達。酷暑及嚴寒可能提議一種更保守、防禦性強形式。例如，掩蓋、隱藏建築物，以最脆弱的一面面對最少問題的方位、道路，配置建築物在提供最多保護的斜坡邊緣，或在短時間內可排除大量雨水的屋頂形式。大量的降雨提議一種總水量處理的網路的設計，以有系統收集屋頂洩水以及儲存或將雨水排除基地之外，以降低水對於我們基地及鄰近環境所造成的潛藏性破壞。

8. 退縮部份不能作為建築使用，所以通常作為戶外活動區或停車使用。

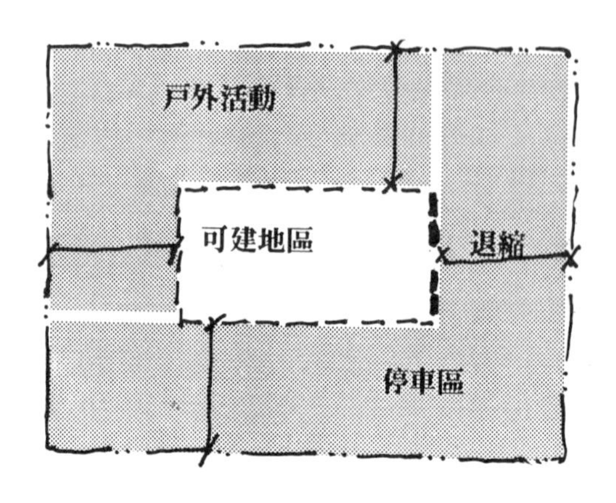

9. 導源於各機構的法規及條款對於建築物高度以及其他的限制，建立全部量體的限制及對於建築物的常時印象的語彙。

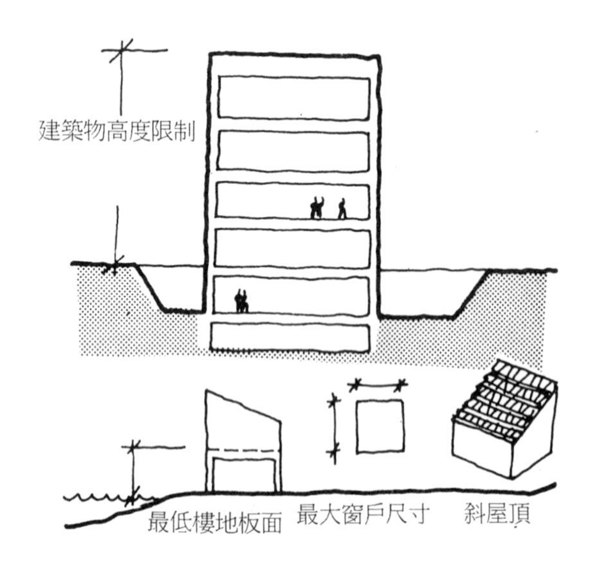

10. 在經濟之上，我們可以將建築物配置在靠近設置公共設施的基地邊緣，以避免管線設施費用的浪費。

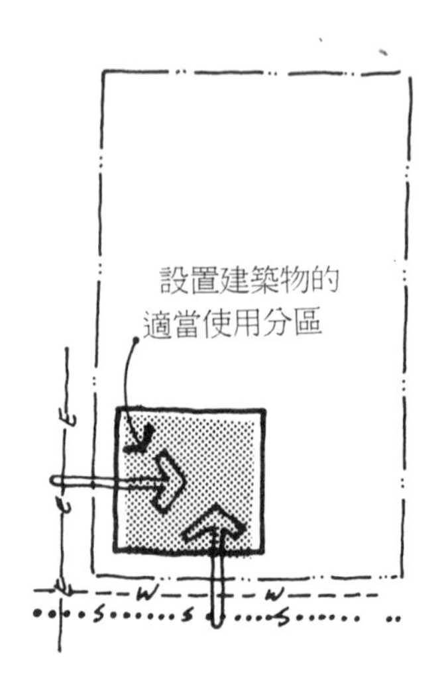

我們可以從解讀基地圖形的這些範例之中了解到，分析是一項必須使用基地訊息的過程，用以激發設計的思考以及讓試驗性探討的概念化靈感成為可用的訊息。

以下數頁將以使用局部的基地分析方式以及設計一個新的托兒所的課題，來說明如何以基地因素及情況激發基地設計的圖案。而這些基地設計的圖案，可以作爲往後喚起安排所有業主所需求的活動及基地空間的概念。

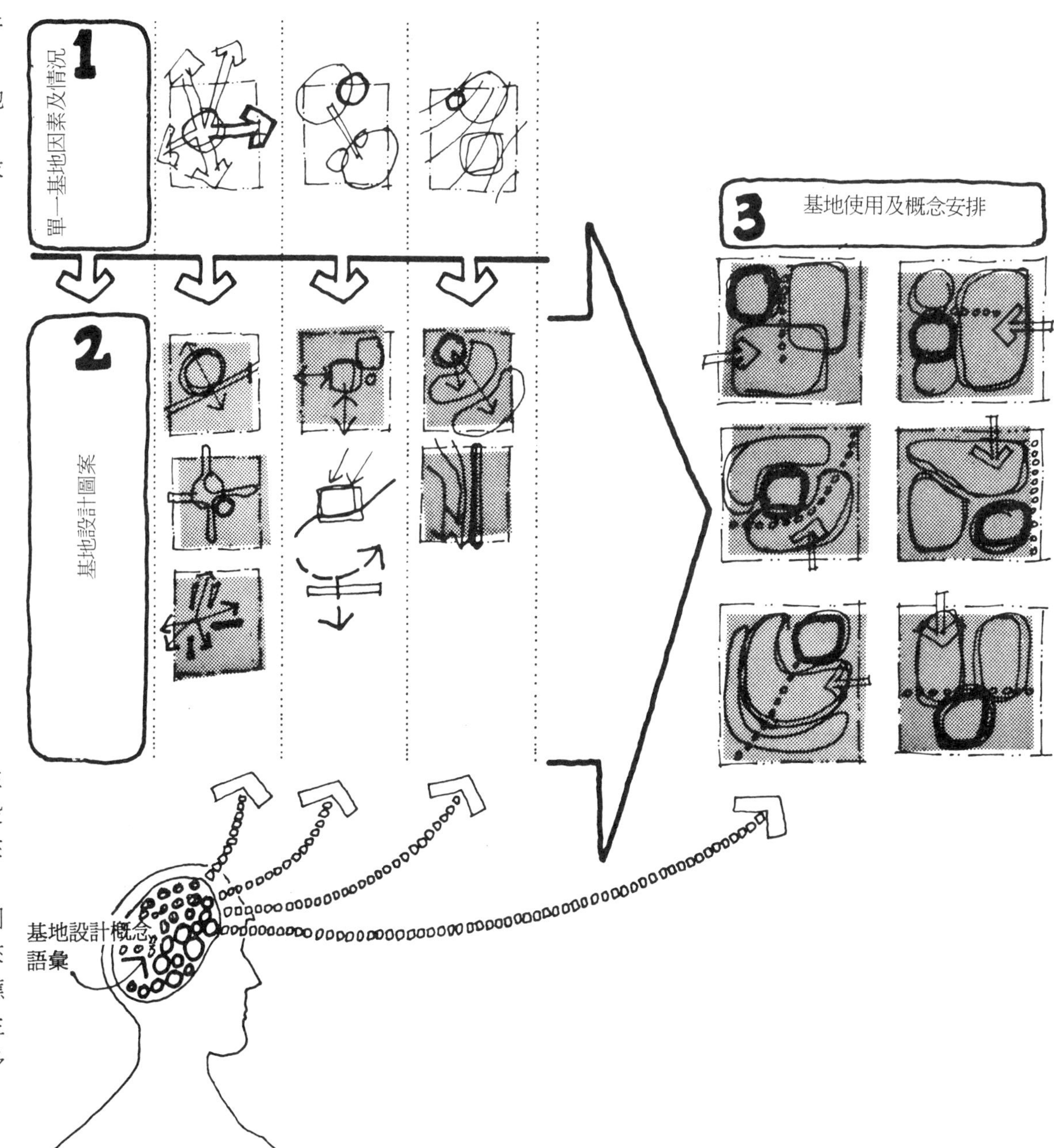

這兩個基地設計的圖案以及全面性的基地安排概念，是從我們過去作爲設計者的經驗以及我們從各個計劃所得來的基地設計意念的語彙所繪製出來的。這些意念藉由分析各種的基地情況到圖表、圖形而從記憶中被喚起或激發出來。我們必須畫出對於基地情況適切回應的更多的設計意念語彙的延伸，及產生一個成功的基地平面及建築物設計更多的可能。

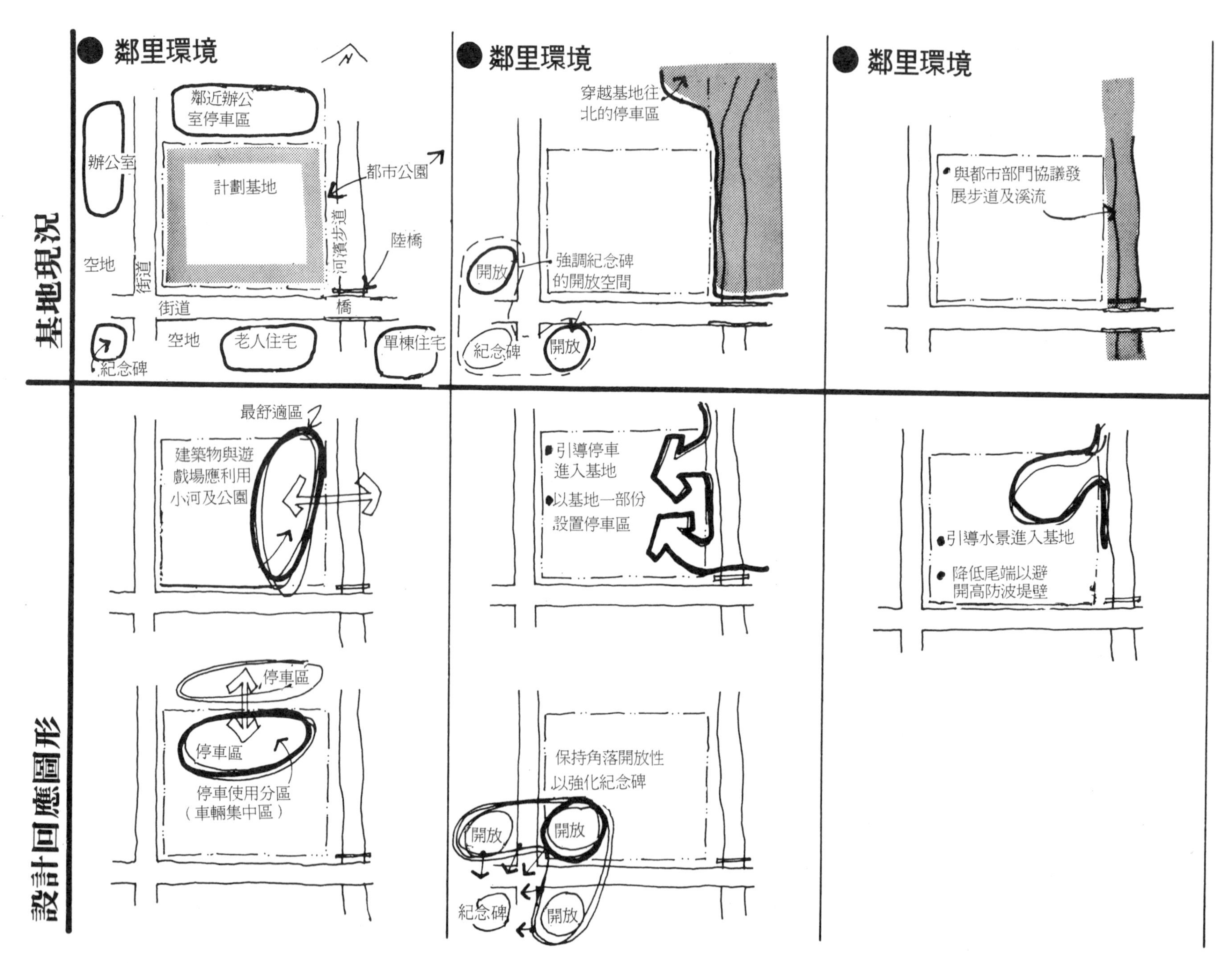
基地現況
設計回應圖形
鄰里環境
鄰近辦公
室停車區
辦公室
計劃基地
都市公園
河濱步道
陸橋
空地
街道
街道
橋
紀念碑
空地
老人住宅
單棟住宅
鄰里環境
穿越基地往
北的停車區
開放
強調紀念碑
的開放空間
紀念碑
開放
鄰里環境
與都市部門協議發
展步道及溪流
最舒適區
建築物與遊
戲場應利用
小河及公園
引導停車
進入基地
以基地一部份
設置停車區
引導水景進入基地
降低尾端以避
開高防波堤壁
停車區
停車區
停車使用分區
（車輛集中區）
保持角落開放性
以強化紀念碑
開放
開放
紀念碑
開放

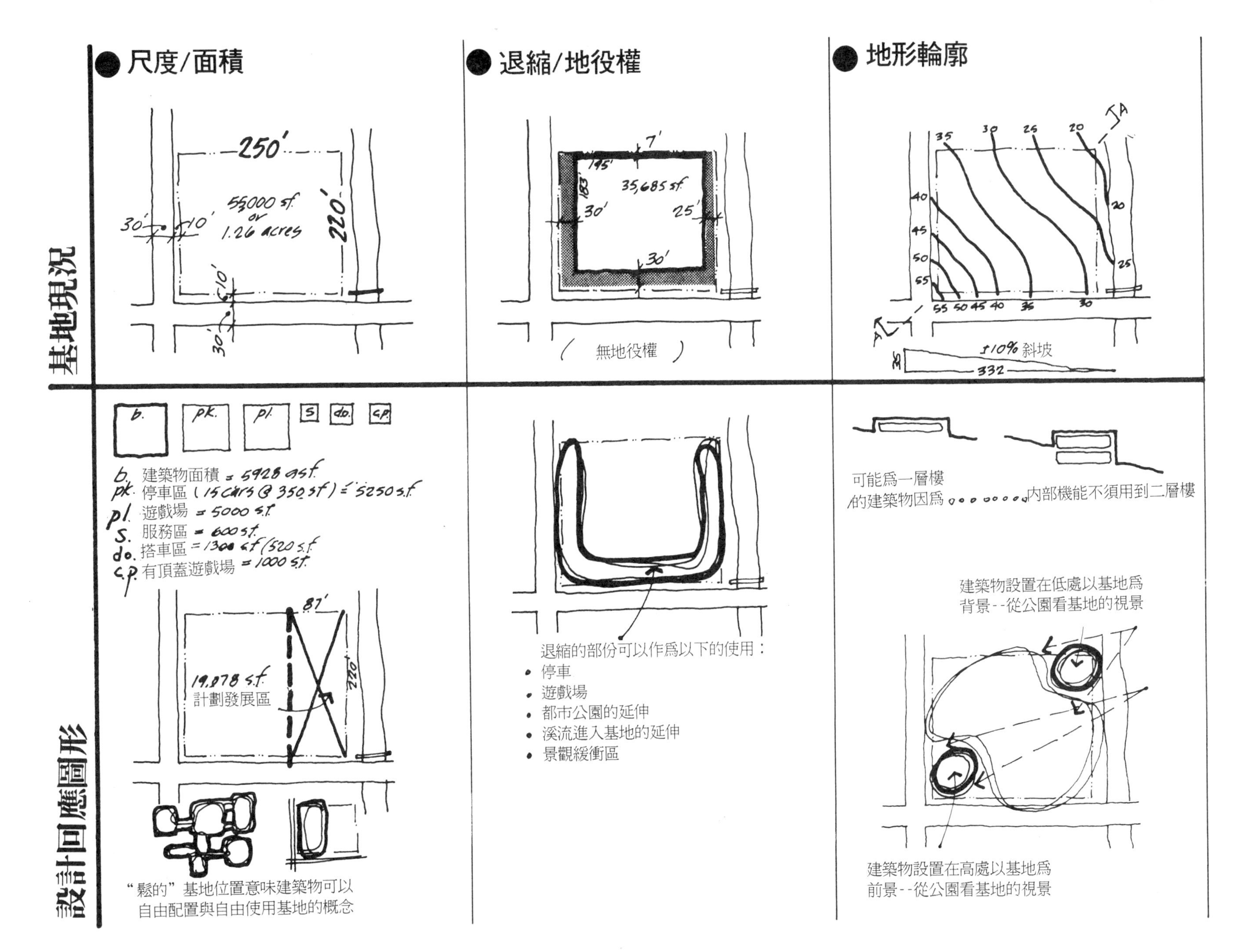
基地現況
設計回應圖形
尺度/面積
退縮/地役權
地形輪廓
250'
220'
55,000 s.f.
or
1.26 acres
30'
10'
7'
35,685 s.f.
25'
(無地役權)
35
30
25
20
40
45
50
55
±10% 斜坡
332
b.
pk.
pl.
s
do.
c.p.
b. 建築物面積 = 5928 gsf.
pk. 停車區(15 cars @ 350 sf) = 5250 s.f.
pl. 遊戲場 = 5000 s.f.
s. 服務區 = 600 s.f.
do. 搭車區 = 1300 s.f. (520 s.f.
c.p. 有頂蓋遊戲場 = 1000 s.f.
87'
19,878 s.f.
計劃發展區
220
"鬆的"基地位置意味建築物可以
自由配置與自由使用基地的概念
退縮的部份可以作爲以下的使用:
• 停車
• 遊戲場
• 都市公園的延伸
• 溪流進入基地的延伸
• 景觀緩衝區
可能爲一層樓
的建築物因爲
內部機能不須用到二層樓
建築物設置在低處以基地爲
背景--從公園看基地的視景
建築物設置在高處以基地爲
前景--從公園看基地的視景

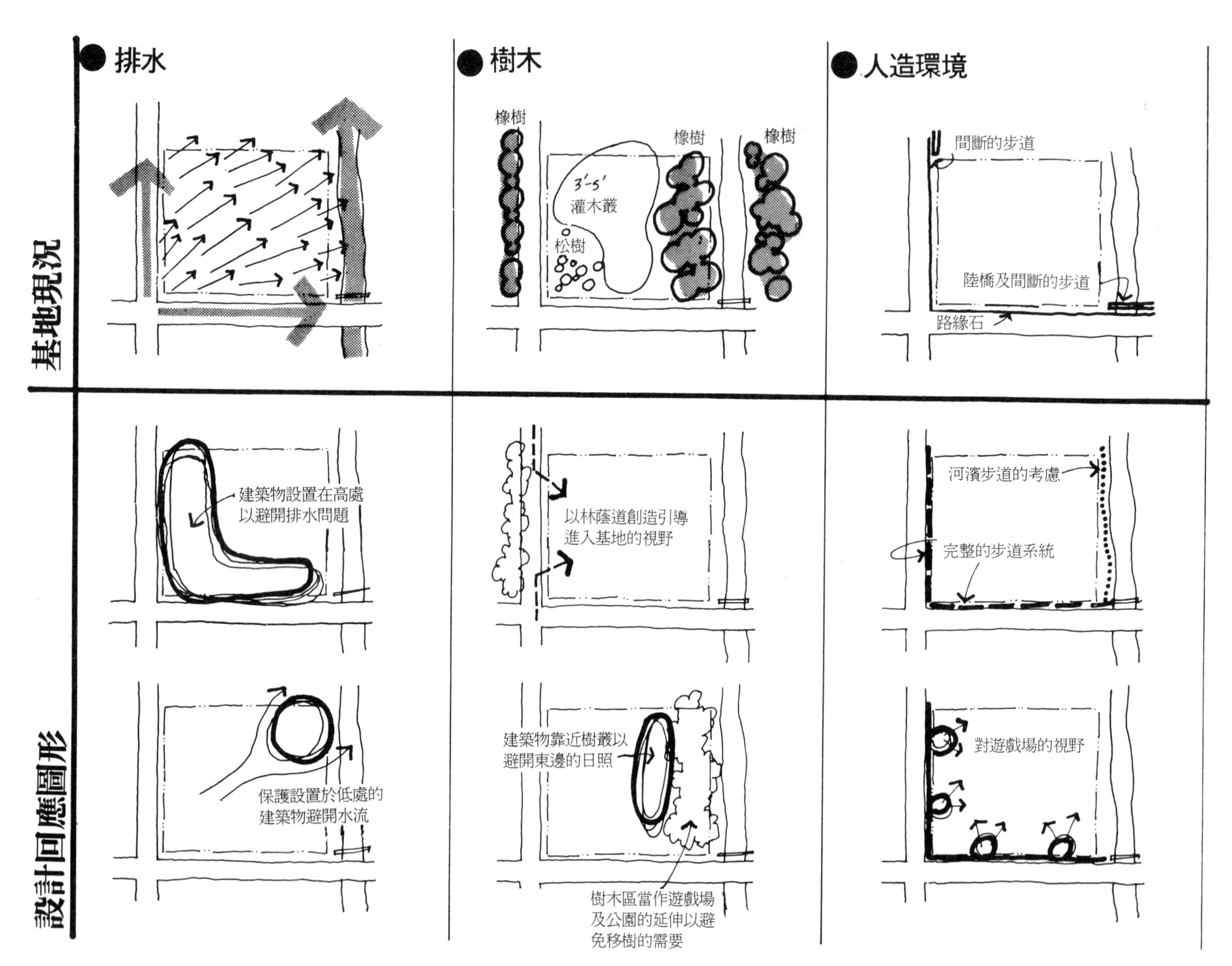
排水
樹木
人造環境
基地現況
設計回應圖形
橡樹
橡樹
橡樹
3'-5'
灌木叢
松樹
間斷的步道
陸橋及間斷的步道
路緣石
建築物設置在高處
以避開排水問題
以林蔭道創造引導
進入基地的視野
河濱步道的考慮
完整的步道系統
保護設置於低處的
建築物避開水流
建築物靠近樹叢以
避開東邊的日照
樹木區當作遊戲場
及公園的延伸以避
免移樹的需要
對遊戲場的視野

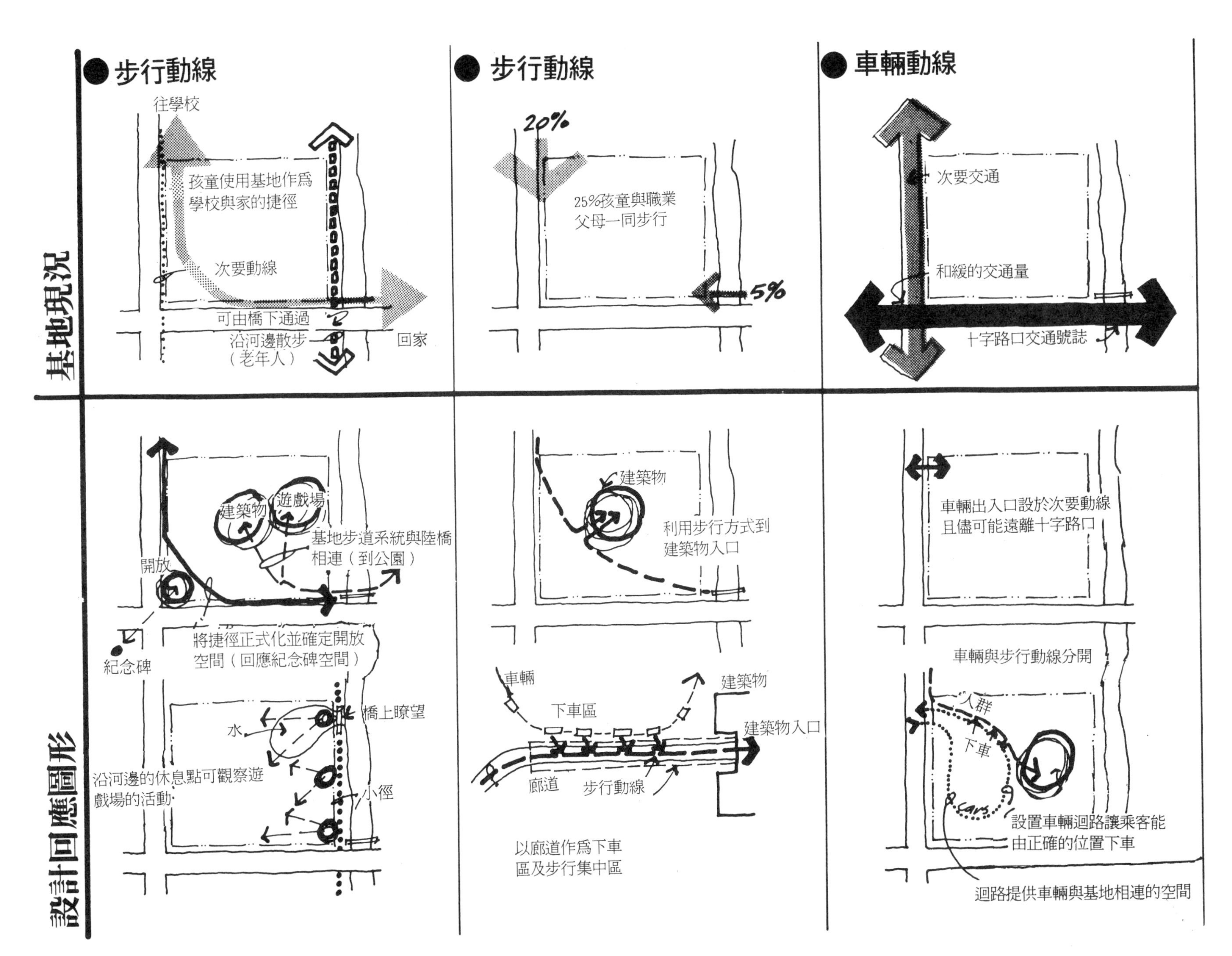

步行動線
步行動線
車輛動線
基地現況
往學校
孩童使用基地作為
學校與家的捷徑
次要動線
可由橋下通過
沿河邊散步
（老年人）
回家
20%
25%孩童與職業
父母一同步行
5%
次要交通
和緩的交通量
十字路口交通號誌
設計回應圖形
建築物
遊戲場
基地步道系統與陸橋
相連（到公園）
開放
將捷徑正式化並確定開放
空間（回應紀念碑空間）
紀念碑
橋上瞭望
水
沿河邊的休息點可觀察遊
戲場的活動
小徑
建築物
利用步行方式到
建築物入口
車輛
下車區
建築物
建築物入口
廊道
步行動線
以廊道作為下車
區及步行集中區
車輛出入口設於次要動線
且儘可能遠離十字路口
車輛與步行動線分開
人群
下車
cars
設置車輛迴路讓乘客能
由正確的位置下車
迴路提供車輛與基地相連的空間

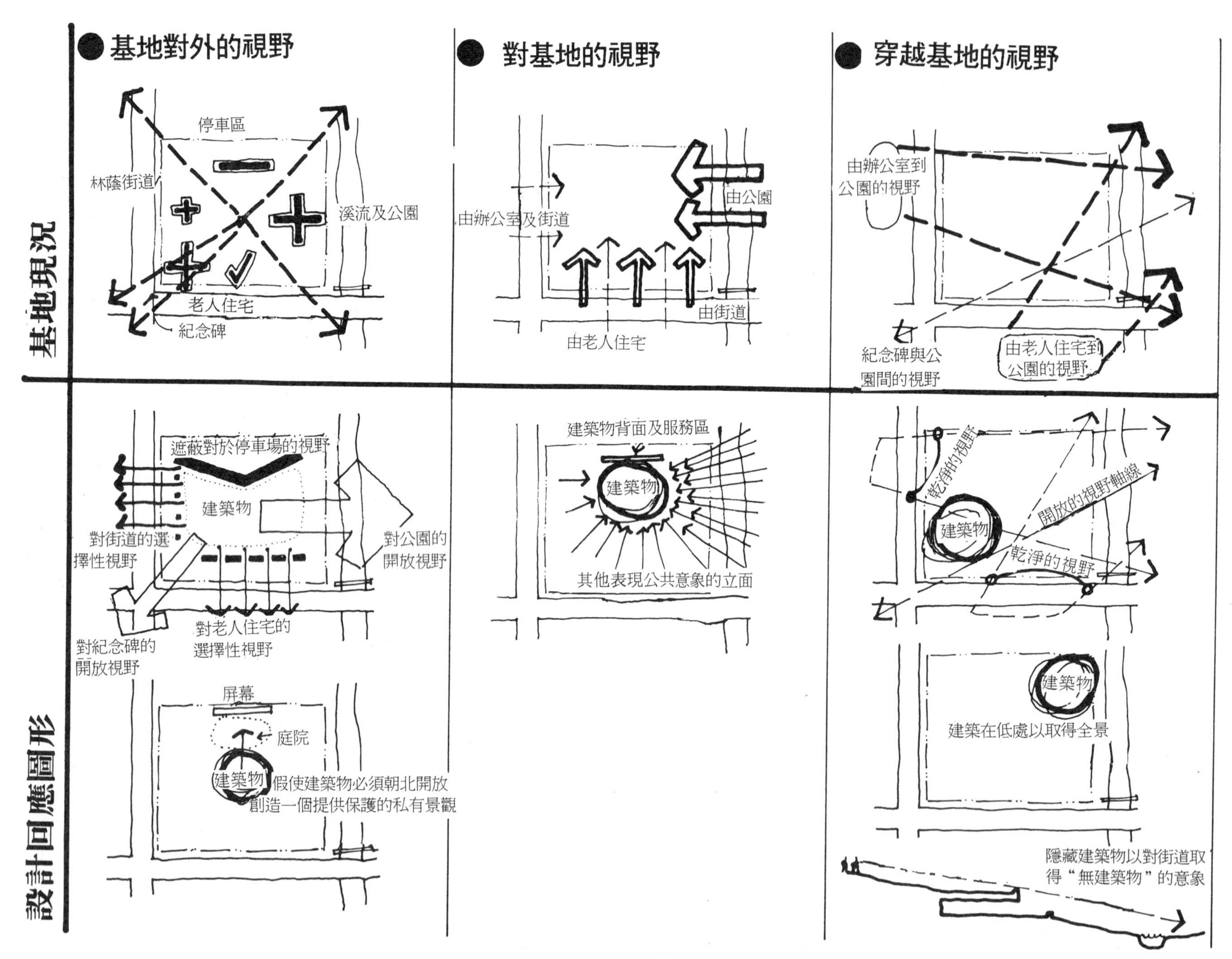
基地對外的視野
對基地的視野
穿越基地的視野
基地現況
設計回應圖形
停車區
林蔭街道
溪流及公園
老人住宅
紀念碑
由辦公室及街道
由公園
由街道
由老人住宅
由辦公室到
公園的視野
紀念碑與公
園間的視野
由老人住宅到
公園的視野
遮蔽對於停車場的視野
建築物
對街道的選
擇性視野
對公園的
開放視野
對老人住宅的
選擇性視野
對紀念碑的
開放視野
建築物背面及服務區
其他表現公共意象的立面
乾淨的視野
開放的視野軸線
屏幕
庭院
假使建築物必須朝北開放
創造一個提供保護的私有景觀
建築在低處以取得全景
隱藏建築物以對街道取
得“無建築物”的意象

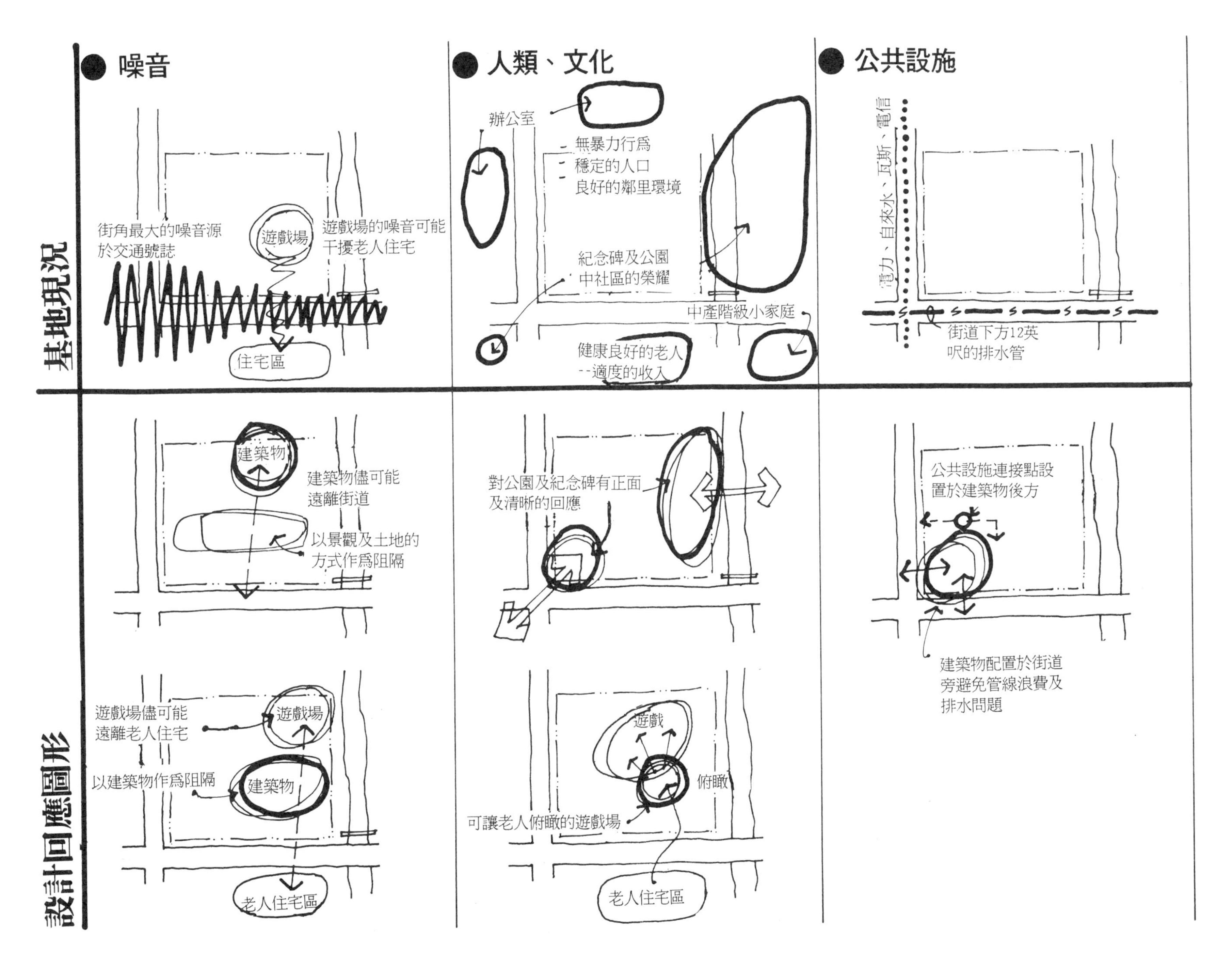

噪音
人類、文化
公共設施
基地現況
設計回應圖形
街角最大的噪音源
於交通號誌
遊戲場
遊戲場的噪音可能
干擾老人住宅
住宅區
辦公室
無暴力行為
穩定的人口
良好的鄰里環境
紀念碑及公園
中社區的榮耀
中產階級小家庭
健康良好的老人
--適度的收入
電力、自來水、瓦斯、電信
街道下方12英
呎的排水管
建築物
建築物儘可能
遠離街道
以景觀及土地的
方式作為阻隔
對公園及紀念碑有正面
及清晰的回應
公共設施連接點設
置於建築物後方
建築物配置於街道
旁避免管線浪費及
排水問題
遊戲場儘可能
遠離老人住宅
遊戲場
以建築物作為阻隔
建築物
老人住宅區
遊戲
俯瞰
可讓老人俯瞰的遊戲場
老人住宅區

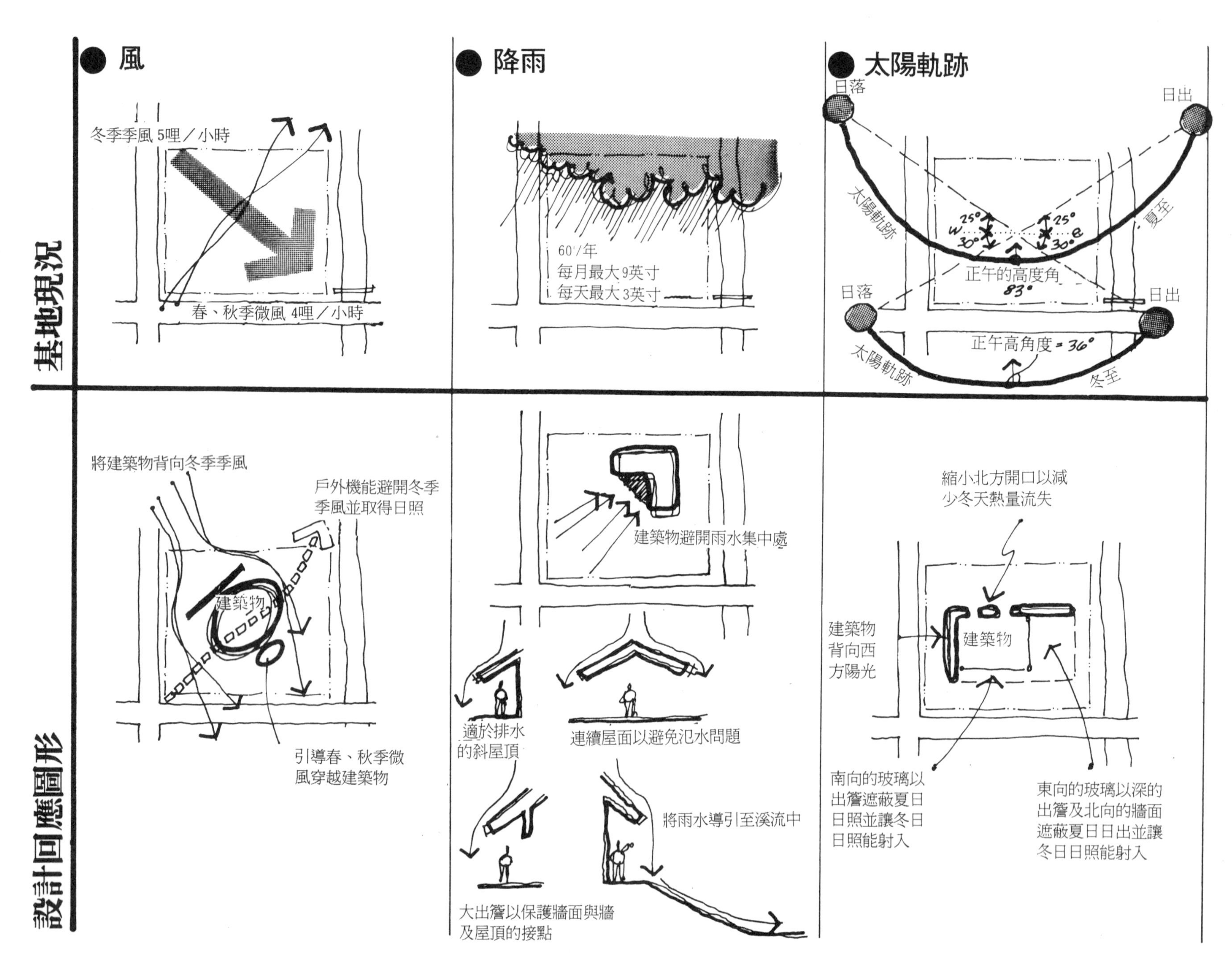
風
降雨
太陽軌跡
基地現況
冬季季風 5哩／小時
春、秋季微風 4哩／小時
60"/年
每月最大9英寸
每天最大3英寸
日落
日出
太陽軌跡
夏至
正午的高度角
83°
25°
30°
正午高角度＝36°
冬至
設計回應圖形
將建築物背向冬季季風
戶外機能避開冬季
季風並取得日照
建築物
引導春、秋季微
風穿越建築物
建築物避開雨水集中處
適於排水
的斜屋頂
連續屋面以避免氾水問題
將雨水導引至溪流中
大出簷以保護牆面與牆
及屋頂的接點
縮小北方開口以減
少冬天熱量流失
建築物
背向西
方陽光
南向的玻璃以
出簷遮蔽夏日
日照並讓冬日
日照能射入
東向的玻璃以深的
出簷及北向的牆面
遮蔽夏日日出並讓
冬日日照能射入

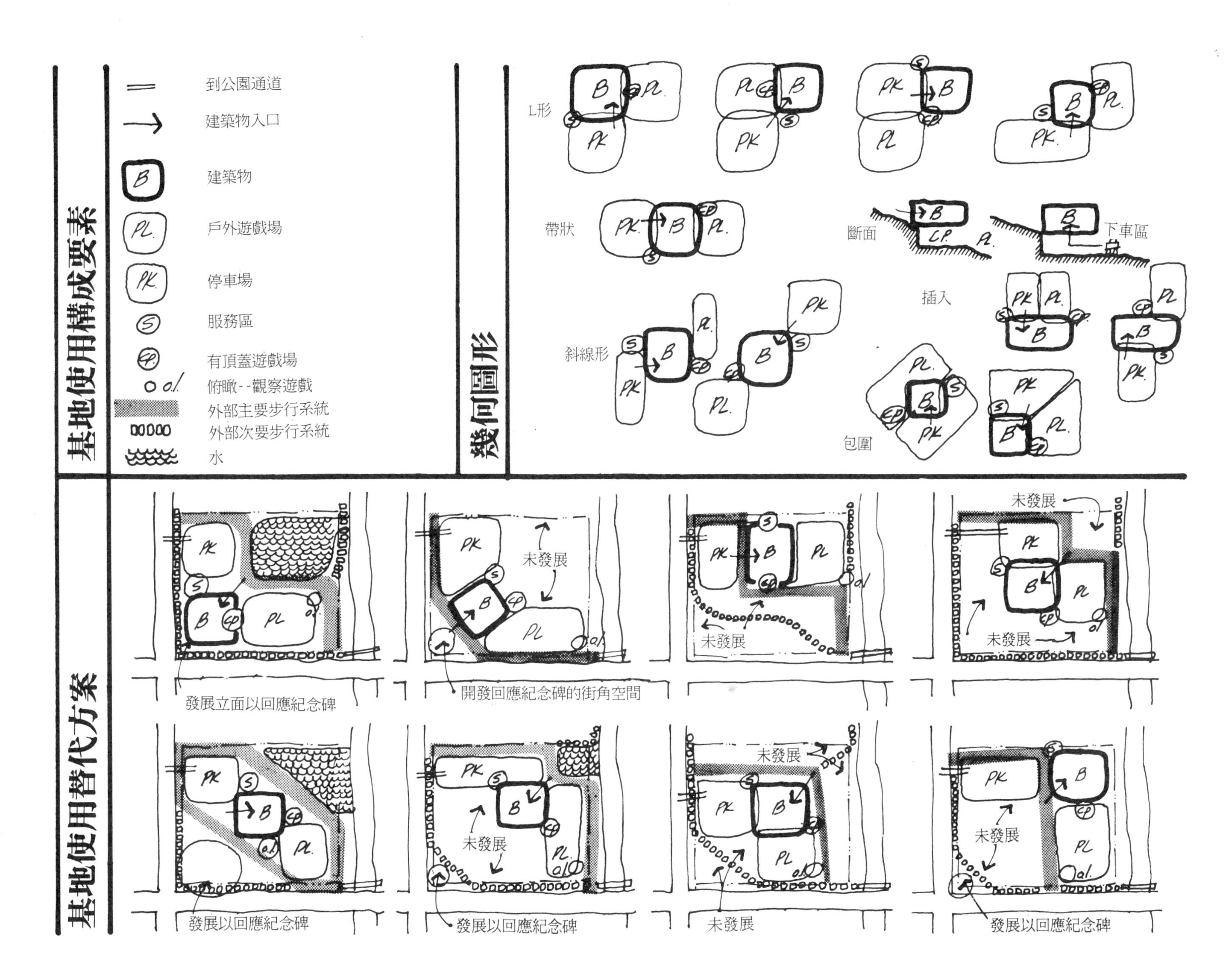
基地使用構成要素
到公園通道
建築物入口
建築物
戶外遊戲場
停車場
服務區
有頂蓋遊戲場
俯瞰--觀察遊戲
外部主要步行系統
外部次要步行系統
水
幾何圖形
L形
帶狀
斷面
下車區
斜線形
插入
包圍
基地使用替代方案
未發展
發展立面以回應紀念碑
開發回應紀念碑的街角空間
發展以回應紀念碑

何時使用環境涵構分析

因所有的建築物一定都有基地，所以環境涵構分析應該是任何 計劃案研究的一部份。當然，我們所投注於分析上的時間，端賴於事務所的預算及計劃的期限而定。

假如時間受限，必須犧牲某些東西，我們仍須在陳述之上力求完整。

讓我們自己對於基地情況的完整了解及掌握，比完成一個高品質的圖表來的重要的多。

圖表及表示法的相關形式，是透過資訊的使用者來決定的。假使是爲我們自己所做的環境涵構分析，形式可以非常的隨意。我們在最初記錄這些訊息的時候，可以非常的快速而不需要做過多美化的工作。假使基地情況特別複雜、與政治有關、困難或牽涉到公衆的問題，我們可以因爲聯絡位置的相關需求而考慮以一個較正式的、有組織以及完整的方式來記錄我們所做的分析。

以先前我們投注在生產基地分區概念的方式，來分析基地是特別有幫助的。如此我們就可以隨時利用它作爲誘發設計靈感的分析過程中轉化的角色。透過環境涵構分析的一項與基地相關的強烈關注，能夠激發關於主要基地元素（建築物、停車等等）的最適宜的配置，就如同遷移個人的建築物的空間到基地上對它們最有利的位置的概念。（服務道之外的卸貨區、主要步道之外的大廳等等）。

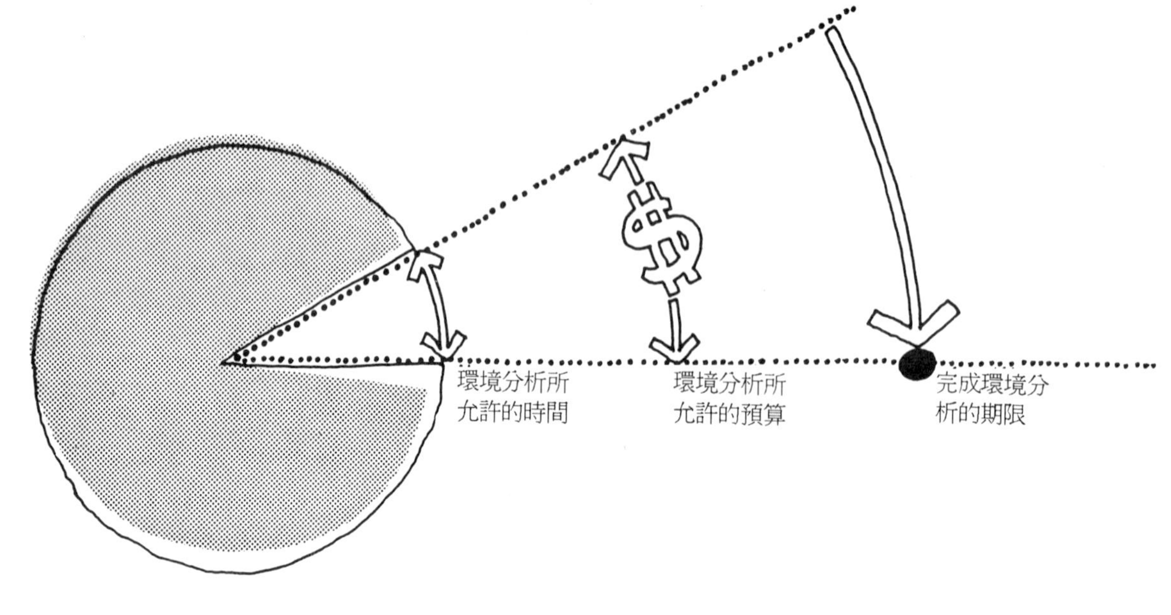

其他形式的環境涵構分析

對於描述經由環境涵構分析而得知的訊息，有一些其他的方法。這些分析技巧，並不是由前面以討論過的方法轉變而來，而是表現及包裝不同資料的方法。

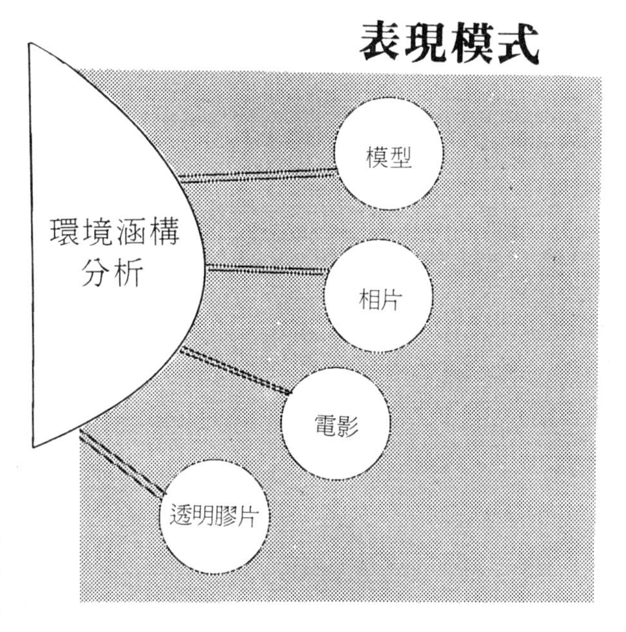

相片

相片可以非常有效率的傳達基地的訊息。除能夠捕捉基地及其周圍的氣氛之外，也能夠用來記錄前面的章節中所討論過事實的資料。航照圖可與註解一同放置在圖面之上，來提醒我們對於基地特殊部份的注意。也可利用混合的方式（在一張大照片上放上綜合的訊息或分散的方式（用許多小張的相片放在圖面之上以記錄各項訊息）。

在這兩項的研究方法之中，相片作爲圖表的圖像參考以及當作圖表的輔助工具。

這可以藉由以拍攝下透過平版印刷所呈現的淺灰色區域的相片，或藉由使用特別強烈及對比的圖像技巧在未處理過的的相片之上來完成。基地的各個向度的視野都是很重要的。

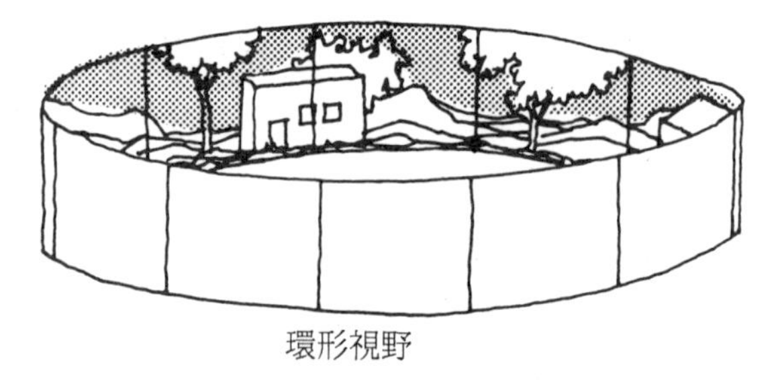

環形視野

因此，藉由將照片拼湊成一個完整的視圖，以建構一個三百六十度的“環形視野”是有價值的。相片在表達從各個方向到基地的視野，以及對於記錄鄰里環境中重要的建築物形式及細部是相當有效率的。在一個具有重要的一連串建築物立面的長街道，我們可以藉由照片的拼貼來當作一個完整立面的記錄（類似使用“環形視野”方式）。

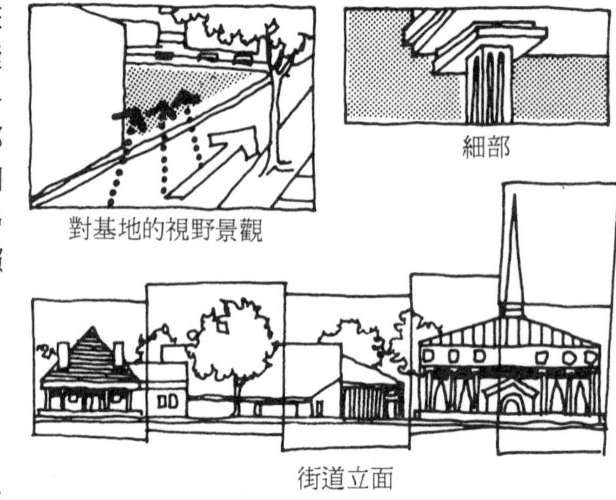

細部

對基地的視野景觀

街道立面

模型

環境模型是種綜合所有的基地資訊，放置於一個參考的基準模型之上的一種三度空間的表現技巧。這種方法通常對於瞭解及表達基地上或附近難以用平面的向度來描述的三度空間位置，是相當有效率的。地形、地表輪廓，不尋常的排水模式，地表的岩石，以及重要的現有建築物形式，都可以藉由環境模型予以呈現。事實上，許多基地方面的資訊，仍然可以用圖表、圖畫的平面方式在三度空間的模型之中作表現。例如邊界、退縮、交通噪音以及風向等問題因素，可以直接在環境模型之上以圖形描述或在模型之上貼紙板圖案。任何具有三度空間特性的事物都應該以此方式表現，以取得最大的研究效益。樹、岩石、人造物、建築物以及太陽的角度都可以模型的方式來描述。

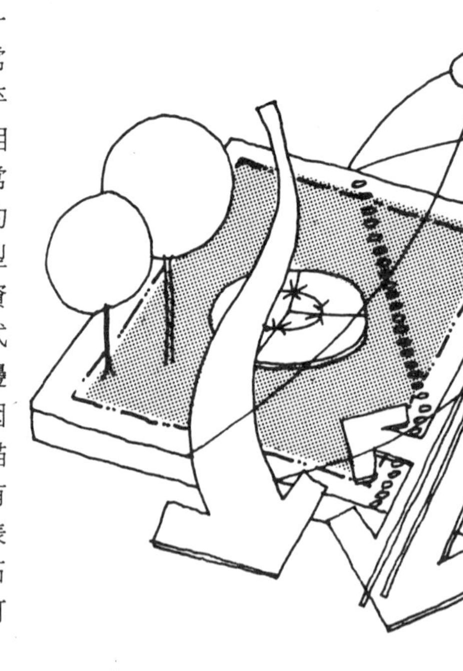

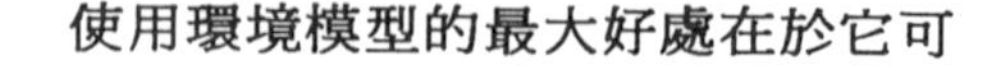

使用環境模型的最大好處在於它可

以當作研究及表現基地概念及建築物設計的基準模型。

假使我們的計劃欲刪除任何的圖形訊息之前，應確定已經拍下環境模型的照片以及完成最適當比例的模型。將基地的圖像資訊與我們的設計模型一同放置於基準模型之上，對於在稍後說明設計的理由是相當有幫助的。對於闡述爲什麼我們的建築物設計要以這樣的方式處理，以及爲什麼我們覺得這是對於現有基地情況最適當的回應，是非常有效率的方式。

電影

電影，雖然對我們大多數人而言它不容易達到，但是，有時候它是個可引人心動的環境涵構分析技巧。

電影，特別適合於表現基地動感的一面。

離去、穿越、到達以及經過基地，視野轉換的景緻、交通模式、光影形式、太陽角度全都適合透過電影來表現。電影適合描述排列在基礎模型之上發展中或改變中的圖形資訊。

而電影的一個壞處就是無法將基地的訊息包裝成一種非常方便而隨手可及的形式。不過，電影仍是將環境涵構分析結果呈現給業主或大團體非常有效率的方法。

重疊的透明片

重疊的透明片以單一及清晰的圖形分散處理方式，提供綜合研究架構的好處。

內部空間分析

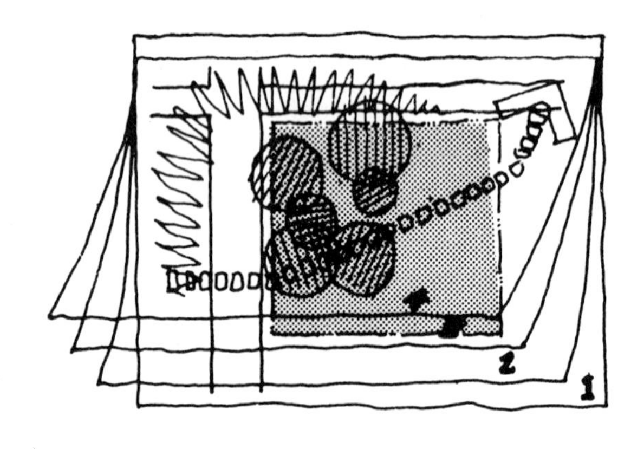

另一項重要的環境涵構分析形式，著重於處理空間的內容而非表現的形態是內部空間分析。

在這裡，我們的計劃以處理一個內部空間來取代一宗土地。雖然當我們將基地移到室內的時候，這些我們在前面所用來組織一塊基地資料事實的分類意義明顯的改變了。但是，在這裡仍然適用。

內部環境涵構分析與空間、物質、牆面、建築構造物、窗戶、動線以及現有建築物的公共設施有關。以下所列的是基地資訊的分類，在每一個標題之下，說明著對於空間內部的分析以及各項資訊的類型。以一個假設曾經使用過的空間來闡明這個訊息。空間從一個演講廳變更爲一個開放的辦公室中庭。

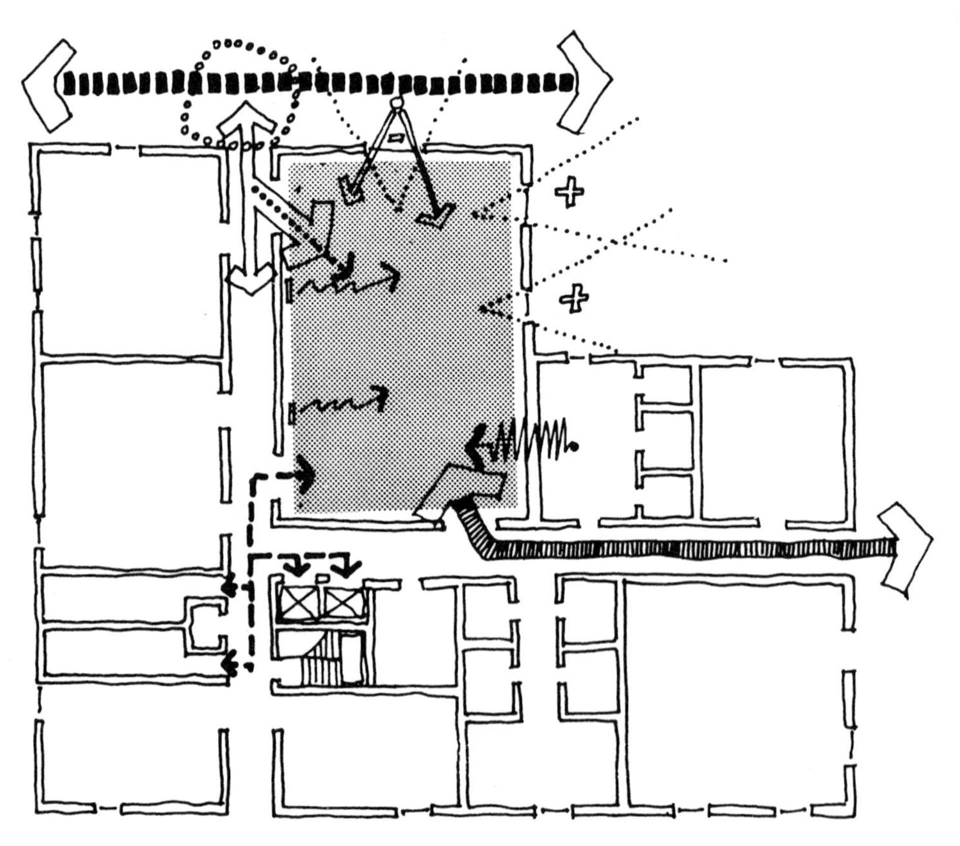

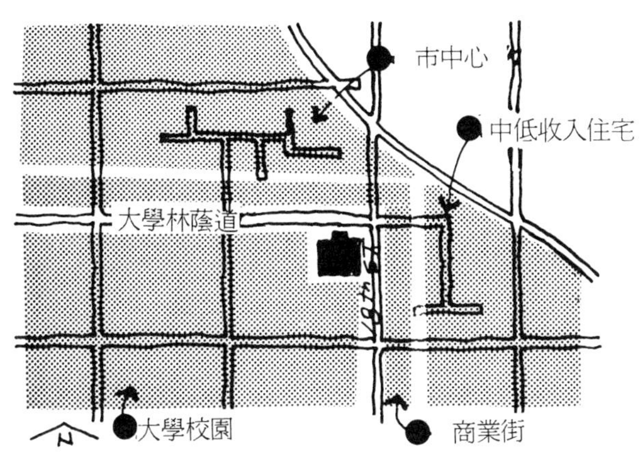

1. 區位

a.城市或附近地區的建築物位置。

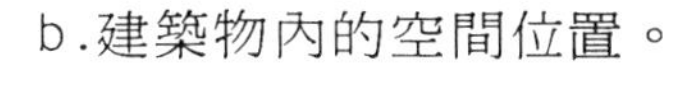

b.建築物內的空間位置。

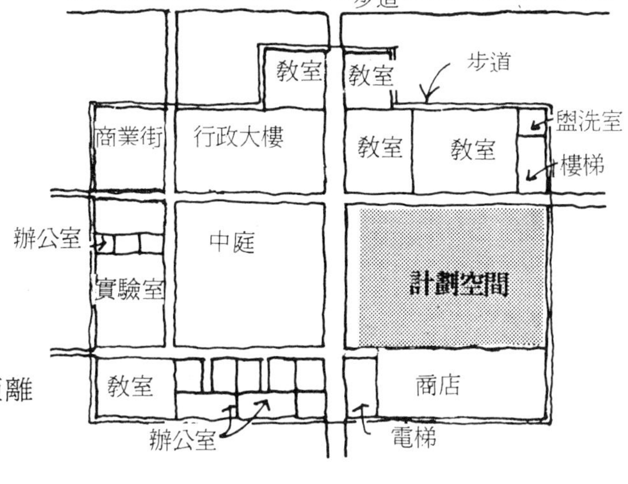

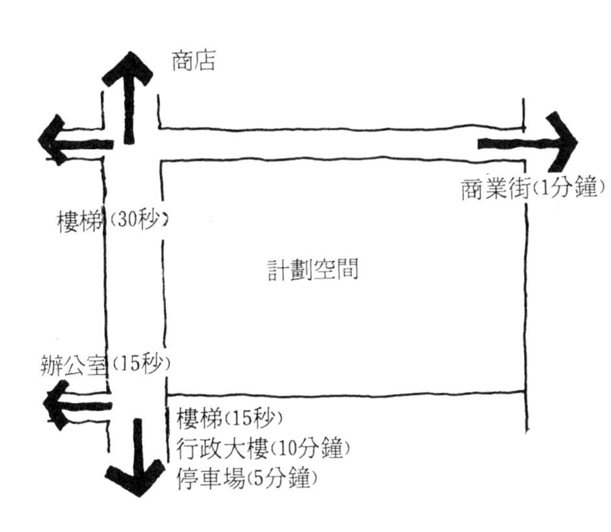

c.到建築物內外其他相關空間的距離以及步行的時間。

2. 鄰近的環境涵構

a.空間平面與其他四周鄰近空間的關係。包括那些在我們空間上、下的那些空間。

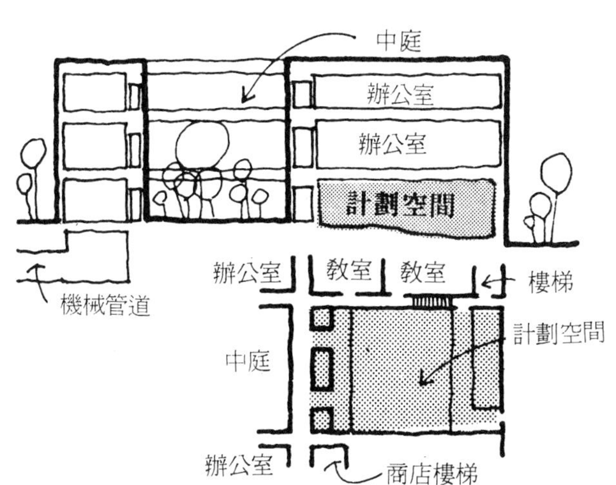

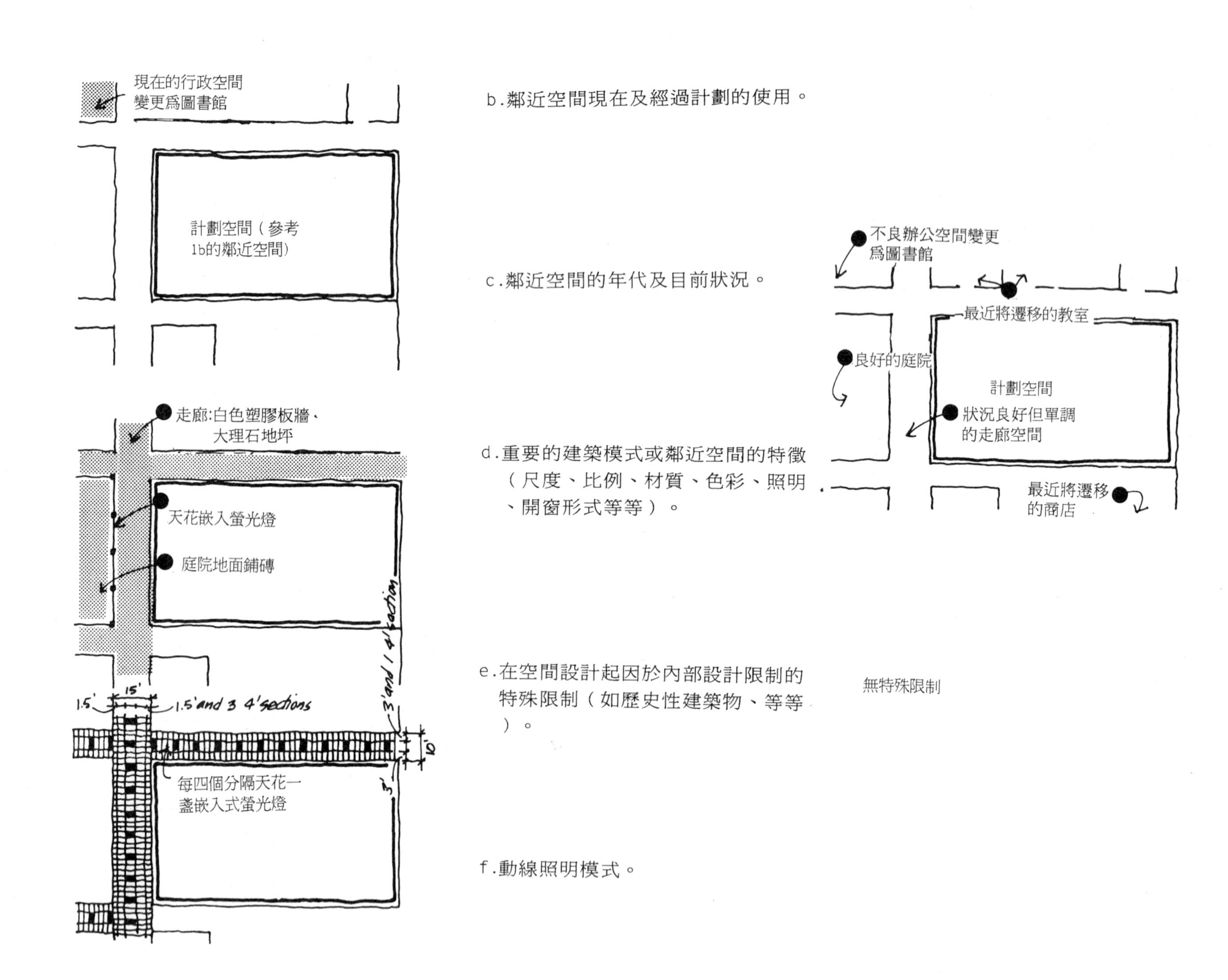

b.鄰近空間現在及經過計劃的使用。

c.鄰近空間的年代及目前狀況。

d.重要的建築模式或鄰近空間的特徵（尺度、比例、材質、色彩、照明、開窗形式等等）。

e.在空間設計起因於內部設計限制的特殊限制（如歷史性建築物、等等）。

f.動線照明模式。

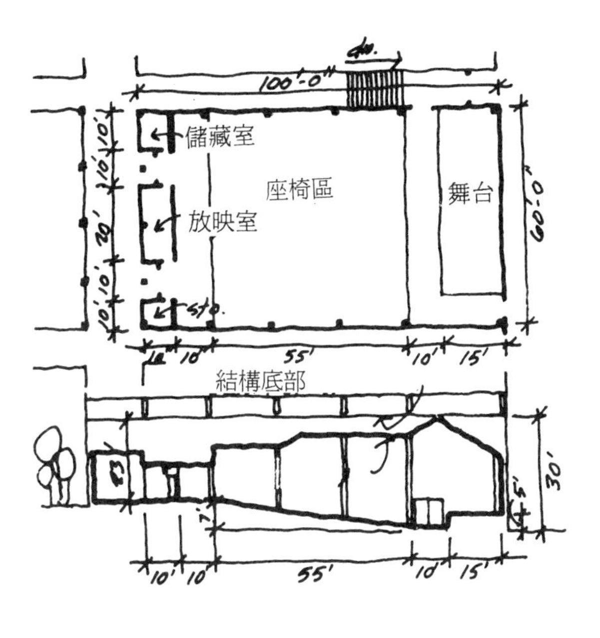

3.尺寸

a.空間邊界的尺寸（平面及剖面）。

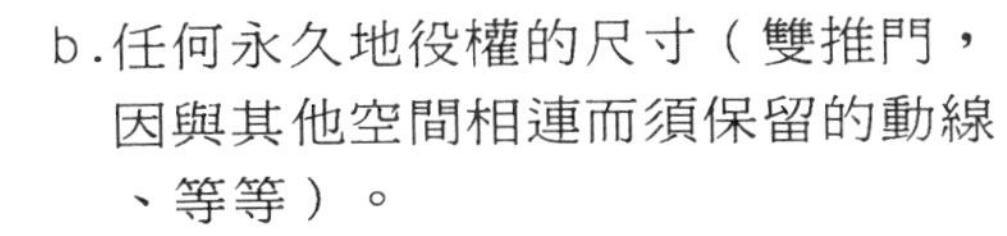

b.任何永久地役權的尺寸（雙推門，因與其他空間相連而須保留的動線、等等）。

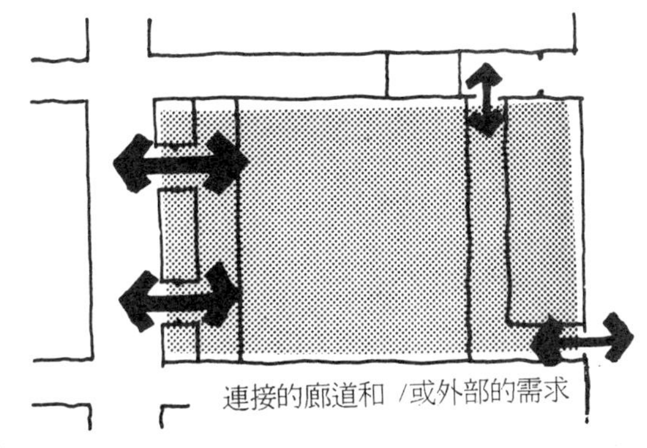

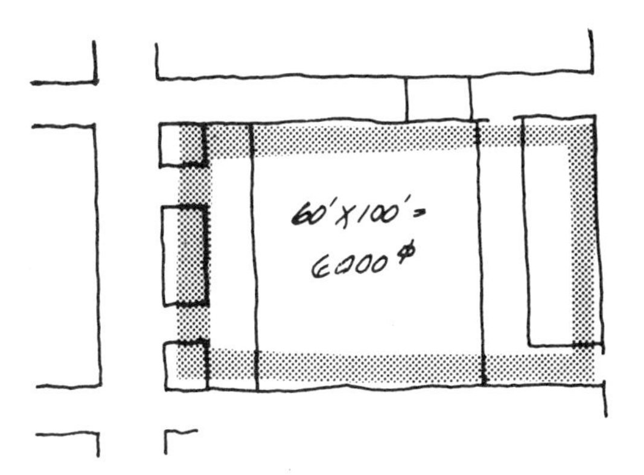

c.扣除不可用空間後，可供計劃使用的面積。

d.任何可能因其他計劃所造成的空間尺度的改變。

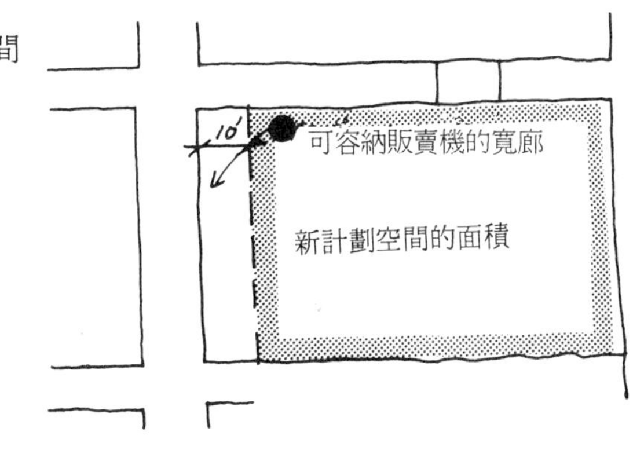

一般建築管理規則：

1.活動--辦公（教學大樓內的）。
2.容量--F組在空間的計劃容量是40人。
3.逃生口--容量超過30人時最少需要兩個逃生口
　　到逃生口的最遠距離是150呎；
　　封閉迴廊的最大長度是20呎；
　　最大的樓梯級高是7吋半；
　　最小的樓梯級深是10吋。
4.通風--窗戶和天窗的面積必需是總樓地板面積的1/8，其中一半必需是活動式的使用人工光源及機械通風設備（每小時換氣兩次）。
5.防火時效--外牆防火時效一小時。
6.最大容納人數量。
7.廁所--符合既有建築物的需求。

20' 20' 4' 30' 8' 18'
10'
7' 4' 7'
15' 15'
7' 5'
20' 55' 10' 15'

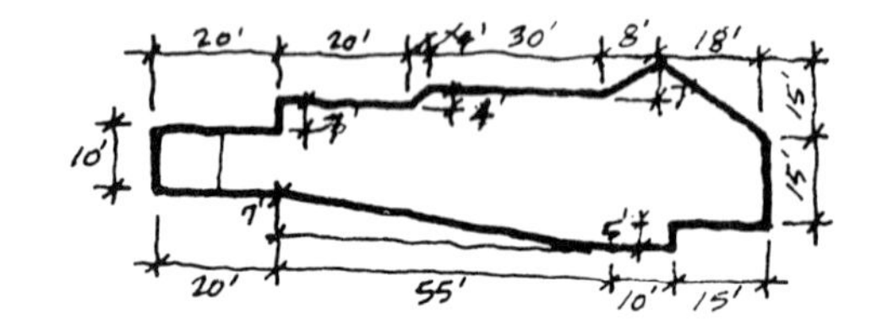

NONE

4.法律

a.逃生口、通氣設備、防火、容量限制、衛生設備、以及其他由民法、團體規章或政府機構規章所制定的限制。

b.殘障設施的需求。

1. 輪椅尺寸 3'-0"h. x 2'-1"wx 3'-6"l.
2. 動線空間 4'-8"最小值
3. 殘障坡道 1 in 12 最大斜率

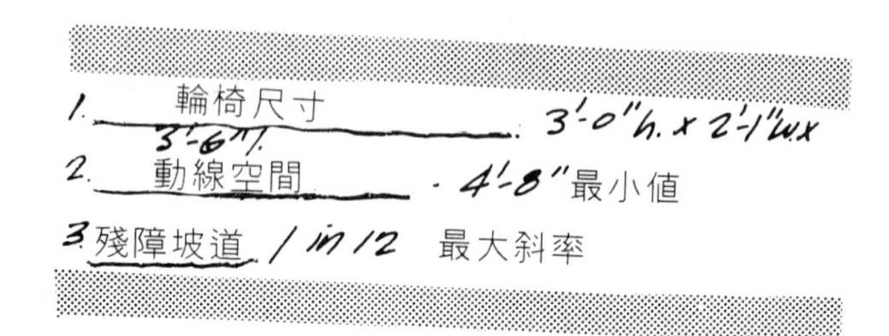

5.空間中重要的物理特徵

a.地板或天花的踏步或斜坡、斜頂。

b.柱。

c.樓板排水系統。

柱心間的尺寸

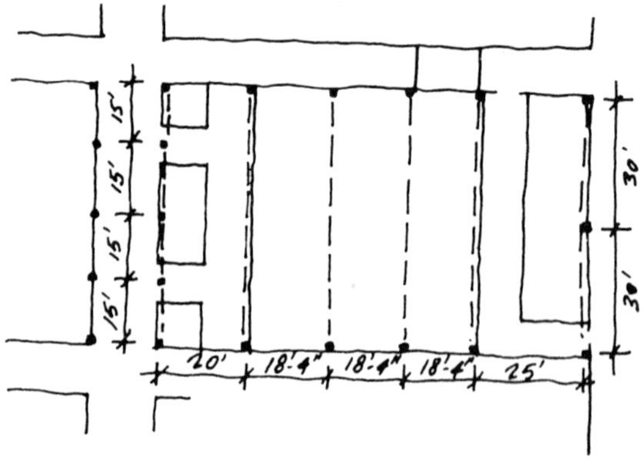

15' 15' 15' 15'
30' 30'
20' 18'4" 18'4" 18'4" 25'

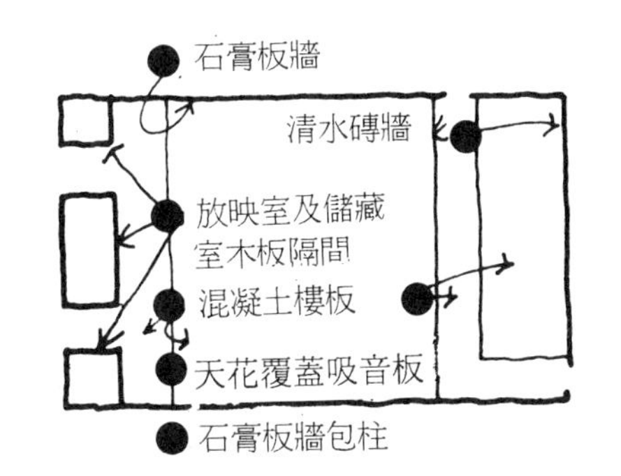

d.現有的材質（地板、牆面、天花）。

e.照明（型式、控制方式以及位置）。

S_1 直接由舞台上控制
S 由入口處及講台上控制燈光
R 由入口處及講台上控制變阻器
⊡ 演講堂所有照明皆爲白熾燈
空間比例焦點集中在端牆

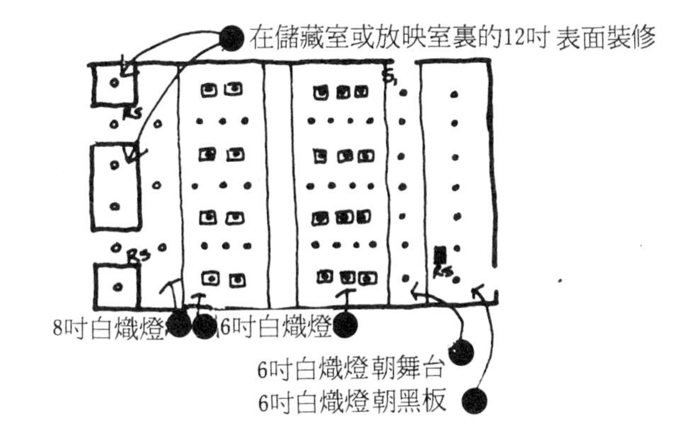

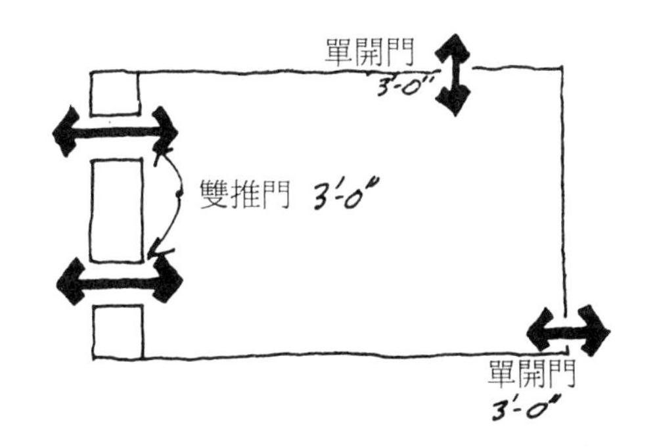

f.進出空間的門。

g.窗戶及天窗。

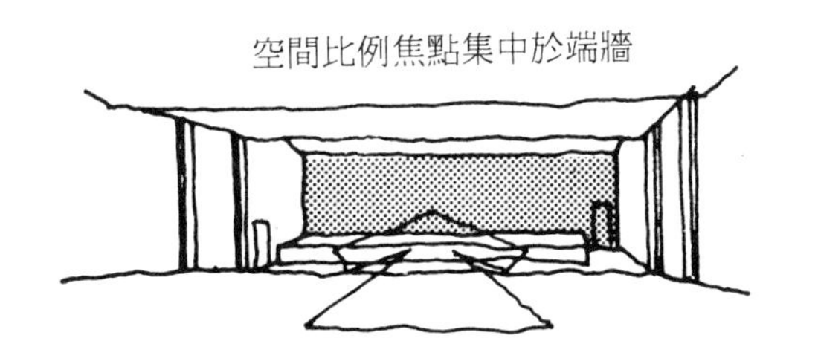

h.平面模式、幾何、軸線等等。

i.空間中須保留的家具及設備（固定和可移動的）。

j.色彩。

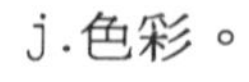

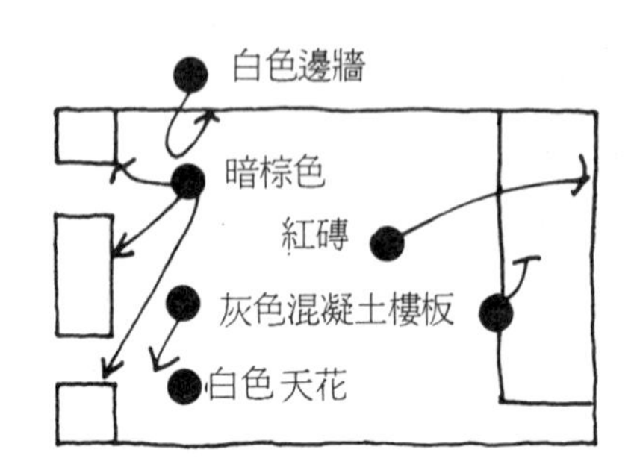

6.動線

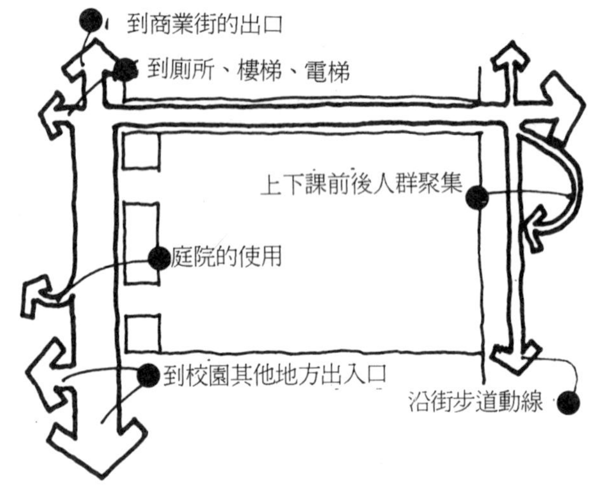

a.鄰近及我們計劃空間旁邊主要及次要的步行模式（外部及內部的）。

b.空間之內可能保留的主要及次要的移動模式。

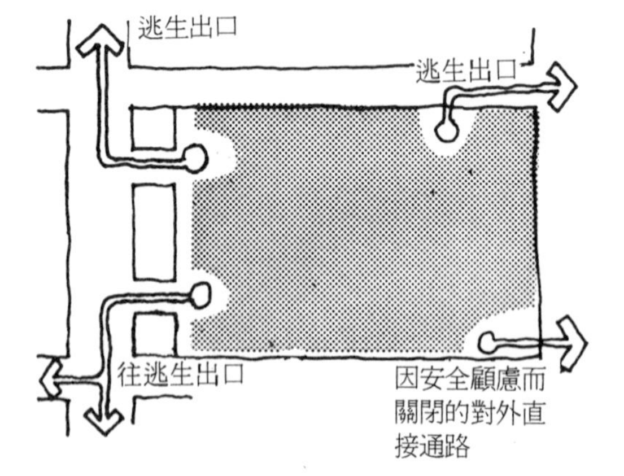

c.逃生梯的路線以及緊急逃生路線。

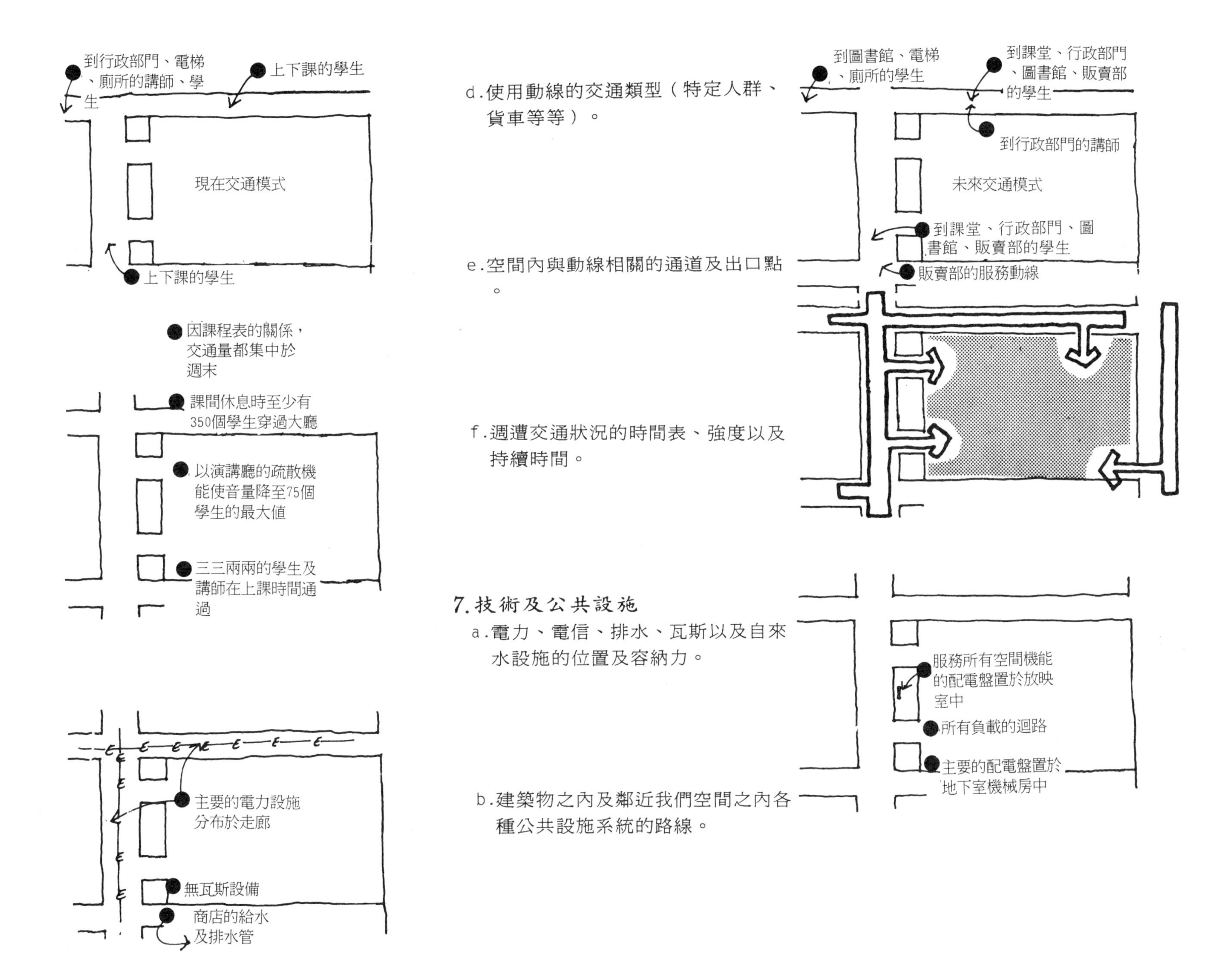

d.使用動線的交通類型（特定人群、貨車等等）。

e.空間內與動線相關的通道及出口點。

f.週遭交通狀況的時間表、強度以及持續時間。

7.技術及公共設施

a.電力、電信、排水、瓦斯以及自來水設施的位置及容納力。

b.建築物之內及鄰近我們空間之內各種公共設施系統的路線。

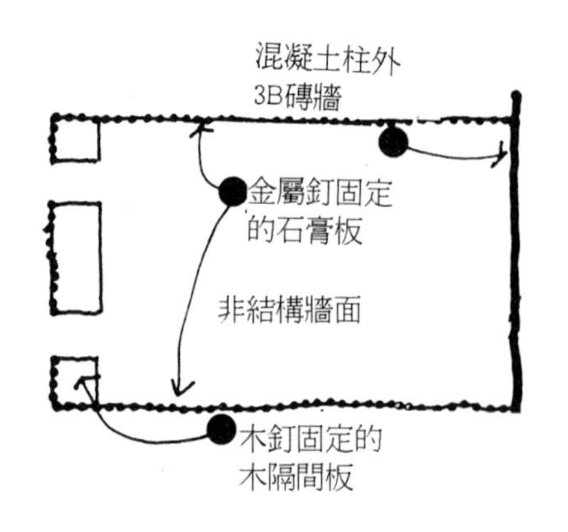

c.永久的以及可移動的牆面。

d.樓板結構的容許承載力。

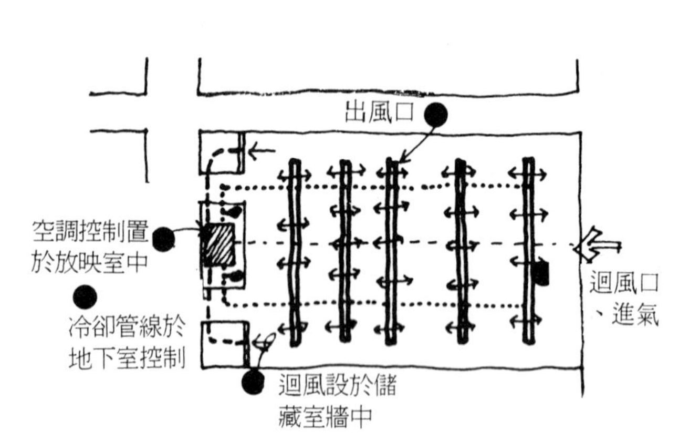

e.所有通風管的路線及所有出風口和迴風口的位置。

f.空間內降低天花板之上的公共設施的位置。

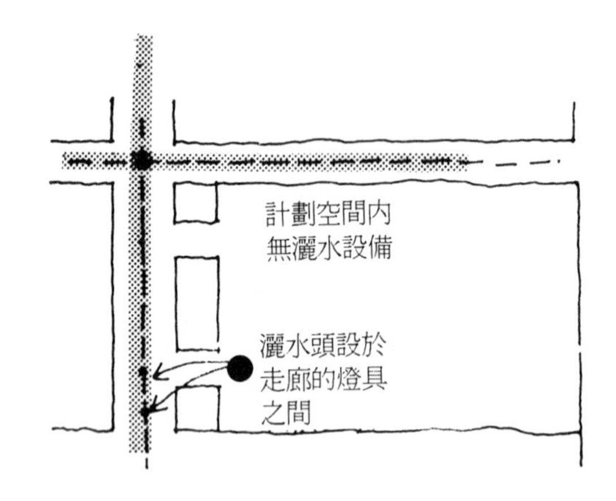

g.火災灑水系統線路及灑水頭位置，差動式、偵煙式警報器。

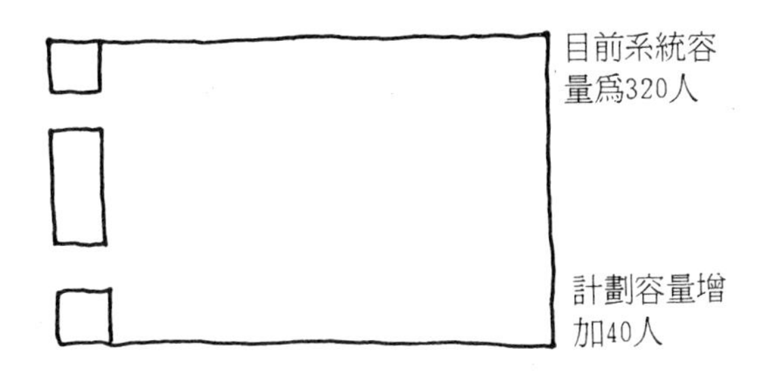

h.傳送新空間所需之換氣、通風設備
及冷暖器系統的負荷容量。

8.感官的

a.空間內外的視野。

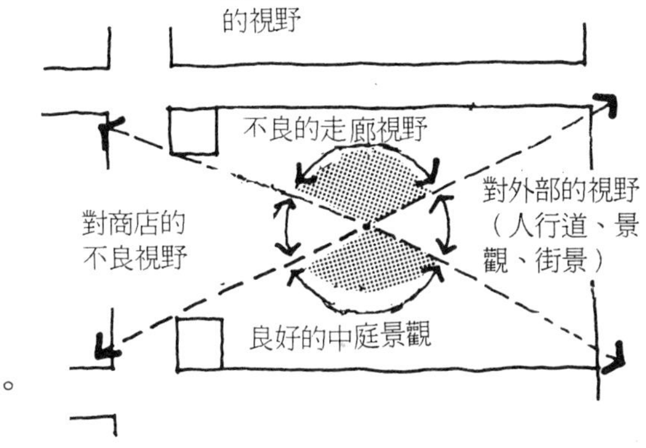

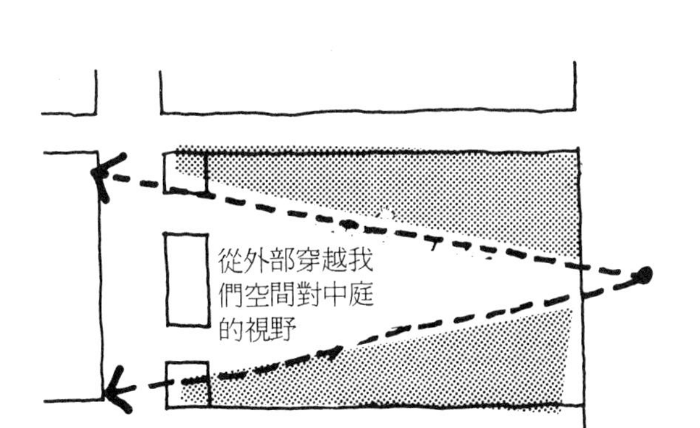

b.從附近空間穿越我們空間的視野。

c.從鄰近空間、動線或建築物外部看
我們空間的視野景觀。

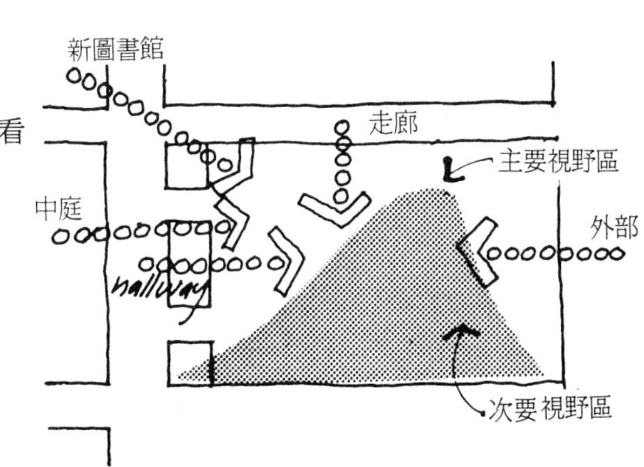

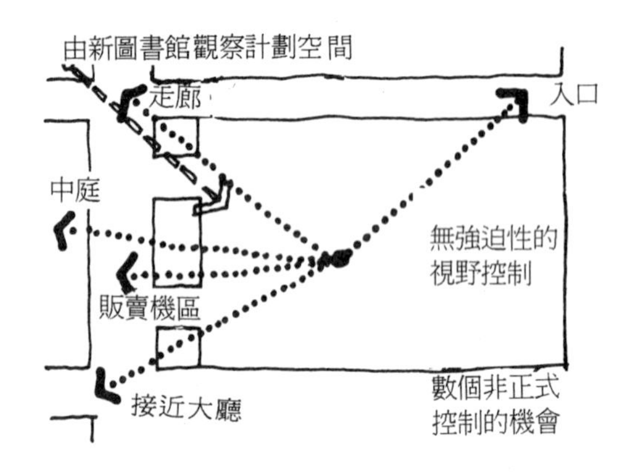

d.從鄰近空間到我們的空間或從我們的空間到其他空間所需的視野景觀控制。

e.各種從我們空間延伸出去或延伸近我們空間的視野都是我們的資產或義務（不良的視野，隱私的問題等等）。

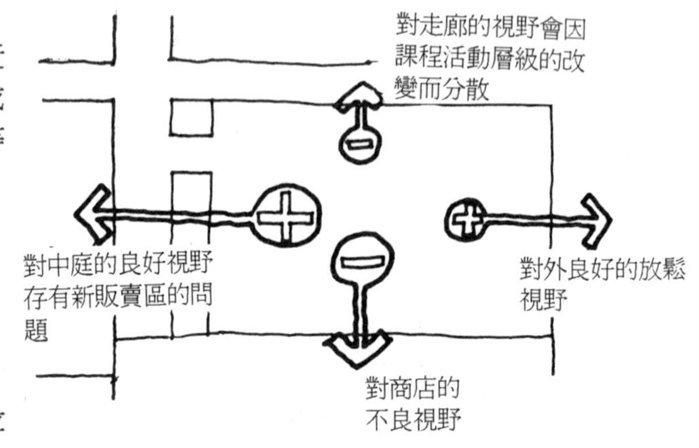

f.任何鄰近我們空間的重大噪音的位置、產生來源、時間表以及密度。

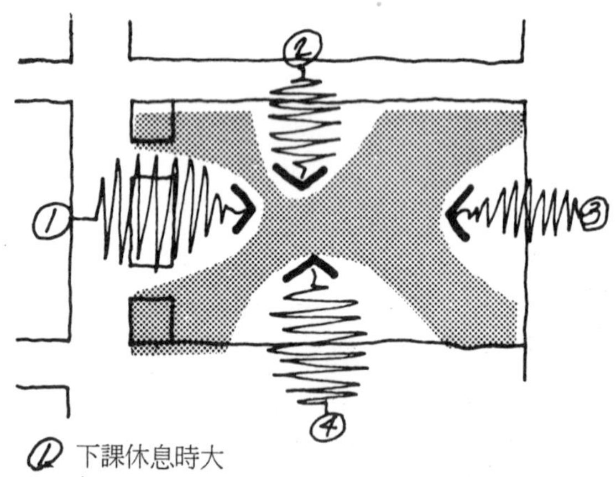

g.任何鄰近我們空間的氣味問題的位置、產生來源、時間表以及密度。

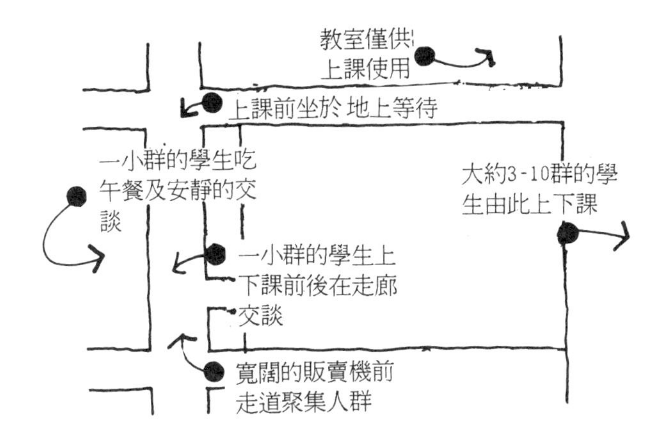

9.人

a.包含在動線周圍空間場所既有行爲的以及社會學層面的使用。

b.周圍空間特定使用者的特性，例如人口、密度、時間表、年齡層、種族特有模式以及發展性。

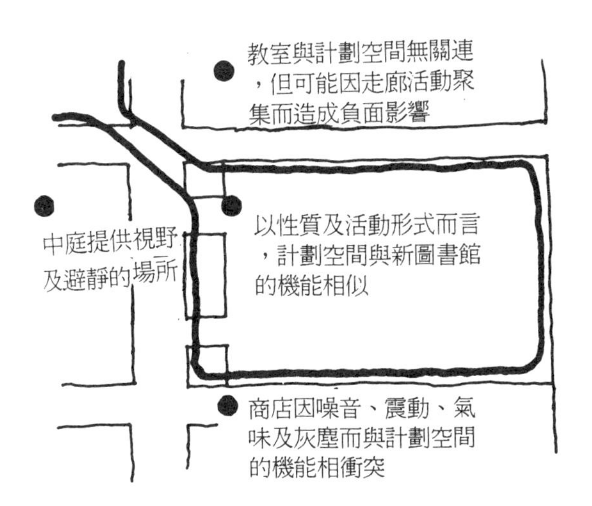

c.空間內現有須保留的活動，或鄰近空間將被放置在我們空間內或可能提供或造成危險對於機能有利或有害的活動。

d.建築物內潛在的問題，例如暴力破壞以及犯罪的活動。

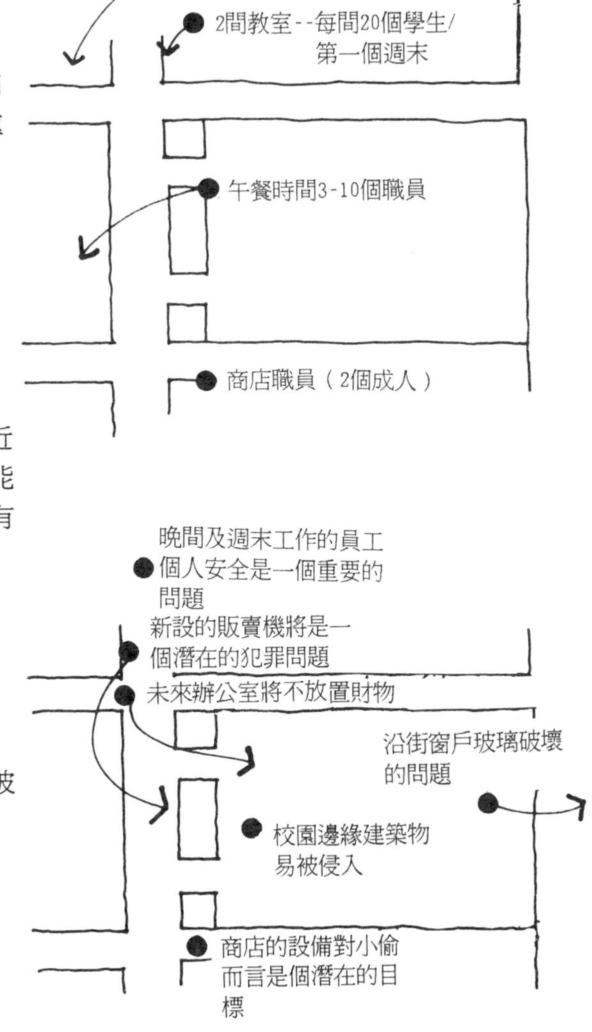

● 大學行政部門設定恆溫器的溫度--冬天68F.夏天80F.通常這些標準被嚴格的控制

● 熱季是十月到三月，寒季是三月到九月

● 建築物在整年週末及夜晚全天候有保全巡邏的基礎下完全開放

● 校園的照明標準
走廊及公共空間
一般空間提供額
外的作業照明

● 行政部門並不允許恆溫器由使用者任意控制

e.和能源消耗、安全以及操作時數有關的建築物管理型式及政策。

10.氣候

a.空間內自動調溫器（恆溫器）與冷暖區劃分區的相關位置。

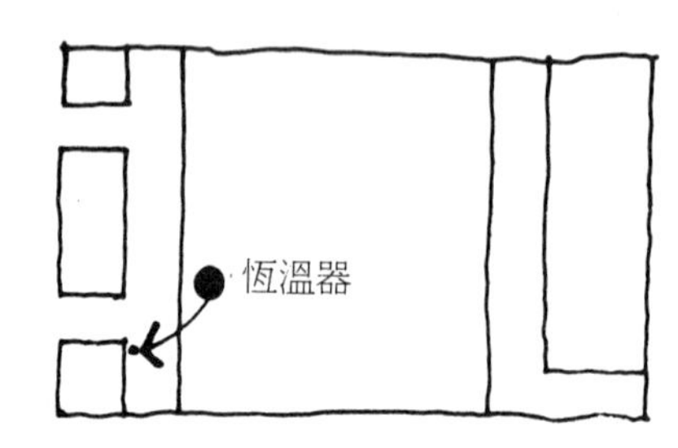

b.所有者能在空間內設置供自己使用的恆溫器的範圍（及程度）或者由建築物的管理單位統一設置。

c.若是溫度由管理單位設定，記錄下冷暖氣溫度的設定值。

d.一年之中外部溫度、降雨量、降雪量、溼度、風向以及太陽軌跡的變化。參考103頁。

e.經由窗戶及天窗直接照射進我們空間內陽光的範圍。

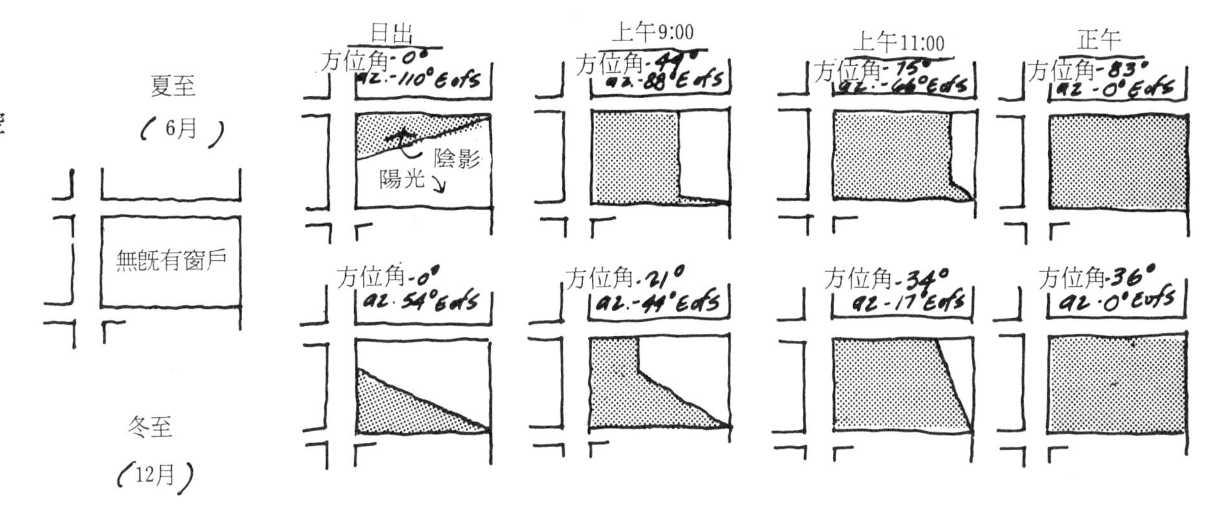

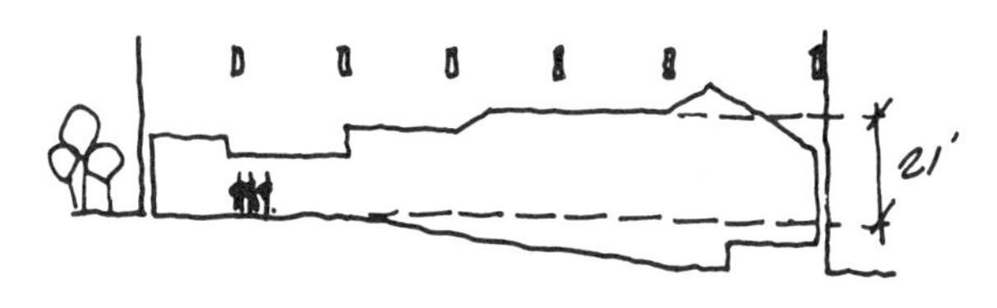

光影的形式取決於
橫過全部空間的21呎
高的開口部

當在做外部基地的環境涵構分析的時候，可以考慮以檢查表當作一個起點。在特殊的計劃中，可以放棄一些不相關連的問題而附加上另一些在檢查表中未有的關鍵問題。

我們要決定哪些關鍵問題會對於我們最終內部空間的配置造成重要影響，以及確定深入的分析這些相關的問題。前面關於製作圖表的討論同樣也適用於室內空間的分析之上。

基地分析

原　著／EDWARD T. WHITE
譯　者／顏麗蓉・張俊賢
發行人／吳秀蓁
出版者／六合出版社
發行部／台北市大安區新生南路一段103巷33號1樓
電　話／27521195・27520582・27527651
傳　真／27527265
郵　撥／０１０２４３７７　六合出版社 帳戶
登記證／局版北市業字第 1615 號
第一版／中華民國八十四年八月
定　價／新台幣 450 元整
ISBN ／ 957-8823-48-7
E-mail／liuhopub@ms29.hinet.net

版權所有／翻印必究
（請勿抄襲或影印）
〔本書若有破損或裝訂錯誤
請寄回發行部更換〕